신녀유희

神女遊戲

신녀유희

초판 1쇄 찍은 날 | 2014년 1월 17일
초판 1쇄 펴낸 날 | 2014년 1월 23일

지은이 | 적영
펴낸이 | 예경원

편집 | 유경화

펴낸곳 | 예원북스
등록번호 | 제396-2012-000132호
등록일자 | 2012. 7. 25
YRN | 제1-0051호

주소 | 경기도 고양시 일산동구 무궁화로 8-28 삼성메르헨하우스 712호 (우) 410-837
전화 | 031-819-9431 팩스 | 031-817-9432
http://cafe.naver.com/yewonromance
E-mail | yewonbooks@naver.com

ISBN 979-11-5630-025-0 03810

※ 이 도서의 국립중앙도서관 출판시도서목록(CIP)은 서지정보유통지원시스템 홈페이지(http://seoji.nl.go.kr)와 국가자료공동목록시스템(http://www.nl.go.kr/kolisnet)에서 이용하실 수 있습니다.

신녀유희

神女遊戲

YEWONBOOKS ROMANCE STORY

적영 장편 소설

YEWON BOOKS
예원북스

目次

序

궐 안에는 총 세 군데의 비밀 통로가 있었다. 사율이 노리는 곳은 그중에서도 가장 음습하고 미로 같은 통로로, 오직 왕가의 직계에게만 그 지도가 전해지는 장소였다. 당장 귀신이 출몰해도 전혀 이상하지 않을 그 고불고불한 길을 혼자서 빠져나갈 생각을 하니 오금이 살짝 저리긴 했지만 그따위 무서움쯤이야 잠시만 참아내면 될 터. 고작 그런 문제로 이 속 터지는 궁 안에 이대로 눌러앉아 있을 수는 없었다. 그녀가 없어진 걸 알아내는 순간 궁 전체가 발칵 뒤집히겠지만 그럴 테면 그러라지. 선인들께서 괜히 '있을 때 잘해!' 라는 명언을 남기신 줄 아나?

"내가 진짜 부왕의 말씀만 아니었어도!"

사율은 눈물로 얼룩진 그날을 회상하며 이를 바득바득 갈았다.

부왕께서 헉헉 넘어갈 듯한 숨소리로 하나뿐인 공주에게 남기신 마지막 말은 '네 오라비를 부탁한다, 사율아!' 였다. 당시 사율은 부왕께서 승하하셨다는 슬픔에 잠겨 울기 바빴지만, 오라버니는 과연 무슨 생각을 했을까? 어쩌면 그때부터 지금의 이날이 오기를 절치부심하지는 않았을까?

"아니면 오라버니가 어찌 이럴 수 있냐고!"

그래도 처음에는 그녀의 말에 잘 따라주는 척하던 오라버니였다. 비록 그는 진국(賑國)의 왕이요, 사율은 공주이자 신녀의 신분이었지만, 오라비는 동생의 지능과 능력을 인정하고는 그녀의 말을 들어주고는 했다. 적어도 근 오 년간은 말이다.

그리고 그 오 년이 지나자 백팔십도로 돌변했다.

'사율아, 언제까지 그 거짓 가면을 쓰고 있을 참이냐? 진국의 왕이 아닌 네 오라비로서 가슴이 아파 더는 못 보겠구나.'

그러고서 한다는 말이, 신력이 다했음을 만백성에게 천명하고 동맹국인 환국(晥國)의 왕장자와 혼인하라는 것이었다. 사율이 어처구니없어 그게 가당키나 한 말이냐고 되묻자, 오라버니는 '안 될 건 또 무어냐?' 고 천연덕스럽게 반문하기까지 했다. 그리고 시뻘게진 얼굴로 파들파들 떨고 있는 사율을 향해 헛기침을 두어 번 하더니 휙 나가 버렸다.

"절대로 용서 못해, 오라버니!"

다시금 분통이 치솟은 사율이 앞에 놓여 있던 탁자를 탕 내려쳤다. 오라버니가 왕위에 오르고 나서부터 불철주야로 정무에 임한 그녀였다. 주기적으로 행해지는 왕실의 대소사 준비도, 왕실을 신격화시키기 위해 억지로 떠맡은 신녀의 임무도, 오라버니가 하염없이 미루고 또 미루는 행정 업무들을 처리하는 것도 전부 사율의 몫이었다. 오라비가 비와 더불어 곤히 침수를 들었을 때 그녀는 등잔의 기름이 다 닳도록 상서를 읽었고, 머리 굳은 신하들이 그저 '예예' 하며 옹기종기 모여 식량만 축낼 때 조세를 줄이고 개간지를 넓히기 위해 고민했다. 그런데 그것의 대가가 고작 애 셋 딸린 늙어빠진 왕자한테 시집이나 가라는 것인가? 이 꽃 같은 스물셋에?

"이제 됐어. 다 때려치울 거니까!"

사율은 거친 숨을 씩씩 내쉬며 자리를 박차고 일어났다. 부왕께서 돌아가시고 나서부터 지금까지 뼛골 빠지도록 조정 업무에 매달렸건만, 국정이 안정세에 접어들었다고 이제 와서 내치시겠다? 그렇다면 제 발로 나가주는 수밖에!

"어디 두고 보겠어."

사율은 독기를 품고 눈을 치떴다. 외유 한번 못 가보고 궁궐에만 처박혀 오 년이 훌쩍 지나갔으니 지금부터라도 슬슬 돌아다니며 인생에 대해 반추하는 시간이나 가져야겠다. 다행히 그녀에게는 운용할 수 있는 여유 자금도, 물심양면으로 도와줄 상단의 벗도 있었다. 더불어 어렸을 때부터 갈고닦은 무예 실력까지.

"후후후후."

머릿속으로 모종의 계략을 단번에 떠올린 사율의 입매가 씩 올라갔다. 결행은 닷새 후인 왕후의 생신일. 궐내의 모두가 술에 취해 깊은 잠에 빠질 바로 그날이다.

第一章 그 신녀, 가출

"그 대머리 영감탱이를 그냥!"

사율은 문어처럼 반질반질한 좌상의 얼굴을 떠올리며 격하게 한마디를 내뱉었다. 뒤따라오던 신궁 소속 무수리들이 놀라서 움찔하는 게 느껴졌지만 아랫것들 따위에 신경 쓸 여력이 없었다. 신녀의 말씀이라면 무슨 하명이든 '예예' 하며 굽실거리던 조정 신료들이 단체로 간덩이가 붓지 않고서야 어찌 그런 망발을 할 수 있단 말인가? 이제 그만 신궁에 틀어박혀 진국의 앞날을 위해 기도하는 일에나 힘쓰라니!

'좌상 당신, 많이 크셨어.'

걸음을 멈추고 그 자리에 우뚝 선 사율이 두 주먹을 불끈 쥐었다. 지난날, 정이품의 감찰부령으로 근무하던 그를 정일품의 좌상

자리에 천거하여 파격 승진시킨 건 그 누구도 아닌 사울이었다. 부왕께서 돌아가시기 전에 사율의 앞에서 그이를 가끔씩 칭찬하셨다는 것도 큰 이유로 작용했지만, 몇 년간 지켜본 결과 매사에 공명정대하고 성실한 이라는 판단이 들었기 때문이었다.

그리 믿었건만, 감히 신녀를 물 먹이려 들어?

'하긴, 좌상만 그런 건 아니었지.'

우상 이하의 중신들도 모두 저마다 한마디씩 거들며 신녀와 눈이라도 마주칠라 치면 고개를 돌려 대전의 천장만 쳐다보았으니, 아무래도 오라버니가 작정하고 수를 쓴 게 분명했다.

사율은 숨을 크게 들이마시고는 천천히 발을 옮겼다.

지난 오 년간, 오라비 황율은 왕이되 제대로 된 왕이 아니었다. 아무것도 모르는 백성들이야 새 군주께서 어진 정책을 펼치신다며 그를 우러러보았지만, 궁 안의 모두가 알고 있었다. 진국의 조정을 실질적으로 이끄는 사람은 왕이 아닌 신녀이며, 이 나라의 중앙집권은 그녀의 손에서 이루어지고 있다는 것을.

하지만 그중 단 하나도 사율이 원해서 한 일은 없었다. 오라버니의 방종한 성품을 간파하신 부왕께서 누누이 하명하시다 못해 유언까지 남기시어 당연히 그래야 한다고 생각했을 뿐. 아니면 대체 그 누가 온갖 고난과 노동으로 점철된 행정 업무를 모다 떠맡겠는가? 솔직히 사율은 오라비가 왕 자리를 그녀에게 내놓겠다고 해도 단칼에 거절할 것이다. 그래서 사율 또한 스스로 물러나야 할 때를 늘 염두에 두고 있던 터였다. 오라버니가 가짜 신녀 역할입네, 혼인입네 떠들지 않아도 조용히 사라질 때를 기다리고 있었다, 이 말이다. 그녀라고 궁내에 처박혀 꽃다운 시절 다 보내도록 일만 하고 싶겠는가?

'그런데 날 이런 식으로 내치려 하다니. 이렇게 나오면 아무리 착한 맘을 먹고 있었던 사람이라도 생각이 달라지지요, 오라버니!'

그건 여동생에 대한 배려도, 지금껏 불철주야로 정무에 매달린 측근에 대한 예의도 아니었다. 그저 성가신 혹 하나를 없애 버리려는 모략일 뿐.

다행히도 부왕께선 오라버니 몰래 꽤 많은 재물을 그녀에게 남기셨다. 앞날을 예견하셨음인지, 큰 짐을 공주의 어깨에 짊어지게 만드시어 미안해 그러셨는지는 모르겠지만, 어쨌든 그 금전은 사율의 계획에 요긴하게 쓰일 것이다.

'그럼 제가 없는 궐 안에서 정무에 힘써보세요, 오라버니.'

아마 침수를 제때 드시기도 힘들 테니.

사율은 냉소를 흘리며 걸음을 빨리했다. 내일 있을 연회의 마지막 준비로 궁 안의 모두가 바쁜 오늘 신녀가 하루쯤 두문불출한다고 해서 이상하게 여길 이는 아무도 없을 것이다. 사율 또한 며칠 전부터 차근차근 잠행을 준비했으니 이제 들뜬 마음을 차분히 가라앉히는 일만 남았다.

그리고 모레 아침, 그녀는 이 자리에 없을 것이다.

왕후의 생신 연회는 아침부터 요란하게 펼쳐졌다. 이미 왕에게 귀한 선물을 한가득 선사 받은 왕후는 신녀의 축복을 받은 뒤 종친들과 문무백관들에게 차례로 감축 인사를 받았다. 연회가 열리는 내내 왕과 왕후의 얼굴에서는 웃음꽃이 피었고, 그들의 옆에 자리한 사율과 어린 왕손들도 방실방실 해맑은 미소를 지었다. 좌상과 우상 이하의 신하들은 어여쁜 예인들이 펼치는 가무와 어주에 취해 대낮부터 얼굴이 벌겋게 달아올랐고, 저마다 입에 침이 마르도록 왕후의 덕성과 아름다움을 칭송했다.

어디까지나 겉으로는.

'정말 미치겠구먼.'

사율은 경련이 날 지경인 입가를 주무르고 싶다는 욕구를 가까스로 억눌렀다. 오라버니가 내린 어주는 백일기도에 들어가기 전이라는 핑계를 대어 간신히 거절했는데, 저 술 취한 신료들이 지껄이는 헛소리는 대체 어떻게 막는단 말이냐! 차례로 한두 마디를 하는 것쯤이야 인사치레니 그렇다 치겠지만, 벌써 한나절에 가깝도록 왕후에게 퍼붓는 아첨이란 아첨을 죄다 듣고 있으려니 배알이 꼬일 대로 꼬여 버렸다.

'시간은 왜 이렇게 안 가는 거야? 이러다 체력 고갈로 못 나가는 거 아냐?'

체감상으로는 온종일 이 자리에 잡혀 있는 느낌이건만 이제 오찬을 마치고 두 시진이 지났을 뿐이었다. 앉아서 마음에도 없는 웃음을 실실 흘리며 내내 먹기만 하려니 고문도 이런 고문이 없었다. 분명 조찬 때부터 억지로 집어넣은 음식이 배 속에서 지층을 이루며 첩첩이 쌓였을 것이다.

"왜 그리 안색이 어두운가, 신녀? 어디 불편한 곳이라도 있는가?"

사율이 어떻게 하면 이곳에서 한시라도 빨리 벗어날지 궁리하는데, 오라비 황율이 대뜸 물었다. 사율은 짐짓 태연한 표정으로 눈초리를 살포시 내렸다.

"괜찮습니다, 전하. 약간 어지러울 뿐입니다."

"어지럽다니요? 신녀께서 어디가 미령하십니까?"

웬일로 두 사람의 대화를 듣고 있던 왕후가 눈치 빠르게 나섰다. 사율은 뜻밖의 전개에 속으로 쾌재를 지르며 시선을 슬며시 내리깔았다.

"요 며칠 진국의 안위를 위해 새벽 기도를 올렸더니 잠이 조금 부족한가 봅니다."

"허어, 저런. 기도도 몸을 보전해 가며 해야지."

황율이 혀를 끌끌 차며 위엄 있게 누이동생을 나무랐다. 순간 속으로 발끈했으나, 사율은 참을 인을 새기며 시선을 더더욱 아래로 깔았다. 왕의 말에 순응하여 자신의 무모한 행동을 반성하는 것처럼 보이기 위함이었다. 황율은 예상대로 사율의 연기에 홀까닥 넘어가 짐짓 너그러운 어조로 하명했다.

"아무래도 신녀는 만찬을 마치고 일찍 들어가 쉬는 게 좋겠군. 짐이 윤허할 테니 그리하라."

"예, 그러시는 게 좋겠습니다."

아무래도 오늘 왕후가 사율을 도와주려고 작정을 한 모양이었다. 사율은 죄스러운 듯 촉촉이 젖은 눈동자로 두 사람을 바라보며 말했다.

"경사스러운 날에 이런 모습을 보여 드려 두 분 마마께 죄송할 따름입니다."

"아닙니다. 신녀께선 이 왕후를 충분히 축복해 주셨습니다. 진심으로 감동했습니다."

왕후가 고개를 저으며 목에 건 푸른 금강석 목걸이를 반짝였다. 그 명확히 드러난 뜻에 사율은 눈을 가늘게 떴다.

'그러면 그렇지. 그래도 선물로 구슬릴 수 있다는 게 어디야.'

사율은 다시 눈초리와 입매를 부드럽게 휘며 왕후를 바라보았다. 왕후 또한 살며시 미소를 머금으며 사율을 응시했다. 그리고 두 사람은 동시에 고개를 정면으로 획 돌렸다.

'저녁까지만 버티면 돼. 저녁까지만.'

이 몇 시진이 인생에서 가장 길게 느껴질 것 같지만, 그새를 못 참겠는가? 꿀맛 같은 자유와 통쾌한 반전이 기다리고 있는데!

사율은 어금니를 꽉 깨물었다.

자정이 지나 달빛만이 영롱한 짙고 어두운 밤, 검은 인영 하나가 궁궐 처마 밑의 그림자 사이를 은밀히 오갔다. 행여 누구에게 들키기라도 할세라 살금살금 고양이처럼 궐내를 가로지르는 그녀의 발동작은 민첩했다. 다행히 비밀 통로는 신궁과 가까운 궐내 성산의 중턱 언저리에 있었고, 사율은 며칠 전에 숨겨져 있던 그 곳의 입구를 몰래 확인해 두었다.

'예상대로군.'

사율은 회심의 미소를 지으며 꾸벅꾸벅 졸고 있는 경비병들을 살그머니 지나쳤다. 오라버니는 왕후의 생신을 축하하기 위함이라며 궐내의 모든 이에게 어주를 한 사발씩 내렸고, 그 결과 아기 무수리와 말단 사병에 이르기까지 모두가 술을 받아 마시게 되었다. 금위군장이 이 밤에 궁내의 경비를 서게 될 병사들만은 취하면 안 된다며 간곡히 말렸으나, 이미 아침부터 갖가지 주류를 섭렵한 오라버니는 막무가내였다. 결국 궁 안의 모두가 지존의 너그러운 마음씀씀이와 배포를 칭송하며 술 한 사발을 들이켜고 나서야 오라버니는 흡족한 표정으로 어좌에 주저앉았다.

'그러고서 코를 골며 곯아떨어졌지.'

사율은 미간을 찌푸리며 잠시 걸음을 멈췄다. 앞으로 궐내의 살림을 누가 관리할지 심히 염려스러웠다. 매년 거둬들이는 조세에 따라 연간 소비 계획을 알뜰히 짜고 국고의 출납을 철저히 감사하는 이가 바로 자신이었는데, 이제 그 누가 오라비 내외의 헤픈 씀씀이를 제어한단 말인가.

'아냐, 아냐, 됐어! 엎치나 메치나 나는 떠날 운명.'

이대로 궁에 있다가는 등 떠밀려 늙다리 애아버지와 혼인할 지경이니 미련 없이 돌아서야 한다. 내팽개치고 떠나는 조정의 중대사들이 조금 걸리기야 하지만 잘나신 전하께서 알아서 하시겠지. 흥!

사율은 고개를 휘휘 저으며 괴나리봇짐에 매두었던 등롱과 초를 꺼냈다. 이제 경비병들과도 멀어졌고 산의 입구에 다다랐으니 작은 촛불의 빛쯤이야 아무도 보지 못할 것이다. 그녀는 부싯돌로 초에 불을 붙이고는 조심스레 산비탈을 오르기 시작했다.

반 시진이 더 지났을까. 사율은 마침내 비단 끈을 매어둔 나무를 발견했다. 안도의 한숨이 절로 나왔다. 내심 긴장했는지 등롱의 대를 잡은 손바닥이 땀으로 흥건히 젖어 있었다.

"후우……. 궁에만 틀어박혀 있었더니 대범함이 다 사라졌나 보군."

부왕께서 살아 계실 적에는 깊은 밤의 잠행도 서슴지 않았는데 말이다. 하기야 그때는 부왕과 함께였기에 두려울 것이 없었다. 제 오라비보다 훨씬 더 민생에 관심이 많았던 사율에게 어느 날 밤, 이 비밀 통로의 지도를 은밀히 건네주신 부왕. 설마 하나뿐인 공주가 밤을 틈타 가출하는 데 지도를 쓸 줄은 꿈에도 모르셨겠지?

"돌아가신 후에 불효라니……. 하지만 저도 참을 만큼 참은 거 아시지요, 아바마마? 지금부터는 제 인생 살아볼래요. 사실 그동안 저도 할 만큼 했잖아요?"

사율은 별들이 눈부시게 아름다운 밤하늘을 올려다보며 부왕께 물었다. 대답이 돌아올 리도 없건만, 이렇게 해서라도 하늘에 계신 그분께 승낙을 받고 싶다는 효녀 사율의 마음이었다.

그런데 그때 예상치도 못한 일이 벌어졌다. 커다란 별똥별 하나가 그녀의 머리 위로 긴 호선을 그리며 떨어진 것이다! 사율의 입매가 함지박만 하게 벌어졌다.

"아바마마, 지금 허락하신 거죠? 저, 가도 되는 거죠? 절대로 제 앞길 막으시면 안 됩니다? 그리고 이왕이면 오라버니가 되도록 늦게 알아차리도록 해주세요. 적어도 내일까지는 인사불성일 것 같지만."

갑자기 활기가 솟은 사율이 허리춤에 차고 있던 단검을 빼 들었다. 그녀는 일단 나무에 매었던 끈을 잘라 챙기고는 좌측으로 열 보를 걸었다. 그리고 수풀과 나뭇가지로 교묘하게 감춰놓은 자그마한 돌문을 찾아내었다. 손으로 더듬더듬 돌문을 만져 보던 사율이 그것의 오른쪽 끄트머리를 지그시 눌렀다. 스르릉 소리와 함께 돌문이 열리자, 사율은 등롱을 들고 문 아래로 깊이 파인 계단을 향해 한 걸음 한 걸음 나아가기 시작했다. 물론 안으로 들어가 돌문을 닫기 전에 풀과 나뭇가지로 잘 위장해 놓는 것도 잊지 않았다.

이 비밀 통로는 마치 개미집과 같은 구조. 궁성의 담 아래를 지나 도성의 남쪽 끝까지 연결되어 있는 이 땅굴을 다 통과하려면 하루하고도 한나절은 꼬박 지나야 할 터였다. 그 시간 동안 버틸 수 있는 물과 식량, 초와 누빈 솜옷을 가져오기는 했지만 어둡고 음습한 이 길을 홀로 걸으려면 다시금 심지를 굳게 다져야 했다.

사율은 차갑고 내밀한 땅속의 공기를 가르며 단호히 눈을 빛냈다.

"그러니까 밤사이 사라지셨단 말이오?"

"그렇다니까요!"

"어디로 가신다는 말씀도 없이?"

"그렇대도요!"

"가실 만한 곳은 다 찾아보았고?"

"당연하지요!"

"그런데 감쪽같이 사라지셨다, 이 말이오?"

"대체 몇 번을 말씀드립니까!"

신궁 소속 홍 상궁이 빽 소리 질렀다. 아까부터 몇 번이나 같은 질문을 빙빙 돌려가며 반복하던 대전의 최 내관이 움찔하며 한 발짝 물러났다. 하지만 그는 곧 정신을 차리고는 홍 상궁에게 냅다 면박을 주었다.

"전하께서 깨시겠소!"

"좀 깨셨으면 좋겠거든요? 벌써 저녁 수라를 드실 때잖아요!"

홍 상궁이 앙칼지게 외쳤다. 서른 명의 무수리들을 풀어 한나절이 넘도록 신녀께서 가실 만한 곳을 죄다 뒤져 본 그녀였다. 그러나 무수리들 모두가 고개를 도리질하며 신녀의 그림자도 보지 못했다고 읍하였다. 허면 신녀께서는 대체 어디에 계신단 말인가? 홍 상궁은 왠지 이것이 예삿일이 아니란 생각이 들어 단걸음에 대전으로 향했다.

그러면 뭐 하나? 어젯밤에 내관에게 업혀 침소에 드신 전하께서 일어날 기미가 안 보이는데.

"홍 상궁, 그러지 말고 내일 다시 오시오. 혹시 아오? 내일 아침이 되면 신녀께서 뿅 하고 나타나실지."

"그걸 지금 말이라고 하십니까?"

최 내관이 딴에는 점잖게 타이른 것이건만, 홍 상궁은 어처구니가 없을 뿐이었다. 전하를 최측근에서 모신다는 환관이 이리 긴장감이 없어서야!

그러자 최 내관이 눈을 번뜩이며 되받아쳤다.

"그러면 지금 곤히 주무시는 전하를 깨우자, 그 말이오? 그 일을 홍 상궁이 할 테요?"

"그, 그건……!"

홍 상궁은 잠시 주춤했다. 궐내에 짜하게 퍼진 소문들의 일부가 새록새록 떠올랐기 때문이다.

잠이 설깬 전하의 성질은 이루 말로 할 수 없을 지경이라 하였다. 일설에 의하면, 한 내관은 전하께서 하도 기침하지 않으시어 할 수 없이 침소의 문을 열고 소리 높여 고했다가 이마로 사기그릇을 받아냈단다. 아마 열두 바늘을 꿰맸다지?

"그러니까 내일 아침까지 기다려 보자는 거요. 전하께서 설마 그때까지도 안 일어나시겠소? 게다가 내일 아침에는 조례가 있소. 홍 상궁이 지금 굳이 전하를 깨우지 않아도 일어나셔야만 한다, 이 말이지."

최 내관이 눈매로 초승달을 만들며 흐물흐물 웃었다. 홍 상궁의 양심은 아직도 당장 전하께 아뢰어야 한다고 신호를 보내오건만, 그러다 정말 그릇이라도 얻어맞으면 어쩌나 하는 걱정이 가슴속에서 콩나물처럼 쑥쑥 자랐다. 그 내관처럼 이마라도 찢어지면 누가 책임져? 게다가 신녀께서 돌아오실 수도 있잖아?

"그, 그럼 말씀대로 내일까지 기다려 보겠습니다. 감히 소인이 전하의 단잠을 망쳐 놓을 수는 없으니까요."

"그래그래. 잘 생각하셨소. 그리고 너무 염려치 마시오. 설마 신녀께서 월담이라도 하셨겠소?"

가볍게 농을 던진 최 내관이 손을 훠이 훠이 저었다. 홍 상궁은 머뭇거리면서도 주춤주춤 뒷걸음쳐 물러났다.

홍 상궁이 대전 밖으로 나가자, 최 내관은 입을 쩍 벌리며 하품을 했다. 달콤한 오수를 즐기다가 홍 상궁이 쪼르르 달려와서 난리를 치는 바람에 억지로 깼더니 그저 곤할 뿐이었다.

"아아, 그럼 뒷일은 아랫것들에게 맡기고 이만 쉬어야겠군."

최 내관은 두 팔을 벌려 기지개를 한번 켜고는 소처럼 느릿느릿 걸음을 옮겼다.

하루하고도 한나절이 이토록 길 줄이야. 등롱 하나에 의지한 채 긴 땅굴을 빠져나가는 건 끝없는 두려움과의 싸움이었다. 그래서 공기는 한기가 스밀 만큼 차가웠지만 등줄기를 타고 식은땀이 흘렀다. 가끔씩 불쑥불쑥 튀어나오는 두더지와 스르륵 스치는 벌레들은 그 공포를 한없이 배가시켰다.

하지만 사율은 이를 악물고 걷고 또 걸었다. 당장 쓰러지고 싶을 만큼 지치고 고달팠지만 신경이 날카롭게 곤두서서 잠시 눈을 붙이려고 벽에 기대앉아도 잠은 오지 않았다. 그러다 간신히 의식의 줄을 놓을라치면 악몽을 꾸고 소스라치게 놀라 일어났다. 이럴 바에는 차라리 안심할 수 있는 장소에 도착할 때까지 버티는 게 나으리라. 사율은 봇짐 안에 담아온 유과와 사탕, 떡을 끊임없이 씹어 먹으며 졸음을 이겨냈다.

그리고 마침내 통로의 반대편 입구에 다다르게 되었다.

"아아아……."

돌문을 열고 넝쿨로 얽힌 입구를 간신히 헤치고 나와 햇빛과 마주한 사율은 신음을 내며 그 자리에 털썩 주저앉았다. 어느 정도 각오는 했지만 어둠만이 들어찬 땅굴 속을 홀로 빠져나오는 일이 이렇게나 괴로울 줄은 몰랐다. 자신이 늘 비단옷에 감싸여 누군가의 호위를 받으며 살아온 공주라는 사실이 절절히 와 닿은 경험이었다.

하지만 이제 그녀를 지켜줄 사람은 아무도 없다. 지금부터 진사율은 공주이자 신녀라는 신분을 숨기고 스스로 모든 일을 헤쳐 나가야 했다.

'궐내에 앉아 호령을 할 때는 그 자리가 그저 책임이고 짐인 줄로만 알았거늘, 지금 보니 내가 기대고 의지한 울타리였구나.'

사율의 입가에 냉소가 맺혔다. 자신도 결국은 궐이라는 보금자리 안에서 제 잘났다 떠들어댄 오만한 왕족에 불과했다. 그렇다면 오라비 황율과 다를 게 무에 있으랴.

"다시 시작해야겠어. 전부 다시."

사율은 옷을 털며 일어섰다. 단검으로 헤쳤던 넝쿨을 얼기설기 엮어 돌문을 잘 가려놓았다. 그리고 없는 기운을 가까스로 짜내어

산 중턱을 터벅터벅 내려가기 시작했다.

이 산을 내려가면 도성의 남쪽 성벽에서 가장 가까이에 위치한 마을 어귀쯤에 당도할 것이다. 워낙에 작은 마을이라 번듯한 객잔은 없겠지만 여행객들이 쉬어갈 수 있는 작은 숙관쯤은 한두 군데 있을 터였다. 그곳에서 이틀 정도 머무르며 말과 식량을 구한 뒤 다시 떠난다. 다리가 자꾸 풀리고 산을 내려가면서도 눈꺼풀이 감겨왔지만 지금쯤 신녀가 없어졌다는 걸 알고 궁 안이 발칵 뒤집혔을 테니 서둘러야 했다. 평민 남성용 의복을 걸친 채 흙투성이가 된 그녀를 보고 공주라 생각할 이는 아무도 없겠지만, 혹시 모르지 않는가? 왕궁을 드나드는 자와 마주치기라도 할지.

'여러모로 방심은 절대 금물이야.'

사율은 고개를 끄덕이며 다짐했다. 여행을 하는 와중에 틈틈이 궁술과 검술도 연마하사 마음먹었다. 왕실에서 내려오는 고급 무예를 익혔다고는 하나 다수의 적과 마주한다면 아무 소용이 없을뿐더러, 몇 년간 연습을 너무 소홀히 했다.

'나머지는…… 일단 자고 생각해야겠어.'

사율은 혼미한 정신으로 구를 듯 뛸 듯 걸음을 옮겼다. 다행히 이 산은 높지 않아 한 시진쯤 지나자 마을에 도착할 수 있었다. 게슴츠레한 눈으로 마을의 여기저기를 두리번거리며 걷던 사율은 곧 아담한 숙관 하나를 발견했고, 주인에게 방을 빌려 안으로 들어가서는 씻지도 않고 털퍼덕 쓰러졌다. 그리고 정신을 놓아버렸다.

❖

"하아암! 신녀가 궁 안에 없다고?"

반문하는 황율의 음성에서 피로가 물씬 배어 나왔다. 하루 반을 꿈속에서 헤맸건만 아직도 온몸이 술에 취한 듯 나른했다. 대체 무슨 정신으로 조례를 보고 신료들의 읍소를 들었는지도 모르겠다. 기억나는 대목도 '통촉하여 주시옵소서!' 뿐이었다.

여하튼 이래저래 오전 정무를 마치고 중신들과 오찬을 함께한 뒤 잠시 오수나 즐길까 하여 침소로 들려는데, 홍 상궁이 허둥지둥 달려와 왕을 수행하던 내관에게 뭐라 귀엣말을 하였다. 그러고 나서 내관이 한다는 말이 글쎄, 신녀가 감쪽같이 사라져 찾을 수가 없단다.

아아, 정말 귀찮아 죽겠다.

"천제당으로 간 것이 아니고?"

황율이 짜증 섞인 목소리로 물었다. 제깟 게 가면 어딜 가겠느냐는 말이었다. 물론 사율의 기질이 남다르긴 하나, 그래 봤자 궁궐에서 나고 자란 천생 공주였다. 공주가 궁을 떠나봤자 갈 곳이란 뻔하지 않은가? 뛰어봤자 방 안의 벼룩이지.

"벌써 사람을 보내 알아보았으나, 그곳으로는 가지 않으셨다 하옵니다."

홍 상궁이 머리를 조아리며 떨리는 목소리로 답했다. 감히 올려다보지도 못할 지존의 어조에 신경질이 잔뜩 돋았으니 어찌 아니 두려우랴.

아니나 다를까. 홍 상궁의 머리 위로 당장에 벼락같은 일갈이 쏟아졌다.

"너는 무얼 하고 있었던 게야? 짐이 신녀를 잘 살피라 당부하지 않았느냐?"

"소, 송구하옵니다, 전하. 마마께서 곤히 잠드신 것을 확인하고 물러나온지라……."

홍 상궁이 바닥에 납작 엎드리며 읍소하였다.

사실 왕이 며칠 전에 지나듯이 했던 그 말이 그저 신녀를 성심껏 보살펴 드리라는 뜻인 줄로만 알았던 홍 상궁은 속으로 무척이나 억울했다. 차라리 신궁의 경비를 강화시키거나 두 눈 부릅뜨고 밤새 신녀 마마를 지키라고 직접적으로 하명하실 일이지, 그런 애매모호한 말로 명하시면 어찌 제대로 알아듣겠느냔 말이다. 결국 전하께서도 신녀 마마가 느닷없이 사라질 줄은 예상치 못하셨다는 뜻 아닌가?

그러나 아랫것이 어쩔 도리가 있겠는가? 살고 싶으면 손이 발이 되도록 싹싹 비는 수밖에. 홍 상궁은 '나 죽었소' 자세로 계속 흐느꼈다.

이미 사라진 신녀가 운다고 해서 뿅 하고 나타날 것인가? 황율은 홍 상궁의 작태에 짜증만 더 치솟았다.

"시끄럽다, 멍청한 것! 일단 궁 안을 더 뒤져 봐라! 궁궐이 넓고 넓어 서로 엇갈렸을 수도 있지 않느냐? 최 내관이 책임지고 궁내를 탐색하라! 금위군장에게 협력을 요청해도 좋다."

"명을 받들겠나이다, 전하."

옆에 시립해 있던 최 내관이 공손히 답하며 엎드려 떨고 있던 홍 상궁을 끌고 부랴부랴 물러났다. 왕의 성정상 홍 상궁을 곤장으로 매우 치지 않은 것만 해도 천행이었다.

가뜩이나 만사가 귀찮건만, 이게 웬 해괴망측한 짓이란 말이더냐! 황율은 불퉁한 심사로 몸을 홱 틀었다. 부왕의 유언과 오라비의 묵인하에 오 년 동안이나 조정을 좌지우지했으면 됐지, 무슨 욕심이 더 남아 이러는가? 그런다고 저한테 내린 명을 거둘 줄 아나? 그동안 정무에 힘쓴 저를 곱게 여겨 환국의 왕장자에게 시집보내려 했거늘!

"에잉, 괘씸한지고! 네가 이런다고 해서 짐이 눈 하나 깜짝할 줄 아느냐?"

성을 냈더니 졸음마저 확 가셨다. 황율은 퉁퉁거리며 침소의 문을 걷어찼다. 머리를 조아리며 문을 열려던 내관이 화들짝 놀라 재빨리 물러났다. 뿔이 단단히 돋은 왕의 낯빛을 보니 그저 설설 기는 것이 상책인 듯싶었다.

"의복을 내리고 황금주를 내오라!"

"예, 전하."

왕의 곁에 있던 이 내관이 침소 밖으로 나가려던 궁녀 두엇에게 어서 술을 내오라 눈짓했다. 그리고 어여쁜 궁녀 둘에게 전하의 의복 시중을 들라 소곤소곤 하명했다. 오랜 세월 동안 왕의 곁에 머무르며 눈치가 백단이 된 이 내관의 명에 따라 꽃 같은 궁녀 둘이 전하의 곁으로 다가갔다. 섬섬옥수를 살며시 내밀어 전하께서 걸치신 황룡포를 내려 드리고 편히 침수하실 수 있게 침상을 정돈

했다. 곧 궁녀 둘이 옥쟁반에 황금주와 정갈한 음식들을 줄줄이 받쳐 들고 와 왕만을 위한 주안상을 차렸다.

"모두 물러가거라. 차후에 아무도 들이지 말라."

"예, 전하."

이 내관이 아랫것들을 데리고 재빨리 침소를 벗어났다. 전하의 심기를 풀어드리기 위해 의복 시중을 들던 궁녀 둘을 남겨둘 참이었으나, 지금은 그조차 가납하지 않으실 듯했다. 이럴 땐 그저 총총히 사라져야 한다.

이 내관이 궁녀들을 모두 데리고 물러가자, 침소에 홀로 남은 황율은 투명한 유리잔에 황금주를 가득 채웠다. 그러고는 황금빛 비단 방석을 푹신하게 깔아놓은 의자에 털썩 앉아 단숨에 술을 들이켰다. 그는 달콤한 냄새가 풀풀 풍기는 산적을 한 조각 씹으며 작금의 사태를 자근자근 돌이켜 보았다.

'뭐, 단번에 응하리라 기대하지는 않았지.'

무려 오 년 동안이나 국정을 맡은 아이다. 그 우수한 두뇌와 곧은 성품으로 따지자면 진국에서 따라갈 자가 없을 것이다. 만약 장자만이 왕이 되어온 삼국의 전통이 아니었더라면 황율이 아닌 사율이 진국의 십칠대 왕이 되었을지도 모른다.

황율은 그런 누이동생이 꽤 편리하면서도 눈엣가시 같았다. 재상의 역할을 해내며 왕인 자신이 귀찮아하는 조정의 행정 업무들을 깔끔하게 처리하는 것은 아주 좋았다. 부왕의 사랑을 듬뿍 받고 자란 데다 옳고 그름이 분명한 성정인지라 오직 진국의 안위와 부왕의 유언만을 생각했지, 사리사욕이나 권력욕을 채우기 위해 오라비 왕을 이용하거나 능멸할 계책을 꾸미지 않는다는 것도 그래, 맘에 들었다.

그러나 해가 갈수록 늘어가는 그 지긋지긋한 잔소리들은 어쩐단 말이냐? 대신들은커녕 왕후조차 감히 왕의 언행에 반박한 적이 없거늘, 누이동생이라고 하나 있는 것이 툭하면 뭐가 옳네, 뭐가 그르네, 본을 보이셔야 하네 등등, 지 오라비를 들들 볶는 정도가 날이 갈수록 심해졌다. 사실 그동안 하나뿐인 공주이자 누이동생이라 참아주었지, 신료들 중 한 명이었다면 목을 쳐도 백번은 더 쳤을 것이다.

하여 황율은 이 모든 상황에 종지부를 찍기로 했다. 사실 천년만년 누이동생에게 정사를 떠맡길 수도 없는 노릇이고, 오라비로서 아직까지 혼인도 못하고 정무에만 치여 사는 사율이 살짝 가엽기도 했다. 그래서 더 늦기 전에 환국으로 시집보내려 결심한 것이다. 그런 황율의 결정이 사율로서는 청천벽력 같았겠지만.

"그래도 아국의 사내와 혼인시키는 건 안 될 말이지. 결단코 아니 될 일이야."

황율은 황금주를 잔에 따르며 중얼거렸다. 지금이야 부왕의 유언과 진국의 안위만을 생각한다지만, 혼인을 하고 제 자식을 낳은 후에는 어떻게 변할지 어찌 아는가? 게다가 아국에서 부마를 맞이해 정착한다면 수시로 오라비를 찾아와 간섭하려 들 게 불 보듯 뻔하지 않은가?

이래저래 사율이 진국에 남아 있으면 골치가 아플 터. 그래서 차라리 동맹국의 왕후가 되어라 했던 것이다. 왕장자의 나이가 조금 많다고는 하나 어쨌든 그가 다음 대 왕이 될 것은 자명한 일이니.

"그런데 이 오라비의 깊은 속내도 모르고 자취를 감춰? 그래 봤자 짐의 결정은 변함이 없단다."

어디 고생이나 실컷 해보라지. 그러다 울며불며 왕궁으로 돌아오겠지, 별수 있어?

황율은 코웃음을 치며 술을 들이켰다. 울화가 치민 것을 핑계로 침소에 주저앉았으니 이날은 감히 누구도 왕을 알현하겠다고 청하지 않으리라. 황금주나 두어 병 비우고 침수해야지.

황율의 입가에 삐딱한 미소가 걸렸다.

第二章 그 신녀, 난감

하루 낮밤을 꼬박 혼절한 것처럼 잔 사율은 일어나자마자 개운하게 몸을 씻고 식사를 했다. 그러고는 발이 넓은 숙관의 주인이 구해다 준 말 한 필과 음식 몇 가지를 챙겨 다음날 새벽에 지체 없이 마을을 떠났다.

말 위에 오른 사율의 마음은 한결 홀가분했다. 지금쯤 궁에서 오라버니가 신녀를 찾아낼 수색대를 파견했을지도 모르나, 쉽사리 그녀의 행적을 좇을 수는 없을 터. 게다가 그 비밀 통로의 위치와 지도는 이제 사율의 머릿속에만 존재했다.

사율은 입매를 씩 올리며 시원하게 말을 달렸다. 반으로 가볍게 묶어 늘어뜨린 머리칼을 휘날리며 바람을 온몸으로 맞이하는 기분이라니! 사율은 지금에야 비로소 진정한 자유에 눈을 뜬 심정이었다. 호탕한 웃음이 절로 새어 나왔다.

"아하하하하하하!"

다음 목적지인 효수 마을까지는 한나절 거리. 이른 새벽에 출발한 까닭에 예상보다 일찍 마을의 초입에 다다를 수 있을 듯했다. 사율은 그곳을 거친 후 강을 건너서 미리 연통을 넣어둔 상단의 친우를 만나러 갈 예정이었다. 서로 보지 못했던 몇 해간 그도 엄연한 사내로 자랐을 터. 사율은 성장한 모습으로 그와 다시 만난다는 것이 내심 기대되었다.

'따지고 보면 그도 퍽 고마운 사람이지.'

사율은 그와의 첫 만남을 떠올리며 생긋 미소 지었다. 처음으로 부왕을 따라 잠행에 나섰을 때 상단 우두머리의 아들이었던 그를 보았다. 동갑내기인 주제에 왕재로서 교육을 받고 있던 오라버니 황율보다 점잔을 빼고 앉았기에 새침하게 한마디 톡 쏘아주었더니 대놓고 무안을 주었더랬다.

'어진 심성으로 백성들을 보살피셔야 할 공주께서 이리도 철부지시니 진국의 앞날이 참으로 걱정입니다. 하기야 전하의 보호망 아래에만 계시는 공주께서 무얼 하실 필요가 있겠냐마는.'

그 무엄한 언사에 얼굴이 새빨개진 사율이 '적어도 이익을 취하는 상단주의 아들인 그대보다는 백성의 안위를 생각하고 있소!' 라고 받아치자 '호오, 그래요?' 라고 답하더니 부왕 몰래 민가의 이곳저곳에 데려가 주었다. 나중에 그 사실을 아신 부왕과 상단주에게 눈물을 쏙 뺄 만큼 호되게 혼이 났으나, 사율은 그 덕택에 비로소 백성들의 곤궁한 삶에 눈을 뜨게 되었다.

다소 짓궂기는 하나 속이 깊은 그와의 조우를 상상하며 사율은 말에 박차를 가했다. 그가 사율의 계획을 듣고서 아직도 철이 덜 들었냐며 혀를 찰지, 두 팔을 걷어붙이고 말리려 들지는 모르겠으나, 어쨌든 결국에는 그녀를 돕게 될 터. 그가 비협조적인 자세로 나올 때를 대비해 비장의 무기까지 갖추고 왔으니 소득이 없지는 않을 것이다.

'그것을 내보였을 때의 표정이 꽤 궁금하단 말이지.'

사율은 큭큭거리며 마을의 초입을 향해 빠르게 나아갔다.

효수 마을의 장터는 사람들로 북적북적했다. 사율은 장터 근처에 위치한 삼 층짜리 객잔에 방을 잡고 말을 맡겼다. 그러고는 백성들이 활기차게 오가는 저잣거리를 천천히 거닐었다.

한 푼이라도 더 깎기 위해 장사치와 흥정을 하는 아낙네와 호호거리며 비단을 고르는 처자들, 궐내에서는 볼 수 없었던 소박한 먹을거리와 손님을 호객하는 가게 주인들. 이곳에는 생동감이 넘쳐흘렀다. 비단에 휘감긴 문무백관들과 늘 조심스러운 몸놀림으로 움직이는 궁녀들이 가득한 궐에는 결코 존재하지 않는 싱싱한 공기. 사율은 눈을 감고 크게 심호흡을 했다. 지금 이 순간, 그녀는 궁을 뛰쳐나온 게 진심으로 기뻤다.

입술에 담뿍 미소를 물고 시장 이곳저곳에 시선을 두던 사율의 배에서 꼬르륵 소리가 났다. 사실 아침 식사는 뜨는 둥 마는 둥, 점심 식사는 아예 거르고 줄기차게 말을 달렸다. 그 덕에 인시 안에 마을에 도착하기는 했지만 긴장이 풀리자 허기가 몰려왔다. 마침 근처에 고기 삶는 냄새를 구수하게 풍기는 점막 하나가 있었다. 사율은 얼른 그곳으로 들어가 턱 하니 자리를 잡았다.

"주인장, 여기 수육 한 접시와 국수 한 그릇, 황주 한 사발 주시오!"

"예예!"

예전에 부왕께서 하셨던 대로 호기롭게 외치자, 점막의 주인으로 보이는 여인이 곧장 대답하더니 얼른 황주 한 사발과 수육부터 내왔다. 사율은 상에 놓여 있던 통에서 젓가락 한 짝을 빼 들어 수육을 한 점 집어 먹었다. 궁에서 먹던 깔끔하고 쫄깃했던 장육과는 다르게 돼지고기 특유의 누린내가 났지만 그럭저럭 씹을 만은 했다. 황주 또한 궐내에서 즐겨 마셨던 향긋한 과실주나 황금주와는 비교도 안 되게 탁하고 거칠었으나 참고 들이켤 수는 있었다. 사실 이 정도로 백성들의 음식에 적응할 수 있는 것도 다 부왕과 다녔던 잠행 덕택이었다.

'싫다고 도리질을 하는 공주에게 억지로 많이도 먹이셨지.'

사율은 부왕과의 추억을 안주 삼아 황주를 조금씩 홀짝거렸다. 은근히 독한 술에 취기가 올라서 그런가. 부왕이 자꾸만 보고 싶었다. 너무나도 일찍 천제의 품으로 떠나신 어마마마를 대신해 하나뿐인 공주를 금이야 옥이야 애지중지하신 부왕. 그러면서도 배움에 있어서는 늘 엄격하셨다. 어렸던 사율에게는 그런 부왕이 곧 하늘이요, 세상의 전부였다.

'조금만 더 오래 사셨더라면 좋았을 텐데……. 그러면 나도 이렇게 도망치듯 빠져나올 일은 없었을 텐데……'

사율은 침울하게 고개를 숙였다. 그러다 머리를 붕붕 흔들었다. 약해지면 안 된다. 그 길을 가기 위해서는 강하고 또 강해져야 한다.

마침 주인장이 뜨끈한 국물에 만 국수를 내왔다. 사율은 공주답지 않게 국수 사발을 통째로 들고 국물을 호호 불어가며 마셨다. 취기로 잠시 아득해졌던 정신이 서서히 돌아오는 게 느껴졌다.

국물을 끝까지 다 비운 사율은 의자에서 천천히 일어났다. 그리고 차고 있던 전낭에서 몇 푼을 꺼내 상 위에 내려놓고는 외쳤다.

"주인장, 여기 계산……!"

우당탕쿵탕!

"악!"

"이년이 누굴 등쳐먹으려 들어?"

순식간에 눈앞에서 벌어진 일에 사율의 눈이 휘둥그레졌다. 자리에서 벗어나 점막 밖으로 나가려는데, 옆 상에 앉아 있던 중년 남자가 맞은편에 있던 여자의 머리채를 잡고서 땅바닥에 내동댕이친 것이다. 남자는 여자가 무슨 짐짝이라도 되는 양 우악스러운 손길을 거둘 줄 몰랐다.

"이 쌍년! 내가 시장판에서 굴러먹은 지가 스무 해여! 감히 누굴 상대로 수작을 부려, 부리긴!"

"아아악!"

사율은 귓가를 파고든 거친 육두문자와 여자의 비명으로 머리가 아찔했다. 이런 경험은 생전 처음이었다. 부왕과 몰래 백성들을 살피러 돌아다녔을 때는 겪지 못했던 일이 눈앞에서 펼쳐진 것이다. 그 와중에도 남자는 여자의 머리끄덩이를 잡고 이리저리 휘두르고 있었고, 욕설과 새된 비명이 짜랑짜랑 울렸다. 저러다 여자의 머리칼이 몽땅 뽑힐 것 같았다.

사율은 참다못해 소리치고 말았다.

"제발 그만하시오!"

순간, 알아듣지도 못할 말들을 쏟아내고 있던 남자의 시선이 사율에게로 향했다. 그 흉포한 눈빛에 속으로 움찔했으나, 사율은 절대로 고개를 돌려 피하지 않았다.

"네년은 뭔데 간섭이여?"

"뭐, 뭐라? 년?"

감히 진국의 공주이자 신녀에게 년? 녀언?

사율의 가슴속에서 불길이 화르륵 타올랐다. 고귀한 신분으로 태어나 만백성이 우러러보는 위치에서 이날 이때까지 도도히 살아왔던 사율에게 남자가 한 폭언은 청천벽력과도 같았다.

"뭔데 껴들어? 너도 이년과 한패여?"

"그대, 언사가 심히 고약하구나! 힘없는 아녀자를 그리 함부로 대하는 것도 모자라 처음 보는 내게 어찌 그런 망발을 퍼붓는 것이냐?"

사율은 싸늘한 눈초리로 거침없이 대섰다. 이렇게 된 이상 이판사판. 감히 자신에게 쌍욕을 한 이 무뢰배를 혼쭐낼 참이었다. 여자라 하나 웬만한 남자 하나쯤은 거뜬히 제압할 무위를 갖추지 않았더냐?

"호오, 그리 쌍심지를 켜고 달려드는 걸 보니 한패가 맞나 보구면. 뭐, 한 년을 요절내나 두 년을 요절내나 마찬가지지. 안 그런가, 여보게들?"

"그렇지!"

남자가 점막 안을 둘러보며 묻자, 앉아 있던 열 명가량의 사내들이 동시에 대답하며 벌떡 일어섰다. 하나같이 우락부락한 몸뚱이에 거친 눈빛을 뿜어내는 시정잡배들. 그들은 먹이를 앞에 둔 승냥이처럼 사율을 향해 군침을 흘렸다.

'이런, 당했구나!'

사율이 당황하여 뒤로 주춤주춤 물러섰다. 설사 허리춤에 차고 있는 검을 뽑는다 해도 이곳에서 빠져나갈 수 있다는 보장이 없거니와, 저 바닥에 내팽개쳐진 여인은 어찌한단 말이냐?

"험한 꼴 보기 전에 가진 걸 다 내놓으면 그냥 보내줄 수도 있는데. 아니면 저년처럼 머리채 잡혀 끌려가는 것이고."

남자가 한 발짝 한 발짝 사율에게 다가가며 눈을 번들거렸다. 붉게 충혈된 눈알이 사율을 향한 음심을 슬며시 품고 있었다. 사율은 침을 꿀꺽 삼키며 검에 손을 대었다.

'어떻게든 여길 빠져나가야 돼!'

여기서 한 걸음만 더 다가오면 검갑째 일격을 휘두른다. 사율은 마음을 굳게 먹고 남자를 응시했다. 그리고 검을 빼 들려는 순간!

"그냥 가지?"

팽팽한 긴장감 속에서 정체 모를 남자의 저음이 귓가로 스몄다. 일순간 멈칫한 사율도, 그녀를 향해 다가가던 남자도, 그와 한패인 다른 사내들도 반사적으로 목소리가 들린 쪽을 쳐다보았다. 검은 포를 입고 삿갓을 깊이 눌러쓴 검객이 작은 의자에서 천천히 몸을 일으키고 있었다.

"귀찮으니까 그냥 가라고. 안 그러면 내가 움직여야 되잖아."

"너, 설마 우리더러 한 얘기냐?"

이 모든 상황을 시작한 중년 남자가 미간을 찌푸리며 검객을 향해 물었다. 그는 삿갓을 벗으며 짧게 되물었다.

"달리 누가 있나?"

드러난 검객의 얼굴은 이립도 안 되었을 만큼 젊었다. 곧은 콧날과 서늘한 눈매가 수려한, 무사라기보다는 귀공자에 가까운 미남이었다. 그를 본 중년 남자가 코웃음을 쳤다.

"하! 애송이가 죽고 싶어 환장을 했구먼? 가만히 있었으면 명은 부지했을 텐데 말이여."

그 말과 동시에 중년 남자가 사율에게 달려들었다. 사율은 얼떨결에 검을 뽑아 사내의 어깨를 향해 내려쳤다. 그러나 그는 재빨리 피하며 사율의 손목을 쳐 너무나 쉽게 그녀의 손에서 검을 떨어뜨렸다. 당황한 사율이 발을 휘둘러 사내의 다리 사이를 노렸으나, 그는 몸을 옆으로 빼더니 순식간에 사율을 등 뒤에서 끌어안듯 잡았다.

"감히 누구에게 손을 대느냐! 놓지 못할까!"

제대로 대적도 못하고 옴짝달싹못하게 된 사율이 발악하듯 외쳤다. 아무리 정사를 보는 동안 수련을 거의 못했다지만 왕실의 고급 무예를 익힌 자신이 이리 허무하게 팔목이 잡히다니, 수치도 이런 수치가 없었다. 처음으로 닿은 외간 남자의 손길이 이따위

불한당의 우악스러운 수작이란 말이더냐!

"놔라, 이놈!"

"흐흐, 그러게 진즉 가진 거 다 털어내고 나가지 그랬냐?"

사율을 뒤에서 부둥켜안아 팔목을 단단히 잡은 중년 남자는 그녀가 버둥댈수록 손아귀를 꽉 옭죄었다. 등 뒤로 찰싹 달라붙은 사내의 땀 냄새가 훅 끼쳐 왔다. 사율은 안간힘을 쓰며 발을 뒤로 굴러 그의 다리를 가격했다. 사율의 몸태질에 짜증이 솟은 중년 남자는 결국 그녀를 바닥으로 던지듯 밀쳐 냈다. 사율은 그의 무지막지한 힘에 못 이겨 풀썩 쓰러지고 말았다.

"악!"

"이년이 진짜 쓴맛을 봐야 정신을 차리겠구먼?"

사내가 침을 캭 뱉어내며 윽박질렀다. 그리고 엉거주춤 일어서려는 사율을 발로 거칠게 차려는 순간!

"그만."

싸늘한 저음이 그의 등 뒤에서 들려왔다. 날이 시퍼런 검신이 어느새 목 옆으로 바짝 다가와 있었다. 중년 남자는 얼은 채로 무심결에 정면을 보았다. 곧 그의 입술 사이로 경악에 찬 신음이 흘러나왔다. 손아귀에 넣은 여자에게 신경을 쓰는 동안 한패인 사내들이 전부 애송이에게 당해 처참하게 널브러져 있었다.

"어, 언제……?"

검객의 신출귀몰한 솜씨에 놀란 그가 가까스로 물었다.

"그러게 말했잖아. 그냥 가라고. 뭐, 죽이지는 않았으니 걱정하지 마."

비웃음이 섞인 음성이 나직하게 울렸다. 그리고 퍽 하는 소리와 함께 사내는 풀썩 고꾸라졌다.

정체 모를 검객이 자신을 겁박하던 중년 남자의 목 뒤를 칼등으로 쳐서 기절시키는 걸 지켜본 사율이 황망하게 그를 올려다보았다. 순식간에 사내 열을 제압한 눈앞의 검객이 일순 두려워진 까닭이다. 그러나 그는 언제 그랬냐는 듯 부드러운 미소를 띠고는 사율을 향해 손을 내밀었다.

"어서 일어서시오, 낭자. 어디 다친 곳은 없소?"

사율은 머뭇머뭇하다 그의 손을 잡았다. 어쨌든 위기의 상황에서 자신을 도와준 은인이니 호의를 거절하는 것은 옳지 않았다. 하물며 의심하는 것은 더더욱.

그는 몸을 숙여 사율의 손과 허리를 강하게 잡더니 조심스레 일으켜 세웠다.

"괘, 괜찮습니다. 구해주셔서 고맙습니다."

당황한 사율이 그의 손을 가볍게 쳐냈다. 궁에서는 감히 어떤 남자도 범접하지 못했던 신녀가 오늘 참 여러 남자 손을 탄다. 야반도주를 해놓고 이 정도 일도 각오하지 않았던 자신이 얼마나 우매한지.

"그 여자도 한패였던 것 같소."

"네?"

그가 대뜸 뱉어낸 말에 사율이 눈을 동그랗게 떴다. 그의 말이 순간적으로 이해가 되지 않은 까닭이다.

"낭자가 도와주려 했던 그 여자 말이오. 소동을 틈타 도망가는 걸 봤는데 쓰러진 사내들 중 누구도 저지하지 않더군. 아무래도 처음부터 낭자를 노리고 일을 벌인 것 같소."

"그런……!"

사율의 눈빛이 충격으로 흐려졌다. 차마 두고 볼 수가 없어 도우려고 나섰거늘, 그 모든 것이 거짓 연극이었단 말인가!

'나는 우물 안에서나 영명한 공주였단 말이냐.'

궁에서 빠져나오기 전에는 웬만한 사내쯤은 이길 수 있다고 자부했던 무술 실력도, 명석하고 영리하다 믿었던 두뇌도 효수 마을에 들어온 지 하루도 안 되어 뭐 하나 쓸모없음이 판명 났다. 이래가지고 어찌 호기롭게 뛰쳐나왔단 말인가. 자유를 얻기 위해서는 그에 상응하는 대가가 따르는 것을.

"자, 도와준 답례로 내게 술이나 한잔 사시겠소?"

자신의 우매함을 탓하며 침울해 있는 사율에게 그가 호탕하게 말했다. 환하게 웃음 짓는 그의 얼굴에는 한 점의 그늘도 보이지 않았다. 갑작스러운 제안에 사율이 또 머뭇거리자, 그는 사율의 팔목을 휙 낚아채더니 뚜벅뚜벅 앞으로 나아갔다.

"이, 이보세요!"

"어찌 되었든 낭자로 인해 내 고즈넉한 술자리를 망쳤으니 한 잔 사야 하는 거 아니냔 말이오. 낭자는 한 잔 술로 답례를 하고, 나는 그 인연으로 낭자와 더 깊은 우정을 쌓고. 이야말로 일석이조가 아니겠소?"

사율이 당황하여 불러도 그는 아랑곳하지 않고 혼자서 떠들며 밖으로 나갔다. 팔목을 잡아끄는 힘이 어찌나 센지, 얼떨결에 그에게 잡힌 사율은 반항 한번 못해보고 따라갔다. 그는 뭐가 그리도 즐거운지 근거리에 있던 다른 객잔으로 가는 내내 사율에게 농을 던지며 싱글거렸다.

신녀 사율, 여러모로 정신이 혼미한 오후를 보내고 있었다.

"그래서 그 처녀의 간청에 못 이겨 내가 또 나서지 않았겠소? 뭐, 생각보다 하잘것없는 놈들의 소굴이었지만, 나로서도 서른 명을 상대로 싸워본 건 그때가 처음이었소. 오합지졸이었으니 망정이지, 고수들의 집단이었다면 그리 쉽게 탕진하기는 힘들었을 거요."

"네에, 그러셨군요."

객잔에 자리를 잡고 앉아 술 한 동이를 시킨 지 어언 두 시진째, 사율은 끝날 줄 모르는 남자의 자화자찬 겸 무용담에 머리가 어지러웠다. 물론 처음에는 앞으로의 여정에 도움이 될까 하여 열성적으로 고개를 끄덕이며 남자의 말을 경청했다. 하지만 남자가 늘어놓은 이야기라고는 그 장소가 어디든 '어느 가련한 여인의 청에 못 이겨 몇 대 일로 싸워 이겼다'가 주된 내용이었다. 아니, 세상천지에 가련한 여인이 그렇게 많았단 말인가? 그리고 이 남자, 대체 뭐 하는 작자이기에 그 고귀한 검술을 여인네 돕는 데만 쓰고 다닌단 말인가?

사율은 남자가 두 시진이 넘게 떠들어대면서도 정작 자신의 이름조차 말해주지 않았다는 걸 깨달았다.

"이런, 내가 너무 내 얘기만 했구려. 이제부터는 낭자의 이야기를 좀 들려주시오. 무슨 연유로 여인이 홀로 길을 나섰단 말이오? 아까처럼 험한 꼴을 당하면 어쩌려고."

혼자서 신나게 떠들던 남자가 갑자기 사율을 지그시 바라보며 물었다. 은근히 매서운 그의 눈초리에, 남자에 대해 요리조리 곱씹어보던 사율은 얼떨결에 대답하고 말았다.

"그저 갑갑하여 바람이나 좀 쐴까 해서 나왔습니다."

"호오…… 여인의 몸으로 참 멀리도 나오셨구려."

남자는 의미심장한 목소리로 답하고는 고개를 젖혀 술잔을 비웠다. 그리고 바가지로 동이에 담긴 술을 퍼서 다시 잔을 채웠다. 그의 행동을 유심히 보던 사율이 의심스럽다는 어투로 물었다.

"왜 제가 멀리서 왔다고 생각하십니까?"

"그게 아니라면 그 고운 얼굴로 남자처럼 차려입지는 않았겠지. 아니 그렇소?"

남자는 사율의 눈을 정면으로 응시하며 술잔을 입가에 대었다. 어딘지 모르게 심중을 꿰뚫는 듯한 그 눈빛에 사율은 순간 소름이 돋았다.

술을 한 모금 음미한 남자는 빙글거리듯 입을 열었다.

"아니면, 혹시 누군가에게 쫓기고 있는 거요? 그래서 들키지 않으려고 남복을 하였소? 그런데 어쩐다. 그 미색이라면 멀리서도 알아볼 것 같은데. 얼굴에 검댕이라도 좀 칠하고 다니지 그러오?"

안다. 그는 사율이 누구인지, 어디서 왔는지 알고 있다. 사율은 본능적으로 그것을 느꼈다. 머리가 차갑게 식었다.

사율은 그의 눈을 똑바로 쳐다보며 딱딱한 어조로 물었다.

"누가 보낸 자냐?"

"그렇게 정색할 것 없소, 공주."

남자가 직설적으로 응수했다. 사율의 얼굴이 긴장으로 한층 굳었다. 여차하면 몸을 날릴 준비를 해야 할 판이었다. 그는 고수라서 당해내지는 못할 것이나 오라버니가 보낸 자이거나 이득을 얻기 위해 여기까지 온 자라면 결코 사율을 해하지는 못할 터였다.

그러나 남자는 이해할 수 없는 말을 던졌다.

"그나저나 나를 알아보지 못하다니 참으로 섭섭하구려. 이래도 못 알아보시겠소?"

그가 한 손으로는 늘어뜨렸던 앞머리를 올려 이마를 까 보이고, 다른 손으로는 뒤로 길게 내린 머리칼을 묶듯이 움켜잡았다. 미간을 찌푸린 채 그를 노려보던 사율의 눈매가 점점 커졌다.

"당신은……!"

❖

"전하, 이것은 보통 일이 아니옵니다!"

"그렇사옵니다, 전하. 신녀께서 적국에 납치라도 당하셨다면 어찌하옵니까?"

"허어, 우상은 말씀을 삼가세요. 꼭 신녀께서 납치되기를 바라는 것 같구려?"

"거느리던 시비 하나 없이 하룻밤 사이에 사라지셨소. 그게 신녀 마마 혼자서 가능한 일이라고 보시오, 좌상?"

"그거야 아직은 모르는 일이지요."

"샅샅이 수색하려면 사흘은 족히 걸리는 이 넓은 궁궐에서 이리 감쪽같이 사라지다니, 하늘을 날지 않는 한 이럴 수는 없는 것 아니오?"

"하지만 궁궐은커녕 도성 내에도 간자나 수상한 자가 침입했다는 보고가 없었잖소? 그럼 적국의 첩자는 뭐, 날아와서 신녀 마마를 데려갔겠소?"

옥신각신 설왕설래. 이른바 '신녀가 감쪽같이 사라진 이유는?' 이라는 주제로 시작된 회의는 우상과 좌상을 필두로 한 신료들의 설전으로 인해 끝날 줄을 몰랐다. 덕분에 수라도 뜨는 둥 마는 둥 하고 시큰둥하게 회의에 참석해 어좌에 앉아 있던 황율의 이마에는 힘줄이 툭툭 솟아올랐다. 신녀의 공석을 메우기 위한 강구책을 마련해도 모자랄 판에 내내 '신녀가 날았나, 첩자가 날아왔나' 로 말싸움들이나 하고 앉았으니, 저런 것들을 데리고 어찌 진국을 이끌어갈꼬? 쯧쯧.

"그러니까 환국에 은밀히 공문이라도 보내야 한단 말이오!"

"아니, 사건의 진위도 가리지 못한 판국에 무슨 얼어 죽을 공문? 지금 진국의 공주가 사라졌다고 대놓고 알리자는 것이오?"

"그럼 좌상께서는 다른 방책이라도 있다는 말씀이시오?"

"그러니까 좀 더 찾아보고 나서……."

"그만하라!"

결국 참다못한 황율이 버럭 소리를 내질렀다. 짜증이 겹겹이 쌓인 왕의 일갈에 두 대신은 황급히 입을 다물었다. 황율은 무언가를 집어 던지고 싶은 불퉁한 심사를 꾹꾹 억누르며 시립한 신료들을 향해 언성을 높였다.

"지금 신녀가 맡았던 중책을 어떻게 분담해야 할지 논의해도 모자랄 판에 언제까지 그런 허무맹랑한 논쟁만 할 참인가! 그대들의 머리는 장식용으로 달렸는가?"

왕이 시뻘게진 안색으로 씩씩거리며 하문했으나, 누구도 감히 대꾸하지 못하고 그저 '나 죽었네' 하며 몸을 낮출 뿐이었다. 비록 어명에 따라 합심하여 신녀를 이 나라 조정에서 내치려 하였으나, 그 후의 문제까지는 논의가 덜 끝난 상태였다. 그만큼 조정 내에서 신녀의 위치가 독보적이기도 했거니와, 그녀가 어느 날 갑자기 감쪽같이 사라질 거라고는 상상조차 해보지 못했던 터였다.

그러나 신녀는 모든 이들을 비웃기라도 하듯 궁궐 내에서 자취를 감춰 비렸다. 이것이 신녀 스스로의 의시로 행한 일이라면 그나마 다행이다. 허나 만에 하나 우상의 우려대로 적국에 납치라도 당했다면? 그들이 신녀를 인질로 잡고 진국을 겁박한다면?

"신녀의 신변에 대해서는 염려치 마라."

싸늘한 왕의 음성이 찬물처럼 신료들의 머리 위로 쏟아졌다. 아무리 공모하여 내치려 했다지만 하나뿐인 누이동생의 안위가 걸린 문제인데 이리도 냉담하실 수 있는가. 신료들은 그저 속으로만 흠칫하여 불안하게 머리를 조아렸다.

그런 신료들의 속내를 훤히 들여다보고 있다는 듯 황율이 말을 이었다.

"그 아이, 신궁에 앉아서 잠자코 명을 따르지는 않을 거라 예상한 터. 십중팔구 스스로 모종의 계획을 세워 움직였을 것이다. 짐은 이미 신녀의 행적에 대해 짐작 가는 바가 있다. 해서 왕실 호위대를 조용히 움직일 것이니, 경들은 신녀의 빈자리를 메울 방도나 연구하라!"

"예, 전하!"

이럴 때는 굽실거리는 것이 상책. 신료들은 서로 눈치를 보며 머리를 숙였다. 신녀 없이 당장 조정의 행정 업무들을 처리해 나갈 생각을 하니 그저 막막했으나, 지금 왕 앞에서 '신녀'라는 단어를 또 꺼냈다가는 진짜 뭐가 하나 날아올 기세였다.

"하오나, 전하……."

다들 눈짓으로 일단 물러가서 대처 방안을 논의하든 말든 하자고 단결한 찰나, 우상이 열 오른 전하께 감히 토를 달았다. 자리에 있던 모든 신료들의 시선이 눈치 없는 그를 향해 쏠렸다.

"지금까지 신녀께서는 진국의 재상과 다를 바가 없으셨사옵니다. 그만큼 중책을 맡으셨던 바, 이 갑작스러운 사태에 부족한 소신들은 그저 앞이 막막할 뿐이옵니다. 부디 전하께서 소신들의 어려움을 통촉하여 주시옵소서!"

헉! 신료들은 침을 꿀꺽 삼켰다. 감히 두려워서 올려다보지는 못하고 있으나, 왕은 분명 머리끝까지 벌게져 부들부들 떨고 있을 것이다.

불안하게 눈알을 굴리고 있는 신료들의 귓가로 음산한 왕의 목소리가 들려왔다.

"좋다, 우상. 그 어려움이란 것을 어디 짐에게 한번 가져와 보

라. 내, 군주로서 기꺼이 통촉하여 주지."

"성은이 망극하옵니다, 전하."

왕이 버럭버럭 노화를 내는 것으로 끝날 거라 생각한 대화가 의외로 순탄하게 이어졌다. 신료들은 예상과는 전혀 다른 왕의 반응에 의아함을 감추지 못했다. 신녀가 처리해 왔던 그 어마어마한 업무들을 모두 가져와 보라니, 정녕 진심으로 하신 말씀인 겐가?

"알았으면 이만 물러들 가라."

신료들은 여전히 고개를 갸웃거리며 총총히 물러갔다. 그들이 스물스물 대전에서 사라지는 모습을 지켜본 황율의 입가에 삐뚜름한 미소가 걸렸다.

모두가 나가자, 황율은 최 내관과 호위대장을 동시에 불러들였다. 두 사람은 왕의 성정을 가장 잘 아는 측근들답게 재빨리 그 앞에 나타나 머리를 숙였다.

"호위대장은 들으라. 호위대에서 가장 민첩한 자들을 열두 명 선발해 도성의 남동서로 네 명씩 조를 짜 내보내라. 은밀히 신녀를 찾아야 할 것이야. 짐의 말뜻을 알아듣겠느냐?"

"명을 받들겠습니다, 전하."

왕실 호위대장은 대답과 동시에 재빠르게 떠났다. 그가 왕의 명령을 이행하기 위해 바람처럼 자취를 감추자, 황율은 시립하고 있던 최 내관에게 낮은 음성으로 일렀다.

"지난 오 년간 신녀가 관리했던 국고와 내탕의 장부를 모두 가져오라. 짐이 그것들을 찬찬히 다시 살펴보아야겠구나."

"당장 대령하겠나이다, 전하."

최 내관이 머리를 조아리며 뒷걸음쳐 물러났다.

홀로 남은 황율은 신료들이 시립해 있었던 자리를 굽어보았다. 왕좌에 오른 지 오 년. 그 막중한 정사가 귀찮기는 지금도 매한가지나, 누구의 잔소리도 듣지 않으며 왕으로서 철권을 휘두르는 것도 썩 나쁘지는 않을 것이다. 그러려면 먼저 사율의 자리를 완전히 없애야겠지.

"넌 결국 어찌할 수 없을 것이다, 사율아."

황율은 심술궂게 웃었다.

"푸하하하하하하!"

사율은 자신의 맞은편에 앉아 배를 움켜잡고 허리가 끊어져라 웃어대는 남자를 못마땅한 눈초리로 쳐다보았다. 기껏 큰맘 먹고 일생일대의 결행을 이야기해 줬건만 뭐가 그리도 우스운가?

슬슬 기분이 나빠지려고 하는 찰나, 그가 찔끔찔끔 흘러나온 눈물을 손가락으로 닦으며 물었다.

"그래도 그렇지, 일국의 공주께서 야반도주를 감행하셨단 말이오? 그것도 단신으로? 영민하기로 소문난 분께서 어찌 그런 무모한 행동을 하셨소?"

"그럼 얼굴 한 번 본 적 없는 애 셋 딸린 홀아비와 일사천리로 혼인하게 생겼는데 가만히 앉아만 있으란 말입니까?"

발끈하여 대답한 사율이 아차 싶어 입을 가렸다. 그 '애 셋 딸린 홀아비' 가 지금 눈앞에 앉아 있는 남자의 맏형이란 사실을 깜빡했다.

"흐음……."

갑작스레 진국에 출현한 환국의 셋째 왕자 환무진은 진국의 단 하나뿐인 공주 진사율을 호기심 가득한 눈초리로 바라보았다. 전왕이 승하한 후 지금까지 조정을 책임진 수장은 신녀이자 공주인 사율이라 해도 과언이 아니란 말은 사신들의 입을 통해 들은 바 있었다. 그런 그녀가 거느리던 궁녀 한 명 데리고 나오지 않을 정도로 궁지에 몰렸다니, 이거 꽤 흥미롭지 않은가?

"왕족이라면 대개 웃전에서 정해주는 대로 혼인하는 바, 왕의 직계 혈육이라면 두말할 것도 없지. 그렇다고 공주께서 철부지로 굴 나이도 아니시고. 애 셋 딸린 홀아비가 그리도 격하게 싫었소?"

"물론 그것이 결정적인 이유이긴 하나, 사실 가장 큰 이유는 아닙니다."

사율은 의외로 솔직하게 대답했다. 떠보려고 물은 말에 고분고분 답하다니, 무진은 한쪽 눈썹을 위로 올리며 그녀를 향해 조금 더 가까이 몸을 기울였다.

"저는…… 억울했을 뿐입니다."

"호오, 그건 또 무슨 소리요?"

"왕자님도 마찬가지겠지만, 저는 진국의 공주로 태어나 지금까지 직분에 충실하려 노력했습니다. 그래서 신녀가 되었고, 오라비 왕을 도왔고, 나랏일에 매달려 왔습니다. 사실 그 일들을 싫어한 것은 아니나 스스로 원했던 것도 아니지요. 저는 그저 제가 해야만 하는 일들을 했을 뿐입니다. 그런데 오라버니는 그런 누이동생을 단번에 내치려 하셨습니다. 제 의사나 생각은 한 번 묻지도 않고, 진국을 위해 불철주야로 애쓴 여동생을 하루 속히 치우고만 싶으셨던 거예요!"

사율의 목소리에서 울분이 섞여 나왔다. 부왕께서 승하하신 후로 지나간 시간들이 그녀의 머릿속에서 빠르게 스쳐 갔다. 산더미 같은 상서들을 처리하고, 재정을 엄격하게 관리하고, 인재를 엄선하여 천거했다. 사실 아무리 신녀이자 공주라고는 하나 어린 여자의 몸으로 감당하기 힘든 일이 한두 가지가 아니었다. 그런데 애썼다며 상급은 못 내릴망정 이제 와 필요 없다며 못 떠나보내 안달이라니!

"왕께서 그러신 이유야 공주께서도 잘 아시지 않소?"

사율의 말을 가만히 듣고 있던 무진이 한마디 툭 던졌다.

그래, 안다. 오라버니가 굳이 말해주지 않아도 사율은 그 이유를 너무나 잘 알고 있었다. 그래서 더욱 배신감에 치를 떨었다면 타국의 왕자는 이해할까?

"저는 곱게 자라 혼인이나 하면 되는, 그런 공주가 아니었습니다. 차라리 그랬다면 좋았겠지요. 적어도 이리 분이 나지는 않았을 테니까."

사율은 왕자의 눈을 똑바로 쳐다보았다. 도도한 듯하면서도 솔직한 그녀의 검은 눈동자를 피하지 않고 응시하던 무진은 자기도 모르게 입을 열어 물었다.

“그렇다면 지금 공주가 원하는 게 뭐요?”

“시간. 스스로 납득할 만한 결론을 내릴 시간이 필요합니다. 의무를 다하였으니 그만한 권리쯤은 있지 않겠습니까?”

“……알겠소. 내, 공주께 협력하리다.”

가만히 사율을 바라보던 무진이 졌다는 듯 고개를 끄덕였다.

사율은 그제야 안도의 숨을 내쉬었다. 진국의 저잣거리에서 말도 안 되게 환국의 셋째 왕자를 만나 엄청나게 당황한 그녀였다. 물론 위기의 순간에 구해준 것은 거듭 감사할 일이었으나, 단번에 공주가 몰래 나왔다는 걸 간파한 왕자를 어떻게 구워삶아 입을 막느냐는 뜻하지 않은 난제였다. 궁을 뛰쳐나온 이유나 들어보자며 사율이 머무는 객잔까지 졸졸 따라왔다는 건 더 큰 문제였고.

다행히 진심이 통한 것인지, 왕자는 사율의 입장을 헤아려 주기로 한 모양이다.

“단, 조건이 있소.”

겨우 안심한 사율의 귀로 왕자의 뜬금없는 말이 와서 쏙 박혔다. 사율은 미간을 찌푸리며 어처구니없다는 듯 쏘아붙였다.

“조건이라니요? 설마 궁을 뛰쳐나온 공주를 상대로 외교 협약이라도 맺겠다는 건 아니겠지요?”

“아아, 별거 아니니 그리 날카롭게 굴지 마시오.”

타국의 왕자는 손을 휘휘 저으며 싱글싱글 웃었다. 그런데 왜 그 모습이 더 믿음이 안 가는 것일까? 사율은 의심이 가득한 눈초리로 재촉하며 물었다.

“그럼 무엇인가요, 그 조건이란 게.”

"나도 공주와 같이 가겠소."

"뭐라고요?"

사율이 반사적으로 외친 말이 방 안을 쩌렁쩌렁 울렸다. 환국의 왕자란 작자가 진국의 가출 공주와 대체 왜 동행하겠단 것인가? 무슨 이득을 어떻게 획책하려고?

"아무런 이득도 챙길 요량 없으니 오해는 마시구려. 환국의 왕자로서가 아니라 환무진이란 한 남자로서 동행하겠다는 거니까."

무진은 사율이 무슨 생각을 하는지 뻔히 안다는 듯 느릿하게 대꾸했다. 갑작스러운 만남 이후로 그를 응대하느라 진이 빠진 사율은 '그러니까 도대체 왜?' 라고 쓰인 얼굴로 그를 쳐다보았다. 무진은 이번에도 친절하게 답해주었다.

"공주와 함께 있는 게 재미있구려."

그러고는 씨익 웃었다.

第三章 그 신녀, 동행

효수 마을을 떠나 펼쳐진 진국의 산천초목은 퍽 아름다웠다. '우리 강산 푸르게 푸르게' 라고 외치기라도 하듯 싱싱한 빛깔을 뿜어내는 풀과 나무들, 그리고 그 사이를 자유로이 노니는 새들과 자그마한 산짐승들.

사율은 한가로이 말을 몰며 눈앞에 펼쳐진 숲길을 느긋하게 걸었다. 싱그러운 자연의 향기와 지저귀는 새 울음소리가 그녀의 마음을 편안하게 어루만져 주었다. 그녀는 만사를 잊은 채 눈을 감고 이 평화로운 순간을 만끽하고 싶었다.

"이거 참 운치 있어 좋구려. 진국은 환국과는 전혀 다른 비경을 품은 나라란 말이지. 안 그렇소, 공주? 아, 공주께선 환국에 가보지 못했을 테니 알 수 없겠구려. 어떻소? 이참에 나와 함께 환국으로 가서 유람이나 해보시겠소?"

이 남자만 없다면.

사율은 옆에서 잘도 조잘대는 환국의 왕자를 슬며시 째려보았다. 억지로 따라나선 것도 짜증이 머리끝까지 치밀거늘, 뭐가 그리 좋은지 계속 싱글벙글거리는 데다 틈만 나면 수다를 떨었다. 어쩔 때는 이 남자가 순식간에 장정 열 명을 때려눕힌 그 남자가 맞는지 의심스러웠다.

"너무 그렇게 싫은 티 내지 마시오. 서로 외롭지 않아 좋잖소."

무진이 사율의 심정을 다 안다는 듯 달래는 목소리로 말했다. 그 바람에 더 울컥했으나, 사율은 꾹꾹 눌러 참으며 그에게 물었다.

"왕자님께선 언제까지 저와 동행하실 참입니까?"

"내킬 때까지요."

무진이 기다렸다는 듯이 태연하게 대꾸했다. 가히 속을 긁는 재주가 탁월한 왕자였다. 덕분에 사율의 미간에는 팔자 주름이 뚜렷하게 생겼다.

"제가 거부한다면요?"

"뭐, 공주를 이대로 진국의 전하께 모시고 가지 않겠소? 그리고 공주께선 애 셋 딸린 홀아비인 내 형님과 일사천리로 국혼을 치르시겠지."

"대체 제게 이러시는 이유가 뭡니까?"

결국 사율은 앙칼지게 외치고 말았다. 이 능구렁이 같은 작자가 무슨 사심을 품고 자신과 함께 가겠다는 것인지 밤새도록 생각하고 또 생각해 보았으나 도무지 감을 잡을 수가 없었다. 어쨌거나 자기 형과 혼담이 오가는 공주이거늘, 동행했다가 행여 나중에 말도 안 되는 풍문이라도 퍼지면 어쩌려고 이런단 말인가?

"그렇다면 공주께선 혼자 다니다가 또 어제처럼 위험에 처하면 어쩌시려오?"

"그건…… 생각해 둔 바가 있습니다."

갑작스러운 그의 질문에 사율은 말을 얼버무렸다. 그가 도와주었던 어제의 상황으로 인해 여자 혼자의 몸으로 외유하는 것이 얼마나 위험천만한 일인지 절실히 깨달은 바, 안 그래도 상단의 벗을 만나면 호위 몇 명을 부탁할 참이었다. 하지만 그 계획을 굳이 왕자에게 말할 필요는 없지 않은가?

"흐음……. 영리하신 분이니 아무런 방비 없이 나오지는 않으셨겠지. 그런데 그거 아시오? 오늘 밤에는 이 숲에서 노숙을 해야 하오. 이 밤에 나 없이 버틸 자신이 있으시오?"

무진이 의미심장한 미소를 띠며 재차 물었다. 공주가 세워놓은 대책이란 게 당장에 발현될 수 있는 것이 아님을 확신하는 어투였다.

"그렇다면 왕자님과 단둘이 노숙을 하는 건 괜찮단 말입니까? 왕자님과 저는 아직 혼인하지 않은 왕가의 직계 자손들이 아닙니까?"

사율이 부글부글 끓는 속으로 반박했다. 그러나 무진은 그 특유의 태평한 어투로 아무렇지도 않다는 듯이 대꾸할 뿐이었다.

"공주께선 궁에서 야반도주하셨고, 나도 궁 안에 있기가 답답하여 편지 한 장 달랑 남기고 뛰쳐나온 차요. 양국의 전하들이야 진노하셨겠으나, 그렇다고 사라진 왕자 공주 잡아오라고 드러내놓고 명을 내릴 수도 없는 상황 아니오? 초상화가 나붙지 않는 한 백성들이 우리를 쉬이 알아볼 리도 없고. 고로 우리가 동행한다는 게 알려지기까진 시일이 퍽 필요할 거요. 뭐, 알게 되신다 해도 쉬쉬하실 게 분명하고. 그러니 걱정 말고 나를 믿으시구려. 내, 안전하게 지켜 드리리다, 내일의 형수님."

그러고는 어슬렁어슬렁 말을 몰아 사율을 앞질러 나갔다.

사율은 순간 강렬한 살의를 느꼈다. 내 이번 여행에 실패하여 꼼짝없이 환국의 왕장자와 혼인하게 된다면 기필코 왕후가 되어 수단과 방법을 가리지 않고 저 뺀질뺀질한 셋째 왕자부터 족치리라!

궁에서 틈틈이 궁술을 연마해 온 덕인지, 사율은 막 날아오르려던 꿩 한 마리를 솜씨 좋게 맞혔다. 챙겨 나온 활과 화살이 처음으로 보람 있게 쓰인 터라 다소간 침울했던 기분이 살짝 좋아졌다.

무진은 그녀의 활 솜씨를 칭찬하며 꿩을 주워오더니 허리춤에 차고 있던 단검을 꺼내 능숙하게 손질하기 시작했다. 깃털을 자르고 배를 갈라 날카로운 나뭇가지에 꿩의 몸을 꿰더니, 사율이 사냥을 하는 동안 피워놓은 모닥불 가까이에 그것을 꽂아놓았다. 곧 꿩의 털이 홀랑 타더니 노릇노릇하게 살점이 익어가는 냄새가 솔솔 풍겼다.

"왕자님께선 이런 일을 많이 해보셨나 봅니다?"

무진이 야영 준비를 너무 잘해놓은 터라 내심 놀란 사율이 말했다. 자신은 꿩을 화살로 맞혀 잡기는 했어도 그 후에 뭘 어떻게 해야 할지 난감했다. 그런데 무진은 어느새 불을 활활 피우고 마른 나뭇잎들을 주워와 두 사람분의 잠자리를 준비하고 꿩까지 먹기 좋게 익히고 있었다. 아랫것들의 수발을 받으며 일생을 보내는 왕가의 자손치고는 이런 일에 지나치게 익숙해 보였다.

"외유를 많이 해서 그렇소. 신분을 감추고서 말이지."

무진이 노래하듯 대답했다. 그는 다 익은 꿩을 나뭇가지에서 뽑아내어 단검으로 잘라내고 있었다. 그리고 미리 주워놓은 깨끗하고 커다란 나뭇잎 위에 꿩 고기를 얹어 소금을 뿌린 후 공주에게 건넸다. 두 사람은 마을을 떠나면서 챙겨온 떡과 황주에 꿩 고기를 곁들여 저녁 식사를 했다.

어느덧 밤은 무르익어 하늘에 별이 총총히 솟았다. 밤하늘에 선명히 떠오른 달과 보석처럼 박힌 별들을 보고 있자니 괜히 감상적이 되었다. 모닥불 앞에 앉아 하늘을 올려다보며 이런저런 생각에 잠겨 있던 사율은 고개를 돌려 옆에 앉은 무진을 보았다. 그는 아까 꿩 고기를 잘라낸 단검으로 작은 나뭇조각을 깎아내고 있었다.

"그러고 보니 왕자님께선 오라버니와 비슷한 연배이시지요?"

"그럴 거요. 진국의 전하께서도 나처럼 이립에 가까워지고 있다고 들었으니."

무진은 조각에서 눈을 떼지 않으며 대답했다. 그의 작은 조각은 서서히 말의 형상을 닮아가고 있었다.

사율은 조각 공예에 집중하고 있는 무진에게서 시선을 돌려 다시 짙은 밤하늘을 올려다보았다. 멀리서 조그만 별똥별 하나가 긴 호선을 그리며 떨어졌다.

"성장한 후로는 오라비 전하와도 이리 대화를 나누며 오래 자리해 본 적이 없거늘…… 타국의 왕자님과 이러고 있군요."

사율은 씁쓸한 미소를 지으며 고개를 숙였다. 이제 와 대화를 한다고 해서 이 모든 상황이 달라질까? 아니, 일이 이렇게 되기 전에 왜 오라버니와 자신은 서로 속내를 터놓고 제대로 이야기를 나누지 않았을까?

"대화를 해봤자 소용없었을 거요."

무진이 사각사각 나무를 깎으며 느릿하게 말했다. 사율은 고개를 들어 다시 무진을 보았다. 이 왕자는 왜 사람 속내를 다 꿰뚫어 본다는 듯이 말을 뱉어내는 것일까? 무얼 그리 잘 안다고.

찌를 듯한 사율의 시선을 느낀 무진은 한숨을 쉬며 단검과 조각을 내려놓았다. 그리고 차분하게 사율을 마주 보았다.

"내 묻겠소, 공주. 만약 공주께서 진국의 전하와 충분히 대화를 나눠왔다고 칩시다. 그리고 지금보다 훨씬 더 우애가 깊다고 합시다. 그렇다면 이런 상황이 오지 않았겠소? 아국의 귀족과 혼인하여 고국에서 사셨겠소?"

"……가만히 보면 왕자님께선 저를 괴롭히기 위해 동행하시는 듯합니다."

마음이 상해 버린 사율이 자리에서 벌떡 일어났다. 이 환국의 셋째 왕자는 두뇌 회전이 빠르고 무예에 능할지는 모르나 다른 사람의 아픈 구석을 아무렇지도 않게 후벼 파는 단점을 가졌다.

잠시 왕자가 보이지 않는 곳으로 피하려는 사울의 등 뒤로 무진의 커다란 목소리가 들려왔다.

"그래도 공주로 태어났기 때문에 다행이라는 생각은 들지 않소? 만약 왕자였다면……."

갑자기 말이 끊겼다.

멈칫해서 무진의 말을 듣고 있던 사울이 의아하여 뒤돌아보았다. 무진이 손으로 조용히 하라는 신호를 하며 사방에서 나는 소리에 귀 기울이고 있었다. 사울도 바짝 긴장하여 숨죽인 채 그를 바라보았다.

스스슥 스스슥— 풀을 스치는 소리가 들렸다. 무진은 바로 옆에 놓았던 검을 조용히 왼손으로 집었다. 그리고 사울을 향해 곁으로 다가오라고 손짓했다. 사울은 한달음에 껑충 뛰어 재빨리 무진의 옆으로 갔다. 그와 동시에 풀숲에서 검은 형체 네 개가 불쑥 튀어 올랐다.

"흐흐흐. 귀하신 분들께서 소풍을 나오셨구먼?"

가장 먼저 얼굴을 드러낸 자가 어딘지 어색한 억양으로 말했다. 넷은 모두 동물 털을 기워 만든 바지와 조끼를 입었고, 손에 도끼나 망치를 들고 있었다. 그리고 보통 사람들보다 한 뼘은 더 큰 비대한 덩치를 자랑했다.

무진은 검을 들고 서서히 자리에서 일어났다. 그리고 사내들을 향해 차게 뱉어냈다.

"미안하지만 너희를 살려둘 수가 없겠구나."

무진의 말에 깜짝 놀란 사울이 미간을 찌푸리며 외쳤다.

"그건 너무 과한 처사예요!"

"꼼짝 말고 있기나 하시오!"

무진은 말이 끝나기가 무섭게 검을 뽑아 그중 제일 덩치가 큰 자를 향해 쏘아져 갔다. 사내는 들고 있던 도끼로 재빨리 무진의 검을 받아내며 호기롭게 외쳤다.

"이 철부지 왕자님은 내 몫이니, 너희들은 저 공주님이나 잡아라!"

"예, 대장!"

남은 세 사내가 사율을 포위하며 다가갔다. 사율은 어쩔 수 없이 허리춤에 차고 있던 단도를 뽑아 들었다. 활이나 검은 집어 들기에는 너무 멀리 있었다. 그리고 무진이 상대하는 대장이란 자는 예상했던 것보다 싸우는 실력이 뛰어난 듯 보였다. 그 고강한 검술을 발휘하는 왕자와 벌써 삼 합을 겨루고 있지 않은가?

사율은 침을 꿀꺽 삼키며 말했다.

"가, 가까이 오지 마라. 해하고 싶지 않다!"

"흐흐, 본인 걱정이나 하는 게 좋을 텐데? 정말 공주라면 몸값이 상당할 테지?"

정면에서 다가오던 자가 눈을 번들거리며 사율의 지척까지 왔다. 사율은 한 발짝 뒷걸음치며 그를 향해 단도를 겨눴다.

"경고했다! 가까이 오지 마라!"

"닥치고 얌전히 잡…… 큭!"

사내는 말을 끝맺지 못하고 단말마의 신음과 함께 앞으로 풀썩 쓰러졌다. 눈을 뜬 채로 비명횡사한 사내의 목에는 사율의 손에 들려 있던 단도가 깊이 박혀 있었다. 그녀가 어쩔 수 없이 겨냥해 던진 단도에 정통으로 맞은 것이다.

사율을 향해 다가가던 다른 두 사내의 눈이 번쩍 뜨였다. 순식간에 동료를 잃은 그들은 분노를 터뜨리며 동시에 사율의 몸을 덮쳤다.

"공주고 뭐시고 요절을 내주마!"

"너도 죽어라, 이년!"

"아악!"

사율은 비명을 지르며 그 자리에 쓰러졌다. 더 이상 무기도 무엇도 없는 그녀로선 도끼를 번쩍 들고 덮치는 두 사내를 당해낼 재간이 없었다. 머릿속이 하얗게 물들어서 궁궐에서 배운 고급 무술 따윈 아무것도 생각나지 않았다. 정녕 이대로 꼼짝없이 죽는 것인가!

'죄송해요, 아바마마. 죄송해요…….'

사율의 눈가가 축축하게 젖어들었다. 사내들의 뜨거운 몸이 사율의 여린 몸을 사정없이 짓눌렀다. 그리고 퍼진 비릿한 피 냄새. 사율은 눈물을 흘리며 눈을 감았다.

"그만 일어서시오, 공주. 언제까지 그러고 있을 참이오? 무겁지도 않으시오?"

무진 왕자의 밉살맞은 목소리가 아득하게 들려왔다. 사율은 자신도 그러고 싶다고 소리쳐 말하고 싶었다. 하지만 몸이 너무 무거웠다. 눈을 떠보아도 앞이 캄캄하기만 했다. 어쩌란 말인가? 이미 이리 되어버린 것을…….

"에휴, 내가 치워 드리리다. 진국의 신녀는 명재상과 다름없다고 소문이 자자하더니만, 이제 보니 맹물단지가 따로 없구려. 그래도 단도를 던진 솜씨는 칭찬해 드리겠소."

순간 사율의 눈앞이 환하게 밝아졌다. 그리고 무진 왕자의 우악스러운 손길이 그녀의 몸통을 번쩍 일으켜 세웠다.

"어떻게 된 일이지요?"

사율은 갑자기 나타난 그를 향해 멍한 표정으로 물었다. 무진은 혀를 끌끌 차며 나무라는 듯한 말투로 대꾸했다.

"어떻게 되긴 뭐가 어떻게 되오? 놈들이 공주를 덮치기 전에 내가 해치운 거지. 처음 겪는 일도 아니면서 왜 그리 정신을 못 차리시오?"

그러면서 소매에서 비단 손수건을 꺼내더니 공주의 얼굴에 묻은 붉은 피를 슥슥 닦아주는 것이었다. 사율은 아직도 정신을 못 차렸는지, 무진이 자신의 얼굴을 이리저리 매만지며 피를 꼼꼼히 닦아내고 있는데도 가만히 서 있기만 할 뿐이었다.

"그럼 넷 다 죽은 건가요?"

사율이 다시 멍하니 물었다. 무진은 양손으로 그녀의 얼굴을 요리조리 돌려보고 살펴보면서 대답했다.

"그렇지. 한 놈은 공주가 죽이고, 세 놈은 내가 죽이고. 뭐, 그 대장이란 놈은 분명 드문 실력을 가진 자였으나 역시 나를 상대하기에는 역부족이었소."

이 진지한 자화자찬을 듣고 나니 몸이 무사하다는 사실이 확 와닿았다. 정신이 번쩍 든 사율은 아직도 자신의 얼굴을 만지작거리고 있는 무진의 손을 사정없이 뿌리쳤다.

"이자들, 흔한 산적처럼 보이지만 사실은 그렇지 않은 게지요? 왕자님은 이자들의 정체를 알고 계시지요?"

돌변한 그녀의 행동에 무진은 대놓고 이마를 찌푸렸다. 구해주고 피도 닦아주었거늘, 이 공주는 어찌 정신을 차리자마자 성을 내는가?

"고맙단 말이 먼저 아니오? 내가 또 구명해 주었잖소?"

그래, 맞는 말이기는 하다. 무례하게 정곡을 푹푹 찔렀든, 졸졸 쫓아다니면서 괴롭혔든 어쨌든 간에 그는 벌써 두 번이나 사율의 목숨을 구해주었다. 만약 그를 만나지 못했다면 그녀는 벌써 어딘가로 끌려가서 험한 꼴을 당했거나 이 사내들처럼 죽었을지도 모른다.

사율은 못마땅하다는 표정으로 자신을 한껏 내려다보고 있는 무진 왕자를 향해 자세를 바로 했다. 그리고 왕실의 예법을 갖춰 정중히 고개를 숙여 인사했다.

"진정 감사드립니다, 환국의 왕자님. 이 은혜는 왕자님께도, 왕자님의 나라에도 기필코 갚을 것입니다."

"흠흠. 대가를 바라고 한 일은 아니니 그만하시구려. 아름다운 공주를 구하는 것은 왕자의 당연한 도리가 아니겠소?"

뜻밖의 자세에 오히려 당황한 무진이 손짓하며 헛기침을 했다.

사율은 속으로 한숨을 내쉬며 다시 고개를 들고 그를 바라보았다. 그리고 또렷한 눈동자로 그를 직시하며 물었다.

"이들은 삼국 공용어를 썼으나 억양이 매우 이질적이었습니다.

그렇다고 바다를 건너왔다고 하기에는 외모가 우리와 너무 흡사합니다. 그렇다면 이들의 출생지로 짐작되는 나라는 단 한 곳뿐. 솔직히 말씀해 주시지요, 왕자님. 왕자님께서 외유를 나오신 까닭, 혹시 이런 자들이 환국에도 나타났기 때문인지요?"

자신의 눈을 똑바로 응시하며 묻는 사율을 보던 무진은 쓰게 웃을 수밖에 없었다. 이런 이런, 애써 감춘 보람이 없구먼.

"미안하오. 내, 아까 허언하였소. 공주께선 소문으로 듣던 그 신녀가 맞구려. 그런 분을 앞에 두고 내 어찌 거짓을 둘러대겠소?"

"그렇다면 왕자님께선 외유를 빙자하여 환국 전하의 밀명을 받잡고 건너오셨겠군요."

사율이 단언하듯 말했다. 이왕지사 이렇게 된 바, 무진은 솔직하게 시인했다.

"그렇소. 환국에서 잡힌 자들은 총 열둘. 부왕께선 동맹국들에 이 사실을 알리기 전에 한 가지를 은밀히 확인하고 싶어 하셨소. 그 와중에 공주를 만난 건 뜻밖이었지만."

"진국은 결코 북방과 내통하지 않습니다. 서로 뜻은 다를지언정 오라버니와 제게는 삼국 연합군을 이끄신 분의 피가 흐르고 있습니다. 무엇보다 조정의 행정 책임자와 다름없었던 제가 궁을 떠나기 전까지 북방인들에 대한 아무런 보고도 받지 못했고, 주기적으로 군사 보고를 받으시는 오라버니께도 별다른 이야기를 들은 바가 없습니다."

무진의 말뜻을 즉시 간파한 사율이 단호한 어조로 부정했다. 오라버니의 성정이 방종하고 불같다고는 하나 부왕의 하나뿐인 적자라는 것에 대한 자부심이 하늘을 찌르는 정통 현왕이었다. 대소 신료들 또한 부왕과 함께 연합군에 참전했다는 사실을 영광으로 여기는 가문의 사람들이 대부분이었다. 그게 아니더라도 늘 감찰부를 통해 조정과 진국의 곳곳을 관리해 왔다.

사율의 진지한 흑안을 들여다보던 무진이 고개를 끄덕였다.

그녀가 몰랐다면 정말 아닐 확률이 높았다. 게다가 배를 타고 진국으로 들어온 후 보름이 넘도록 은밀히 조사를 하고 다녔으나 오늘 이자들을 만나기 전까지 북방인들의 흔적조차 찾지 못했다. 대놓고 북방 대륙을 무시하며 싫어하는 진국의 현왕에 대해서야 그도 익히 아는 바였고.

"그렇다면 확인해 볼 곳은 이제 한 군데뿐이로군."

"사실은 저도 그곳으로 가려던 참이었지요."

사율이 의미심장한 미소를 띠며 답했다. 무진도 그녀를 보며 입술 끝을 비스듬히 위로 올렸다. 만나고 나서 처음으로 마음이 통한 두 사람이었다.

공사다망했던 밤이 지나고 태양이 다시 얼굴을 내밀었다. 사율과 무진은 떡과 육포로 일찌감치 조찬을 마치고 다시 말에 올랐다. 두 시진쯤 묵묵히 말을 타고 가다 보니 숲이 끝나고 대하(大河)가 모습을 드러냈다. 이 강을 건너고 나면 진국에서 도성 다음으로 큰 성읍에 도착할 터. 그곳이 사율의 첫 번째 목적지였다.

사율은 강가에 배를 대놓고 손님을 기다리고 있던 사공들 중 말

두 마리를 태울 수 있는 제법 큰 배를 가진 자에게 삯을 내주었다. 사공은 손님이 두 명뿐이었기 때문에 처음에는 출발하지 않으려 했으나, 그녀가 내민 금전의 액수를 세어보더니 부랴부랴 일꾼들을 움직여 배를 띄웠다.

배에 올라탄 사율은 가만히 서서 흐르는 강물을 말없이 내려다보며 사색에 잠겼다. 무진은 그런 그녀의 옆에 주저앉아 어젯밤에 미처 끝내지 못한 나뭇조각을 사각사각 다듬었다. 그러다가 사율을 향해 불쑥 말을 꺼냈다.

"우리, 이제부터 서로 이름을 부르는 게 어떻소?"

"갑자기 그게 무슨 말씀이신지요?"

강물에 가 있던 사율의 시선이 무진에게로 향했다. 무진은 단도와 조각을 허리춤에 찬 주머니에 도로 집어넣고는 바지를 툭툭 털고 일어나 그녀를 보았다.

"호칭을 정하는 것이 여러모로 편하잖소. 낭자와 무사님? 이건 좀 아닌 것 같고. 부인과 서방님? 나야 좋으나 질색하실 터이고. 그렇다고 남매라 하기에는 우리 둘 다 출중한 미모이기는 하나 솔직히 닮지는 않았잖소. 고로, 아무리 생각해 봐도 서로 이름을 부르는 것이 최선인 듯하오. 어떻소?"

"……차라리 낭자와 무사님이 낫겠습니다만."

"에이, 삭막하게 그러지 맙시다. 게다가 위급한 상황이 닥쳤을 때 부르기에도 불편하잖소."

능글능글. 아무래도 이 왕자는 구렁이를 댓 마리는 삶아 잡수었나 보다.

뭐, 그의 말이 틀린 것은 아니었다. 국경을 넘어서까지 왕자요 공주요 부를 수는 없는 노릇이니까.

그러나 온갖 격식 다 갖추고 대하던 사이에 대뜸 이름을 부르자니 허물이 없어도 너무 없다. 그렇게 깊이 친분을 쌓은 것도 아닌데 말이다. 게다가 왠지 이 타국의 왕자님에게 자꾸만 말려드는 것 같은 기분이 든단 말이지. 하여 사율은 눈을 새치름하게 뜨고 괜스레 톡 하니 받아쳐 보았다.

"우리가 앞으로 동행을 해봤자 얼마나 더 하겠습니까? 가는 방향이 같아졌다고는 하나 제게서 알아낼 것은 이미 알아내시지 않았습니까? 저도 곧 호위 무사들을 구할 것이니 서로 본연의 목적에 충실함이 좋을 듯합니다."

일부러 상대방에 대한 호칭을 쏙 빼놓고 말하는 이 공주, 어찌 이리 뾰족한가?

무진은 팩하니 고개를 돌린 사율을 가늘게 뜬 눈으로 보았다. 그녀와 동행하여 진국과 북방이 행여 내통하고 있는지 캐보려 했던 것은 사실이나 그것이 이유의 전부는 아니었다. 하여 무진의 입에선 절로 서글픈 목소리가 튀어나왔다.

"내, 심히 섭섭하구려. 어젯밤에 겨우 마음이 통했다고 생각한 건 단지 내 착각이었단 말이오? 그리고 이리 동행하기로 결심한 것은 정보를 알아내기 위해서만은 아니었소. 혼자 다니시는 게 걱정도 되고, 또 같이 있으면 즐겁기도 해서 안전하게 지켜 드리고 싶었단 말이오. 그런데 어찌 그리 나를 매도하시는 게요?"

투덜투덜 흑흑. 금세 어조를 바꿔 연기도 잘하지.

사율은 다시 무진을 쳐다보았다. '나 서운함' 이라고 얼굴 전체에 가득 쓰여 있는 것이, 진심으로 삐친 표정이었다. 건장한 성인 왕자가 이건 또 뭐 하는 짓이람? 차라리 능글맞게 받아칠 일이지!

어쨌든 목숨 빚을 두 번이나 진 동맹국의 왕자인데 계속 냉랭하게 대할 수는 없는 법. 속으로 한숨을 내쉰 사율은 이번에는 부드러운 목소리로 그를 달래보았다.

"제 말 때문에 마음이 상하셨다면 송구합니다. 하지만 목적이 있어 나오신 분이 언제까지나 저와 함께 다니실 수는 없지요. 게다가 왕자님께서 수행하시는 그 일은 삼국 모두에 중차대한 문제이니 괜한 방해가 되고 싶지 않다는 뜻이었습니다."

"정녕 그 뜻이었소?"

무진이 의심을 담은 눈초리로 사율의 눈동자를 뚫어져라 바라보았다.

사율은 생긋 미소를 지으며 대답을 대신했다. 혼자만의 시간을 가지러 단신으로 궁궐에서 뛰쳐나왔는데 그럼 난데없이 나타난 타국의 왕자가 반가울까? 덕분에 위기도 모면했고 왕자가 하는 일을 아예 모른 척할 수도 없으나 영 불편하기는 마찬가지인 것을.

"좋소. 그 말을 믿겠소."

유심히 사율을 보던 무진이 그제야 표정을 풀었다. 사율도 더욱 진한 미소를 띠었다. 어서 상단의 동무를 만나든가 해야지, 원.

"하지만 내 일은 걱정하지 마시구려. 그대를 지키면서 얼마든지 해결할 수 있소. 그러니 우린 한동안 동행할 수 있을 거요, 사율."

무진이 환한 얼굴로 마주 보며 웃었다.

사율은 순간적으로 안면 근육이 풀리면서 자기도 모르게 뱉어낼 뻔한 말을 가까스로 삼켰다. 이런 상찰거머리를 보았나!

진국에는 국제 무역을 활발히 주도하는 세 개의 커다란 도매상이 있었다. 사율과 무진이 도착한 금오 마을은 광산이 가까워 대장간이 활성화된 곳이었고, 자연히 금속을 주로 거래하는 도매 상단인 철화단의 터가 되었다. 설강현은 고조부 때부터 이어져 내려온 철화단을 물려받아 운영하고 있는 젊은 행수였다.

나이답지 않게 속이 깊고 명철하다는 평이 자자한 설강현이었지만, 지금 맞닥뜨린 문제는 쉬이 풀기가 어려운 성질의 것이었다. 하여 그는 며칠째 틈만 나면 집무실 안에 틀어박혀 앞에 놓인 탁자를 손가락으로 톡톡 두드리는 중이었다. 탁자 위에는 정갈한 글씨체로 쓰인 서찰 한 통이 놓여 있었다.

일곱 밤이 지나기 전에 은밀히 그대를 찾아가겠소.
그대 또한 은밀히 나를 맞이해 주시오.

언뜻 보면 몰래 정을 통하는 연인이 보낸 서찰 같다만, 강현은 이 글씨체의 주인을 단박에 알아보았다. 궁궐 깊은 곳에서 진국을 다스리는 고귀한 분께서 은밀히 나오시겠다니, 이게 무슨 뜻이겠는가?

'섣불리 행동하실 나이는 지나지 않았습니까, 공주님.'

강현은 머리가 지끈지끈 아파왔다.

"행수 나리, 손님이 오셨습니다."

밖에서 젊은 행수를 깍듯이 부르는 늙은 행랑아범의 목소리가 들렸다. 강현은 상념에서 벗어나 밖에 있는 그에게 소리쳐 물었다.

"뉘라고 하시는가?"

"누군지는 밝히지 않았고, 다만 어렸을 적 친우가 은밀히 찾아왔다 전하면 아실 거랍니다."

'올 것이 왔군.'

강현은 의자에서 일어나 문을 열어젖혔다. 그리고 문밖에 서 있던 행랑아범에게 조용한 목소리로 지시했다.

"내 방으로 모시게. 향이 좋은 차를 준비해 대접하고. 나도 곧 가겠네."

"알겠습니다, 행수 나리."

행랑아범이 고개를 숙이고는 물러갔다.

강현은 다시 집무실 안으로 들어와 탁자 위에 있던 서찰을 불로 태웠다. 전왕께서 병마에 시달리시면서부터 한 번도 만나지 못했던 공주가 단지 어릴 적 벗이 보고 싶어 찾아온 것은 아닐 터. 그는 머릿속을 차게 가라앉히며 집무실을 나섰다. 그리고 철화단 안채의 가장 깊숙한 곳에 위치한 자신의 방에 도착할 때까지 그동안 했던 가정들을 차근차근 되새겨보며 천천히 걸었다.

공주와 마주하기 전, 강현은 크게 심호흡을 한번 하고는 방문을 활짝 열었다. 탁자 앞에 앉아 시녀가 내온 차를 마시고 있던 사율이 눈매를 부드럽게 휘며 그를 보았다. 문을 닫고 방 안으로 들어온 강현은 사율의 앞에서 정중히 무릎을 꿇었다.

"철화단의 행수 설강현이 고귀한 벗에게 인사를 올립니다. 건강한 모습으로 다시 뵈어 기쁘기 그지없습니다."

"나도 몹시 반갑소, 강현. 격식은 그만 차리고 어서 이리 와 앉으시오."

사율이 생긋 웃으면서 화답했다. 비록 어렸을 때처럼 서로 허물없이 대하지는 못하나 훤칠한 사내로 자란 벗을 다시 만나 진심으로 기뻤다. 나누고 싶은 이야기도 많았다.

그전에 무진이 눈치껏 이 방에서 나가줘야 가능하겠지만.

강현은 자리에서 일어나 사율의 맞은편으로 가 앉았다. 그리고 성인이 된 공주의 얼굴을 찬찬히 마주 보았다. 희고 고운 피부와 또렷한 눈매를 가진 공주는 예상했던 것보다 훨씬 더 미인이 되어 있었다. 강현은 진심 어린 목소리로 공주의 외모에 찬사를 보냈다.

"정말 눈부시게 아리따워지셨습니다, 공주님. 진국제일미가 아니라 삼국제일미라 불리시기에도 손색이 없습니다."

"호호호! 부왕께서 농으로 던지셨던 그 말을 아직도 기억하고 있었소? 그대 또한 멋지게 장성했구려. 소문으로 들으니 그대 때문에 가슴앓이를 하는 처자들이 상당히 많다던데, 어찌 아직 혼인하지 않은 게요?"

"하하하! 그저 소문일 뿐입니다. 지금까지는 상단을 맡아 운영하기에도 벅차 혼인할 여유도 없었고요. 이제 차차 생각해 봐야지요."

"그대라면 사위 삼고 싶다는 집안이 줄을 설 것이오."

"하하! 이리 과찬을 해주시니 몸 둘 바를 모르겠습니다."

옆에 무진이 앉아 있다는 사실을 잊었는지, 사율과 강현이 서로에게 던지는 칭찬 일색은 그칠 줄을 몰랐다. 의자에 앉아 묵묵히 차를 마시며 두 사람의 이야기를 듣고만 있던 무진은 내색은 안 하였으나 왠지 모르게 심사가 뒤틀렸다. 자신에게는 처음부터 지금까지 예의를 갖추거나 새치름하거나 앙칼진 태도만 보인 공주이거늘, 이 희멀건 놈과는 뭐가 좋아 이리 화기애애한가?

게다가 이 설강현이라는 자, 젊은 놈이 결코 만만한 상대가 아니었다. 시선은 공주에게서 떠날 줄을 모르나 방 안에 들어온 순간부터 무진을 집요하게 훑어 내리는 것을 보면 말이다. 무사로서 기의 흐름을 늘 예민하게 감지하는 무진은 그것을 명확히 느낄 수 있었다.

"그나저나 이리 은밀히 저를 찾으신 까닭 말입니다……."

강현이 공주에게서 시선을 떼어 찻잔을 보며 말끝을 흐렸다. 행동은 그러하나 아직도 정체를 파악하지 못한 무진의 반응을 보는 것이 분명했다. 사율은 입가에 엷은 미소를 띠며 단도직입적으로 말했다.

"그대에게 세 가지를 부탁하고 싶소. 고강한 호위 무사들과 여행에 필요한 금전, 그리고 삼국 통행증이오."

공주의 요구는 성격답게 분명했다. 강현은 쓰게 웃으며 물었다.

"그 세 가지를 내어드리면 무엇으로 제 입을 막으시겠는지요?"

"그대의 목숨 아닐까?"

그때까지 잠자코 차만 마시던 무진의 입에서 나지막한 음성이 튀어나왔다. 사율과 강현의 시선이 동시에 무진에게로 향했다. 찻잔을 든 무진의 입가에 비스듬한 미소가 걸려 있었다.

사율이 나무라는 듯한 목소리로 그를 말렸다.

"제 벗입니다. 그러지 마세요."

"장사치들이란 벗이라 믿기에는 너무 위험하오."

"무릇 왕재란 만백성을 귀히 보아야 하는 법이지요, 환국의 왕자 마마."

이번에는 사율과 무진의 시선이 동시에 강현에게로 쏠렸다. 강현은 무진의 뚫어질 듯한 시선을 받아내며 유유히 잔을 들어 차를 한 모금 머금었다.

"언제 알았는가?"

무진이 더더욱 삐뚜름한 미소를 드리우며 낮은 음성으로 물었다. 강현은 찻잔을 내려놓고는 입매를 위로 올리며 부드럽게 그를 보았다.

"두 분께서 대화를 나누신 순간입니다. 왕자 마마께서 소리 내어 말씀하시기 전까지는 저도 신분을 확신할 수 없었지요."

"나에 대한 정보가 그리도 빨리 샜는가?"

아직은 환국의 부왕을 제외한 누구도 모를 거라 여겼건만, 벌써 진국 장사치의 귀에까지 행보가 전해졌다?

그러나 강현은 낮게 웃으며 무진의 생각을 부정했다.

"후후. 그렇지 않습니다, 왕자 마마. 환국의 셋째 왕자 환무진 마마는 본디 외유하길 즐기시어 틈만 나면 자리를 박차고 나가신다. 게다가 고강한 무술과 지략을 겸비하시어 그 행방에 대해서는 환국의 전하조차 바로 알 길이 없다……. 제가 들은 이야기는 딱 여기까지입니다. 고로, 지금 두 분이 어디에 계신지는 저만이 알고 있을 것입니다."

"그 이야기와 공주와 내가 나눈 두 마디를 통해 정체를 확신했다?"

"이 진국에서 고귀하신 공주님께 자연스레 하대할 수 있는 분이라고는 전하뿐입니다. 그렇다면 타국의 존귀하신 분이란 뜻. 그 중 자유로이 나라 간을 누빌 수 있는 분은 환국의 셋째 왕자 마마뿐이지요. 며칠 전에 바다 건너 여행길에 오르셨다는 소문이 들렸던지라 진국에서 뵈오니 의외이긴 합니다만."

"쿡쿡. 다소 억측이 있긴 하나 추리가 제법이구먼."

무진은 짧게 웃고는 강현을 지그시 바라보았다. 역시 이 사내, 호기심이 동할 정도로 만만치 않은 자다.

"난 그대의 입이 무겁다고 믿소."

무진과 강현의 대화를 가만히 듣고 있던 사율이 강현의 눈을 직시하며 또렷한 목소리로 말했다.

무진에게서 눈을 돌린 강현도 피하지 않고 공주의 검은 눈동자를 바라보았다. 예나 지금이나 곧고 솔직하게 상대를 투영하는 눈이었다.

"그리고 그대가 여전히 내 벗이라고 믿소."

"그러니 저를 찾아오셨겠지요. 알고 있습니다."

강현은 엷은 미소를 지으며 고개를 끄덕였다. 성숙했으나 본질은 전혀 변하지 않은 듯 보이는 그녀가 기쁘면서도 어려운 이 묘한 심정이라니.

"그렇다면 나를 도와주시오. 그냥 달라고는 하지 않겠소. 지금 그대의 집안이 누리고 있는 그것, 적어도 그대의 대에서는 계속 누릴 수 있을 거요."

사율은 단언하듯 말하며 그때까지 긴 금줄로 목에 걸어 품속에 숨기고 있던 귀물을 꺼내 강현에게 내보였다. 그것은 가운데에 용의 얼굴을 새긴 부왕의 비취반지였다.

강현은 이 반지가 무엇을 의미하는지 잘 알고 있었다. 행수 자리를 아들에게 물려주고는 유유자적 생활하고 계신 아버님을 통해 자신의 집안이 전왕께 받은 어마어마한 유통 독점권과 그로 인해 지불하는 대가에 대해 들었기 때문이다. 저 반지는 전왕께서 현왕이 아닌 공주에게 그 비밀리에 전해 내려오는 협약의 모든 권리를 물려주셨다는 뜻이었다.

잠시간 생각에 잠겨 있던 강현은 한숨을 쉬며 사율에게 물었다.

"때가 되면 제자리로 돌아가겠다고 약속하시겠습니까?"

"내 마음에 합당한 결론을 내리고 나면 그럴 것이오."

사율은 신중히 대답했다. 그러자 강현이 재차 물었다.

"무사히, 다친 곳 하나 없이?"

"그러니 호위 무사를 내달라 한 것이 아니오?"

사율이 빙긋 웃으며 되물었다. 그 역시 장성했으되 본질은 변하지 않았다.

강현이 마침내 졌다는 듯 고개를 끄덕였다. 전왕과의 협약 때문에 그녀의 요구를 거절할 수도 없었겠지만, 그게 아니더라도 자신은 결국 사율의 말을 들어주었을 것이다.

'그 많은 가정들이 하나 소용없구나…….'

강현은 예나 지금이나 사율에게 이상하리만치 약한 자신을 속으로 한심하다 질책하며 입을 열었다.

"좋습니다. 공주님을 믿겠습니다. 필요하신 것을 모두 내어드리지요."

"고맙소, 강현."

오랜 벗에게 원하던 답을 들은 사율은 그제야 한시름 놓았다. 이제는 그와 편하게 사담을 나누어도 좋을 것이다.

그러나 강현은 아직 끝나지 않았다는 듯 다시 말을 꺼냈다.

"대신 저도 한 가지 부탁이 있습니다."

"그게 무엇이오?"

사율이 바로 반문했다. 강현은 진지한 목소리로 진심을 담아 사율에게 청했다.

"왕자 마마와 그만 헤어지십시오."

사율은 지칠 대로 지친 몸으로 침상에 뛰어들었다. 골이 왕왕 울리고 정신이 혼미했다. 저녁 식사를 하지 못했는데도 입맛이 하나도 없었다. 머릿속에는 삿대질할 기세로 말싸움을 이어가던 강현과 무진의 모습이 원치 않게 둥둥 떠다녔다.

'자네가 감히 무슨 자격으로 헤어지라 마라 참견인가? 나도 다 이유가 있어 공주와 함께하는 것이거늘!'

'그 이유가 무엇이든 두 분이 같이 계시면 너무 눈에 띕니다. 잘 아시지 않습니까?'

'공주께서 나랑 동행하는 것과 호위 무사들을 주르륵 달고 이동하는 것 중 어느 쪽이 더 눈에 띄겠는가? 자넨 생각이 있는 겐가?'

'지금이야 저밖에 모른다지만 어디서 정보라도 샜다 가정해 보십시오. 두 분이 함께 위험에 처하실 수도 있지 않습니까? 그러니 이만 헤어지시는 것이 백번 옳습니다.'

'어차피 우리는 삼국 내에서 이동할 터. 위험에 처해봤자 다 내가 해결할 수 있는 수준일 것일세. 젊은 사람이 노파심도 심하구먼.'

'왕자 마마께서 자각이 없으신 게지요! 언제 무슨 일을 겪으실지 어찌 장담할 수 있습니까? 그리고 하나뿐인 공주님께서 외간 남정네와 함께 다니시는데 걱정이 안 될 측근이 어디 있겠습니까?'

'자네 지금 겁도 없이 일국의 왕자인 나를 파렴치한으로 모는 것인가?'

'그러니 괜한 오해 사시지 말고 헤어지십시오!'

'그리 못하겠다면?'

'왕자 마마에 대한 해괴한 소문만 좌악 내드릴 수도 있습니다

만?'

'그럼 나는 가만있을 성싶은가?'

사율이 강현에게 왜냐고 이유를 묻기도 전에, 혹은 나도 그러고 싶으니 할 수 있거들랑 이 왕자를 좀 떼어내 달라고 부탁하기도 전에 시작된 두 사람의 옥신각신은 해가 저물어도 그칠 줄을 몰랐다. 나중에는 사율이 그 자리에 함께 있다는 것도 잊은 듯이 서로를 노려보며 으르렁거렸다. 듣고만 있기에도 지친 사율이 그 방에서 말없이 빠져나올 때도 두 사람의 언쟁은 끈질기게 이어졌다.

'둘 다 애도 아니고 말이야!'

어떻게 된 게 대소 신료 수십 명을 한꺼번에 상대하는 일보다 저 두 남자를 상대하는 것이 더 힘든가? 게다가 시간이 경과할수록 대화 수준이 유치하기 짝이 없지 않은가? 긴장감 조성하며 점잔 빼고 앉아 한마디씩 주거니 받거니 할 때는 언제고!

사율은 고개를 도리질하며 비단 베개에 얼굴을 묻었다. 가장 중요한 그녀의 의사는 배제한 채 무 나와라 배추 나와라 하는 두 남자의 꼬락서니가 보기 좋을 리 없었다. 더 큰 문제는 진이 쪽 빠져서 둘 다 상대하고 싶지 않아졌다는 것이지만.

'하여튼 저 환국의 왕자님을 만난 후로는 머릿속이 당최 고요한 날이 없어!'

부디 혼자서 날래게 움직여 주면 좋으련만. 왜 굳이 철화단의 본가까지 부득부득 따라 들어와 설강현과 애들처럼 싸워댄단 말인가? 이곳으로 들어오기 전에 그리 눈치를 주었건만!

'하아……. 이러다 왕자에 호위 무사들까지 주렁주렁 따라오는

거 아냐?'

사율은 갑자기 엄청나게 우울해졌다. 아무리 안전제일이라고는 하나, 이래 가지고서는 혼자 사색할 시간이 없잖은가? 여행이고 북방이고, 차라리 아무도 모르는 곳에 가서 칩거하며 홀로 오도카니 지내는 것이 정신 건강에 더 이로울 성싶었다.

'그냥 은신처를 마련해 달랄 걸 그랬나?'

강현이 마련해 주는 곳이라면 한동안 아무에게도 들키지 않고 생활할 수 있을 터. 지금이라도 계획을 바꿔 잠시 세상을 등져 보아? 어차피 나라에 위험한 일이 생기면 싫어도 알게 될 것 아닌가? 그리고 속히 궁으로 돌아가 그 사건을 마무리 지을 때까지 오라버니와 손을 잡겠지.

'그러면 저 환국의 왕자님과도 자연스레 헤어질 수 있을 테고 말이야.'

사율은 심각하게 고민하기 시작했다. 왠지 스스로 원해서 헤어지기 전까지 찰거머리처럼 달라붙어 있을 듯한 저 왕자님과 함께 굳이 국경을 넘을 필요가…….

"흠흠! 나요, 사율. 들어가도 되겠소?"

밖에서 들린 목소리에 화들짝 놀란 사율이 재빨리 몸을 일으켰다. 모처럼 혼자서 상념에 잠겨 있었건만, 자기 생각을 하는 줄은 어찌 알고 귀신같이 찾아왔누?

사율은 무진이 서 있을 문밖을 향해 눈을 흘기며 흐트러진 옷매무새를 단정히 매만졌다.

"들어오시지요."

"그럼 실례하겠소."

무진이 천천히 문을 열고 들어와 침상 앞에 놓여 있던 탁자의 의자에 자리를 잡고 앉았다. 사율도 그의 맞은편에 앉아 새치름하게 물었다.

"또 무슨 일로 찾아오신 겝니까? 힘 넘치는 남정네들의 다툼에 껴 있자니 곤하여 쉬고 있었습니다만."

"흠흠! 내, 설강현 저치의 말에 격분하여 잠시간 이성을 잃은 것 같소. 힘들게 했다면 미안하구려."

무진이 헛기침을 하며 사과했다. 자신의 행동을 순순히 인정하는 그의 반응이 의외였던지라, 사율이 고개를 갸웃하며 물었다.

"제게 사과를 하러 일부러 오신 것인지요?"

"사과도 할 겸 그대의 벗과 내린 결론도 들려줄 겸 온 것이라오."

결론이라…… 당사자 없이 자기들 멋대로 결정한 것도 결론이라 할 수 있나?

사율은 코웃음을 쳤으나, 무진은 이야기를 계속했다.

"일단 한동안은 내가 그대와 동행하기로 했소. 그러다 내게 피치 못할 사정이 생기거나 혹은 우리가 헤어질 때가 된다면 설강현의 호위 무사들이 그대를 보필하게 될 거요. 다행히 그의 상단은 삼국 모두에 지부가 여러 곳 있어 언제든지 서로 연락이 닿는다더군. 일국의 도매상치고는 제법 큰 규모가 아니오?"

무진은 호기심이 가득한 눈초리로 사율을 바라보았다. 아까 강현과 나누었던 의미심장한 대화의 실체가 무엇인지, 사율이 품속에서 꺼냈던 반지의 정체가 무엇인지 퍽이나 궁금한 모양이었다. 하긴, 강현과 아무리 언쟁을 길게 해보았자 아무것도 알아낼 수 없었을 테니.

사율은 눈매를 살포시 내리며 입을 열었다.

"왕자님께선 참으로 다양한 곳에 관심을 두십니다?"

"하하! 그대를 만나고 나서부터 더더욱 다방면에 관심이 생기는구려. 그보다 이름으로 부르라니까요?"

무진이 싱글싱글 웃으며 눙쳤다. 이에 질세라, 사율도 눈매로 진한 초승달을 그리며 받아쳤다.

"왕자님의 뜻은 잘 알았습니다. 저도 신중히 고려하여 결정을 내려야겠으니 오늘은 이만 돌아가시지요."

"아니, 무슨 결정을 또 내리겠다는 거요? 내가 동행하며 그대를 지켜주다가 그것이 불가능해지면 설강현의 호위 무사들이 나서기로 했다니까?"

"그러니까 뜻은 잘 알았다니까요? 자자, 피곤하실 텐데 어서 강현이 마련해 준 방으로 돌아가 쉬시지요."

사율은 말하는 동시에 자리에서 먼저 일어나 무진의 팔을 잡아당겼다. 곁으로 다가온 사율이 갑자기 잡아끌어 일으키는 바람에 엉겁결에 의자에서 일어난 무진은 그녀의 양손에 등을 떠밀려 졸지에 방 밖으로 쫓겨났다.

"이보시오, 사율!"

얼떨결에 문밖으로 밀려난 무진이 다급히 불렀으나, 사율은 방문을 쾅 닫고 꼭꼭 걸어 잠근 후였다. 황당해진 무진은 문짝을 뚫어져라 바라보았다. 정말 확 뚫어버려?

"어서 가서 쉬시래도요? 그렇게 계속 밖에 서 계시면 고려조차 안 할 겁니다?"

"아, 알겠소! 가면 되잖소?"

결국 무진은 툴툴거리며 물러났다. 내일 아침에 '그만 안녕 안녕' 이란 말을 듣고 싶지 않으면 알아서 사라지라는 뜻 아닌가?

"츠츠! 내, 누가 그대의 부군이 될지 참으로 걱정이오!"

잠시 토라진 마음에 사율의 혼사 상대로 논의된 사람이 자신의 맏형이란 사실을 새하얗게 잊어버린 무진이었다.

황율은 아무도 없는 대전의 어좌에 홀로 앉아 손가락으로 톡톡 손잡이를 두드리고 있었다. 그의 표정이 심상치 않았기에 최 내관은 좌상과 우상이 상서들을 가득 들고 찾아왔는데도 차마 고하지 못하였다. 어제부터 왕의 기분이 가히 좋지 않다는 최 내관의 귀띔에, 좌상과 우상도 전하를 뵙겠다고 우기지 않고 슬그머니 물러났다.

왕의 용안에 먹구름이 드리워진 것은 그동안 신녀가 관리하며 주기적으로 보고했던 국고와 내탕의 장부를 샅샅이 훑어본 뒤부터였다. 지난 오 년간의 장부들은 역시나 일점일획의 오차도 없었고, 내관들을 시켜 확인해 보니 마지막으로 기록된 바 그대로 재물이 남아 있었다. 국고와 내탕 모두 마찬가지였다.

즉, 사율은 궁궐에서 단 한 푼도 들고 나가지 않았다.

처음에는 무언가를 잘못 보지 않고서야 이럴 수는 없다 여겼다. 그래서 두 눈이 충혈되도록 밤을 새가며 장부책들을 살펴보고 또 살펴보았다. 내관들을 들들 볶아 국고와 내탕도 몇 번이나 다시 확인해 보았다. 그러나 결과는 매한가지였다.

황율은 미간을 표나게 찌푸리며 신궁 소속 홍 상궁을 급히 불러들였다. 그리고 신궁과 공주전에 있던 귀물이나 신녀가 평소 지녔던 패물들 중 없어진 것이 있는지 전부 뒤져서 확인해 보라 명했다.

왕에게 한차례 된통 당한 후 몸을 사리고 있던 홍 상궁은 무수리들과 함께 부랴부랴 신궁과 공주전을 뒤져 패물들을 모조리 가져다 바쳤다. 그리고 신녀와 함께 사라진 것이라고는 고작 그녀가 평소에 즐겨 쓰던 활과 화살 몇 개, 장검과 단검, 단의 몇 벌이 전부라고 고했다. 홍 상궁의 보고를 들은 왕의 용상은 더더욱 구겨졌다. 덕분에 애꿎은 홍 상궁은 또 왕 앞에서 물러나올 때까지 두근 반 세근 반 가슴을 조려야 했다.

'금전 한 푼 없이 무예 도구들과 옷가지 몇 벌만 챙겨 들고 궁 밖으로 나갔다고? 그게 말이 되느냔 말이다!'

황율은 신경질적으로 손잡이를 내려쳤다. 그 영민한 아이가 실성하지 않고서야 그리 무모한 짓을 할 리가 있는가? 아무리 혼인하기가 싫었다고 해도 그렇지!

종종 뒤처리를 생각지 않고 일을 저질러 부왕의 근심을 샀던 자신과는 달리 만사 불여튼튼의 자세로 매사에 임하는 사율이라면 성격상 절대로 그랬을 리가 없다.

'그렇다면 궁궐 밖에서 도와주기로 약조한 자가 있었나?'

이것은 아예 배재할 수만은 없는 가정이었다.

명분이 합당하기에 왕의 명령을 따르기는 했으나, 지난 오 년 동안 신녀가 발휘했던 그 놀라운 능력의 부재를 왕이 제대로 메워 줄지 우려하는 시선 또한 있었다. 게다가 갑작스러운 신녀의 실종으로 인해 업무 과다에 시달리고들 있으니 겉으로야 두려워 내색하지 못한다 해도 속으로는 불평불만이 한가득 쌓였을 터.

'허나 그리 따지자면 사율 그 아이를 하루 속히 왕궁으로 돌려보내야 마땅하지 않은가? 그래야 짐에게는 공을 세우고, 정사도 다시 원활히 돌아갈 것이고……. 그보다 지금 조정에 짐 몰래 신녀를 숨기는 위험을 감수할 만큼 간이 큰 자가 있던가?'

황율은 조정 대신들의 얼굴을 하나하나 떠올려 보았다. 상서들은 쌓여가지, 정사를 본격적으로 돌보겠다는 왕은 며칠째 심기가 불편해 보여 말도 제대로 못 꺼내겠지, 신녀는 소식도 없지. 다 같이 삼중고로 힘겨운 이 마당에 만약 누구 하나가 신녀를 숨겼다가 발각된다면 어떨까? 왕인 자신이 처벌을 내리기도 전에 다 같이 대동단결하여 그를 말려 죽이지 않을까?

고로, 도성에 거주하는 신료들 중 누군가가 신녀를 도왔을 가능성은 아주 없지는 않으나 매우 희박한 것이었다.

그렇다면 신료들이 아닌 제삼의 인물이 도왔다는 가정은 어떨까? 궁에만 있던 아이가 그 제삼의 인물과 어찌 연이 닿아 연통하고 지냈을꼬? 아니면, 국고와 내탕과는 전혀 관련이 없는 비자금이라도 형성했을까? 대체 어떻게?

의문은 수두룩한데 명확하게 드러난 사실은 하나도 없다. 황율은 정말이지 머리가 빠개질 지경이었다.

'비밀 통로들 중 하나를 통해 빠져나간 것은 분명해. 만약 그 누군가와 접선했다면 통로의 출구와 멀지 않은 곳에서 만나기로 미리 약조했겠지. 그러나 비밀 통로의 출구와 근접한 위치로 내보낸 호위 무사들에게서는 아직까지 별다른 소식이 없지 않은가? 사라진 지 일곱 날이 넘었거늘, 누군가가 숨겨주지 않고서야 이리 그림자조차 보이지 않을 리가…….'

황율은 더더욱 빠르게 손잡이를 톡톡 치며 홍 상궁이 주르륵 펼쳐 놓고 간 패물들을 노려보았다. 평소 엄격하게 국고와 내탕을 관리한 신녀답게, 사율의 패물은 왕후의 것보다 가짓수도 훨씬 적고 모양새도 소박했다. 하지만 사율의 해사한 얼굴을 꾸며주기에는 더할 나위 없이 훌륭한 왕가의 보물들이었다.

'그러고 보니 그 아이는 특별한 의식이나 행사 때를 제외하고는 패물로 화려하게 치장하는 것을 저어했지. 조정 업무에 매달리고 나서부터는 더 그랬어. 어떤 때는 아바마마의 유품조차도…….'

순간, 황율은 눈을 커다랗게 떴다. 그는 성급한 손놀림으로 사율의 패물 사이를 거칠게 뒤졌다. 그러나 아무리 뒤져 봐도 그것은 보이지가 않았다.

없었다, 유품이. 아바마마께서 승하하시기 직전, 손가락에서 빼내시어 사율의 손에 꼭 쥐어주셨던 그 용을 새겨 넣은 비취반지가.

第四章 그 신녀, 앙큼

사율과 무진은 철화단의 본가에서 이틀여를 묵으며 강현의 융숭한 대접을 받았다. 궁을 떠난 뒤 처음으로 입맛에 맞는 음식들을 섭취하고 약초 물로 목욕을 즐긴 사율은 여독으로 쌓인 피로를 잠시나마 충분히 풀었다. 그리고 사흘째 아침, 강현과 함께 아침 식사를 마친 후 그가 마련해 준 자색의 비단 의복을 입고서 같은 색깔의 머리끈으로 긴 머리칼을 질끈 동여매었다. 그러고서 마당으로 나서니, 강현이 튼튼한 말 위에 사율의 짐을 모두 싣고서 기다리고 있었다. 옆에는 이미 말에 올라탄 무진이 살짝 부루퉁한 얼굴로 그녀를 내려다보고 있었다.

그러거나 말거나, 사율은 강현의 옆으로 가 말에 올랐다. 그녀가 고삐를 살짝 움켜쥐자 갈기에 윤기가 흐르는 흑마가 푸르르 투레질을 했다.

"여러모로 고맙소, 강현. 항상 건강히 지내시오."

사율은 진심을 담아 강현에게 인사했다. 지금 헤어지면 언제 다시 만날 수 있을까? 아니, 재회할 수 있기나 할는지…….

그녀의 눈빛에 담긴 뜻을 읽은 강현이 은은한 미소를 띠며 말했다.

"또 만나게 될 테니 섭섭해 마십시오, 공주님. 그때까지 저와의 약속들을 잊지 마시고요."

"알겠소. 내, 늘 심중에 새기리다."

사율도 웃으며 대답했다. 그녀의 밝은 얼굴을 본 강현은 허리를 깊숙이 숙이며 끝인사를 했다.

"그럼 조심히 가십시오. 두 분 마마의 여정에 천제의 가호가 함께하시길."

"천제께서 늘 그대를 보살펴 주시길. 이랴!"

"잘 있게나, 설강현!"

인사하는 강현을 뒤로한 채 무진과 사율은 문밖으로 말을 몰았다. 강현은 몸을 일으켜 나란히 떠나는 그들이 시야에서 사라질 때까지 지켜보았다. 머릿속에 무진 왕자와 나누었던 대화들이 자연스레 떠올랐다.

'왕자 마마께서 소인을 믿지 못하시듯, 소인 또한 왕자 마마를 믿을 수가 없습니다. 그러니 동행하시겠다는 진짜 이유를 말씀해 주시지요.'

'진짜 이유라……. 하긴, 의심할 만도 하지. 같은 나라에 간다고는 하나 공주와 내가 그곳에 가는 목적은 전혀 다를 테고, 오히려 공주께서 내게 짐이 되실 수도 있으니 말이야. 공주께서도 자네가 붙여주는 무사들의 호위를 받는 것이 더 편하실 테지.'

'그래서 묻고 있지 않습니까?'

'이거 말하기 쑥스럽네만, 사실 나는 전부터 공주에게 관심이 있었네. 진국에 처음 사신으로 갔을 때부터 그랬지. 전왕께서 대소 신료들과 함께 동맹국의 왕자 일행을 사신으로 맞이하는 자리에 어린 공주가 시립해서는 부왕께 하문을 받을 때마다 제시한 협약에 대해 또박또박 의견을 말하는데, 이건 뭐라 반박할 틈이 없더군. 그때부터 공주와 담소나 한번 나눠보고 싶었는데 도무지 기회가 없었다네. 그러다 며칠 전에 저잣거리에서 우연히 공주를 만났지 무언가? 이것이야말로 천재일우가 아니겠는가? 하하하하!'

어울리지도 않게 진짜 쑥스럽다는 낯빛으로 말하는 무진 왕자를 강현이 가늘게 뜬 눈으로 보았다.

'지금 소인더러 그 말씀을 믿으라는 겁니까?'

'사람이 왜 그리 의심이 많은가? 장사치들은 이래서 안 된다니까! 에잉, 츠츠츠.'

'소인도 들은 풍월이 있습니다. 환국의 셋째 왕자 마마께서 겉으로야 어찌 보이시든 어떤 행보를 하신 분인 줄 대충은 알고 있단 말입니다. 그런 분께서 순수한 소년의 연정 같은 이야기를 하고 계시는데 믿겨지겠습니까? 소인이 그리 말씀 올렸다면 왕자 마마께선 믿으시겠습니까?'

'자네, 그리 함부로 입을 놀려서야 쓰겠는가?'

무진이 예의 그 삐뚜름한 미소를 지으며 되물었다. 그러나 강현은 먹이를 앞에 둔 맹수 같은 그의 눈빛을 피하지 않았다.

'왕자 마마께서 무시하시는 그 장사치들은 손님에게 부탁받은 물건 하나를 가져오기 위해 목숨을 걸고 산과 바다를 넘기도 하는 자들입니다. 하물며 소인의 금줄을 쥐고 계신 하나뿐인 금지옥엽을 지키는 일임에야.'

강현의 눈을 매섭게 응시하던 무진이 피식 웃으며 살기를 풀었다. 어쨌든 그가 진심을 내보였음을 인정한 것이다.

'나 역시 거짓은 아닐세. 물론 아무런 목적 없이 공주와 동행하는 것은 아니야. 하지만 그것은 공주께서도 마찬가지. 해서 공주와 나는 한동안 함께하게 될 것일세. 최대한 비밀리에 움직여야 하니 이왕이면 단둘이 말이지.'

'공주님께서 원하지 않으신다면 어쩌시겠습니까?'

'그렇다면 어쩔 수 없지. 그러나 분명 나와 비슷한 생각을 하고 계실 터. 내기해도 좋네.'

왕자의 장담대로 공주는 오늘 아침에 함께한 식사 자리에서 그와 조금 더 같이 가보겠노라고 했다. 그렇다면 가장 고강한 호위무사 한 명만이라도 데려가라고 하자, 그녀는 때가 되면 스스로 청하겠노라며 거절했다.

'굳이 그런 선택을 하지 않아도 되는 것을……. 무슨 생각을 하고 계시는 겁니까, 공주님?'

강현은 아직도 그 자리에 공주가 있는 것처럼 잠시간 허공을 응시했다. 그러다가 나지막한 음성으로 한 남자를 불렀다.

"모습을 드러내라, 윤."

아무도 없던 널따란 마당에 검은 그림자가 휙 스쳤다. 곧 온통 검은 옷으로 몸을 두르고 어깨에 쌍검을 멘 남자가 강현의 앞에 무릎을 꿇었다.

"부르셨습니까, 행수 나리."

"너는 오늘부터 저 두 분을 은밀히 따르면서 시시때때로 내게 연통을 넣어라. 공주님께서 위급한 상황이 아닌 한 절대로 모습을 드러내지 말고. 알겠느냐?"

"분부대로 하겠습니다, 행수 나리."

"그럼 즉시 떠나거라."

윤이라 불린 사내는 강현의 말이 떨어지기가 무섭게 몸을 날려 자취를 감췄다. 환국의 셋째 왕자가 뛰어난 고수라고는 하나 어렸을 적부터 기척을 숨기는 훈련을 해온 윤을 쉽사리 알아채지는 못할 터.

강현은 비로소 몸을 돌렸다.

환국의 왕에게는 근심이 하나 있었다. 삼국의 전통에 따라 장자에게 보위를 물려주어야 하는데, 그의 맏아들이 보이지 않는 혈투가 난무하는 정치에 영 소질이 없다는 것이었다.

환국의 첫째 왕자 환유진은 본디 성격이 온유하고 다투기를 싫어하며 화초 키우기를 즐기는 사람이었다. 왕은 자신과 왕후의 사이에서 어찌 저런 성정을 가진 아들이 태어났는지 의아하기 그지 없었으나, 어쨌든 환유진은 분명 그의 맏아들이었고 대통을 이을 장자였다. 허나 그는 딸 셋만을 둔 홀아비이기도 했다.

소꿉친구였던 자신의 비가 셋째 딸을 낳고서 산욕열이 올라 끝내 세상을 떠나자, 환유진은 열흘이 넘게 식음을 전폐하며 비의 죽음을 슬퍼했다. 보다 못한 왕후가 언제까지 불효를 저지를 참이냐며 며칠을 어르고 달래고 나서야 그는 겨우 미음을 몇 숟가락 들었다. 그 후 한 해가 더 지나고 나서야 겨우 본래의 모습으로 돌아와 일상을 보냈으나, 다른 여인에게 관심을 두지는 않았다.

왕은 속으로 한숨을 내쉬었으나 어찌 됐든 맏아들을 재혼시키기로 마음먹었다. 그가 아무리 원치 않는다 해도 왕손을 떡하니 출산할 새 며느리를 들이기로 한 것이다. 비록 유약하고 나이가 많은 홀아비라고는 하나, 차기 왕후의 자리를 탐내는 세력가들은 차고 넘쳤다.

그러나 첫째 왕자는 부왕과 전혀 다른 마음을 품고 있었다.

어느 날 밤, 늦은 시간에 부왕의 침전을 은밀히 찾은 환유진은 독대를 청해 단도직입적으로 자신의 뜻을 밝혔다.

"아바마마, 감히 불효를 무릅쓰고 말씀드립니다. 소자, 보위를 잇고 싶은 마음이 조금도 없습니다. 어느 세력가의 여식을 새 비로 맞이하여 정치 구도의 소용돌이에 끼어들고 싶은 생각 또한 추호도 없습니다. 소자가 왕의 재목이 아니란 사실은 아바마마께서 가장 잘 알고 계실 터. 부디 소자의 마음을 헤아려 주소서."

자신의 앞에 무릎 꿇고 엎드려 떨리는 목소리로 간청하는 큰아들을 보니 왕은 맥이 탁 풀렸다. 언젠가는 그가 이런 말을 꺼내지 않을까 생각해 본 적은 있었으나, 나라의 전통을 누구보다도 잘 아는 왕실의 직계이자 맏이로서 감히 입 밖으로 소리 내지는 못할 거라 여겼다. 아들에게는 그만큼 절실했단 뜻일 터.

그러나 왕좌란 본인의 의지와 상관없이 차지해야 할 때도 있는 법. 그는 아버지가 아닌 왕으로서 맏아들을 엄히 꾸짖었다.

"네가 나의 장자로 태어난 이상 네 마음보다는 나라의 전통과 명분을 따라야 함을 몰라서 이러는 것이더냐? 어찌 그런 심약한 생각으로 감히 보위를 잇지 않겠다 말하는 것이냐? 차후에 이런 이야기는 두 번 다시 꺼내지 말거라. 네 말은 환국 왕실을 피바람 속으로 몰아넣고 싶다는 것과 다름없음이야!"

평소 같았으면 부왕의 벼락같은 호통에 고개를 숙이며 물러났을 첫째 왕자였다. 하지만 이날 그는 생애 처음으로 부왕의 눈을 정면으로 마주 보며 뜻을 굽히지 않았다.

"소자에게는 아들이 없습니다, 아바마마. 말씀드렸듯이, 다시 정비를 맞이하여 아들을 낳고 싶은 마음 따윈 없습니다. 소자도 나라의 전통을 따라야 하는 장자임을 아옵니다. 장자의 책임을 다하라 명하시면 소자, 어쩔 수 없이 보위에 오를 것입니다. 허나 세력가의 여식을 맞아들여 왕후로 삼지는 않을 것이며, 아우를 세자로 책봉해 하루라도 빨리 상왕의 자리로 물러날 것입니다. 이까지 불허하지는 말아주십시오, 아바마마. 부디 소자를 조금이나마 헤아려 주십시오!"

"허……!"

왕은 탄식하며 바닥에 이마를 찧으면서까지 부르짖는 맏아들을 바라보았다. 누군가는 몇만 명의 피를 흘리면서까지 차지하려 달려드는 자리이거늘, 차기 왕으로 확정된 현왕의 장자로 태어나 이리 싫다 고집을 피우다니.

"그렇다면 너는 둘째가 너보다 나은 왕의 재목이라 생각하느냐?"

눈앞에 엎드린 맏아들을 한참 동안 말없이 바라보던 왕이 힘없는 목소리로 물었다. 환유진은 머리 위에서 들린 부왕의 하문에 쉽사리 답하지 못하고 머뭇거렸다.

"아바마마, 그것은……."

"네가 정 그리해야겠다면 그다음 왕은 둘째 서진이 되어야 한다. 그 아이는 너와 달리 이미 정비와 후실들 사이에서 낳은 아들이 여럿이지. 그런데 둘째가 왕이 된다면 어떻겠느냐?"

부왕의 계속된 물음에, 환유진은 잠시 자신의 둘째 아우를 떠올렸다. 그는 유약한 자신과는 반대로 배포가 크고 사내다웠으며, 야망 또한 대단했다. 그러나 영웅호색이라는 말을 몸소 실천이라도 하듯 여색을 끊임없이 탐했고 술을 즐겼으며 성미가 급해 쉽사리 성을 냈다.

하지만 둘째의 가장 큰 문제는 그것이 아니었다. 환유진은 둘째가 왕이 된 후에 왕실과 조정이 평안할 거라고 장담할 수 없었다.

여전히 아무 말도 못하고 있는 그의 귓가로 부왕의 고뇌에 찬 음성이 들려왔다.

"네 마음을 헤아려 달라 했느냐? 그전에 이 부왕의 마음부터 헤아려 주면 아니 되겠느냐? 이 속 끓는 아비의 심정을 말이다."

"아바마마……."

결국 환유진은 더 이상 부왕을 설득하지 못하고 물러날 수밖에 없었다. 누가 진짜 왕의 재목인지, 진정 왕이 되어야 할 자인지는 부왕도 그도 너무나 잘 알고 있었다. 하지만 입 밖으로 내뱉을 수 없음을 어찌하겠는가?

왕이라고 속내가 편할 리 없었다. 맏아들이 찾아온 그날 밤부터 근심이 깊어진 왕은 하루도 편히 잠들지 못했다. 비밀리에 명을 받고 홀로 떠난 셋째 아들 무진이 자꾸만 꿈속에 나타났다. 부디 이 모든 문제들을 해결하고서 천제의 품으로 가야 할 터인데……. 왕은 갈수록 자신이 없어졌다.

그러던 중 뜻밖의 밀사가 찾아들었다. 그는 진국의 왕이 보냈다는 서찰을 한 통 전해주었다. 그 내용을 읽어본 환국의 왕은 기쁘다기보다는 당황스러웠다. 그것에는 최대한 절차를 간소화하여 빠른 시일 내에 진국의 공주를 환국의 장자에게 비로 보내고 싶다는 뜻을 담은 글귀가 적혀 있었다.

소식은 뜻밖에도 남쪽에서 날아들었다.

사실 남쪽으로는 혹시나 해서 호위대원들을 보낸 것이지, 사율의 흔적을 그쪽에서 가장 먼저 발견할 거라는 가정은 애당초 하지도 않았다. 북쪽은 가봤자 험준한 산맥으로 막혀 있는 데다 그것을 넘으면 북방 대륙이니 찾아볼 필요조차 없고, 남쪽은 마을도 많고 상권도 발달하여 갈 만은 하나 비밀 통로를 통해도 동이나 서를 거쳐서 가야 하니 도착하려면 시일이 꽤 소요되기 때문이다.

그런데 사율임이 틀림없는 젊은 처자의 행적이 처음으로 발견된 곳이 도성의 남쪽 끝과 맞닿아 있는 작은 마을이라니, 그 아이는 하루 반 사이에 어떻게 그곳까지 갔단 말이냐?

황율은 처음에는 자신의 귀를 의심했다. 그다음에는 보고를 한 호위대장을 의심했고, 또 그다음에는 남쪽으로 파견한 호위대원을 의심했다. 그리고 셋 다 의심할 여지가 없다고 판단한 뒤에는 자신의 하나뿐인 여동생을 의심하기 시작했다.

'사율아, 네가 앙큼한 구석이 있었다?'

대전의 어좌에 드러눕듯이 앉은 황율은 입매를 심술궂게 비틀어 올리며 손가락으로 손잡이를 톡톡 쳤다. 남쪽으로 보낸 호위대원의 보고에 의하면, 남복을 한 아름다운 처녀가 새벽녘에 흙투성이로 숙원에 들어와 꼬박 하루 동안 죽은 듯이 자더니 이튿날 이른 아침에 구해준 말을 타고서 바람같이 떠났단다. 옷은 수수했으나 용모가 수려하고 삯을 후히 쳐준지라 그녀를 기억하고 있던 숙원의 주인이 초상화를 들이밀자 바로 알아보았단다.

'왕인 나조차 모르는 비밀 통로라……. 아바마마께서 하신 일일까, 아니면 신궁에서 전해져 내려오는 것일까?'

둘 중 어느 쪽인지는 모르겠으나, 확실한 점은 왕궁 내에 도성의 남쪽 끝으로 연결되는 비밀 통로가 존재한다는 것이다. 그게 아니고선 하루 반 사이에 그곳까지 갈 수 있는 방법이라고는 없었다. 그것도 흙을 잔뜩 묻힌 채로 말이다.

황율은 미간을 찌푸리며 신경질적으로 손잡이를 두드렸다. 사라진 아바마마의 반지와 그조차도 몰랐던 비밀 통로, 그리고 숨겨두었던 비밀 자금. 이 세 가지는 분명 연관관계가 있다. 사율이 이리 출궁하지 않았다면 먼저 입을 열어 말해주지 않는 한 있다는 것조차 몰랐을 그 세 가지가 그를 귀찮도록 신경 쓰이게 만들었다.

'너, 그리 궁지에 몰릴 때까지 그것들을 감춰둔 이유가 무엇이지? 만약 짐이 혼인하라 명하지 않았다면 그것들을 어디에 쓸 요량이었던 게냐? 언제까지 짐에게 말하지 않을 작정이었던 게지? 아바마마께선 왜 그 반지를 굳이 네게 주신 것이야?'

"전하, 듣고 계시옵니까?"

우상의 소리 높인 외침에 혼자만의 생각에서 깨어난 황율은 시선을 내려 몹시 못마땅하다는 표정으로 그를 보았다. 어좌의 아래에 좌우로 길게 시립한 신료들이 근심 어린 낯빛으로 왕의 눈치를 살피고 있었다. 그제야 지금이 조례 시간임을 자각한 황율은 자세를 바로 하고 우상에게 물었다.

"다시 말해보라, 우상. 뭐라 했는가?"

"재상의 직위 부활을 고려해 주십사 주청드렸사옵니다."

"허어, 아니 될 말씀! 그보다는 내각의 대학사를 중용하시어 전하께서 육부를 관장하심이 옳은 줄로 압니다."

왕이 하문하기가 무섭게 두 대신이 연이어 고했다.

조정의 실질적인 행정 책임자였던 신녀가 사라지자 며칠새 업무가 꼬여 버렸다. 지금까지야 영민했던 그녀가 시간을 아끼지 않고 진두지휘해 주어 조정 행정이 원활히 돌아갔다지만, 어려움을 모두 가져와 보라던 왕은 대신들이 올린 상서들을 세월아 네월아 느긋하게 살펴볼 뿐이었다. 그것도 본인의 심사가 뒤틀리거나 만사 귀찮아지면 팽개치기 일쑤. 문제는 요 근래 왕의 기분이 가히 좋지 않다는 것이었다.

이에 보다 못한 우상이 이대로는 안 되겠다 싶어 차라리 재상직을 부활시키자 청한 것이다. 전하께서 호위대원들을 보내 신녀 마마를 찾고 있다고는 하나 언제 돌아올지도 불분명하고, 다시 입궐한다고 해도 곧 국혼을 치르러 떠날 터. 이래저래 신녀 마마의 자리를 메울 책임자가 필요한데 전하께서는 말씀은 짐에게 다 가져오라 하셨으나 행동은 영 다르시니…….

그러나 좌상의 생각은 달랐다. 과거, 재상직이 폐해진 까닭은 십대 왕의 재상이었던 유민웅의 독단적인 전횡과 유씨 일가의 권력 남용 때문이었다. 그 후 진국의 왕들은 대신들의 보필을 받으며 실질적인 행정 총책임자로서의 역할을 직접 맡았다. 그런 왕을 돕기 위해 내각의 대학사가 중용되기도 했으나, 그는 어디까지나 자문역일 뿐 재상이 가졌던 것만큼의 권한을 갖지는 못했다.

신녀 마마야 승하하신 전왕께서 현재의 전하와 함께 어렸을 때부터 옆에 두고 정치와 외교를 가르치신 데다, 오직 진국과 왕실만을 위하는 분이기에 재상과 다름없는 역할을 수행해도 문제가 되지 않았다. 오히려 그녀의 탁월한 기량 덕에 행정 체계가 많이 안정되었다.

그러나 그녀가 아닌 다른 신료들 중 누군가가 재상을 맡는다? 현 조정에 그만한 능력을 가진 자도 없을뿐더러 과거의 일이 반복되지 않으리라는 보장이 어디 있는가?

사실 이 모두는 전하께서 신녀 마마만큼, 아니, 마마의 반만큼이라도 행정 업무에 관심을 쏟아주시면 해결될 일이었다. 그런 대신들의 우려를 아는지 모르는지, 황율은 심술 돋은 표정으로 좌상과 우상을 내려다볼 뿐이었다.

"흐음……. 짐이 요 며칠간 경들의 노고를 조금도 덜어주지 못했나 보군? 아니면 그동안 지나치게 내 누이동생을 의지했거나. 신녀가 사라진 지 얼마나 되었다고 벌써부터 이러는가?"

"소, 송구하옵니다, 전하."

너희들이 머리부터 발끝까지 맘에 들지 않는다는 어조로 되묻는 왕에게 고개를 숙이면서 신료들은 생각했다. 실수했노라고.

황율은 한껏 비틀린 어조로 말을 이었다.

"신녀의 빈자리가 크게 느껴지긴 할 것이야. 과중된 업무가 버겁기도 하겠지. 그러나 그럴수록 빨리 익숙해져야 할 터. 짐도 애써볼 테니 경들도 좀 더 그리하라. 재상이니 대학사니 하는 문제는 그런 후에 논하도록 하지."

"예, 전하."

왕의 폭풍 같은 노화를 받아내며 직언을 이어갈 자는 지금 이 자리에 없었다. 신료들은 모두 입을 다물었다.

전왕께서는 연합군의 승리를 토대로 강력한 중앙집권을 구축했다. 그러한 부왕의 뜻을 뼛속까지 이해했던 공주는 모후의 뒤를 이어 신녀가 됨으로써 왕실을 신격화시키는 동시에 몸을 사리지 않는 행정 처리로 오라비 왕을 보필했다. 왕은 비록 방종한 기질이 있고 불같은 성미를 지녔으나 누이동생의 충언은 되도록 수용하는 편이었고, 영리한 그녀를 십분 활용했다. 그래서 신료들은 그녀가 혼인하여 진국을 떠난다 해도 왕이 인재를 능히 쓰고 그들의 직언을 귀담아들어 줄 거라 생각했다.

오늘에야 비로소 그들은 깨달았다. 그들의 생각은 모두 착각에 불과했음을. 근 오 년 동안 신녀가 궁에서 해왔던 가장 큰일은 그 무엇도 아닌 바로 왕의 제어 장치 역할이었음을.

"괜찮으시겠소?"

무진이 옆에 있는 사율에게 시선을 돌려 물었다. 사율은 가만히 정면을 바라보다 굳게 고개를 끄덕였다. 갖가지 행색을 한 사람들이 길게 줄을 선 채 관문을 통과하기 위해 기다리고 있었다.

무진은 장난기를 섞지 않은 진중한 음성으로 말을 이었다.

"나라를 벗어나는 건 처음이잖소. 혹여 지금이라도 생각이 바뀌었다면 말씀하시오."

사율은 입가에 희미한 미소를 띠우며 솔직한 목소리로 그에게 대답했다.

"이런저런 고심 끝에 내린 결정입니다. 물론 진국 내에 숨어 있는 것이 여러모로 편하긴 하겠지요. 그러나 제 스스로 납득할 만한 결론을 내릴 수 있을지는 잘 모르겠습니다. 그러니 애초의 계획대로 밀고 나가 보아야지요. 왕자님께서 하고 계신 그 일 또한 좌시할 수만은 없고요."

"그대는 의지가 굳은 여인이오."

무진은 고개를 가로저으며 웃었다. 사율이 미간을 살짝 찌푸리며 그의 말을 정정해 주었다.

"그냥 솔직히 고집이 세다고 말씀하세요."

"아니요. 그대는 지금까지 내가 본 여인들 중에서 가장 용기 있고 심지가 곧은 사람이오. 그래서 내가 그대와 함께 있는 것이 즐거운가 보오."

"네에, 얼마나 즐거우시면 굳이 호위 무사들을 다 물리치면서까지 단둘이 가겠노라 생떼를 쓰셨겠습니까?"

언제 걱정했냐는 듯 금세 싱글거리며 말하는 무진을 향해 사율이 코웃음을 치며 대꾸했다. 그러자 무진은 자못 놀라는 표정으로 천연덕스럽게 반박했다.

"허어, 내가 언제 생떼를 썼다고 그러시오? 그대도 내 의견에 동의했으니 우리가 이리 단둘이 외유를 하게 된 것 아니오? 안 그러면 설강현이 그대에게 호위 무사 하나 안 붙여 보냈을 리가 없잖소?"

"아이고, 그렇다 치지요. 부디 어떤 순간이 와도 저를 잘 호위해 주시기를 바랄 뿐입니다. 자신이 없으시면 지금이라도 강현에게 연통을 넣고요. 왕자님이야말로 늦지 않았습니다."

사율이 콧방귀를 뀌며 말했다. 그러나 무진은 그 특유의 능글맞은 표정으로 호기롭게 외쳤다.

"자신이 없긴! 내 실력을 보고도 그런 말씀을 하시오? 내, 그대의 털끝 하나까지도 소중히 지켜 드리리다. 또한 사정이 허락하는 한 그대가 목적을 이룰 때까지 함께할 것이오."

"네네, 여부가 있겠습니까? 그럼 가시지요."

무진에게 건성건성 대답한 사율은 먼저 말에서 내려 고삐를 붙잡고 천천히 앞으로 걸어나갔다. 그런 그녀의 모습을 뒤에서 바라보며 씨익 웃은 무진도 곧 말에서 훌쩍 뛰어내려 고삐를 잡고 성큼성큼 앞으로 나아갔다. 두 사람은 곧 함께 관문을 통과하기 위한 대열에 합류했다.

눈앞에 보이는 성문을 통과하면 신국(神國). 현 진국 왕후의 모국이자 진국과 환국의 가운데에 위치한, 가장 비옥한 토양을 가진 나라였다. 진국의 신녀 진사율과 환국의 셋째 왕자 환무진은 오늘 국경을 넘어 신국으로 갈 것이다.

바야흐로 사율이 궁을 탈출한 지 열하루째 되는 날이었다.

第五章 그 신녀, 의심

진국이 광석과 제련술, 환국이 비단과 차로 유명하다면 신국은 풍성한 곡식과 금강석 광산을 보유한 나라로 통했다. 그래서 신국의 시가지는 삼국 중 가장 번화했으며, 바다 건너에서 온 상인들의 모습도 심심치 않게 볼 수 있었다.

그러나 현시대에 신국이 천제에게서 받은 가장 큰 축복은 곡식과 금강석 생산량이 아니었다. 전왕이 통치하던 시기에 강력한 치유력을 부여받은 신녀가 나타났는데, 천제당의 기록에 의하면 이 정도로 강한 신력을 부여받은 여인이 신국에 있었던 것은 몇백 년도 더 전의 일이었다. 어렸을 때부터 범상치 않은 능력을 드러낸 그녀는 당연히 신국 천제당의 총아로 자랐고, 그녀에 대한 소문은 일파만파 퍼졌다. 그래서 현재 신국은 그 어느 때보다도 천제에 대한 신앙심으로 똘똘 뭉친 상태였으며, 각국에서 그 신녀를 만나기 위해 찾아온 사람들로 붐볐다.

무진과 함께 드디어 신국의 땅을 밟게 된 사율은 이런 사실들을 찬찬히 떠올려 보며 말에 올랐다. 다신교인 유목 민족과 소수 민족들이 합쳐진 북방 대륙과 달리, 삼국은 천제만을 유일신으로 섬겼다. 그 천제에게서 특별한 능력을 부여받았기에 만백성들의 추앙을 받아온 신녀는 많아봤자 한 대에 세 명을 넘지 못했고, 역사 기록에 의하면 몇 대가 신녀라는 존재 없이 지나간 적도 있었다. 그리고 사율은 왕실을 신격화시키기 위해 꾸며낸 가짜 신녀에 불과했지만, 신국의 신녀는 장님의 눈을 뜨게 하고 반신불수가 된 사내를 일으켜 걷게 했다는 진짜배기였다.

그런 신국에서 이단을 섬기는 북방 대륙과 손을 잡았을 확률이 얼마나 될까?

'내가 궁을 떠날 때까지 전혀 보고받지 못한 것을 보면 그 북방인들은 최근에 은밀히 진국으로 스며든 거야. 환국에서도 난데없이 나타났다 했지.'

"사율."

'환국의 전하께선 삼국의 누군가가 배신했을 가능성도 염두에 두셨다 했어. 허나 지금의 신국에는 그럴 이유도 명분도 없지 않은가?'

"사율, 듣고 있소?"

'진국의 조정에는 연합군에 참전했던 귀족 가문 출신이 대부분이야. 나도, 오라버니도, 그들도 연합군을 승리로 이끄신 부왕에

대한 자부심이 대단해. 무엇보다 북방에 대해서만큼은 전 백성이 단합해서 철저히 견제해 왔어.'

"이보시오, 사율!"

'만약 삼국이 모두 결백하다면 북방이 스스로 벌인 짓. 그러나 만에 하나라도 어딘가에 구멍이 뚫렸다면? 왕가가 아닌 귀족들이 그런 짓을 벌일 확률이 제일 높은 나라는 어디일까?'

"사……!"

"왕…… 무진!"

"환무진이오만."

몇 번을 불러도 대답이 없다가 느닷없이 정색한 얼굴로 자신을 확 째려보는 사율에게 무진이 반사적으로 대꾸했다. 사율은 여전히 정색한 채 그에게 물었다.

"집안 단속은 잘하고 나오신 거지요?"

"호오, 그대가 내 집안에도 관심을…… 아아."

사율의 말뜻을 제대로 파악한 무진이 실망했다는 표정으로 말끝을 흐렸다. 그러고는 시큰둥한 어조로 대답했다.

"아바마마께서 감찰사와 어사들을 통해 구석구석 수시로 하고 계시오. 나도 모국을 떠나기 전에 그 열두 명의 행적을 추적하다 나왔고."

"그래서 알아낸 것은요?"

"상인으로 위장한 채 배를 타고 들어왔다는 것까진 알아냈는데, 그 외에는 깨끗했소. 배후를 캐기 위해 두어 명 살려두었으나 모두 어금니를 깨고 자결했지. 입 안에 독을 품고 있었던 모양이오.”

“지독한 자들이로군요.”

“듣자 하니, 현 북방 왕이 제 아비의 수모를 갚으려고 이를 갈고 있다더군. 그러니 보통 놈들을 내려보냈겠소? 오히려 진국에서 만난 자들은 산에는 익숙했을지 모르나 실력은 한참 아래였소. 환국에 나타난 놈들은 제대로 훈련받은 살수들이었는데 말이오.”

“그들이 왕…… 무진을 노렸단 말인가요?”

“환무진이라니까. 아, 그리고 편하게 좀 부르시오! 차라리 ‘당신’ 이라고 하든가.”

사율은 북방인들이 대놓고 환국의 셋째 왕자를 노렸단 사실에 놀라고 있건만, 무진은 그녀의 어색한 이름 부르기가 더 신경 쓰이는 모양이었다. 하지만 사안이 사안인지라 그런 것을 면박 줄 개재가 아니었다. 사율은 무진을 재촉했다.

“처음부터 당신을 노린 걸까요? 아니면 다른 목적이 있던 차에 당신까지 노린 걸까요?”

“정확히는 날 노린 게 아니라 궁 밖으로 사냥을 다녀오던 나와 둘째 형님을 덮친 거요. 놈들은 죽기 살기로 우리에게 덤벼들었고, 나도 전력을 다해 싸웠소. 두엇 숨을 붙여놓긴 했으나 형님도 나도 그 외엔 무엇을 생각할 겨를이 없었지. 솔직히 머리칼을 염색한 데다 평범한 상인 복색이었던지라, 부왕께서 시체를 은밀히 조사해 보시기 전까지는 북방인들이라는 것도 몰랐소.”

“철두철미하게 준비하고 내려왔단 뜻이군요.”

무진의 상세한 정황 설명을 들은 사율은 다시 생각에 잠겼다.

환국에서 왕자들의 목숨을 노린 놈들은 일부러 바다를 돌아 상인으로 치밀하게 위장했다. 반면 진국에 나타난 자들은 덩치가 크고 머리털이 덥수룩한 것이 진짜 산적에 가까웠다. 아마 그들은 길고 험준하게 펼쳐진 산맥을 타고 스며들었을 것이고, 산등성이를 따라서 산적이나 용병 행세를 하며 이동했을 것이다. 싸우는 실력은 환국에서 나타난 자들보다 못했을지 몰라도 산맥 지형에 대해서만큼은 귀신이었을 터.

하지만 한 가지가 의아했다.

"북방과 삼국은 삼십 년이 넘도록 교류가 없었는데 어찌 두 분의 얼굴을 알아보고 덤벼든 거지요? 모르는 사이에 첩자가 드나들었거나 내통자가 있지 않다면 불가능한 일 아닌가요?"

"아아, 그렇지 않소. 아마 북방에는 내 얼굴을 알고 있는 자들이 있을 거요. 그대도 알다시피, 내가 배를 타고 바다를 건넌 적이 여러 번이잖소? 비록 우리 삼국과는 교류가 막혔으나, 북방에도 여러 나라를 왕래하며 장사하는 상인들은 많다오."

"아아."

사율은 납득하며 고개를 끄덕였다. 물론 왕자는 철저히 신분을 숨기며 각국의 상인들과 어울렸을 것이다. 그러나 눈치가 빠른 데다 인맥이 여러 나라에 걸쳐 거미줄처럼 연결된 상인들 틈바구니에서 정체를 숨기기란 한계가 있는 법이다. 게다가 이 환국의 셋째 왕자님이 나라 밖으로 좀 나돌아 다녔는가?

이리하여 의문은 다시 원점. 사율은 다시 생각에 빠졌다.

그런 그녀를 보며 무진이 느릿하게 말했다.

“그대는 아직까지 신경 쓸 것 없소. 그보다는 여기까지 와서 이루고 싶었던 그대의 목적에 더 집중하시구려.”

“그렇기는 하나, 아주 신경을 놓을 수는 없는 일이지요. 지금이라도 각국에 북방 경계령을 내리는 것이 나을 수도 있습니다.”

“허어, 시기상조라는 것을 아시지 않소? 조금만 기다려 주시오. 환국의 부왕께서도 그 후 북방의 움직임을 철저히 감시하고 계시나 아직은 별다른 낌새가 없다 하셨소.”

“환국의 전하와 연락을 취하셨나요? 언제요?”

“설강현의 거처에서 그대가 곤히 침수 들었을 때 부왕께서 보내신 매가 날아들었소. 나도 짧은 글귀를 써서 돌려보냈지. 그대에 대한 일은 함구했으니 걱정 마시구려. 나는 약조를 천금같이 아는 남자라오.”

“네네, 어련하시겠습니까?”

역시나 맺음말은 자화자찬. 사율은 가늘게 뜬 눈으로 무진의 얼굴을 한번 쳐다봐 주고는 다시 시선을 앞으로 돌렸다. 이 왕자, 어쨌든 맡은 바 임무는 충실히 한다. 그리고 질문에 대한 답도 성실히 잘해주었다. 여전히 이해할 수 없는 구석이 많이 남아 있긴 하지만.

‘그리고 어디까지 믿을 수 있을는지도 모르겠지만 말이야.’

사율은 말을 조금 더 빨리 몰았다. 무진이 뒤에서 ‘같이 가야지요!’ 라고 소리치더니 금세 옆으로 다가왔다. 국경을 넘은 후 처음으로 거쳐야 할 마을의 입구가 눈앞에 서서히 나타났다. 두 사람은 속력을 내어 그곳을 향해 나아갔다.

마을은 온통 소란스러웠다. 무진과 함께 마을의 시가지로 들어서서 말을 천천히 타고 가던 사율은 눈을 동그랗게 뜨고 그 모습을 살펴보았다. 사람들이 거리 곳곳에서 흥겹게 악기를 연주하며 곡주를 나눠 마시고 있었다. 남녀노소 할 것 없이 사방팔방에서 춤을 추고 노래하며 뛰놀았다. 신국 사람들이 활달하며 유희를 즐긴다는 것은 익히 들었으나 진국과는 사뭇 다른 풍경인지라 사율로서는 참으로 생소했다.

"맥추절 축제인가 보구려."

무진이 말에서 훌쩍 뛰어내리며 말했다. 사율도 말에서 내리며 그에게 물었다.

"신국에서 보리 수확 시기에 한다는 그 축제 말인가요?"

"그렇소. 비옥한 토지를 가진 신국에서 보리와 벼 수확 시기에 벌이는 축제는 백성들이 일 년 중 가장 고대하는 것이라 하오."

무진이 웃고 떠드는 백성들을 바라보며 이야기해 주었다.

신국의 한 해 곡식 생산량은 진국과 환국의 열 배에 달했다. 그렇다 보니 농사 기법이나 곡주 제조법이 해마다 발달했고, 그와 관련된 제사나 축제도 자연스레 전해져 내려왔다. 이 맥추절 축제는 신국의 그러한 특징 때문에 생겨난 풍습들 중 대표적인 것으로, 이 시기에 백성들은 천제께 감사하며 보리와 보리주를 바치고 집에서 담가 숙성시킨 보리주를 아낌없이 나눠 마셨다.

"맥추절 축제는 꽤 볼만하다오. 천천히 구경하면서 걸읍시다."

무진이 입가에 미소를 담뿍 물고는 고삐를 잡은 채 앞장섰다.

사율도 이곳저곳을 구경하며 그를 따라 천천히 걸었다. 꺄르르 꺄르르 웃으며 몰려다니는 아이들을 제외하고는 모두 보리주를 마신 듯했다. 일반 가정집이며 상점이며 할 것 없이 대문 밖에 커다란 술동이가 하나씩 나와 있었고, 주인들은 지나가던 행인들에게 술 한 사발씩을 건네주었다. 마을 전체에서 보리주 냄새가 물씬 풍겼다.

"잘생긴 오라버니도 한잔 드시고 가세요!"

포목점 앞을 지날 때 그 집의 점원으로 보이는 처녀가 무진의 팔을 붙들더니 보리주 한 사발을 내밀었다. 무진은 처녀를 향해 환하게 웃으며 술을 받더니 벌컥벌컥 단숨에 들이켰다. 그녀에게 '고맙소, 아리따운 낭자' 라고 인사하는 것도 잊지 않았다. 그러자 처녀는 볼을 발그레 물들이며 수줍게 눈을 내리까는 것이었다.

'참 나!'

뒤에서 그 광경을 생생하게 지켜본 사율이 속으로 헛웃음을 쳤다. 이 처녀 저 처녀에 대한 무용담을 실컷 늘어놓을 때부터 뭔가 이상타 싶더니만, 이제 보니 저 왕자는 그저 여자를 좋아하는 게 아닌가?

'저래서 아직까지 혼인하지 않은 거 아니야? 다수의 처녀들을 만나며 실컷 즐기려고 말이지.'

사율은 의심스러운 눈초리로 그의 등판을 뚫어져라 쳐다보았다. 안 그러면 건장한 성인 왕자가 이립이 다 되어가도록 혼인을 안 했을 리가 없지 않은가? 부왕과 모후의 성화가 만만치 않았을 텐데 말이다.

등이 따갑기라도 했을까? 무진이 갑자기 뒤돌아서 사율을 보더니 큰 소리로 외쳤다.

"어서 오지 않고 뭘 하시는 게요? 사람들이 북적거리는 곳에서는 아차 하는 순간에 일행을 놓치기가 십상이오. 이리 가까이 오시구려."

사율은 영 내키지 않았으나 어쨌든 느릿느릿 말을 끌고 무진의 곁으로 갔다. 그녀가 바로 옆으로 오자 무진이 불현듯 손을 내밀어 사율의 오른손을 낚아채듯 잡았다. 이에 사율이 눈초리를 위로 올리며 그를 확 째려보았다.

"지금 무얼 하시는 겝니까?"

"신중히 주변을 둘러보시오."

아니, 허락도 구하지 않고 일국의 공주 손을 잡아놓고 주변은 왜 둘러보래? 무진의 수작질이 심히 무례하였으나, 사율은 혹시나 싶어 주위 사람들을 빙 둘러보았다. 저마다 흥에 겨워 노는 양이 여전했다.

"주변이 뭐가 어떻단 말인가요? 이 손 당장 놓지 못해요?"

"허어! 영민하신 분이 남정네들 눈초리에는 어찌 그리 둔하신 게요? 아까부터 뭇 남정네들이 그대의 아리따운 얼굴을 흘깃흘깃 훔쳐보며 지나가고 있질 않소? 내, 그대의 안전을 위해 '옆에 보호자가 있소!' 하고 이리 손을 잡은 것이오!"

무진은 당당하기 그지없다 못해 억울하다는 표정마저 지었다. 뭐, 원래 그런 위인이기는 하다만은 하도 뻔뻔하리만큼 당당한지라 사율은 다시 한 번 주변을 빙 둘러보았다. 남정네들 위주로 아주 찬찬히 살피면서.

'아니, 대체 누가 날 보고 있다는 게야? 다들 흥청망청 취하기에도 바빠 보이는구먼!'

아무리 봐도 도통 알 수가 없는 노릇이었다.

그러나 무진은 한숨을 푹 쉬면서 진심 어린 목소리로 충고했다.

"하아, 이제야 느끼셨소? 이 마을에는 맥추절 기간에 남정네가 마음에 드는 여인에게 고백하는 풍습이 있소. 처음 보든 말든 그건 아무 상관이 없다더군. 그러니 그대처럼 아름다운 여인일수록 조심, 또 조심해야 하오."

이 말을 믿어야 하나, 말아야 하나? 이 마을에 대해 아는 바가 별로 없으니 참인지 거짓인지 알 수가 있나?

사율은 의심스러운 눈초리로 무진의 얼굴 표정을 뚫어져라 관찰했다. 무진은 '내 진심도 몰라주고!' 라는 눈빛으로 태연히 그녀의 손을 잡고 있었다. 잠시간 그를 빤히 보던 사율은 심히 내키지 않는다는 말투로 입을 열었다.

"북적이는 곳에서 더 실랑이를 해보았자 이목만 끌 터이니 지금은 이리하지요. 하지만 다음부터는 행동으로 옮기기 전에 제 동의부터 구하세요!"

무진도 그 부분에 대해서는 실수했다 싶었는지, 얼른 사과했다.

"미안하오. 내, 마음이 앞서 손이 먼저 나갔구려. 앞으로는 정말 위급할 때를 제외하고는 무엇을 하든 그대의 의사부터 물으리다."

"그 말씀, 기필코 지키세옷!"

사율이 톡 쏘아붙였다. 무진은 흠흠 헛기침을 하며 그녀를 천천히 이끌었다.

"자, 그럼 가십시다."

한 손으로는 말고삐를 잡고 다른 손으로는 손을 맞잡은 채 두 사람은 조금씩 앞으로 이동했다. 어차피 길거리가 북적거려 빨리 움직일 수도 없었다. 그러다 징이 '데엥—!' 울리는 소리와 함께 사람들이 서둘러 길가로 물러나는 바람에 전진하는 것 자체가 불가능해졌다.

데엥—! 데엥—!

"보리 낭자 나가시오!"

징을 친 자가 큰 소리로 외쳤다. 그러자 길의 양옆으로 물러선 사람들이 너나 할 것 없이 환호성을 질렀다. 의아한 표정으로 말과 함께 길가에 선 사율은 이게 무슨 일인가 싶어 길 가운데로 나타난 남자를 보았다. 곧이어 색동옷을 입은 어린아이들이 저마다 든 작은 바구니에 담긴 꽃을 뿌리며 등장했다.

"아아, 보리 낭자 행렬이로군."

사율의 손을 꼭 잡고 있던 무진이 꽃을 흩뿌리며 뛰어나가는 알록달록한 아이들을 보면서 중얼거렸다. 순간적으로 궁금증이 앞선 사율이 화가 났다는 것도 잊고 그에게 물었다.

"보리 낭자? 그게 무엇인가요?"

"일단 지켜보시오. 보리 낭자 행렬이야말로 맥추절의 꽃이라오."

무진이 앞을 보며 대답했다. 꽃이라 일컬어지는 행렬에 왜 '보리 낭자' 라는 요상한 이름이 붙은 걸까? 사울은 고개를 갸우뚱하며 일단 그의 말을 듣기로 했다.

아이들이 지나가고 나자 이번에는 각종 악기를 든 풍악단이 나타났다. 요란스럽게 피리를 불고 장구를 치며 농을 울리는 그 풍악단은 오랜 기간 동안 연습을 했는지 제법 듣기 좋은 합주를 했다. 모여 있던 사람들이 음악에 맞춰 덩실덩실 몸을 흔들었다. 궁에서 듣던 고풍스러운 연주와는 사뭇 달랐지만 신명 나기 그지없는 연주였던지라 듣고 있던 사율 또한 기분이 좋아졌다. 점점 흥겨워지는 사람들의 춤사위도 보기가 즐거웠다.

풍악단이 합주를 하며 천천히 지나가자 그 뒤를 이어 비단옷을 곱게 차려입은 처녀들이 다시 꽃을 뿌리며 행렬했다. 하나같이 한껏 화장을 하고 화려하게 머리를 장식한 모습이었다. 게다가 다들 얼굴도 예쁘고 몸매도 빼어난 것이, 진국의 궁 안에서 본 궁녀들 못지않았다. 사율은 이 국경과 가까운 변방 마을에 이리 고운 처녀들이 많다는 것에 대해 내심 놀랐다.

"드디어 꽃 중의 꽃이 등장할 차례구려."

무진이 고개를 약간 숙여 사율의 귓가에 대고 일러주었다. 그의 말이 끝나기가 무섭게 장정 열 명이 높이 든 가마가 등장했다. 길가에 선 사람들은 그 여느 때보다도 크게 환호성을 질렀다.

사율은 얼른 시선을 돌려 가마에 탄 사람을 확인해 보았다. 먼저 등장했던 처녀들보다도 훨씬 미색이 뛰어난 처녀가 연분홍색 비단옷을 입은 채 환하게 웃으며 사람들을 향해 손을 흔들고 있었다.

'보리 낭자라는 것은 아무래도 미인 대회의 우승자인가 보군.'

그 사실을 눈치챈 사율이 미간을 살짝 찌푸리며 피식 웃었다. 예전에 오라버니가 진국에서 억지로 밀어붙인 얼토당토않은 미인 대회가 떠올랐기 때문이다. 그러고 보니 예전에 왕후가 자신이 '벼 낭자 선발 대회' 출신이라고 한껏 뻐긴 적도 있었다. 그때는 벼멸구도 아니고 벼 낭자가 뭐냐고 비웃어주었는데, 그것이 꽤 규모가 큰 미인 대회였나 보다.

'그런데 저 번쩍거리는 것은 무어람?'

이런저런 기억들을 회상하며 점점 가까이 오는 그 아리따운 보리 낭자를 감상하고 있는데, 가마가 가까이 다가올수록 그 처녀의 이마에서 번쩍거리는 것이 있었다. 금으로 만든 화려한 머리 장식이라는 것은 알겠는데, 아무리 노을이 질 무렵이라지만 금이 저렇게까지 빛날까?

사율은 그것을 좀 더 자세히 보기 위해 눈을 가늘게 떴다. 그리고 처녀가 탄 가마가 몇 발자국 더 앞으로 나왔을 때 그것의 정체를 확인하고는 입을 벌렸다. 진국의 왕실에서도 보기 힘들 만큼 크고 투명한 금강석이 처녀의 이마에서 번쩍번쩍 빛을 발하고 있었다.

"이 마을의 보리 낭자 선발 대회는 벼 낭자 선발 대회와 더불어 신국 미인 대회의 양대 산맥이라오. 다른 점이 있다면 벼 낭자 선발 대회에는 신국의 모든 처녀가 신분을 막론하고 출전할 수 있는 반면, 보리 낭자 선발 대회에는 이 마을의 거주자들만 출전할 수 있다는 것이지."

동그래진 눈으로 금강석을 쳐다보고 있던 사율에게 무진이 친절하게 설명해 주었다. 처녀가 뒷모습을 보일 때까지 그녀의 이마에서 시선을 뗄 줄 모르던 사율이 그 말을 듣고 바로 물었다.

"일개 마을에서 열리는 미인 대회가 그리 유명해진 이유는 역시 저 금강석 때문인가요?"

"그렇소. 전래에 의하면, 이 대회는 오십 년 전쯤에 마을 제일의 부자가 처음 개최한 것이라 하오. 질 좋은 금강석 광산과 세공소를 소유하고 있던 그는 마을 최고의 미녀로 뽑힌 처녀에게 그해에 세공한 금강석 중에서 가장 큰 것을 상품으로 주었다지. 그것이 해를 거듭할수록 이야기가 퍼져 지금은 신국 내에서 보리 낭자 선발 대회를 모르는 사람이 없다오. 신국이 아무리 금강석 생산지라고는 하나 저만한 크기는 찾아보기가 쉽지 않거든."

보리 낭자 선발 대회면 이름답게 보리 섬이나 상품으로 줄 것이지, 금강석이 웬 말이냐?

사율은 고개를 흔들었다. 이 모든 것이 지나치게 사치스럽게 느껴졌다.

물론 보리 낭자 선발 대회는 이 마을에 적지 않은 수익을 가져다주기는 할 것이다. 아무리 마을 거주자밖에 출전을 못한다고 해도 커다란 금강석을 두고 벌이는 소문난 미인 대회에 구경꾼들이 모여들지 않을 리가 없다. 어쩐지 변방 마을치고는 규모가 상당히 크고 시가지도 중심지 못지않게 화려한데다 객잔이 많다 했다.

하지만 우승 상품이 저 정도라면 아리따운 딸자식을 출전시키기 위해 일부러 이곳으로 이주한 사람들도 더러 있을 것이며, 저 금강석을 노리는 검은 손길도 분명 존재할 것이다.

'보리 낭자의 미색을 보아하니 공정한 심사가 이루어지는 것 같기는 한데……. 과연 그 부작용들까지 잘 막고 있을까?'

안 그래도 미인 대회라는 것 자체가 문제를 달고 다니는데 말이다.

그나저나…….

"참으로 상세히도 알고 계십니다? 미인 대회에 관심이 많으신가 보지요?"

사율이 의심스럽다는 투로 무진에게 물었다. 설명해 주어 고맙기는 하다만 마을 안내자에게 듣는 것처럼 유래까지 자세한 이 지식은 무어람?

무진은 뒤통수를 긁적이며 호탕하게 웃었다.

"핫하! 사실 난 이 대회를 두 번 정도 관람했다오. 둘 다 치열한 접전 끝에 그해 최고의 미인이 선발되었지."

역시 이 왕자는 여자를 밝히는 게 분명하다. 그것도 상당히.

사율의 눈초리가 더더욱 의심으로 물들었다. 그러나 이에 아랑곳하지 않은 무진은 갑자기 그윽한 눈매로 그녀를 지그시 바라보며 말했다.

"허나 올해는 누가 선발되더라도 최고가 아닐 것이오. 최고의 미녀는 지금 내 손을 잡고 계시니 말이오."

"그런 수작, 저한테는 통하지 않네요!"

사율은 톡 쏘아붙이고는 그때까지도 잡고 있던 그의 손을 힘주어 홱 뿌리쳤다. 그리고 사람들 틈을 헤집으며 말을 끌고 씩씩 걸어갔다. 정말이지 봐주면 한도 끝도 없을 위인이로다! 왕자면 왕자답게 체통을 지키셔야지!

"어어, 같이 갑시다! 혼자 다니면 위험하다니까요?"

무진이 소리치며 쫄래쫄래 따라붙었다.

밝힘증 왕자와 함께 유할 숙소를 알아보러 돌아다니던 사율은 난감한 상황에 봉착했다. 열 몇 군데의 크고 작은 객잔과 숙원을 돌아다녔는데도 묵을 방이 하나도 남아 있지 않았던 것이다. 그 사치스러운 보리 낭자 선발 대회를 관람하기 위해 신국 각지에서 여행자들이 몰려든 까닭이다.

"허허, 이리 난감할 데가. 이러다가 또 노숙을 해야 되는 건 아닌지 모르겠구려."

무진도 곤란하다는 듯한 목소리로 말했다. 이 시기에 이 마을로 사람이 몰려든다는 것은 알고 있었지만 이번에는 유독 심한 듯했다.

오전부터 말을 타고 달려 국경을 넘은 후 또다시 말을 타고 달려 이 마을에 도착한지라 힘이 죽 빠진 사율이 작게 한숨을 내쉬었다. 하늘은 이미 컴컴해졌고 몸은 천근만근이거늘, 번화한 마을 한복판에서 노숙을 하게 생긴 이 상황이라니.

"기운 내시오. 아직 한 군데가 남았으니 그곳에 묵을 방이 있기를 기도해 봅시다."

무진이 어깨가 축 처진 사율의 등을 가볍게 툭툭 두드리며 다독였다. 의지와 용기가 남다르다고는 하나 그녀 또한 유약한 육체를 가진 여인이다. 체력적으로 지치지 않았을 리가 없다.

사율에게서 말고삐를 받아 든 무진은 마지막으로 남은 객잔을 향해 앞장서서 나아갔다. 그 뒤를 사율이 힘없는 걸음으로 따랐다. 객잔 문 앞에 도착하자 안에 있던 남자 점원이 뛰어나오며 반겼다.

"어서 오십시오, 손님! 저희 용문 객잔에 잘 오셨습니다!"

그러고 보니 나무로 된 객잔 문에 커다란 용이 여의주를 입에 문 모습이 그려져 있었다. 무진은 피식 웃으며 점원에게 물었다.

"오늘 묵을 방이 남아 있는가?"

"아이고, 손님께선 운도 좋으십니다! 방금 전에 피치 못할 사정이 있다면서 집으로 돌아간 손님 덕에 방이 딱 하나 남아 있지 뭡니까?"

"오오, 잘되었네!"

무진이 환하게 웃으며 뒤돌아 사율을 보았다. 드디어 방을 찾았으니 빨리 이리 오라고 그녀에게 손짓했다. 그러나 뒤에서 둘의 대화를 다 듣고 있던 사율의 표정에는 시커먼 먹구름이 끼었다.

"지금 방이 하나뿐이라 했는가?"

점원의 앞으로 온 사율이 착 가라앉은 목소리로 물었다. 그녀의 어두운 분위기에 주춤한 점원이 떨떠름하게 답했다.

"예에, 딱 하나뿐입니다. 이마저도 조금만 더 늦게 오셨다면 없었을 겁니다요. 맥추절 기간에는 워낙 방문객이 많아서요."

"방 하나를 더 구할 수는 없겠나? 값을 몇 배로 쳐주겠네."

사율은 포기하지 않고 끝까지 흥정하려 했다. 하지만 점원의 대답은 한결같았다.

"방 값을 몇 배로 주신다 해도 없는 건 없는 겁니다요. 이미 계신 손님을 내쫓을 수도 없는 노릇 아닙니까?"

사율의 얼굴이 더더욱 짙은 어둠으로 물들었다. 난감해진 점원은 뒤통수를 긁적이며 무진을 바라보았다. 무진은 '어쩔깝쇼?' 라는 눈빛을 보내는 점원에게 허허허 웃어 보이며 말고삐를 건넸다.

"일단 그 방을 주시게나. 말들에게 든든히 여물을 먹여주고. 참, 욕실은 잘 구비되어 있는가?"

"층마다 두 칸씩 잘 갖춰놓았으니 걱정 마십시오. 욕실 화로에 뜨거운 물을 올려놓았으니 사용하신 후 찬물을 다시 올려주시는 걸 잊지 마시고요. 혹여 데운 물이 모자라시면 제가 따로 가져다 드리겠습니다요."

"알겠네. 그럼 방으로 가서 짐을 풀고 저녁 식사를 하겠네."

무진은 품속에서 전낭을 꺼내 점원에게 선불로 은전 두 닢을 건네주고는 말 등에서 짐들을 내렸다. 두 사람분의 짐을 한쪽 어깨에 모두 짊어진 그는 그때까지 우울하게 서 있던 사율의 등을 부드럽게 밀며 객잔 안으로 들어갔다. 밖에 있던 점원이 안쪽을 향해 손님들을 방으로 모시라고 크게 외치자, 일 층에서 사람들 사이로 음식 그릇을 분주히 나르던 점원들 중 한 명이 두 사람을 이층으로 안내했다. 사율은 마지못한 표정으로 무진과 함께 방 안으로 들어갔다.

"그럼 편히 쉬십시오."

점원이 꾸벅 인사하고는 방문을 닫고 물러갔다. 무진은 방 안의 여기저기를 둘러보며 메고 있던 짐들을 바닥에 내려놓았다.

"뭐, 나쁘진 않구려. 청소도 깨끗이 해놓았고."

"네에, 그러네요."

사율은 힘없이 대답하며 침상에 걸터앉았다. 그의 말대로 제법 넓고 괜찮은 방이었다. 노숙을 하는 것보다야 백배는 나은.

아니, 아니지? 사방이 꽉 막힌 공간에서 저 왕자와 밤을 함께 보낼 판인데 낫긴 뭐가 나아? 지쳐서 쉬고 싶은 마음에 일단 안으로 들어오긴 했다만 왕자가 보는 앞에서는 아무것도 할 수 없지 않은가?

"불편하게 생각하지 말고 씻고 편히 쉽시다. 우리가 밤을 함께 보낸 것이 하루 이틀도 아니지 않소?"

무진이 침상 앞의 탁상 의자에 앉으며 느릿하게 말했다. 그녀가 무슨 생각을 하고 있는지 뻔히 알고 있다는 말투였다.

이에 사율의 눈초리가 절로 앙칼지게 올라갔다.

"그걸 지금 말씀이라고 하십니까?"

"어쨌든 오늘 밤은 이 마을에서 유해야 하고, 우리가 일부러 같은 방을 쓰겠다 한 것도 아니고, 내일도 바삐 움직여야 할 텐데 이왕지사 편히 쉬면 좋잖소?"

무진은 여전히 청산유수였다.

이 왕자가 지금 일부러 이러는 것인가, 정말 아무 문제가 없다고 생각하는 것인가? 아니면 이제 나를 만만히 보는 것인가?

사율은 순간 머리로 피가 확 몰리는 기분이 들었다. 이 남자가 보자 보자 하니까 정말!

"혼인 전의 남녀가 함께 방을 쓴다는 것은 천부당만부당한 일입니다. 하물며 당신과 저는 만백성에게 본을 보여야 할 직계 왕족들입니다. 양국의 관계를 위해서라도 절대로 그리할 수 없습니다!"

"그러면 어찌하자는 것이오? 내, 밤새워 방 밖에서 보초라도 서리까?"

"당연히 그리하셔야지요! 제 호위를 자처하셨잖아요? 그리고 그것이 곧 왕자도를 실천하는 길입니다."

사율은 다다다다 쏘아붙인 후 고개를 팩 돌렸다. 너무나도 단호하고 논리 정연한 태도인지라, 이번에는 무진이 일순간 멍해졌다. 이내 그의 입에서 사정조가 튀어나왔다.

"하아…… 사율. 그건 너무하지 않소? 대체 누가 알게 될 거라고? 그리고 나도 사람인지라 지치고 힘이 드오. 부디 방바닥에서나마 편히 쉴 수 있도록 허락해 주시구려."

"정히 그러시다면 몇 시진씩 방을 번갈아 쓰도록 하지요. 내, 절대로 이 방 안에서 당신과 함께 잠들지는 않을 것입니다. 내일의 도련님이 되실지도 모르는데 더더욱 그럴 수 없지요!"

이런 이런, 최대한 처연한 표정으로 읍소하였거늘 오히려 당하기만 하는구나. 무진은 고개를 푹 숙이며 백기를 들었다.

"후우…… 알았소. 어차피 나는 이 밤에 마을의 이곳저곳을 둘러볼 참이었으니 그대 먼저 방을 쓰시구려. 이른 새벽에나 돌아올 테니 그때까지 푹 주무실 수 있을 거요. 문은 밖에서 단단히 걸어 잠그리다."

"호의에 참으로 감사드립니다."

사율이 그제야 생긋 웃으며 왕실 예법에 따라 곱게 인사했다.

무진은 졌다는 듯이 머리를 도리질했다. 능글맞은 수완으로 따질 것 같으면 자신이 사율보다 몇 수 위라 생각했거늘, 이제 보니 이 공주가 곧 죽어도 아닌 것은 아니라 주장할 때는 어찌할 방도가 없구나.

"그럼 저녁 식사를 하러 가실까요?"

사율이 눈초리를 부드럽게 휘며 제안했다. 만난 이래로 사율이 무언가를 먼저 하자고 나선 것은 처음 있는 일이었다. 그래서 반갑기는 하다만 어째 얄밉구나.

허나 어쩌랴? 무진은 일부러 과장된 몸짓으로 방문을 열어주며 알아서 모시겠다는 자세를 취했다.

"네네, 공주 마마. 가시지요."

사율은 고개를 한번 까딱 하고는 턱을 도도히 치켜든 채 그야말로 공주다운 자태로 방을 나섰다. 무진은 문을 닫아 잠그며 터덜터덜 그녀를 뒤따랐다. 이번에는 완전히 졌구나, 졌어.

따뜻한 물이 가득 담긴 대나무 통 안에서 쉬다 나오니 피로가 한결 풀리는 듯했다. 목욕을 마친 사율은 깨끗한 침의 위에 길고 검은 겉옷을 입고는 욕실에서 나왔다. 그리고 수건으로 젖은 머리칼을 매만지며 방으로 돌아왔다. 탁상 앞에 앉아 서책을 읽고 있던 무진이 문을 열고 들어오는 그녀에게 엷은 미소로 말을 걸었다.

"몸 상태는 좀 괜찮으시오?"

"훨씬 좋아졌습니다. 더 늦기 전에 씻고 오세요."

무진은 분명 그녀보다 더 먼지를 뒤집어썼을 것이다. 그러니 다음날을 위해서라도 목욕으로 피로를 푸는 편이 나았다.

그러나 무진은 가볍게 고개를 저으며 의자에서 일어났다.

"나는 나갔다 온 연후에 씻겠소. 말한 대로 밖에서 문을 단단히 걸어 잠글 테니 안심하고 침수 드시구려."

"고맙습니다. 그럼 조심히 다녀오세요."

"그러리다."

무진이 방문을 열고 밖으로 나갔다. 밖에서 쇠로 된 자물쇠를 달그락거리는 소리가 들렸다.

사율은 그제야 겉옷을 벗고는 침상 위에 편히 앉았다. 수건이 흠뻑 젖을 정도로 머리칼을 충분히 닦아냈지만 아직 물기가 다 마르지 않은 상태였다. 사율은 계속 머리를 매만지면서 잠시 무진에 대해 생각해 보았다.

방을 각각 빌려 둘 다 편히 쉴 수 있는 상황일지라도 환국의 왕자님은 분명 어두운 뒷골목 사이로 은밀히 나도는 정보를 얻기 위해 야행을 나갔을 것이다. 자고로 숨겨진 일들이란 낮보다는 밤에 더 선명히 드러나는 법이니.

하지만 일국의 왕자를 방 밖으로 내쳐 놓고 마음이 편하다면 그 또한 공주 된 도리는 아닐 터. 비록 방을 함께 쓸 수는 없으나 미안한 것은 또 미안한 것이었다. 그의 말대로 곤하기는 서로 마찬가지 아니더냐?

"차라리 빨리 잠들어 되도록 일찍 일어나야겠구나."

그래야 왕자가 돌아오자마자 방에서 쉴 수 있을 테니 말이다.

사율은 수건을 치우고 침상 위에 편안히 누웠다. 이른 새벽에 꼭 잠에서 깨어나 그를 재워야겠다. 내일 아침에 식사도 대접해야지.

그리고 의식하지도 못한 새 스르르 잠이 들었다.

꼬끼오! 꼬꼬꼬꼬—

창밖에서 희미하게 수탉이 우는 소리가 들렸다. 새벽 여명이 어둠을 걷고 방 안으로 슬며시 스몄다. 사율은 가느다랗게 눈을 떴다. 촉촉해진 공기에 오슬오슬 한기가 들었다.

얼마나 잔 것일까? 사율은 부스스 상체를 일으켜 한껏 기지개를 켰다. 몸이 어젯밤보다 한결 가벼웠다. 이 상태라면 오늘 움직이는 데는 무리가 없을 성싶었다.

"아 참! 왕자는?"

정신을 차리자마자 퍼뜩 무진이 생각났다. 사율은 얼른 침상에서 내려와 긴 겉옷을 입었다. 그리고 조심스럽게 방문으로 다가가 슬쩍 건드려 보았다. 무진이 나갈 때 분명 잠가두었던 문이 삐이걱 소리를 내며 열렸다. 사율은 되도록 소리를 내지 않으려고 조심하며 몸을 밖으로 내밀어 좌우를 살펴보았다.

아니나 다를까. 무진이 어젯밤의 복장 그대로 문 앞에 기대어 앉아 자고 있었다.

"이러면 내가 더 미안해지잖아요."

사율은 잠든 왕자를 내려다보며 작게 혼잣말했다. 저 불편한 자세로 어떻게 잠에 빠진 건지, 그는 규칙적인 숨소리를 색색 내고 있었다. 이걸 깨워야 하는 건가, 말아야 하는 건가?

그래도 저대로 계속 자다 깨어나면 온몸이 쑤시고 뻐근할 터. 잠시간 생각하던 사율은 그를 조그맣게 불러보았다.

"무진, 일어나세요."

미동도 없었다. 사율은 살짝 더 큰 소리로 그를 불렀다.

"무진, 일어나시라니까요?"

여전히 미동도 없다.

이것보다 더 크게 부르면 다른 방에서 자고 있는 사람들의 귀에까지 들릴 수도 있을 터. 사율은 어쩔 수 없이 방 밖으로 나가 그의 앞에 쪼그려 앉았다. 가까이에서 불러도 일어나지 않으면 어깨를 잡고 흔들어볼 참이었다.

사율은 조심스레 상체를 앞으로 숙였다. 그리고 왕자의 귓가에 대고 조근조근 말했다.

"그만 일어나요, 무진. 안으로 들어가서 편히 자야지요."

색색색. 대체 얼마나 깊이 잠들면 숨소리가 닿을 정도로 가까이에서 불러대는데도 세상모른단 말인가? 밤새 무얼 하고 왔기에 이리 혼절한 것이야?

사율은 어이없다는 표정으로 잠든 왕자의 얼굴을 빤히 보았다. 그러자 지금까지는 눈에 들어오지 않았던 그의 생김새가 하나하나 세세하게 잡히기 시작했다.

이제 보니 그는 남자치고 속눈썹이 꽤 길었다. 피부는 가무잡잡

한 편이었지만 티 없이 매끈했고, 오뚝한 콧날 끝에 자리 잡은 입술의 모양새가 선명했다. 그리고 어깨 밑으로 흘러내린 검은 머리카락. 늘 뒤로 묶고 다니기에 의식하지 못했는데, 이제 보니 결이 부드러운 것이 가슴께까지 내려와 있었다.

'이 환국의 왕자님, 확실히 미남이긴 하구나.'

사율은 고개를 끄덕이며 인정했다. 오라버니인 황율과 설강현도 미남이기는 마찬가지였으나, 오라비는 짙은 눈썹이 산처럼 위로 올라가 자못 고집이 세 보인다는 인상을 주었고, 설강현은 피부가 희고 눈매가 살짝 아래로 휘어 부드러운 느낌이 들었다. 반면 이 환국의 왕자님은 턱 선이 날카로우면서도 이목구비가 뚜렷해, 남성적이면서도 왠지 모르게 고혹적이었다.

'말만 예쁘게 하면 지금보다 훨씬 더 멋있을 텐데 말이야. 그래도 사신으로 와서 점잔 빼며 앉아 있을 때보다는 나은 것 같기도 하고?'

사율은 머리를 비스듬히 기울이며 지난날 보았던 그의 모습과 눈앞의 얼굴을 겹쳐 보았다. 그러고 보니 그는 처음 만났을 때부터 인상적이기는 했다. 아직은 앳된 왕자였건만 태산 같으셨던 부왕을 앞에 두고 꽤 당당하고 유연한 태도를 보였지. 그때는 소년의 태가 남아 있어 자못 곱상해 보이기도 했는데, 지금은 다부진 체격과 사내다워진 용모가 누가 봐도 헌칠한 미장부였다.

'그런데 장성한 사내치고는 입술이 붉네? 꼭 그때처럼.'

일순간의 충동이었을까, 호기심이었을까?

무진의 입술을 물끄러미 바라보던 사율은 의식하지도 못한 사이에 천천히 손을 들어 올렸다. 그녀의 길고 하얀 손가락은 그 붉고 보드라워 보이는 입술을 향해 점점 가까이 다가갔다. 그리고 마침내 사율의 손끝이 여리고 말랑말랑한 피부에 살짝 내려앉았다. 그 생생한 느낌에 화들짝 놀란 사율은 황급히 손가락을 떼었다. 왠지 몰래 나쁜 짓을 저지른 듯한 기분이 들었다.

'내가 갑자기 이게 무슨 짓이람? 이 능글맞은 왕자에게 새삼……!'

그때, 무진이 반짝 눈을 떴다. 무진의 검은 눈동자가 스스로에게 당황해 어쩔 줄 몰라 하던 사율의 동그란 눈매와 정면으로 부딪쳤다. 이내 무진의 눈매에 웃음기가 스며들었다.

"편히 주무셨소?"

잠에서 막 깨어난 무진의 목소리는 한층 가라앉은 저음이었다. 사율은 발갛게 물든 얼굴로 자리에서 벌떡 일어났다. 무진도 천천히 몸을 일으키더니 두 팔을 쭉 뻗어 기지개를 켰다.

"하아암! 그래도 한숨 자고 나니 조금 낫구려."

"음음! 그래도 그렇게 주무시면 아니 되지요. 침상 위로 올라 더 주무세요."

사율이 황급히 얼굴을 돌리며 애써 태연한 척 말했다. 하필이면 그때 딱 눈을 뜰 건 무어람? 심장은 또 왜 이리 빨리 뛰어대는 것이야?

무진은 홍조가 스민 사율의 뺨을 보며 후후 웃었다.

"그대답지 않게 무얼 그리 부끄러워하시오? 여인네들이 미장부를 넋 놓고 바라보는 것이야 매우 자연스러운 일이지 않소? 핫하하!"

그러면서 호탕한 웃음을 터트리는 이 왕자, 차라리 수마에 빠져 정신을 잃고 쓰러져 있을 때가 훨씬 낫도다! 순간적으로 어이가 없어진 사율이 입을 벌리고 그를 쳐다보았다.

'가만? 자고 있는 사람이 내가 보고 있는 줄은 어찌 알아?'

사율의 눈동자가 점차 의심으로 물들었다. 입에서 뾰족한 목소리가 튀어나온 것은 두말할 것도 없다.

"대체 언제 깨신 거지요?"

"글쎄요? 아마 그대가 귓가에 입을 대고 내 이름을 부를 때가 아니었을까? 다만 눈이 떠지지 않은 것뿐이오. 너무 곤해서 말이지. 하아암!"

그러면서 또 입이 찢어져라 크게 하품하는 무진이었다.

그렇다면 빤히 관찰하는 내내 그저 눈만 감고 있었단 뜻 아닌가? 게다가…… 게다가……! 사율의 얼굴은 이제 붉다 못해 시뻘겋게 달아올랐다.

"허허, 부끄러워하지 마시래도요? 보라고 있는 얼굴이거늘, 빤히 보면 어떻고 가까이에서 보면 어떻고 또 만져도 보면 어떻겠소? 그대라면 언제든지 환영이외다. 핫하하하! 자, 그럼 약속대로 이번에는 내가 들어가 자리다. 그대는 완전히 깨신 듯하니 소세나 하러 다녀오심이 어떻소?"

말을 마친 무진은 사율이 뭐라 반격할 틈도 없이 방 안으로 휙 들어가 신발을 벗어 던지더니 침상 위에 벌러덩 드러누워 버렸다. 그리고 사율이 주먹을 쥐고 파들파들 떨고 있던 잠깐의 사이에 드르렁드르렁 코까지 골며 다시 잠드는 게 아닌가?

'내, 내, 저 인간을……!'

마음 같아서는 당장 목이라도 조르러 달려가고 싶건만 공주 체면상 그럴 수도 없고! 그게 아니더라도 일국 왕자의 목을 직계 왕족 외에 누가 쥐고 흔들 수 있다더냐?

'내, 미안하단 마음으로 생각해 준 것이 아깝구나! 잠시나마 저 뻔뻔한 왕자의 면상에 눈을 빼앗긴 내가 잘못이지! 두고 봅시다, 왕자님. 내, 오늘의 이 수치는 두고두고 갚아줄 테요!'

무진이 누워 있는 침상을 쏘아보며 뽀드득뽀드득 이를 가는 사율이었다.

第六章 그 신녀, 미소

금위군이 궁성을 밤낮으로 철저하게 지키는 군대라면, 왕실 호위대는 왕과 직계 왕족의 안위를 책임지는 전담 경호인들이나 다름없었다. 왕을 측근에서 밀접하게 호위하는 자들인 만큼 하나하나가 모두 고도로 숙련된 무술인들이었으며, 왕을 위해서라면 언제든 죽을 수 있는 충성심 가득하고 용맹한 남자들이었다.

문제는 지금 왕이 내린 밀명이 그런 것들하고는 별로 상관이 없다는 데 있었다.

"우라질!"

호위대 서열 사 위인 고영빈은 거칠게 욕설을 내뱉으며 땅바닥에 털퍼덕 주저앉았다. 전하께서 내리신 명령을 수행하는 와중에 이런 짓거리를 하면 불경죄에 해당하겠으나, 고수라고 해서 철인은 아니었다. 은밀히 움직여야 한다며 말도 아니 내려주셔 놓고 빨리 신녀를 찾아내라며 닦달하는데, 정말이지 미치고 환장할 지경이었다.

“츠츠! 기운 내게.”

옆에 서 있던 호위대 부대장 최신영이 혀를 차며 부하의 어깨를 툭툭 두드려 주었다. 그의 기분을 모르는 바는 아니나, 삼십 대 중반을 넘기고도 혈기를 제대로 다스리지 못하는 고영빈의 태도도 가히 바람직하지는 않았다. 그나마 어린것들 앞에서는 자제하는 법을 배워 다행이다만.

“그래도 이건 너무하지 않습니까?”

걱정하는 상관의 속내를 아는지 모르는지, 고영빈은 단박에 일어나 바지를 툭툭 털어내고는 불만을 터뜨렸다.

“추적을 하려면 그것에 능한 순검이나 금부 사람들을 움직이셨어야지요! 전하의 그림자인 우리가 작정하고 궁을 나가신 신녀 마마를 무슨 수로 찾아낸답니까? 호위대원들 머리를 전부 다 모아봐도 그분 하나를 못 당해낼 것이 뻔한데요!”

“허어! 그래서 금부 사람을 보내주시지 않았나?”

최신영이 타이르는 어조로 달래듯 말했다. 그러나 고영빈은 더더욱 기가 찬다는 듯 되물을 뿐이었다.

“하! 그 핏덩이 말씀입니까? 아니, 전하께서는 당최 그분을 찾으실 생각이 있으시긴 한 겁니까? 약관을 갓 넘긴 어린것이 뭘 안다고 이리 막중하고 내밀한 일에 덜컥 투입하셨답니까? 솔직히 말씀해 보십시오, 부대장. 대장께 뭐 들은 이야기 없으십니까?”

"어허! 어리다고 무시하지 말게. 그 사람, 현 금부장이 가장 아끼는 금부의 수재라 했네. 이미 여러 사건을 해결하는 데 혁혁한 공을 세웠다지. 게다가 대장께서 무술 실력까지 확인하셨다 하니, 신녀 마마를 찾아내는 데 많은 도움이 될 게야."

"아이고! 방해나 되지 않으면 좋겠습니다."

부대장의 긍정적인 설명에도 고영빈은 코웃음을 칠 뿐이었다. 아무리 총명하다 해도 실전 경험에서 우러나오는 지혜란 무시하지 못하는 법이다. 오히려 지능이 높고 우수하다는 평가를 받는 어린것들은 저만 믿고 설치다가 현장을 망쳐 놓기가 부지기수였다. 백전노장이란 말이 괜히 나왔겠는가?

그때, 두 사람의 뒤쪽에 있던 풀숲에서 부스럭거리는 소리가 나더니 두 남자가 벌떡 솟아올랐다. 남쪽에서 가장 먼저 신녀의 소식을 전한 호위대원과 금부에서 파견을 나온 그 어린것이었다. 둘은 상관들을 향해 가볍게 목례를 하는 것으로 인사를 대신했다.

"그래, 무엇을 알아냈지?"

고영빈이 한쪽 눈썹을 위로 올리며 금부의 청년에게 물었다. '과연 네가 뭘 했는지 보자' 는 어감이 잔뜩 담긴 상관의 목소리에, 그 젊은 청년은 높낮이 없는 어조로 또박또박 대답했다.

"이 어린것은 고귀하신 신녀께서 갖은 고초를 겪으셨으나, 다행히도 무사히 금오 마을로 향하셨다는 사실을 알아냈습니다."

"호오, 그래?"

고영빈이 '요것 봐라?' 라는 뜻으로 추임새를 달았다. 나이에 비해 실력이 남다르다는 부대장의 말은 허언이 아니었으나 성깔 또

한 남다르지 않은가?

고영빈이 그러거나 말거나, 금부의 청년 사공진은 맡은 바 보고를 계속해 나갔다.

"그런데 난감한 문제가 하나 있습니다."

"그게 뭔가?"

그때까지 옆에서 고개를 절레절레 흔들며 고영빈이 하는 양을 지켜보고 있던 최신영이 나섰다. 사공진은 진지한 표정으로 묻는 호위대 부대장에게 일말의 변화도 없는 차분한 음성으로 말했다.

"신녀께서 웬 남자 한 명과 동행하셨답니다. 그것도 고강해 보이는 젊은 미남자와."

사율은 얄밉고도 밉살맞은 타국의 왕자를 만난 이래 처음으로 해방감을 맛보며 유유자적 거리를 거닐었다. 여전히 노래를 부르고 뛰노는 아이들과 술에 취한 사람들이 축제를 흠뻑 즐기느라 북적거려 걸어 다니기가 불편했지만, 얼굴만 봐도 울컥 올라오는 그 왕자가 없으니 마음이 날아갈 듯 편했다.

'혼자 다니니 이 얼마나 여유롭냔 말이야. 구경할 것도 많고, 불편하지도 않고. 호위 문제만 아니면 내내 홀로 유람이나 할 텐데.'

사율은 입가에 생긋 미소를 띠며 저잣거리를 두리번거렸다.

사실 그녀는 당장 이 마을을 떠나려 했다. 열이 머리끝까지 올라 더 이상은 왕자와 방을 나눠 쓰기조차 싫었기 때문이다. 그래서 그가 침상에 누워 자든지 말든지 짐을 챙기며 떠날 준비를 하고 있는데, 잠에서 깨어난 왕자가 미심쩍은 도박판이 벌어지고 있어 조사하는 중이니 조금만 기다려 달라며 설득도 저자세로 간곡히 부탁했다.

당장에 자리를 박차고 떠나고 싶다는 마음과 그래도 사건의 추이를 지켜봐야 한다는 이성 사이에서 치열하게 고민하던 사율은 가까스로 화를 억누르며 일단 알았노라고 대답했다. 그러자 그 얄미운 왕자는 '그대의 하해와 같은 이해에 감사, 또 감사하오! 내, 바람처럼 다녀오겠소!' 라며 온갖 과장을 다 섞어 외치더니 아침 식사도 거른 채 대충 씻고는 쌩하니 나가 버렸다.

그런데 금방 오겠다던 왕자가 점심 식사를 마칠 때까지도 돌아올 기미가 보이지 않았다. 하여 방 안에만 있기가 갑갑했던 사율은 이참에 실컷 돌아다닐 작정을 하고 나온 차였다.

"여기서 한 사발 마시고 가세요!"

"우리 집 보리주를 드셔보세요. 올해는 유독 풍미가 좋다니까요?"

약재상 앞을 지날 때 앳된 얼굴의 처녀가 사율의 팔을 잡아채더니 보리주가 그득히 담긴 사발을 내밀었다. 사율은 잠시 망설였으나 처녀가 워낙에 해맑게 웃으며 권하는지라 성의를 봐서 꿀꺽꿀꺽 마셔 버렸다. 혹시 아는가? 기분이 훨씬 나아질지.

그런데 처녀가 건네준 보리주의 향긋한 맛과 목 넘김이 백성들이 마시는 술치고는 정말 깜짝 놀랄 정도의 풍미를 선사했다. 사율은 진정으로 감탄하며 처녀에게 물었다.

"이거 정말 맛이 좋군요! 보리만으로 이런 술을 담글 수 있다니, 어떤 특별한 비법이라도 있나요?"

"호호! 비법이랄 게 있나요? 작년 보리의 질이 유달리 좋았던 덕이지요. 맛있게 드셨다니 저도 기쁘네요."

"훌륭한 보리주였습니다. 정말 잘 마셨어요."

처녀와 기분 좋게 인사하고 헤어진 사율의 얼굴이 발갛게 달아올랐다. 작은 사발이었다고는 하나 단숨에 다 들이켜고 나니 취기가 오른 것이다. 덕분에 마음이 한층 들뜬 사율은 보다 활기찬 걸음으로 거리를 활보했다. 남녀노소 할 것 없이 덩실덩실 꺄르르 꺄르르! 어제는 진국과 다른 이 모습이 신기하게만 보였는데 오늘은 마을의 풍광 전체가 신나고 재미났다. 게다가 여인의 눈길을 빼앗는 예쁜 물건을 파는 가게들은 또 어찌나 많은지!

'저긴 금강석 제품 전문점 같네? 한번 가볼까?'

유독 반짝이는 장신구들이 많은 한 가게가 사율의 시선을 끌었다. 어제 보았던 보리 낭자의 이마에 장식된 금강석이 인상에 강하게 남아서 그런지 발걸음이 자연스레 그곳으로 향했다. 평소에는 별달리 관심을 갖지 않았던 물건도 왠지 사고 싶어지는 것이 여행의 또 다른 묘미가 아니더냐?

'나도 이럴 때 보면 어쩔 수 없는 여인이라니까?'

다만 상서들에 파묻힌 오 년간 다른 것에 신경을 쓸 여유가 없었을 뿐. 그런 생각을 하고 있자니 갑자기 머릿속에 두둥실 떠오른 오라버니가 새삼 괘씸해졌다.

잠시간 오라버니의 행태를 되새김질하며 눈초리를 점점 올리던 사율은 급하게 머리를 붕붕 흔들었다.

'아냐 아냐, 보리주 덕분에 그나마 기분이 나아졌는데 오라버니 때문에 다시 망칠 수야 없지. 지금은 잊자! 잊으렴, 사율아!'

그 얄미운 왕자와도 곧 다시 만나야 될 텐데 말이다.

사율은 두 남정네에 대한 잡념을 애써 훠이 훠이 몰아내며 보석상 앞으로 다가갔다. 유리 상자 안에 담긴 반짝반짝 화려한 금강석 장신구들이 사율의 눈을 현란하게 매혹시켰다. 사율은 요것조것을 유심히 살펴보다가 팔찌 하나에 눈을 두고는 주인장을 불렀다.

"이보세요, 주인장! 여기 있는 팔찌를 한번 보고 싶군요."

"아이고, 손님. 안목도 높으십니다! 이 팔찌는 올해 처음 출시된 제품인데, 태양의 나라라 불리는 투르키에서 연마를 마치고 돌아온 세공사가 몇 달간 심혈을 기울여 만들어낸 작품이랍니다. 꺼내 드릴 테니 팔에 착용해 보세요. 그럼 더더욱 마음에 드실 겁니다."

"어머, 그래요? 그럼 어디 한번 차볼까요?"

주인장은 금강석을 파는 상인답게 화술도 아주 유려했다. 물론 사율은 그의 말속에 다소간 과장이 섞였다는 것을 간파했지만, 이 팔찌는 왕실에서 진귀한 보물들을 많이 보아온 그녀의 눈에도 특별해 보이기는 했다. 그래서 팔을 내밀어 주인장이 꺼낸 팔찌를 차보려는 찰나!

휙휙휙! 우두두투당탕!

누군가가 바람을 일으키며 사율의 옆을 휙 스쳐 지나갔고, 그 뒤를 쫓아 장정 여러 명이 먼지를 휘날리며 달려갔다. 앞서간 자는 눈으로 좇을 새도 없이 골목 어귀로 쏜살같이 사라져 버렸는데, 뒤쫓는 사내들은 씩씩거리며 겨우겨우 그를 놓치지 않으려고 안간힘을 쓰고 있는 듯했다.

순식간에 골목 안으로 들어가 버렸는지라 확실히 얼굴을 보지는 못했으나 사율은 왠지 여러 사내에게 쫓기는 자가 무진 같다는 느낌이 들었다.

'또 무슨 짓을 저질렀기에 쫓기고 있는 게야?'

사율은 미간을 찌푸리며 남자들이 사라져 버린 골목의 입구를 빤히 쳐다보았다. 호기심이 무럭무럭 샘솟는 것이, 저쪽으로 한번 가볼까도 싶기도 하고…….

'아냐, 아니지. 괜히 갔다가 방해가 될 수도 있잖아? 어련히 알아서 잘하시려고. 흥!'

사율은 왕자에 대한 상념을 머릿속 한구석으로 치워 버리고는 다시 몸을 휙 돌렸다. 설마 그 고강한 왕자가 누군가에게 당하기라도 하겠는가? 게다가 왕자인지 아닌지도 확실치 않잖아? 금강석 구경이나 마저 해야지.

적어도 '그 왕자' 에 대해서는 되도록 신경을 쓰지 않는 것이 정신 건강에 이롭다는 사실을 오늘 아침에 톡톡히 체험한 사율의 신속하고 현명한 판단이었다.

무진이 방으로 돌아온 건 사율이 신나게 마을 구경을 마치고 객잔에서 보리주 한 잔과 함께 저녁 식사를 한 후 목욕을 끝내고는 탁상 앞에 앉아 천천히 책장을 넘기고 있을 때였다. 오랜만에 고즈넉이 홀로 있는 것은 매우 좋다만 왕자가 안 와도 너무 안 와서 슬슬 망상의 나래를 펼치고 있을 때쯤 무진이 방문을 벌컥 열고 들어왔다. 갑작스러운 인기척에 놀란 사율이 고개를 드니 눈앞에 더더욱 놀라운 광경이 펼쳐져 있었다.

"아니, 얼굴이 그게 뭡니까?"

사율이 눈을 동그랗게 뜨고 반사적으로 물었다. 입술은 터져서 피가 나고 광대뼈 부근은 부어 있고…… 아이고! 눈두덩에는 은은하게 푸른 멍까지 들었다. 한마디로 가관이로다!

"일부러 몇 대 맞아준 것이오."

무진이 사율의 맞은편에 털썩 주저앉으며 객잔의 점원에게서 얻어온 소독약과 연고를 탁상 위에 올려놓았다. 몸도 몇 대 맞기는 했으나 살짝살짝 피하며 맞은 척을 한지라 대수롭지는 않았다. 문제는 얼굴, 이 상할 대로 상해 버린 잘난 얼굴이었다. 참으로 우악스러운 놈들 같으니라고! 이 귀티가 좔좔 흐르는 미남의 얼굴에 손대기가 미안하지도 않았나?

"아까 시전에서 쫓기셨던 것 맞지요? 그때 뒤쫓던 자들에게 당하셨습니까?"

엉망이 된 얼굴로 앉아 있는 왕자가 아주 조금 가엾어진 사율이 아침보다는 누그러진 목소리로 물었다. 무진이 고개를 끄덕이며 대답했다.

"그 도박판의 배후를 캐고 있던 중이었소. 내 실력을 드러내면 저들의 의심을 살 게 아니오? 그래서 그냥 도박판에 끼어든 철부지 도련님처럼 행세했소. 호기를 부리다가 사람들의 시선이 없는 곳에서 좀 맞아주는 척한 거지."

"참 나! 정말 왕자답지 않은 무모한 방법을 쓰셨네요. 그래서, 배후는 알아내셨나요?"

"아직은 확실하지 않소. 그래서 말인데, 이틀 정도만 더 기다려 주면 안 되겠소? 어느 나라에나 뒷골목 조직이 있고 비밀 도박은 벌어질 수 있으나, 작년까지는 없었던 도박장인지라 심히 께름칙하구려. 게다가 판이 상당히 크오."

"흐음……."

왕자가 무슨 뜻으로 이야기를 했는지 간파한 사율은 잠시 시선을 아래로 내리깐 채 생각에 잠겼다.

한 장소에 며칠간 지체하는 것은 위험의 소지가 많다. 그러나 왕자가 하는 조사 또한 배후를 명확히 밝히고 넘어가야 했다. 게다가 그녀가 아무리 왕자와 당장 헤어져 따로 행동하고 싶다 해도 호위를 부탁할 철화단의 지사에 도착한 연후에나 가능한 일이잖은가?

'용병은 결단코 믿을 수 없으니 말이지. 그리고…….'

아침에 희롱당했을 때는 왕자를 굴리고 또 굴리고 마구 굴려야 성에 찰 것 같았는데 저렇게 맞아서 부어터진 얼굴로 앉아 있으니 안되어 보이는 건 어쩔 수 없었다. 직계 왕족인 데다 본인이 발군의 실력을 자랑하는지라 누군가에게 맞는다는 것 자체가 엄청나게 자존심이 상했을 텐데 말이다.

'게다가 틈만 나면 제 외모 자랑질을 일삼던 남자가 하필이면 얼굴이 저 지경이 되었으니…… ㅊㅊㅊ.'

결국 사울은 한숨을 쉬며 자리에서 일어났다.

"일단 깨끗이 씻고 와서 약 바르세요. 내일 의원에도 들르시고요. 그리고 오늘은 다치셨으니 방에서 먼저 쉬세요."

"허어, 아니오! 그럴 것 없소. 사내가 여인을 문밖으로 내쫓고 어찌 편히 잠을 청하겠소? 그리고 내가 보기에만 거창히 상한 것이지, 사실 몸은 멀쩡하다오."

무진이 손사래를 치며 의자에서 벌떡 일어나 사울의 앞을 막아섰다. 그가 예상외로 격하게 반응하는지라 사울이 고개를 갸웃하며 물었다.

"어제는 곤하여 방 안에서 쉬고 싶으시다면서요? 그럼 두드려 맞기까지 한 오늘은 더 피곤하실 게 아닙니까? 그래서 호의를 베푼 것인데 왜, 마음에 안 드시나요?"

"그대처럼 아름다운 여인을 복도에 두고 내가 불안해서 잠이 오겠소? 차라리 문에 기대어 자는 것이 내 마음이 훨씬 편할 거요. 정히 내게 호의를 베푸시려거든 상처에 약이나 좀 발라주시구려."

이건 또 새로운 제안이다.

그러나 무진의 말을 들은 사울은 인상을 팍 찌푸렸다. 상처 치료라니, 그것도 얼굴에! 입술에 아주아주 살짝 손끝을 대었을 뿐인데도 그리 무안을 줄 때는 언제고!

아침에 받았던 열이 일순간 다시 올라온 사울의 입에서 절로 쌀쌀맞은 목소리가 튀어나갔다. 차라리 나가서 자는 게 백번 낫겠다!

"면경을 빌려 드릴 테니 직접 바르시죠? 흥!"

말하면서 고개를 팩 돌리는데, 사율이 지금 무엇 때문에 그러는지 눈치 못 챌 무진이 아니었다. 이 상황에서 또 농지거리를 던졌다가는 공주의 성정상 이 밤에 당장 당신과 헤어지겠노라며 난리를 칠지도 모르는 법. 하여 무진은 최대한 불쌍해 보이는 표정을 지으며 사율에게 애원조로 늘어놓았다.

"내, 투박한 사내인지라 검술과 사냥에는 능할지 몰라도 그런 일은 무척이나 서툴다오. 그리고 아침에 말했잖소? 그대는 언제든 내 얼굴을 만져도 괜찮다고. 그것은 그대를 희롱함이 아니라 내 진심이었소. 어마마마와 그대 외에 내 얼굴에 손을 댄 여인은 아무도 없단 말이오. 그러니 부디 내 상처에 약을 좀 발라주시구려. 내가 대충 발랐다가 내일 아침에 덧날까 겁이 나서 그러오. 내, 간곡히 부탁하오, 사율."

끼잉끼잉 끄응끄응. 이건 뭐 귀와 꼬리만 없다 뿐이지, 주인에게 예뻐해 달라고 처연히 울부짖는 강아지가 따로 없구나.

능구렁이인 줄 알았거늘, 이제 보니 이 왕자는 열두 번도 더 변한다는 꼬리 아홉 달린 여우가 아니더냐? 능글맞았다가 날카로웠다가 버려진 강아지처럼 굴었다가, 대체 이 변화무쌍함의 끝은 어디인가?

하지만 왜일까? 눈초리를 내리고 저자세로 구슬피 부탁하는 왕자가 싫지만은 않았다. 분명 입에 발린 말이 섞여 있는데, 얼굴을 만진 여인이 모후 빼고 사율 자신밖에 없다는 것이 믿기지가 않는데, 그 말이 이상하게 싫지가 않은 것이다. 자존심이 고고한 이 왕자가 아무에게나 이렇게 사정하듯 졸라대지 않을 것 같기도 하고…….

결국 왕자의 얼굴을 빤히 쳐다보던 사율은 이러는 자신이 이해가 안 된다 여기면서도 그의 청을 허락하고 말았다.

"후우…… 알겠어요, 알겠어! 상처가 덧나면 그 얼굴을 보는 저도 불편할 테니 어쩔 수 없지요. 그럼 약을 발라 드릴 터이니 어서 가서 씻고 오세요."

"고맙소, 사율! 정말 고맙소! 그대처럼 아름답고 착한 심성을 가진 공주는 세상에 없을 거요! 냉큼 가서 씻고 오리다."

무진은 언제 그랬냐는 듯 활짝 웃더니 갈아입을 옷을 챙겨 들고 방 밖으로 쌩하니 뛰쳐나갔다. 사율은 그런 무진을 보면서 고개를 설레설레 저었다. 어째 또 왕자에게 말려드는 것 같기도 하고…….

"뭐, 이 정도까지는 괜찮겠지. 이 정도까지는."

괜히 스스로를 납득시키기 위해 혼잣말을 하는 사율이었다.

"아아! 아프오! 아파요!"

"대체 왜 이리 엄살이 심하십니까? 아무렇지도 않게 장정 열 명을 때려눕힐 때는 언제고!"

"아아! 그것은 그것이고, 이것은 이것이고! 정말 아프단 말이오오! 차라리 장정 스물과 싸우는 것이 이보다 더 낫겠소! 아아, 살살 해주시오, 살사알!"

"이보다 더 살살 할 수는 없거든요?"

소독약이 피부에 닿자마자 앉은 자리에서 펄쩍 뛰어오른 무진과 그를 한심하다는 눈빛으로 바라보면서도 끝까지 얼굴을 소독약으로 닦아내는 사율의 입씨름이 한동안 이어졌다. 사율은 이로써 왕자의 또 다른 면모를 하나 더 알게 되었다. 매서운 눈으로 귀신같이 칼을 놀릴 때는 흡사 야차와 같았거늘, 이제 보니 엄살왕이 따로 없다? 앞으로 틈만 나면 엄살 왕자라고 놀려야겠다.

속으로 짓궂게 킥킥거린 사율은 소독약을 잔뜩 묻힌 솜을 내려놓고 연고의 뚜껑을 열었다. 무진은 그제야 안 보이게 한숨을 내쉬었다. 그녀가 그동안 쌓였던 감정을 담아 일부러 더 아프게 소독을 한 것 같다는 느낌은 과연 자신만의 착각일까?

"그런데 말이지요."

무진의 눈 옆에 물든 멍 위로 연고를 살살 펴 바르던 사율이 운을 떼었다. 무진은 코앞까지 다가온 그녀에게 왜 그러냐는 눈빛을 보냈다.

"그 조사하고 있다는 도박판 말이에요, 역시 보리 낭자 대회의 승자를 두고 벌어진 것인가요?"

"맞소. 매년 마을 주민들끼리 승자를 두고 내기를 한다는 것 정도야 나도 알고 있었는데, 이번에는 거주자와 여행자가 모두 가담할 수 있는 도박판이 어느 객잔의 마을 지하에서 아주 크게 벌어졌소. 아직까지는 제법 큰 상단의 뒤를 봐주는 세력이 벌여놓은 짓으로 보이기는 하는데……."

"북방이 개입되었을지도 모른다?"

"시기적으로 그런 의심이 드는 것이 당연하잖소."

"흐음……. 그렇다 해도 너무 지나치게 들쑤시지는 마세요. 어디까지나 철없는 도령으로 행동하셔야 어떠한 경우에도 뒤탈이 나지 않으니까요."

"쿡쿡. 알고 있소. 그건 그렇고, 내일모레 오후에 보리 낭자 선발 대회가 거나하게 벌어질 텐데 나와 함께 구경하러 가지 않겠소? 내, 대회를 진행하는 마을 사람에게서 좋은 자리를 사놓았다오."

"저잣거리 한가운데서 벌어지는 미인 대회를 보기 위해 자리까지 사고판단 말입니까? 나 참! 이 마을도 장삿속이 가히 뛰어나네요."

대화를 나누는 동안 무진의 얼굴에 연고를 다 펴 바른 사율이 도리질을 하며 약 뚜껑을 닫았다. 굳이 돈을 주고 자리를 사서까지 미인 대회를 관람하는 사람들의 심리를 도통 이해할 수가 없었다. 이 왕자를 포함해 다들 어찌나 한심해 보이는지. 덕분에 주최 측은 돈을 왕창왕창 거둬들이고 있겠지만.

"에이, 그러지 말고 같이 갑시다. 이미 돈을 지불했으니 그대가 안 가면 자릿값만 날리잖소. 꽤 볼만하다니까요? 그리고 내가 나가 있는 동안 그대 혼자 방 안에 있기도 심심하잖소."

뭐, 그건 그렇기는 하다. 이곳저곳을 돌아다니거나 산책을 할 수도 있겠으나 이야기를 들어보니 그날은 그 보리 낭자 선발 대회인지 뭐시기인지 때문에 상점들도 거의 문을 닫을 거 같고…….

사율이 약간 고민하는 듯 보이자, 무진은 이때다 싶어 휘몰아치듯 설득을 계속했다.

"보리 낭자 선발 대회는 미인 대회라기보다는 신국의 마을 축제와 다름없소. 노점상에서 맛있는 음식들도 많이 팔고, 외국인들까지 구경하러 와서 어울려 즐긴다오? 또 심사 위원이 승자를 결정하는 동안 펼쳐지는 가무 공연도 제법 볼만하오. 그대의 모국인 진국이나 환국에서는 이런 구경을 하기가 힘드니 함께 관람하면 얼마나 좋을 것이오?"

"그건…… 그러네요."

다른 부분은 다 넘기겠으나, 왕자의 마지막 말에는 귀가 약간 솔깃해졌다. 궁궐에서 탈출해 국경까지 넘었으면 되도록 많은 것을 보고 경험하며 외유라는 것을 피부로 느낄 필요도 있지 않겠는가?

사율이 자신의 말에 거의 넘어왔다고 확신한 무진은 마지막으로 쐐기를 박았다.

"이 여행이 끝나면 그대가 언제 또 이리 평민 복장을 하고 마을들을 자유로이 누비며 신국까지 건너와 보겠소? 아니 그렇소? 그러니 지금 할 수 있는 것은 다 해보시오."

"그건 확실히 일리 있는 말이네요. 좋아요. 같이 가지요!"

결국 사율은 호기롭게 외치고 말았다. '지금이 아니라면 언제 또' 라는 이야기에 확 동해 버렸기 때문이다.

그래, 즐기자! 미인 대회는 영 별로지만 마을 축제는 나쁠 거 없지 않은가? 이참에 오라버니가 열받을 정도로 확 놀아버리는 것도 괜찮고 말이지. 오라버니는 결코 이런 경험을 할 수 없을 테니.

무진은 진국의 왕을 떠올리며 투지에 불타오른 사율을 향해 친절하게 말했다.

"잘 생각하셨소. 내가 그날 축제의 별미를 다 사드리겠소. 그동안 너무 긴장 상태로 지냈으니 그날만큼은 만사를 잊고 같이 신나게 즐깁시다! 그대는 충분히 그럴 자격이 있잖소?"

"좋아요! 그러겠어요!"

이제 사율은 무진에게 완전히 넘어가 동의했다. 이곳까지 온 이유도 좋고, 왕자의 임무도 좋다, 이거야. 하지만 이 여행의 원래 목적은 정사에 치여왔던 나에게 휴식을 주는 거였잖아? 그러니 이 왕자의 말은 아주 타당해!

그런 사율을 보며 후후후 회심의 미소를 짓는 무진이었다.

보리 낭자 선발 대회는 얼핏 보기에도 한 마을에서 벌어지는 축제의 단위를 훨씬 넘어선 것이었다. 시가지의 가장 넓은 공터에 설치한 천막과 단상 주위로 몰려든 사람들은 대충 세어보아도 천 명은 족히 넘어 보였다. 뿐이랴? 신국은 물론 환국과 진국에서 몰려든 구경꾼들을 포함해 바다를 건너온 상인들과 노랗고 빨간 머리의 외국인들까지 모여들었으니, 이 어찌 진기한 광경이 아니랴?

무진과 함께 대회장에 도착한 사율은 그 인파와 축제의 장을 보고는 감탄사를 절로 뱉었다. 왕자의 꾐 아닌 꾐에 넘어가 여차여차 오게 되기는 했어도 이 구경거리를 두고 방에만 틀어박혀 있었다면 후회할 뻔하지 않았는가?

"갑시다, 사율. 우리 자리는 맨 앞줄이라오."

무진은 재주 좋게도 대회가 가장 잘 보이는 앞줄의 상석을 구해 놓았다. 하지만 대회장을 두리번거리던 사율은 관람보다는 주변에 펼쳐진 노점상들과 신기한 구경거리에 더 관심을 두었다.

"일단 저곳들부터 가보아요!"

사율이 무진의 팔을 잡고 대회 기념품들이 나열된 천막 쪽으로 그를 이끌었다. 처음으로 와보는 축제이니 볼거리가 어찌나 많을 것인가? 무진은 그저 후후 웃으며 그녀에게 끌려갔다. 반짝반짝 눈을 빛내며 주전부리와 갖가지 물품들에 호기심을 내비치는 사율이 처음으로 그저 그 또래의 평범한 처녀로 보인 까닭이다.

"이리 와서 이 떡 한번 맛보세요! 아주 쫄깃쫄깃하고 고소하답니다?"

"시원한 감주는 어떻소? 우리 집에서 빚은 감주가 삼국 으뜸이라오!"

"대회에 왔으면 기념품을 먼저 사 가셔야지! 보리 낭자 후보들이 섬세하게 그려진 이 부채를 보시오!"

떡판을 메고 걸어 다니는 떡장수부터 기념품을 늘어놓고 파는 상인까지 여기저기서 모여든 손님들을 끌어들이기에 바빴다. 사율은 먼저 달콤한 감주를 한 잔씩 사서 무진과 마시고는 기념품들에 눈을 돌렸다. '경축! 제52회 보리 낭자 선발 대회' 라고 수놓아진 손수건을 비롯해 '올해 맥추절도 풍년이로세!' 라고 쓰인 족자, 무엇보다도 후보 열다섯 명이 오색 물감으로 그려진 부채들이 눈길을 끌었다.

사율은 속으로 혀를 내두르며 부채 중 하나를 집어 그림을 살펴보았다. 이 정도 물량과 품질이라면 제법 실력 있는 시전 화가들과 장인들이 족히 열 명 이상씩 동원되어 몇 날 며칠 동안 밤을 샜으렷다?

'정말 이 마을의 장삿속은 끝이 없네, 끝이 없어! 대체 이 대회로 매해 얼마를 벌어들이는 것일까?'

어차피 미인이 그려진 것이니 상품 가치도 훌륭하고, 기념도 되고. 게다가 이 시기부터 부채가 필요하니 사가는 손님으로서도 일석삼조가 아닌가? 이런고로 아까부터 부채가 유독 불티나게 팔리고 있었다. 특히 남자 손님들에게 말이다.

"그 부채가 그리 마음에 드시오? 하나 선물해 드리리까?"

한 후보가 그려진 부채를 유심히 살펴보는 사율에게 무진이 호의를 담아 물었다. 이리저리 분석을 해보느라 그런 것을, 그녀가 부채를 기념으로 하나 가지고 싶어 한다고 생각한 모양이었다.

사율은 피식 웃으며 부채를 제자리에 내려놓았다.

"되었습니다. 제가 여인이 그려진 부채를 사서 무엇하게요? 차라리 손수건이 낫지요."

"하긴 그것도 그렇소. 그대야 매일 면경을 들여다보면 그 속에 미인이 있을 것인데 다른 여인이 그려진 부채 따위를 사서 무엇하겠소? 핫하하! 그렇다면 내, 손수건이나 하나 장만해 드리리다."

무진은 사율의 얼굴에 있는 대로 금칠을 하더니 기념품 천막에서 파는 손수건들 중 가장 질이 좋은 비단 손수건을 사서 그녀에게 내밀었다.

단지 부채보다는 손수건이 실용적이라는 뜻으로 한 말일 뿐이었는데 왜 이리 과도한 친절을 베푸실까? 아무리 이것저것을 다 사주겠노라고 호언장담했다지만 남들이 보면 오해하기 딱 좋을 상황이지 않은가? 안 그래도 방금 그가 한 말들 때문에 기념품을 파는 상인이 '흐흐, 좋을 때다~!' 라는 눈빛으로 두 사람을 뚫어지게 쳐다보고 있는데 말이다.

하지만 일부러 선물하겠다며 내밀었는데 그걸 또 됐다고 매정하게 뿌리치며 무안을 줄 수도 없는 노릇. 사율은 얼떨결에 손수건을 받고는 일단 무진에게 인사를 건넸다.

"고, 고마워요. 잘 쓸게요."

"핫하하! 뭘 이 정도를 가지고. 자, 그럼 떡과 엿을 사서 우리의 자리로 가십시다."

대회가 꽤 긴 데다 중간에 가무 공연까지 있으니 먹으면서 관람하자는 뜻이었다. 사율은 고개를 끄덕이고는 무진과 함께 먹을거리를 사서 맨 앞줄로 향했다. 마침 대회가 막 시작해 사회자가 올해의 후보들을 한 사람 한 사람씩 장황하게 소개하고 있었다.

무진과 자리에 앉은 사율은 후보 처녀들이 간이 단상 위에 오를 때마다 전체적인 외모와 인상을 살펴보았다. 다들 경국지색까지는 아니어도 며칠 전에 행렬을 했을 때보다 더욱 화려하게 꾸며 저마다 화용월태를 뽐내고 있었다.

'흐음, 저 낭자는 행렬 때는 눈에 들어오지 않았는데……. 지금 보니 은은한 미색에 자꾸 눈길이 가는군.'

다섯 번째로 단상 위에 올라선 처녀가 유독 사율의 시선을 붙들었다. 다른 처녀들처럼 반짝이는 장신구들을 주렁주렁 착용한 것도 아니고 진하게 화장을 한 것도 아닌데, 단아한 이목구비가 어딘지 모르게 사람의 마음을 잡아끄는 구석이 있달까? 무진도 같은 생각을 했는지 고개를 내려 사율에게 귀엣말을 속닥거렸다.

"저 처녀의 자태가 제법 곱지 않소? 인상이 선한 것이 품성 또한 고울 듯 보이오만."

"저도 같은 생각을 하고 있었습니다. 좋은 것을 알아보는 사람의 눈이란 대체적으로 비슷한 법이지요."

무진이 엷은 미소를 지으며 고개를 끄덕거렸다. 사율도 입매를 살짝 올리며 다시 대회 관람에 집중했다.

마침내 후보들의 소개가 모두 끝나자, 사회자가 준비된 인부 몇 사람을 동원해 모여든 관객들에게 숫자가 매겨진 흰 종이와 작은 목탄을 하나씩 돌렸다. 대회를 보기 위해 몰려든 사람들과 심사 위원의 평가를 종합해 그해의 보리 낭자를 결정하는 방식이었다.

"호오, 이건 또 새로운 방법이네요. 보통 미인 대회는 심사 위원의 평가만으로 승자가 결정되잖아요?"

사율이 종이를 받고서 의외라는 표정을 짓자, 무진이 빙긋 웃으며 상세한 설명을 곁들여 주었다.

"이것이 이 보리 낭자 선발 대회의 또 다른 묘미 중 하나라오. 출전은 거주자만 할 수 있지만 이 투표는 국적을 따지지 않고 모여든 사람들 모두가 참가할 수 있거든. 물론 천 명 한정이지만 말이오. 하지만 직접 한 표를 행사할 수 있다는 것이 관객들로서는 또 다른 재미지."

"그러나 이로 인해 자리를 사고파는 상술이 더 횡행하겠지요.

자리에 앉은 사람들은 전부 이 투표 종이를 받지만 서 있는 사람들은 받을 수도 있고 못 받을 수도 있잖아요?"

"아아, 너무 나쁘게만 보지는 마시오. 이렇게 편하게 앉아서 관람도 하고 투표에도 참가할 수 있으니 관객들로서도 좋잖소?"

"그렇게 생각하는 사람들이 많으니 이 대회가 더 인기를 끄는 것이겠지요."

어쨌든 대회의 규모와 진행 방식은 세련되다 인정할 수밖에 없었다. 미인 대회라는 것을 떠나서 한 행사나 축제 자체를 흥미롭고 수완 좋게 여는 장점만큼은 진국 또한 배워야 할 터였다.

그렇게 무진과 대화를 나누는 사이에 가무 공연이 시작되었다. 먼저 신국의 전통 의상을 곱게 차려입은 여인들이 한쪽에 자리한 풍악단의 합주에 맞춰 하늘하늘한 천을 흩날리며 군무를 추었다. 그 노련한 춤사위와 착착 맞아떨어지는 몸놀림을 보니 이들은 어렸을 때부터 훈련한 예인들이 분명했다. 그다음에 이어진 창극은 또 어떠한가? 바다 건너 아라타 섬에서 초청했다는 그 명창들은 독특하면서도 풍성한 음색으로 천제의 신화를 호소하듯 전달하고 있었다.

그들의 공연을 홀린 듯 바라보던 사율은 자기도 모르게 무진에게 감탄사를 쏟아냈다.

"정말 멋지군요! 아라타 섬에서 천제에 대한 창극이 저리 발달했는 줄은 몰랐어요. 한 마을에서 축제를 여는 데 이런 명창들을 불렀다는 것도 놀랍고요."

"괜히 사람들이 이 대회를 보러 몰려드는 것이 아니라오. 사실

나는 그대에게 이런 것들을 직접 눈으로 보게 해주고 싶었다오. 백문이 불여일견이잖소?"

"제가 가진 편견을 깨뜨려 주고 싶으셨단 뜻인가요?"

사율이 무진에게로 시선을 돌리며 물었다. 무진은 입매를 위로 올리며 그녀에게 대답했다.

"나는 그대가 누구보다도 영특한 여인이란 것을 알고 있소. 허나 아무리 천리를 내다보는 눈을 지녔다 해도 궁 안에서 배인 편견이란 게 있는 법이지. 나도 그랬으니까. 그래서 그것을 깨뜨려 줄 좋은 기회라고 생각한 거요…… 갑자기 왜 그런 눈으로 보시오?"

"당신이 너무 달라 보여서요. 그리 깊은 생각을 하셨을 줄이야!"

정말 정말 의외라는 눈빛으로 자신을 보는 사율을 향해 무진은 예의 그 호탕한 웃음을 터뜨렸다.

"핫하하하! 나는 원래 속이 깊은 남자요. 또한 그대를 위한 행동 하나하나까지 신경 쓰는 섬세하고 자상한 남자이기도 하지. 이제라도 나의 이런 점들을 알아주니 기쁘구려."

그렇게 대놓고 왕자병만 발휘하지 않으면 더더욱 속이 깊은 사람으로 보일 텐데 말입니다……. 기껏 생각해서 데려와 준 사람한테 면박을 줄 수도 없고, 내 참!

사율은 머리를 절레절레 흔들며 다시 앞으로 시선을 돌렸다. 가무 공연이 끝나고 돌아온 사회자가 관객들에게서 거두어들인 투표용지와 심사 위원 평가에 따라 올해의 보리 낭자가 선정되었다고 쩌렁쩌렁 외쳤다. 어쨌든 사율 또한 아까 눈에 들어왔던 다섯 번째 처녀에게 한 표를 행사한지라 흥미롭게 결과를 기다렸다. 두구두구두구! 사회자가 뜸을 들이는 동안 낮게 울리는 북소리가 긴장감을 한층 고조시켰다.

그리고 사회자의 입을 통해 발표된 대망의 보리 낭자는 놀랍게도 사율이 눈여겨본 그 다섯 번째 처녀였다! 후보자들 중 열 번째와 열다섯 번째 처녀가 워낙 화려한 미색을 자랑하는 데다 인기가 있어 보여 두 사람 중 한 명이 보리 낭자가 될 것 같다는 생각을 했는데, 모인 관객들과 심사 위원들이 사율과 같은 생각을 했는지 다섯 번째 처녀가 선발된 것이다.

이것이 꿈인지, 생시인지! 처녀는 한참 동안이나 믿기지 않는다는 표정으로 멍하니 서 있었다. 그를 기다리다 못한 사회자가 그녀를 다시 단상 위로 잡아끌었다. 잠시 동안 어쩔 줄을 몰라 하는 표정으로 서 있던 그녀는 곧 또르르 눈물을 흘리며 관객들에게 허리 숙여 인사했다. 그 순간 사람들에게서 아낌없는 갈채가 터져 나왔다.

사율과 무진도 처녀를 향해 흐뭇한 미소를 지으며 박수를 보냈다. 고개를 든 처녀의 입가에 그제야 환한 웃음이 맺혔다. 그녀는 몇 번이고 다시 머리를 숙여 사람들에게 인사하고는 단상에서 내려가 한 초라한 행색의 노인에게로 뛰어갔다. 그리고 울면서 그를 얼싸안았다.

“아버지! 아버지! 이제 아버지의 약값을 마련할 수 있게 되었어요!”

"고맙구나…… 고맙구나, 단영아!"

아버지라 불린 노인도 올해의 보리 낭자로 선발된 딸을 끌어안으며 노안에 주르륵 눈물을 흘렸다. 그 광경을 지켜보던 관객들의 갈채가 더더욱 우렁차게 터졌다.

"정말 잘되었네요."

처녀의 행동을 눈으로 좇던 사율이 진심 어린 목소리로 무진에게 말했다. 무진도 고개를 끄덕이며 동의했다.

"저 부녀에게는 정말 잘된 일이오."

"저 모습을 보니 왠지 미인 대회에 대한 제 생각도 조금은 바뀔 것 같군요."

"하하하! 그 또한 잘된 일이구려."

사율은 왠지 이 순간만큼은 무진의 웃음소리가 기분 좋게 들렸다. 어쩌면 그는 정말 아무런 계산 없이 순수한 호의로 자신을 대하고 있는 것은 아닐까?

그때였다. 아버지와 울면서 기쁨을 나누던 올해의 보리 낭자가 시선을 돌려 이곳저곳을 살피더니 사율과 무진이 있는 쪽으로 천천히 걸어왔다. 처음에 사율은 그녀가 자신의 옆 사람에게로 오는 줄 알았다. 아니나 다를까. 처녀는 사율의 바로 옆 사람에게로 와서 정중히 허리를 숙였다. 사율은 휘둥그런 눈으로 그 옆 사람, 무진을 쳐다보았다.

"이럴 것 없소, 낭자. 내, 사람들이 많은 곳에서 이리 과한 인사를 받으니 민망하기 그지없구려. 자자, 그만하시오."

무진이 자상한 목소리로 말리고 나서야 처녀는 숙였던 몸을 곧

게 폈다. 그리고 그를 바라보며 가녀린 음성으로 재차 감사를 전했다.

"무사님이 아니셨으면 제가 어찌 이리 곱게 꾸미고 대회에 출전할 수 있었겠습니까? 이 은혜를 어찌 갚아야 하겠는지요?"

"그대가 오늘 우승한 까닭은 내가 도와주어서가 아니라 외모부터 마음까지 모다 제일 고왔기 때문이라오. 나는 그저 사람들이 그대의 미모를 알아보지 못할까 우려되어 올바른 판단을 내릴 수 있도록 살짝 개안을 거들었을 뿐이랄까? 곤경에 빠진 아리따운 처자를 돕는 것도 무사도의 일부. 내, 무사로서 마땅히 할 일을 한 것뿐이니 그대가 갚을 은혜는 전혀 없소이다. 핫하하하!"

어이구, 저놈의 입입! 아까까지 했던 감상을 모조리 날리는 것도 모자라 처녀의 앞에서 내 얼굴마저 화끈거리게 만드는구나. 같은 이야기라도 좀 더 점잖게 말하면 저 얼굴에 얼마나 더 멋질 것이냐!

사율은 도무지 못 말리겠다는 듯 머리를 흔들며 왕자에게서 한 걸음 한 걸음 떨어졌다. 어려운 형편인 듯한 처녀를 도운 것은 칭찬할 만한 일이나 왕자의 크고 능글맞은 목소리에 쏠린 이 천 개의 시선은 당장에 피하고 싶구나!

"아아, 나는 그저 화장에 능하고 어울리는 복색을 알아보는 눈썰미가 뛰어난 예인을 보내 이삼 일 동안 꾸며준 것뿐이라오."

막 마을에서 벗어난 무진이 느릿하게 말을 몰면서 말했다. 그의 옆에서 말을 타고 가던 사율이 또 다른 질문을 던졌다.

"그렇다면 그 처녀가 잘 꾸미기만 한다면 우승할 거라 확신하고 접근하셨단 건가요?"

"아니요. 그저 도박판에서 돈이 가장 적게 몰린 처녀에 대해 알아보았을 뿐이오. 바로 그녀였지."

그러고 보니 그 처녀가 행렬 때는 전혀 눈에 띄지 않았던 것이 기억났다. 많은 사람들의 시선을 받으며 걸어가야 함에도 자신을 꾸밀 옷 한 벌조차 제대로 걸치지 못했던 그녀에게 판돈이 걸리지 않은 것은 어찌 보면 당연한 일. 아마 왕자는 도박판의 판세를 바꿔놓으며 뒷세력의 이목을 끌 심산으로 그 처녀에게 다가갔나 보다.

그러면 뭐 하누? 그 도박판은 그저 보였던 그대로 신국의 뒷골목 세력이 제대로 한판 벌어볼 작정으로 연 투기장이었을 뿐인데. 그것도 열 번째 처녀와 열다섯 번째 처녀에게 돈이 몰리던 것을 무진이 그 우승한 처녀에게 압도적인 금액을 거는 바람에, 이후 헷갈린 사람들의 투기 방향이 이도 저도 아니게 되어버렸달까? 아마 그 도박판을 벌인 자들은 지금쯤 무진에게 이를 갈고 있을 것이다.

"그래도 얼굴까지 상하며 활약하셨는데 아무런 소득이 없어 안타깝네요. 어찌 보면 다행이지만."

"그래도 그 처녀의 일은 잘되었잖소? 내, 좋은 일 하나를 했으니 그로써 만족하오. 곤경에 빠진 아리따운 처녀를 돕는 일이야말로 진정한 왕자도의 길이 아니겠소?"

"아아, 알았으니 그 말씀은 그만 좀 하세요!"

이제는 사율도 대놓고 타박하기로 했다. 더 들어주었다가는 귀에 딱지가 앉을 것 같아서 말이지!

그러나 무진은 그런 사율을 보면서도 후후후 웃더니 갑자기 그녀에게로 아주 가까이 말을 몰아왔다.

"그리고 내, 한 일이 한 가지 더 있소. 바로 이것이라오."

말을 마친 무진은 품속을 뒤져 무언가를 꺼내더니 팔을 뻗어 사율의 눈앞에 짠하고 내밀었다.

"아니, 이것을 어찌 알고……?"

무진이 내밀어 보여준 것은 바로 사율이 마을의 금강석 전문점에서 구경만 하고 돌아왔던 그 팔찌였다. 독특하고 마음에 들기는 했으나 가격이 상당히 비싸 그냥 내려놓았던 것인데, 바람과 함께 휙 스쳐 지나갔던 무진이 그것을 용케 보고 사온 것이다.

무진은 잠시 말을 세우고는 옆에 있던 고삐를 잡아끌어 사율의 말도 함께 세웠다. 그리고 그때까지도 눈을 동그랗게 뜨고 팔찌를 보고 있던 사율의 손을 잡더니, 손목에 그 반짝이고 아름다운 장신구를 채워주며 씨익 웃었다.

"일국의 공주이자 신성하신 신녀께 상처 치료를 부탁하고도 제대로 된 답례도 안 한 것이 마음에 무척이나 걸려서 말이오. 그대가 깨끗하게 소독해 준 덕분에 상처가 한결 빨리 나았소. 내, 감사하는 마음을 담았으니 꼭 차고 다니시오?"

"아니, 그렇다 해도 이것은 너무 과하지요. 손목을 휘두를 때마다 번쩍거릴 것인데 제가 부담스러워서 어찌 움직이겠습니까?"

일단 사율 또한 여인인지라 가지고 싶었던 장신구를 들이대니 기쁘긴 했다. 하지만 그렇다고 또 덥석 받자니 너무나 과하디과한 답례였다. 그리고 대개 남성은 정인에게 징표를 주거나 청혼할 때나 이리 반짝이는 보석을 내미는 게 아니었던가?

무진은 예의 그 호탕한 웃음을 지으며 고개를 저었다.

"핫하하하! 일국의 왕자가 동맹국의 아름다운 공주께 선물을 하는데 팔찌 하나가 어찌 과할까? 게다가 그 팔찌가 아무리 화려하다 해도 그대의 미모에 시선이 먼저 가니 아무 걱정 할 것 없다오."

"아니, 그래도……!"

"내 마음이라 하지 않소? 그것은 이미 그대의 것이니 나는 돌려주셔도 받지 않을 것이오. 이랏!"

그러고서 도망치듯 말을 달려 앞서 나가는 무진이었다.

사율은 잠시 말 위에 멍하니 앉아 달리는 무진의 뒷모습을 바라보았다. 그리고 그가 손목에 채워놓은 예쁜 팔찌를 내려다보았다. 팔찌는 상인이 권해 처음으로 차보았을 때보다 훨씬 아름답고 투명한 오색 빛을 발산하고 있었다.

무진은 돌려주어도 받지 않는다 했으니 이제 이 팔찌는 그녀의 것이 될 수밖에 없는 운명. 하지만 솔직히 말하면 사율은 이 금강석 팔찌가 풀고 싶지 않을 정도로 마음에 쏙 들었다. 비록 그것 때문에 사람들의 이목을 더 끌게 된다 해도.

사율은 다시 고개를 들어 앞을 보았다. 무진이 한참 떨어진 곳에서 말을 세우고는 씩 웃으며 그녀를 바라보고 있었다. 어떤 표정을 짓고 있는지 전혀 보이지 않는 거리인데도 사율은 분명 그가 웃고 있다는 걸 알 수 있었다.

사율은 고개를 살짝 숙이고는 엷은 미소를 지었다. 그리고 말의 고삐를 잡아당겨 힘차게 무진의 곁으로 달려나갔다.

“뭐라? 고강해 보이는 젊은 무사?”

“예, 전하. 그것도 상당한 미남자였다 하옵니다.”

왕실 호위대의 부대장 최신영은 자신의 옆에서 전하께 알아낸 사실을 있는 그대로 고하는 금부의 어린 청년 사공진을 흘낏 보며 속으로 한숨을 내쉬었다. 고개를 숙이고 있다지만 시뻘게진 옥안으로 부들부들 떨고 계실 전하의 노화가 어좌에서 족히 열다섯 보는 떨어진 이곳까지 생생히 전달되는 듯했다. 그냥 무사 한 명과 동행하고 있다는 사실을 알아냈다고만 보고하면 될 일이지, 굳이 ‘젊은’과 ‘상당한 미남자’를 붙일 건 또 무언가? 전하께서 섣부른 오해라도 하시면 어쩌려고. 츠츠!

하여 그는 조심스러운 어조로 전하께 아뢰었다.

“마마께서 안위를 염려하여 무사를 고용하신 것이 아닐는지요, 전하. 여인의 몸으로 혼자 다니시면 아무래도 위험한지라…….”

“고용을 했는지 원래 알던 사이인지 네 어찌 아느냐! 그것까지 확실히 알아냈어야 될 게 아니냐!”

“소, 송구하옵니다, 전하.”

괜히 신녀 마마의 변호를 했다가 애꿎은 불똥만 더 튀었다. 왕을 최측근에서 모셨던 세월만큼 그의 성정을 빠저리게 잘 아는 최신영은 그저 사죄한 후 입을 다물었다.

"이거 더 이상은 아니 되겠구나. 지금 당장 호위대의 절반을 투입할 것이야! 부대장이 책임지고 신녀를 짐 앞으로 데리고 와라. 가면 갈수록 짐이 신녀에게 묻고 싶은 것이 한두 가지가 아니로구나!"

"하오나 전하, 그리하면 전하의 안위를 지킬 호위대원의 수가 너무 부족하옵니다."

"당분간 금위군에서 메우면 될 것이 아니냐! 잔말 말고 신녀를 당장 찾아오라! 빨리 가지 않고 무얼 하느냐?"

"예, 전하. 당장 분부 받들겠습니다."

말도 타고 다니면 아니 된다 하실 때는 언제고 이제는 호위대의 절반을 이끌고 떠나라 하시다니, 대체 전하께선 왜 이리 변덕이 팥죽 끓듯 하시는가? 섣부른 구설이라도 돌기 전에 모시고 오라는 뜻이야 알겠다만, 그럼 신녀께서 여인의 몸으로 계속 혼자 돌아다니셔야겠는가? 이러실 거면 차라리 처음부터 생난리를 치며 찾아오라고 하시든가!

위도 아래도 모다 혈기 왕성한 골칫거리들만 있으니 절로 골이 지끈지끈 울리는구나. 허나 어쩌랴? 지엄하신 전하께서 명하셨으니 아랫것들을 다스리며 길을 떠날 수밖에.

최신영은 그저 한숨을 내쉬며 어전에서 조용히 물러나왔다.

'비밀 통로, 비밀 자금, 부왕의 유품, 거기에 젊은 미남자라니! 이런 발칙한 것을 보았나! 네, 까도 까도 끝도 없이 뭐가 나올 기세로구나!'

황율은 최신영과 사공진이 물러간 후 홀로 남은 어전에서 붉으락푸르락한 얼굴로 어좌를 쾅 내려쳤다.

그래, 어찌 보면 부대장의 말대로 안위를 걱정해 고용한 무사일 확률이 높았다. 내내 궁궐 안에 처박혀 정사에만 힘쓰던 아이가 언제 어떻게 사내랑 정분이 나 궁에서 나가자마자 그를 만났겠는가?

그래도 그렇지, 하필이면 젊은 미남자를 고용해서 내내 함께 다녀? 그것도 달랑 한 명만? 그것이 본인의 위치를 망각하지 않았다면 잘못된 구설에 휩싸일지도 모르는데 어찌 그럴 수가 있는가?

황율은 아닐 가능성이 훨씬 더 높다는 것을 알고 있으면서도 이상하게 그 젊은 미남 무사와 사율이 서로 아는 사이일 것 같다는 의심을 떨쳐 버릴 수가 없었다. 아니, 금부의 어린것에게 그러한 보고를 받자마자 '그것들이 원래 알던 사이가 아니더냐?' 라는 의심이 확 치고 올라왔다.

'내, 좀 더 두고 보려 하였으나 더 이상은 아니 되겠구나! 당장 그것을 눈앞에 데려다가 대체 뭘 어디까지 숨기고 있는지 낱낱이 풀어헤치게 만들고야 말겠다! 괘씸한지고! 참으로 괘씸한지고!'

실컷 고생하다 알아서 기어들어 오라며 찾는 둥 마는 둥 할 때는 언제고. 아니, 애초에 사율의 의사도 묻지 않고 환국으로 내치려 했을 때는 언제고, 이제는 혼자서 분해 씩씩거리며 푸르락누르락 성을 내는 황율이었다.

第七章 그 신녀, 대면

"대체 언제까지 이 사태를 지켜보고만 있을 것이오!"

우상이 손바닥으로 탁상을 쾅 내려치며 호통쳤다. 그 바람에 맞은편에 앉아 있던 좌상이 순간 움찔했으나, 이내 태연한 얼굴로 우상의 말을 받아쳤다.

"전하께서 호위대의 절반을 투입하셨다지 않소? 그러니 곧 마마를 찾아내시겠지요."

"찾으면 뭐 하오, 찾으면! 전하께서 마마를 환국으로 보내려 하실 게 아니오? 지금 우리에게 필요한 것은 신녀 마마이거나 신녀 마마에 버금가는 대책이란 말이오!"

"아, 그걸 누가 모르오? 전하께서 이래도 흐응, 저래도 흐응, 정무에도 흐응, 저리 흐응흐응 하시는데 날더러 뭘 어쩌란 말이오?"

“그렇다고 이대로 계속 넋 놓고 있을 게요? 좌상께선 대체 뭘 믿고 전하의 말씀에 동조해 신녀 마마를 환국으로 보내자 한 것이오? 무언가 대책이라도 세워놓고 일을 저질러야 할 게 아니오!”

“아니, 나만 그러자 했나? 우상을 포함한 대소 신료들이 모두 동의한 일 아니오? 어디다 대고 책임 전가를 하시는 게요, 지금?”

“뭐가 어쩌고 어째요? 오리발도 유분수지, 지금 누구에게 책임 전가 타령이오!”

두 대신은 서로 멱살이라도 잡을 기세로 으르렁거리며 탁상을 쾅쾅 쳐댔다. 그들의 옆으로 주르륵 앉아 있던 중신들이 민망하여 여기저기서 헛기침을 해댔다. 실질적인 대책을 논의하기 위해 모인 자리이건만 신녀께서 사라지신 후로 두 대감이 서로 얼굴만 맞대었다 하면 벌겋게 핏대를 세우기 일쑤니 당최 나라가 어찌 굴러갈는지, 원.

“흠흠! 내, 흥분을 가라앉히고 단도직입적으로 묻겠소. 현시점에서 신녀 마마를 대신할 사람이 있다고 보시오, 좌상?”

우상이 먼저 이성을 차리고 한 발짝 물러나 입을 열었다. 좌상은 이리저리 머리를 굴려보더니 헛기침과 함께 뭐 씹은 표정으로 간신히 대꾸했다.

“크흠흠…… 없소.”

자신이 그럴 수만 있다면야 오죽이나 좋겠냐 만은, 본색을 드러내신 전하를 보아하니 말라 죽고 싶지 않은 한 턱도 없는 이야기였다.

“그렇다면 전하께서 신녀 마마만큼, 아니, 신녀 마마의 절반만큼이라도 조정 행정에 관심을 가져주시겠소?"

"그걸 낸들 어찌 알겠소? 변덕이 팥죽 끓듯 하시는데."

어느 날은 지나칠 정도로 상서를 자세히 읽으시며 한 글자 한 글자 꼬투리를 잡아 신하들을 달달 볶다가, 또 며칠간은 아예 거들떠도 안 보신다. 문제는 그러한 전하의 행동이 그날그날 기분에 따라 달라진다는 것이었다. 덕분에 신하들은 눈 밑이 점점 거뭇거뭇해지고 얼굴에 광대뼈가 도드라졌으며, 전하의 '전' 자만 들어도 화들짝 놀라는 신경쇠약 증상을 보이기에 이르렀다. 이래 가지고 어디 사람이 피가 말라 살겠나!

"아무래도 우리가 너무 경솔했던 것 같소."

우상이 한숨을 푹 내쉬며 씁쓸한 어조로 말했다. 동맹국과 국혼을 치러야 한다는 명분과 신녀 마마의 연치를 언급하시는 전하의 말씀이야 백번 옳았거늘, 왜 그 속내를 진즉에 파악하지 못했을꼬?

"사실 내가 생각해 본 것이 하나 있긴 한데……."

우상의 풀 죽은 얼굴을 살피던 좌상이 은근슬쩍 운을 떼었다.

늪에 빠져 허우적거리고 있는데 지푸라기라도 못 잡을까? 우상은 좌상에게 급하게 물었다.

"무슨 묘책이라도 떠오르신 게요?"

"우리가 신녀 마마를 먼저 찾아내는 건 어떻겠소? 그 후 마마께 용서를 구한 다음, 모두 한마음 한뜻으로 전하 앞으로 몰려가 신녀께서 계속 진국에 계시면서 이전처럼 행정 처리를 총괄해 주셔야 한다고 주청을 드리면……."

"이보시오, 좌상! 그러다가 전하께 들키면 그 사단을 어찌 감당하려고 그러시오? 설사 마마를 먼저 찾았다 칩시다. 단단히 진노하시어 홀로 궁에서 탈출했다는 것이 명백해진 이 마당에 그분이 그리 쉽게 우리를 용서하시겠소?"

우상이 그 무슨 위험한 발상이냐는 듯 손사래를 쳤다. 왕실 호위대의 절반이 투입된 이 상황에서 그들 모르게 신녀 마마를 먼저 찾아내기란 하늘의 별을 따는 것과 다를 바 없었다. 게다가 이제 와서 신녀께 그런 면구한 청을 어찌 드리누?

그러나 좌상은 답답하다는 듯 가슴을 치며 반박했다.

"참 나, 우상께서는 그리 꽉 막혀서 그동안 정치를 어찌하신 게요? 발각이 안 되면 되잖소? 그리고 용서를 안 해주시면 해주실 때까지 다 같이 치맛자락이라도 붙들고 늘어져야지요!"

"좌상께선 왕실 호위대가 그리 만만해 보이시오? 그들의 눈을 피하는 것이 그리 쉬울 줄 아시오? 최고의 무사들만 고용해도 들킬 확률이 더 높소!"

우상은 노화를 내는 다혈질 전하의 옥안을 떠올리며 대책 없는 소리 하지 말라는 듯 따졌다. 허나 좌상은 그의 질문을 예상했다는 듯 태연한 태도로 대답했다.

"그것은 걱정 마시오. 내, 티나는 무사들이 아니라 세상 어디를 돌아다녀도 의심받지 않는 상인들을 통해 신녀 마마를 찾을 생각이니."

"상인이오?"

"그렇소, 상인. 삼국 모두에 지부가 있어 정보 수집 능력이 가장 탁월한 철화단의 손을 빌릴 작정이오."

❖

"왠지 지나치게 조용하고 여유롭네요."

사율이 무언가 의심스럽다는 듯 미간을 찌푸리며 말했다. 그녀의 옆에서 느릿느릿 말을 몰던 무진이 태평한 어투로 대답했다.

"뭐, 좋잖소. 이럴 때나 좀 편히 지냅시다."

"그건 그렇긴 한데, 그래도 너무나 아무 일이 없지 않나요?"

"그대는 매일 무슨 일이 빵빵 터져야 정상처럼 보이겠소?"

"그것은 아니지만, 마을을 떠난 지 벌써 사흘째인데 너무너무 쥐 죽은 듯 고요하잖아요?"

사율이 주변을 한번 스윽 둘러보며 반문했다. 새소리와 풀벌레 소리 외에는 한적하기 그지없는 숲길. 가끔 오가며 마주치는 사람들이 있기는 하지만 그들은 그저 행인이거나 상인이거나 여행객이었다. 뭐가 정상적인 모습이냐고 묻는다면 당연히 지금 같은 상황이기는 한데, 뭐랄까. 궁에서 나온 이후로 하도 사건이 연달아 터져서 그런지 이제는 오히려 이쪽이 적응이 안 된달까?

"괜한 걱정 사서 하지 마시구려. 나는 계속 이리 평화로웠으면 좋겠소. 사실 싸우는 것도 중노동이오."

무진이 손을 훠이 훠이 저으며 대꾸했다. 이럴 때가 아니면 언제 늘어지랴? 게다가 얼굴의 상처가 겨우 다 나은 이 마당에 또 싸우기는 싫다.

"당연히 저도 계속 평화롭기를 바라지요. 그런데 지금의 이 고요함이 꼭 폭풍 전야같이 느껴진단 말이에요."

사율이 의심을 떨치지 못한 표정으로 중얼거렸다. 왠지 마음이 불안하단 말이지.

"그러지 말고 차라리 그대의 목적을 어떻게 이룰지에 대해서나 고심해 보는 것이 어떻겠소? 그쪽이 훨씬 건설적이오."

무진은 여전히 태평한 목소리로 조언했다. 가만히 보면 이 공주는 지속적으로 무슨 일이 생겨야 심신의 안정을 얻는 것 같다니까?

그의 말은 응당 일리가 있었다. 사율이 애초의 목적대로 신국의 신녀를 만나기란 신분을 밝히지 않는 한 꽤 어려운 일일 것이다. 워낙에 찾는 사람들이 많기도 하거니와, 일국의 신녀란 사실상 왕족 다음으로 신분이 높다 해도 과언이 아니었기 때문이다. 마음속으로 내내 품어왔던 의문들에 대한 갈증을 풀어내기 위해서는 어떻게든 신녀를 만나보아야 할 터인데…….

그런데 이런 생각들을 하다 보니 의문이 한 가지 떠올랐다. 사율은 고개를 돌려 무진을 빤히 쳐다보며 물었다.

"제가 지금 어디로 가는지 알고 계신가요?"

"신국의 천제당으로 가는 것 아니오? 이 길은 그 길인데?"

무진도 사율의 얼굴을 빤히 바라보며 대답했다. 사율이 고개를 갸웃하며 다시 물었다.

"제가 어디로 가는 줄 어떻게 아셨나요? 이야기한 적도 없는데."

"뭐, 처음에는 몰랐으나 그대가 이쪽으로 방향을 트는 걸 보고 알았소."

"왜 어디로 가는지 묻지 않으셨던 거죠?"

"어디로 가든 같이 갔을 터인데 안 물으면 어떻소? 그냥 그대가 가는 대로 가면 되지."

"……."

순간적으로 할 말을 잃은 사율이 무진의 얼굴을 멍하니 보았다. 이 왕자가 외유를 나온 목적을 그새 잊어버렸나? 아니면 잊고 싶은 것인가? 무슨 심사로 친구 따라 산들산들 산책을 나온 사람처럼 구시나?

"쿡쿡. 농담이오, 농담. 실은 나도 천제당에 한번 가보려고 했던 참이었소. 마침 그대가 그쪽으로 가려는 것 같아서 그냥 아무 말 없이 온 것이오."

무진이 장난스럽게 웃으며 말했다. 사율은 이 왕자가 또 자신을 놀리려 든단 생각에 뾰족해진 눈초리로 물었다.

"제가 천제당 쪽으로 안 갔으면요? 그러면 어찌하려 하셨나요?"

"그대를 설득해 천제당을 들러 가거나 그대의 목적지를 경유해 천제당으로 갔을 거요. 우리는 함께해야 할 운며엉~!"

마지막은 노래하듯 엿가락처럼 늘려 부르는 무진이었다. 그를 본 사율의 눈초리가 더더욱 위로 올라갔다.

"정말 진지하지 못하겠어요?"

"나는 그대에게 늘 진지한 남자라오오~! 자, 그럼 슬슬 달려볼까요?"

무진은 변한 것 하나 없는 태도로 뚜가닥뚜가닥 달리기 시작했다. 약이 오른 사율이 그 뒤를 쫓듯이 달리며 소리쳤다.

"거기 서지 못해요? 잡히면 이 밤에 내내 보초를 서게 만들 거예요?"

"하하핫! 그것은 나의 기쁨~!"

이 남자가 진짜 잡히기만 해봐!

강력한 치유력을 가진 신녀가 출현한 이후로 방문자 수를 해마다 갱신한 신국의 천제당은 보다 많은 신도들을 수용하기 위해 대규모 증축 공사를 감행했다. 그 결과 신국은 삼국 중 가장 넓고 으리으리한 성전을 갖게 되었으며, 신국의 천제당은 천제를 섬기는 신도들뿐만 아니라 이제는 명소가 된 성전을 구경하기 위해 몰려든 여행자들로도 북적거리게 되었다. 그 어마어마한 인파 속에서 사율은 그저 이곳을 찾은 방문객 일인일 뿐이었다.

무진과 함께 유할 숙소에 말과 짐을 맡겨두고 천제당을 향해 나아가던 사율은 가까이 다가갈수록 드러나는 성전의 하늘을 찌를 듯한 높이와 규모에 경탄을 금치 못했다. 진국 천제당의 서너 배는 될 듯한 드넓은 부지의 중심에 지어진 새하얀 본당과 그것의 좌우에 화려하게 자리한 별관, 중앙 통로를 따라 나열된 섬세한 천인(天人) 조각상들이 하나의 장관을 이루며 시선을 압도했다. 진국의 천제당을 이곳에 비하니 정승댁과 여염집을 두고 비교하는 것 같지 않은가?

"실로 놀라운 규모이지 않소? 나도 처음 이곳에 왔을 때 한동안 입을 다물지 못했다오."

문 크기부터 어마어마한 천제당의 입구에 서서 넋을 잃고 그 광경을 바라보는 사율에게 무진이 속삭였다. 사율은 웅장한 성전에서 눈을 떼지 못하며 홀린 듯 말했다.

"근 십 년에 걸쳐 증축했다는 이야기야 익히 들었지만 제 눈으로 직접 보지 않았다면 이렇게 대단할 줄은 미처 상상도 못했을 거예요. 규모도 규모이거니와 정말 아름다워요!"

"신국의 전하와 대제사장께서 증축 공사를 하실 때 가장 신경 쓴 부분이 조화라 하오. 각 건물 하나하나가 아름다우면서도 전체적으로 조화를 이룰 것. 그래야 하늘에 계신 천제께서 보시기에도 좋을 거라나? 뭐, 신국다운 발상이라 생각하오."

눈부신 금강석과 유명한 미인 대회, 기름진 곡식이 풍요로운 신국이 강력한 신녀까지 나타난 마당에 천제당 공사를 소박하고 아담한 선에서 마무리 지을 리가 없다. 그래서 나라의 특성이 반영된 신국의 성전은 삼국 중 가장 화려하고 웅장한 위용을 자랑하게 되었다.

물론 신성한 성전치고는 지나치게 휘황찬란하긴 했다. 하지만 사율은 왠지 이 성전만큼은 사치스럽다는 생각보다는 부럽다는 생각이 먼저 들었다. 오 년 내내 새 단장을 하고 싶었으나 늘 한해 예산 부족으로 인해 보수 공사 수준으로 그칠 수밖에 없었던 진국의 낡은 천제당이 떠오른 까닭이다. 매해 그 예산 부족에 한몫 단단히 동참한 것이 오라버니 내외의 쓸데없는 행사 욕심과 재정 낭비 때문이었다는 사실이야 떠올려 봐야 부글부글 열만 뻗치고.

"그런데 저 줄은 뭔가요?"

또다시 몽글몽글 피어오르려는 오라비 황율에 대한 상념들을 애써 떨쳐 낸 사율이 시선을 여기저기로 옮기다 한쪽 끝에 길게 늘어선 사람들을 가리키며 물었다. 새하얀 복색을 하고 사뿐사뿐 본당으로 걸어가는 천제당 소속 궁녀들을 흐뭇한 눈길로 바라보던 무진이 사율의 질문에 밝은 목소리로 답해주었다.

"아아, 현존하는 신녀를 만나기 위해 대기표를 받으려고 기다리는 사람들이오. 그녀를 만나는 데는 신분의 고하가 상관없지만 인정받을 만한 사유가 있어야 한다오. 찾는 사람들이 워낙 많은 데다 의원으로 가야 할 환자들까지 너도나도 들이닥치는 바람에 천제당에서 고안해 낸 자구책이랄까? 뭐, 사유에 따라 아주 가끔은 대기 번호에 구애받지 않고 만나주기도 한다는 이야기는 들었지만."

무진은 말을 하며 사율의 눈치를 흘긋 보았다. 이곳에 온 것을 보면 그녀도 왠지 신국의 신녀를 만나고 싶어 하는 것 같은데…….

아니나 다를까. 사율은 엄청나게 복잡해진 표정으로 늘어선 사람들을 물끄러미 보았다. 그러더니 무진에게 청천벽력과 같은 한마디를 내뱉는 것이 아닌가?

"후우…… 일단 줄부터 서야겠네요."

말을 마친 사율은 착잡한 얼굴을 하면서도 즉시 실행에 옮기려는 듯 줄을 향해 천천히 걸어갔다. 설마 하는 표정으로 서 있던 무진이 뒤늦게 사율을 쫓아가며 진심이냐는 말투로 물었다.

"지금 저 줄에 합류하자는 말이오?"

"그럼 어쩝니까? 대기표를 받고 사유를 제대로 적어내야 만나준다면서요?"

"그러지 말고 숙소로 돌아가서 다른 방법을 강구해 보는 게 어떻겠소? 아니, 차라리 우리의 신분을 밝힌 후 대놓고 만나달라고 요구합시다! 설마 동맹국의 직계 왕족들을 문전박대야 하겠소?"

"왜요? 당신과 내가 단둘이 돌아다니고 있다고 삼국 왕가에 공문이라도 보내라 하시지요?"

사율은 고개를 휙 돌리며 줄 끝을 향해 걸음을 빨리했다. 이곳에서 오래도록 기다리며 신녀를 만나기를 학수고대하는 사람들이 한가득이거늘, 어찌 조금의 고생조차 마다하려 할까? 만백성의 모범이 되어야 할 왕족이 말이다. 츠츠.

그녀의 깊은 생각을 아는지 모르는지, 무진은 저 언제 끝날지 모르는 무자비한 기다림을 막고 싶어 애원할 뿐이었다.

"제발 이러지 맙시다, 사율! 사유울~!"

"후우……."

숙소의 방으로 돌아온 사율은 침상에 털썩 주저앉으며 긴 한숨을 내쉬었다. 다리가 두드려 맞은 듯 아프고 온몸이 저릿저릿했다. 눈앞의 탁상 위에는 그녀가 밤늦게까지 기다려서 받아온 대기표와 '사유서' 라고 쓰인 하얀색 종이 한 장이 적나라하게 펼쳐져 있었다. 124,563번……. 124,563번. 124,563번이라니!

“정말 미치겠네!”

사율은 자기도 모르게 화통 섞인 목소리로 말을 뱉어냈다.

뭐, 그 기다란 줄을 봤을 때부터 대기자가 엄청나게 많을 것이라는 짐작을 못한 바는 아니었다. 그만큼 애달프게 신녀를 만나고픈 사람들이 많다는 뜻이니 적어도 번호표만큼은 그녀 또한 직접 기다려서 받고자 했다. 그리고 다른 백성들처럼 정당하게 사유서를 제출해 신녀를 만나고픈 마음도 있었다.

그런데 124,563번이라니! 이 무지막지한 번호는 대체 무엇인가? 지상 최대의 상금을 걸고 미인 대회를 개최해도 이것보다는 대기 인구가 적겠다!

“그러게 내가 그냥 신분을 밝히든가, 다른 방법을 생각해 보자고 했잖소? 하루 종일 고생만 하고, 이게 뭐요?”

사율의 맞은편 의자에 널브러지듯 주저앉은 무진이 툴툴거리며 핀잔을 주었다. 그러게 처음부터 자기의 말을 들었으면 이런 개고생을 하고도 어처구니없는 대기 번호를 받는 일 따위 없었을 거라는 불평이 한가득 담긴 어투로.

안 그래도 화통 터지는데 불난 곳에 땔감을 투하해도 유분수지! 사율은 순간 눈초리를 확 올렸으나 그가 열심히 종아리를 주무르고 있는 모습을 보고는 그냥 입을 다물었다. 고집대로 줄을 선 사율의 옆에서 마실 물과 먹을 것을 사다 주고 여러 번 대신 줄을 서면서 사율을 앉아 쉬게 해준 그였다. 사실 사율이 직접 줄을 선 시간보다 그가 서서 기다려 준 시간이 훨씬 길 것이다.

"어쨌든 오늘 고마웠어요. 결과는 말씀대로 참담하지만."

사율은 일단 끝까지 곁을 지켜준 무진에게 감사를 표했다. 말본새가 심히 얄밉기는 하지만, 만약 그가 없었다면 사율 혼자서 기다리다 지쳐 실신했을지도 모른다.

"그래서 이제 어찌할 참이오? 설마 저 대기 번호의 순서가 돌아오기를 기다릴 셈이오?"

무진이 미심쩍은 표정으로 물었다. 왠지 그녀가 하는 양을 보아하니 그러겠노라 우겨도 전혀 이상하지 않을 것 같아서 말이다.

"신녀를 만나기도 전에 제가 먼저 천제의 품으로 갈 일 있어요? 지금 다른 방안을 모색 중이에요."

이건 뭐, 대기자 수가 웬만해야 얌전히 앉아서 기다리고 있지. 사율에게는 그럴 시간도 없고, 설사 사율이 기다린다고 해도 신녀를 만나는 것보다 둘 중 하나가 저세상으로 가는 게 더 빠를 듯했다.

"그렇다면 몰래 방으로 숨어드는 것은 어떻겠소? 내게는 그리 어려운 일이 아니오만."

손가락으로 침상 위를 톡톡 치며 이런저런 방법을 궁리해 보던 사율에게 무진이 나지막한 음성으로 물었다. 사율은 그 무슨 말도 안 되는 소리냐는 듯 미간을 찌푸렸다.

"우리가 무슨 자객입니까? 몰래 숨어들게요. 그리고 당신은 그렇다 쳐도 저는 어떻게 숨어들어요?"

"그럼 그냥 신분을 밝히든가. 동맹국 간에 논의할 일 있어 비밀리에 내방한 것처럼 가장하면 되잖소."

"왕족이 신국의 전하가 아니라 천제당의 신녀를 만나 국정을 논의한다고요? 일국의 왕자로서 보시기에 그게 말이 되는 상황인가요?"

"안 될 것은 무어요? 어떻게든 말이 되게 만들면 되지. 이거저거 다 따지다가는 아무 일도 못할 거요. 지금이 딱 그런 상황이지 않소?"

"아, 일단 가만히 좀 있어보세요! 그래서 생각하는 중이잖아욧!"

안 그래도 심란하구먼 왜 이리 정신 사납게 구는 게야? 사율은 이번에야말로 왕자를 팩 째려보며 인상을 한껏 구겼다. 말만 고상하게 했다 뿐이지 '입 좀 닥치고 가만히 있어보라고!' 라는 뜻이 명백히 드러나는 공주의 표정에 무진은 벌렸던 입을 스르르 다물었다.

사율은 인상을 쓴 얼굴 그대로 무언가를 골똘히 고심하는 듯했다. 그렇게 한 식경쯤 지났을까. 사율이 자리에서 천천히 일어났다. 그러고는 자신이 결정을 내릴 동안 미동도 없이 앉아 그녀를 가만히 바라보고 있던 무진에게 말했다.

"아무래도 어마마마의 지인분을 만나 봐야겠어요."

"어마마마의 지인? 그대의 모후께선 진국 태생이시잖소?"

무진이 의아하다는 듯 고개를 갸웃거리며 물었다. 사율의 모후는 진국에서 태어나 평생을 살다가 일찍이 천제의 품으로 돌아가신 분이었다. 적어도 그가 듣기로 사율의 모후께서 국경을 넘은 것은 북방 대륙과 삼국 연합군 사이에서 벌어진 대전 때뿐이었다.

그런 분께 신국에 지인이 있다니, 진국으로 온 사신이나 왕실 유학생과 연이라도 쌓으신 겐가?

그러나 사율은 다른 말 없이 차분해진 목소리로 무진에게 부탁할 뿐이었다.

"당신이 근처까지 데려다 주었으면 해요. 최대한 은밀하게요."

풀벌레와 부엉이 울음소리만이 은은히 울려 퍼지는 야심한 밤. 홀로 남은 방 안에서 환한 등잔불에 의지해 책장을 천천히 넘기고 있던 신국의 대제사장은 밖에서 조용히 속삭이는 어린 시녀 아이의 목소리에 의아함을 감추지 못했다.

자정이 다 되어가는 이 시각에 손님이라니. 철야 기도회가 없는 오늘 같은 날 천제당의 대문이 지금까지 개방되어 있을 리는 없을 텐데? 그리고 설사 그랬다 하더라도 대제사장에게 쉬이 안내받을 수는 없었다.

그녀는 혹시 전하께서 은밀히 야행을 나오셨나 싶어 시녀 아이에게 조심스레 물었다.

"찾아오신 분이 누구시더냐?"

"소희의 하나뿐인 딸이 대모님을 뵈러 직접 왔노라고 말씀드리면 아실 거랍니다."

"소희의 하나뿐인 딸……? 소희…… 소희! 어서 안으로 모시거라! 지금 당장!"

참으로 오랜만에 들어보는 그 이름을 찬찬히 곱씹어보던 대제사장이 자리에서 벌떡 일어났다. 그녀가 아는 소희라는 이름의 여아는 여럿이나, 그중 신국의 대제사장에게 딸아이의 대모를 부탁할 만큼 특별한 인연을 맺은 이는 단 한 명뿐이었다. 그 맑고 청아한 기운과 강한 신력으로 인해 천제의 사랑을 한 몸에 받았다 일컬어진 여인. 그래서인지 너무나도 이른 나이에 천제의 품으로 돌아간 아름답고 단아한 여인, 소희.

곧 스르르 문이 열리며 남복을 한 처녀 한 명이 조심스레 방 안으로 들어왔다. 그녀의 얼굴을 확인한 대제사장은 얼어붙은 표정으로 자신도 모르게 입을 벌렸다.

"소희……."

"제가 젊은 시절의 어마마마를 많이 닮기는 했나 봅니다."

처녀는 미간을 살짝 찌푸리며 아프게 웃었다. 그러고는 진국 왕실의 예법을 갖추며 대제사장에게 정식으로 인사했다.

"진국의 공주이자 신녀 진사율이 삼가 신국의 대모님께 인사를 올립니다. 이리 야심한 시각에 비밀리에 찾아온 점, 용서해 주세요."

"어서…… 오세요, 공주님."

사율의 과한 인사를 받고 나서야 가까스로 정신을 차린 대제사장이 다시금 그녀의 얼굴을 찬찬히 들여다보았다. 외양은 일순간 소희가 살아 돌아온 것 같다는 착각을 불러일으킬 정도로 그녀와 비슷했으나, 몸 전체에서 풍기는 당당한 기백은 소희가 일생을 걸고 사모한 진국의 전왕을 닮아 있었다.

이제는 천제의 품으로 가지 않는 한 다시 보지 못할 두 사람을 떠올리며 대제사장은 회한에 잠긴 듯한 미소를 지었다.

"찾아온 이유가 무엇이든, 어떤 방법으로 왔든 간에 이 늙은이는 공주님이 참으로 반갑습니다."

대제사장이 사율을 자신의 맞은편 자리로 안내하며 말했다. 사율이 엷은 웃음을 띠며 그에 답했다.

"공식적인 방문을 한 것이 아니다 보니 공주의 신분으로 대모님께 이리 무례한 짓을 저지르고 말았습니다. 이렇게 찾아뵙기 전까지 상당히 망설인 것도 사실입니다. 하지만…… 막상 뵙고 나니 오길 잘했다는 생각이 드는군요."

사율은 연로한 대제사장의 축축이 젖은 눈매를 보며 하늘로 가신 부왕과 초상화를 보지 않고서는 얼굴을 제대로 기억할 수 없는 모후를 떠올렸다. 성장한 이후로 처음 만났기에 초면이나 다름없는 대제사장이건만 묘하게도 두 분에 대한 향수를 불러일으켰다. 정말 오랜만에 기댈 수 있는 혈육이나 어른을 만난 것 같다는 기분이 들었다.

"오늘은 천제께서 밤을 길게 늘려주셨으면 좋겠군요. 잠시만 기다리세요."

어느새 흘러내린 눈물 한 방울을 소매로 훔친 대제사장이 의자에서 일어나 밖으로 나갔다. 일다경쯤 흘렀을까. 그녀가 손수 다과를 들고서 방 안으로 들어왔다. 시녀 아이에게 입단속을 철저히 시킨 후 은밀히 밖의 경계를 강화하고 돌아온 차였다.

정갈한 손놀림으로 차를 따라 내어주는 대제사장의 모습을 가만히 바라보던 사율이 어렵게 운을 떼었다.

"사실은 신국의 신녀를 만나고자 했습니다."

"후후. 외부인이 그 아이를 만나기란 참으로 어렵지요."

대제사장이 인자한 미소로 말했다. 의문도 재촉도 없는 그녀의 대답에 사율이 고백하듯 뒤를 이었다.

"진짜 신녀란 어떨까……. 나와 무엇이 다를까 궁금했거든요."

"겉보기에는 보통 여인들과 다를 것이 없습니다. 아니, 오히려 너무 순박하고 활기차서 문제랄까?"

잠시 신녀를 떠올린 대제사장이 고개를 살짝 저으며 답했다. 하지만 이어진 사율의 물음에 그녀는 찻잔을 든 손을 멈칫했다.

"어마마마는…… 어떠셨나요? 어마마마도 보통 사람들과 별다를 거 없으셨나요?"

"아니요. 소희는…… 왕후께선 특별하셨지요. 비단 천제께 받은 신력 때문이 아니더라도 왕후 마마의 곁으로 가면 누구라도 영이 정화되는 듯한 느낌을 받았으니까요."

"그렇군요. 저는 아무래도 어마마마의 겉모습만 닮은 모양이네요."

사율은 씁쓸하게 웃으며 고개를 숙였다. 그녀의 표정에서 미미한 슬픔을 읽은 대제사장이 나직한 음성으로 말했다.

"고뇌하지 마세요, 공주님. 강한 신력을 가졌다 해서 남달리 행복한 것은 아닙니다. 오히려 부여받은 신력이 강하면 강할수록 더더욱 타인을 위해 헌신해야 하지요. 그런 의미에서 보면 공주님께서도 훌륭한 신녀가 아니십니까?"

굳이 이야기하거나 설명하지 않아도 대제사장은 오래 산 자의 혜안으로 사율이 속내에 품은 고민을 눈치챘다. 자신 또한 젊은 시절, 강력한 신녀였던 사율의 모후에게 비슷한 감정을 품었기에 그 심정을 이해 못하는 바도 아니었다.

하지만 천제께서는 늘 그만을 위한 뜻밖의 길을 열어두신다. 대제사장의 조언은 사율도 어서 그것을 깨닫기를 바라는 마음에서 우러나온 것이었다.

"허나 제게 정말 신력이 있었다면 여러모로 상황이 달라졌겠지요. 이리 고민하면서 은밀히 대모님을 찾지도 않았을 거고요."

사율이 한숨을 내쉬면서 대답했다. 자신에게 어마마마와 같은 힘이 조금이라도 있었다면 오라버니가 그리 내치듯 혼인시키려 들지는 못했을 터. 아니, 오히려 그 반대의 상황이 벌어졌겠지.

"만약 그랬다면 지금보다 더 행복할 거라 생각하십니까?"

사율을 넌지시 바라보던 대제사장이 조용히 물었다. 사율은 그저 피식 웃었다.

"그것은 장담할 수 없겠지요. 다만, 신력의 유무에 상관없이 저는 진국의 공주이자 신녀. 그 직분에 걸맞은 삶을 살 거라는 사실은 변함없겠지요. 만약 어마마마나 아바마마의 수명을 연장할 수 있는 능력을 부여받았다면 확실히 더 행복했겠지만."

사율은 이야기를 마치며 자리에서 일어났다. 아쉽지만 그녀를 잡을 수는 없을 터. 대제사장도 사율을 보내기 위해 천천히 자리에서 일어났다.

"이유나 상황이야 어쨌든 이리 직접 뵈어 진심으로 반가웠습니다, 대모님. 건강하셔야 해요."

그래야 또 만날 수 있지 않겠느냐는 말은 굳이 하지 않았다. 대제사장은 눈가에 깊게 주름을 드리우며 고개를 끄덕였다. 공주의 따뜻한 속마음을 듣지 않아도 앎이라.

사율은 대제사장에게 가까이 다가가 조용히 그녀의 두 손을 한 번 잡았다. 그러고는 몸을 돌려 문 쪽으로 향했다.

막 밖으로 나가려는 찰나, 사율이 생각났다는 듯 고개를 돌리며 물었다.

"그런데 말이지요, 대모님. 원래 대제사장은 진짜 신력을 가진 자만을 신녀라 인정하는 것 아닌가요?"

사율의 질문을 들은 대제사장은 눈초리를 내리며 온화하게 웃었다. 그리고 소희를 쏙 빼닮은 아리따운 딸아이에게 자신이 오래도록 생각해 왔던 바로 그 답을 부드러운 음성으로 들려주었다.

"신력이란 언제 어느 때 발현될지 모르는 법입니다. 천제의 품으로 돌아갈 때까지 신력이 단 한 번도 발현되지 않았다면 모를까, 그 외에는 모두가 잠재적인 신녀인 셈이지요. 게다가 공주님은 이미 신녀로서의 역할을 훌륭히 수행하지 않았습니까?"

"……그렇군요. 현답에 감사드립니다."

사율은 옅게 미소를 드리우며 방을 나섰다.

"이야기는 잘 나누셨소?"

칠흑 같은 어둠 속에서 소리 없이 모습을 드러낸 무진이 나지막하게 물었다. 사율은 작게 고개를 끄덕였다.

"신녀는 만나기로 한 거요?"

"아니요……. 하지만 만나지 않아도 될 것 같아요. 만나보았자 이 이상의 답을 얻을 수는 없을 테니까요."

사율은 말을 마치며 무심결에 밤하늘을 올려다보았다. 보석보다 더 빛나는 별들이 쏟아질 것처럼 무수히, 광활하게 박혀 있었다. 일순 사율은 저 하늘을 지키며 빛을 내는 달과 별들이 부러워졌다. 화도 절망도 희망도 속임도 상처도 없이 그저 제자리를 지키며 한결같이 빛을 발하다 때가 되면 사그라지는 저들이…….

밤공기에 차가워진 그녀의 손에 갑자기 따스한 온기가 와 닿았다. 사율은 시선을 내려 앞에 선 무진의 얼굴을 바라보았다. 자신의 손을 꼭 잡은 무진의 크고 따뜻한 손을 그냥 가만히 두었다. 그러자 무진은 남은 손으로 사율의 다른 손을 붙잡더니, 그녀의 양손을 그러쥔 후 입가로 가져다가 후우 입김을 불었다.

"귀하신 몸께서 찬 공기에 고뿔이라도 들면 안 되잖소."

그러고는 히죽 웃는데, 그 얼굴이 꼭 어린아이 같았다. 사율도 무진을 따라 피식 웃으며 괜스레 반박해 보았다.

"귀하신 몸인 건 당신도 마찬가지잖아요."

"나야 여러 나라를 드나들며 온갖 산전수전을 다 겪은 사내잖소. 그러니 고뿔 정도야 거뜬하오. 하지만 그대는…… 아프면 안 되오. 아프지 마시오. 차라리 화를 내시구려."

무진의 말뜻을 알아챈 사율의 입가에 엷은 미소가 스몄다.

이것이 이 남자가 마음을 위로하는 방식이다. 때로는 짓궂고 얄밉고 밉살맞기 그지없지만, 돌이켜 보면 마주친 순간부터 늘 그녀에게 먼저 손을 내민 사람.

사율은 처음으로 진심을 담아 그에게 말했다.

"고마워요, 무진. 지금…… 당신이 내 옆에 있어서 다행이라는 생각이 드는군요."

"후후. 나야말로 영광이오, 공주님. 그날 시전에서 그대를 만난 것 자체가 내게는 하늘이 내린 선물이었소. 아무래도 천제께서 나를 꽤 어여삐 여기시는 듯싶소?"

평소라면 너스레를 떠는 그에게 한마디 핀잔을 던졌겠지만 지금만큼은 느물거리는 그의 말투가 싫지 않았다. 사율은 그저 고개를 살짝 숙이고는 후후 웃었다. 무진도 그런 그녀를 보며 빙긋 웃음 지었다.

깊고 깊은 밤, 달과 별들과 천제 외에는 아무도 없는 어둠 속에서 사율은 그렇게 무진과 온기를 나누었다. 왠지 쓸쓸해진 마음을 그의 따스한 온기로 채워 넣었다.

"내 모후께서 북방 대륙과 삼국 연합군이 대전을 벌였을 때 혁혁히 공을 세운 신녀였다는 이야기는 당신도 익히 들어보았을 거예요."

천제당이 위치한 마을을 떠나 천천히 숲길로 들어서는 길목에서, 사율은 고백하듯 입을 열었다. 그 전설과도 같은 무용담은 삼국은 물론이거니와 북방 대륙과 바다 건너의 나라들에까지 퍼져 있을 정도로 유명한 것인지라, 무진도 자신이 알고 있는 이야기로 그녀에게 답했다.

"같은 시간에 다른 공간에서 벌어지는 일들을 보고, 같은 공간에서 다른 시간에 벌어질 일들을 내다보았다는 왕후 마마의 대단했던 신력이야 모르는 이 뉘가 있겠소? 그 신력을 포기하고 그대의 부왕이신 전하와 국혼을 치렀을 만큼 열렬하고 극진했던 사랑으로도 유명하시잖소."

"네, 그러셨죠. 어마마마께서 승하하신 후에도 다른 여인에게 눈길 한번 주지 않으셨을 만큼 아바마마의 사랑도 대단하셨어요."

사율은 잠시 모후의 곁으로 가신 부왕을 떠올리며 희미한 미소를 지었다. 그토록 사랑했던 여인을 쏙 빼닮았기 때문인가? 아니면 그보다 더 깊은 부정 때문이었을까? 부왕께서는 그 누구보다도 사율을 아끼셨다. 물론 오라버니도 지극히 사랑하셨지만, 사율이 받은 부왕의 사랑은 그 무엇과도 견줄 수가 없는 것이었다.

그래서 부왕께서 승하하셨을 때 오라비는 태연하고 의연하게 왕위에 올랐으나 사율은 하늘이 무너져 내리는 것 같았다. 한동안은 유언을 받잡겠다는 독한 마음을 품지 않고서는 견딜 수가 없을 정도였다. 진국에, 조정에, 중앙집권에, 그를 위한 수단이었던 신녀라는 이름에 몸을 사리지 않았던 것도 시작은 다 그 때문이었다.

"내가 신녀라고 천명했을 때 백성들이 아무런 의심 없이 그리 믿은 까닭은 오직 내가 어마마마의 단 하나뿐인 딸이기 때문이에요. 앉은자리에서 나라 안을 구석구석 내다볼 수 있는 신력을 부여받아 새로운 전하이신 오라버니를 위해 왕국을 빈틈없이 다스리는 데 협력하고 있다……. 나를 한번도 보지 못한 백성들은 물론이거니와 궁내에서 자주 대면하는 중신들이 듣기에도 참으로 그럴듯했죠. 실제로 내가 가진 것은 아바마마께서 어렸을 때부터 길러주신 정치력과 남들보다 조금 더 우수한 머리였을 뿐인데도……."

"그 말이 거짓으로 느껴지지 않을 만큼 그대가 불철주야 애썼단 뜻 아니오? 그리고 아무리 노력한다 한들 그것은 아무나 할 수 있는 일이 아니오. 동맹국에 소문이 날 만큼 오라비 왕을 위해 조정에서 기량을 발휘한 그대가 대체 그런 능력을 가진 신녀와 다를 바가 무엇이오?"

무진은 사율의 자책 섞인 말들을 단번에 반박했다. 세상에 노력을 해서 될 일과 안 될 일이란 분명히 존재한다. 그가 만났던 그 어린 시절의 공주는 나이에 비해 지나치게 영명했고, 왕실의 교육이 아무리 훌륭하다 해도 선천적으로 타고난 재능이 없으면 도달할 수 없는 수준의 답변들을 막힘없이 해냈다. 그래서 청년이라고 하기에는 아직 미숙하고 어렸던 무진의 뇌리에도 깊은 충격으로 각인되었다.

하지만 사율은 가만히 고개를 저었다.

"내가 알아요. 나는 진짜 신녀가 아니라는 것을……. 아니, 대모님의 말씀대로 아직 신력이 발현되지 않은 신녀라는 것을……. 아바마마께서 승하하시고 나서 불안정하게 흔들렸던 조정과 진국을 굳건하게 붙들겠다는 명분에 휩싸여 있을 때는 그런 생각, 전혀 하지 않았어요. 아바마마께서 못내 염려하시다 못해 유언하신 것처럼, 신하들이 뒤에서 수군대는 것처럼 오라버니가 부왕의 기량을 따라갈 수 없다면 내가 그 빈틈을 메우리라! 무슨 수를 써서라도 그런 소리가 안 나오게 만들고야 말리라! 그래서 독하게 나 자신을 몰아쳤어요. 신하들을 몰아쳤어요. 때때로 지존이신 오라버니마저……. 아마 오라버니는…… 나는 이제 지쳤던 건지도 모르죠."

"허나 그대가 진국을 위해 자신을 돌보지 않고 애쓴 것은 사실이오. 현 진국의 전하께서 설사 그대 때문에 지치셨다 해도, 누이 동생 덕을 톡톡히 본 것도 사실이고. 그러니 그대가 받은 처우는 변함없이 불합리한 것이 맞소."

이럴 때의 무진은 제삼자의 입장에서 냉정하리만큼 공정하게 말한다. 같이 여행을 하면서 이런 모습의 무진을 여러 번 보았던 까닭에 사율은 그가 지금 빈말을 한 것이 아니란 사실을 알고 있었다. 그런데 마치 그가 자신의 편을 들어주고 있는 듯한 이 느낌은 무얼까?

사율은 살며시 웃으면서 괜스레 놀리듯 말해보았다.

"진국에서 만났을 때는 철부지가 아니면 웃전에서 시키는 대로 혼인하는 것이 당연하다면서요? 그리고 또 뭐라 하셨더라? '왕께서 그러신 이유야 공주께서도 잘 아시지 않소?' 라고 물으셨지요, 아마?"

"아니, 그때야…… 그리고 그거야…… 에잇! 그대는 기억력이 왜 그리 좋은 게요? 그런 건 좀 잊어주면 좋지 않소? 뭘 그리 토씨 하나 안 틀리고 목소리까지 흉내 내며 말하는 게요? 사람 민망하게시리. 흠흠!"

귀가 벌게진 무진이 헛기침까지 하며 말을 더듬었다.

이리 당황한 모습은 처음이네? 게다가 매번 그에게 당해 뾰족해지는 쪽은 사율이었기에 이러는 것이 이리 재미있는 줄 이제야 알았다.

사율은 그의 빨개진 귀를 흘낏 보며 키득키득 웃었다. 이 남자는 당황하면 얼굴 피부는 안 변하는데 귀가 빨갛게 물드는구나? 요건 또 새로운 사실이네?

"흠흠흠! 그래서 앞으로 어찌하실 요량이오? 신국에서 또 갈 곳이나 만나볼 사람이 있소?"

무진이 어떻게든 분위기를 전환시켜 볼 작정으로 일부러 크게 헛기침을 하며 직설적으로 물었다. 사율은 터져 나오는 웃음을 겨우 잠재우며 그에게 대답했다.

"아니요, 없어요. 그저 그 강력하기로 소문난 신녀를 만나거나 대모님을 뵙고 싶었을 뿐이에요. 그분들을 뵈면 막다른 길에 다다른 것 같은 지금의 내 상황을 다른 방식으로 풀 수 있지 않을까…… 그리 생각했거든요. 그리고 대모님은 정말 도움이 되는 말씀을 해주셨지만…… 글쎄요. 아직까지 확실한 답을 내릴 수가 없네요."

"사실 세상살이에 명확한 답이라는 게 어디 있겠소?"

"그럴지도요. 하지만 말씀드렸듯이 저는 스스로 합당한 결론을 내리기 위해 궁에서 빠져나왔어요. 그런데 혼란한 생각들이 여전히 정리되지를 않으니…….”

“그렇다면 말이오.”

무진이 운을 떼더니 그대로 입을 다물어 버렸다. 그가 뒤이을 말을 기다리며 천천히 말을 몰던 사율이 의아하여 고개를 옆으로 돌렸다.

무진은 사율이 자신을 쳐다보고 있다는 것을 앎에도 한동안 정면을 응시했다. 그러고는 천천히 시선을 돌려 그녀의 맑은 눈동자를 직시하며 물었다.

“나와…… 조금 더 같이 가지 않겠소? 신국에서의 일이 끝났으니 그대가 언제 진국으로 돌아가겠다고 해도 나는 붙잡을 수 없을 거요. 하지만 나는 그대가 나와 조금 더 같이 있어주었으면 좋겠소. 그것이 그대가 생각을 정리하고 결론을 내리는 데 도움이 된다면 더 좋겠고……. 그래 주겠소, 사율?”

장난기를 전혀 섞지 않고 진심을 부딪쳐 오는 무진을 사율은 그저 조용히 바라보았다. 그의 검은색 눈동자에는 오직 사율의 고운 얼굴만이 담겨 있었다. 이것은 환국의 셋째 왕자 환무진이 진국의 신녀이자 공주인 진사율에게 하는 부탁이 아닌, 한 남자가 한 여인에게 하는 제안.

사율은 그의 흑안에서 눈을 떼지 못하며 조심스럽게 입술을 달싹였다.

“내가…….”

투쾅—!

사율이 무언가를 인지하지도 못한 찰나에 허리춤에서 장검을 빼 든 무진이 검광을 번뜩이며 팔을 휘둘렀다. 허공을 찢은 날붙이가 쨍하는 비명을 내지르며 바닥으로 곤두박질쳤다. 순간, 사울은 몸이 얼어붙었다.

그리고 동시에 사방이 살기로 물들었다.

第八章 그 신녀, 기도

사율은 미친 듯이 말을 몰았다. 의식을 잃은 무진의 몸에서 쉴 새 없이 붉은 선혈이 배어 나왔다. 다급하게 가지고 있던 옷자락을 찢어 지혈을 해놓았으나 소용없는 일. 사율은 무진을 앞에 태운 채 뒤따라오는 윤을 헐떡이며 재촉했다.

"빨리, 빨리 가자! 어떻게든 그를 살려야 한다!"

"예, 마마!"

윤이 거세게 말의 엉덩이를 찼다. 그에 따라 속도가 빨라지자 사율도 더 격하게 말을 휘몰아쳤다. 천제당까지는 한 시진 남짓 거리. 하지만 무진이 그 시간을 버텨낼 수 있을지 장담할 수가 없었다. 아무리 신체 건강한 고수라 해도 무방비한 상태에서 당한 치명상은 어쩔 도리가 없다. 게다가 무진은 이미 너무 많은 피를 흘렸다.

'안 돼! 안 돼! 당신은 죽을 수 없어. 나 때문에 죽을 수는 없어! 만약 당신이 죽는다면…… 죽는다면…… 나도 미안해서 살 수가 없잖아. 내가 미안해서 살 수가 없잖아! 당신, 내게 아직 받을 것도 많잖아! 그러니까 천제여! 제발…… 제발……!'

어느새 눈가에 가득 고인 눈물이 시야를 방해했다. 사율은 가까스로 감정을 가라앉히며 눈앞에 놓인 길에 집중했다. 이 상황에서 우는 것은 아무런 도움이 안 된다. 슬퍼해 봤자 일은 이미 벌어졌다! 지금은 오직 무진을 살리는 것에만 집중해야 한다. 그러기 위해서는 우선 최대한 빠른 시간 안에 천제당으로 가야만 했다. 다른 모든 생각들은 그를 살리고 난 연후에 해도 늦지 않다!

사율은 앞장서서 거침없이 말을 몰았고, 그 뒤를 윤이 바짝 따랐다. 마을로 들어서자 사람들이 난폭하게 말을 몰고 가는 두 사람을 향해 수군거렸지만 사율의 귀에는 들리지도 않았다. 그렇게 반 시진이 지나기도 전에 천제당의 대문 앞에 당도한 사율은 말을 탄 채 그대로 문지방을 넘어버렸다. 그리고 본당 앞으로 달려가며 큰 소리로 외쳤다.

"대제사장님! 신국의 신녀시여! 이 사람을 살려주세요! 지금 당장 이 사람을 살려주세요!"

원래 천제당의 대문은 신분의 고하를 막론하고 모두 말과 가마에서 내려 정갈한 몸가짐으로 넘어야 한다. 무기도 전부 입구에 맡겨놓아야 한다. 그 법도를 깨고 말을 탄 채 난입한 사율과 윤을 천제당의 병사들과 궁녀들이 가만히 놔둘 리 없다. 두 사람은 곧 사방에서 몰려온 수십 명에게 가로막혔다. 그러나 사율은 말을 멈추지 않으며 애절하게 소리쳤다.

"신녀여, 제 청을 들어주세요! 이 사람을 살려주세요!"

병사들은 사율의 절실한 목소리에도 아랑곳하지 않고 더더욱 그녀의 앞을 가로막았다. 결국 사율은 본당을 목전에 두고 말을 멈출 수밖에 없었다. 대제사장의 거처는 본당의 뒤편에 위치한 전각들의 중심에 있었고, 현재 대제사장과 신녀가 어디에 있는지 사율로서는 알 수 없었다. 그리고 두 사람 중 누구도 모습을 드러내지 않았다.

이대로는 무진이 죽고 만다! 사율은 있는 힘을 다해 천제당의 하늘을 향해 외쳤다. 진심을 다해 절박하게 소리쳤다.

"천제의 이름을 걸고 나, 진사율이 청합니다. 부디 이 사람을 살려주세요! 천제여, 제가 진정 당신의 딸이라면 제발 이 사람을 살려주소서! 이 사람을 지금 데려가지는 말아주소서!"

두 눈에서 눈물이 쏟아졌다. 이곳에 오기까지 가까스로 억눌러 왔던 감정이 봇물처럼 터져 나왔다. 이 자리에서 무진이 죽는다면 진사율의 삶은 완전히 바뀌리라. 결단코 지금처럼 살 수 없으리라. 가슴을 도려낸 야차가 되거나 심장을 내버린 인형이 되리라!

사율은 독하게 눈을 감았다. 그러니까 제발 천제여…… 천제여!

"길을 열어주세요. 사람이 죽는다잖아요! 아이, 당장 열라니까?"

뒤에서 쨍하니 울린 한 여인의 음성이 사율의 정신을 깨웠다. 다시 눈을 뜬 사율은 급히 목소리가 들린 쪽을 보았다. 병사들이

주춤주춤 길을 비키자 새하얀 옷을 입은 젊은 여인이 도도도 앞으로 달려왔다.

사율은 멍하니 그녀를 내려다보았다. 여인은 곧장 무진에게로 가서 상태를 살펴보더니 몰려와 있던 궁녀들에게 앙칼지게 호통쳤다.

"너희들, 멀뚱히 서 있지 말고 당장 이분을 방으로 안내해! 병사분들도 도와주든가 아니면 각자 제 위치로 돌아가세요. 그리고 당신들은 빨리 나를 따라와요. 아니, 무엇들 하고 있어요? 내 말 안 들려요? 이 사람을 살려야 될 것 아니에요?"

사람들은 당황하면서도 어쨌든 그녀의 말에 따라 움직였다.

그제야 그녀가 신녀임을 알아챈 사율이 말에서 뛰어내렸다. 그녀는 무진을 말에서 내려 그를 업고 뛰어가는 윤을 총총히 뒤따르는 신녀에게 다급하게 물었다.

"그를 살릴 수 있겠습니까?"

"그것은 천제께서 결정하실 일이에요. 하지만 최선을 다해 신력을 쏟아부어 볼게요."

"부탁드리겠습니다. 꼭 부탁드립니다!"

사율은 뛰면서 간절하게 말했다. 그녀가 천제께서 무진을 살리기 위해 보내신 사람이기를 빌고 또 빌 뿐이었다.

그들은 집요하게 무진을 노렸다.

그들의 공격으로 말에서 떨어져 무진의 부축을 받았을 때만 하더라도 사율은 그 사실을 눈치채지 못했다. 그들이 두 사람의 주위를 빙글빙글 돌다가 사방에서 칼끝을 들이밀었을 때도 무진을 제압하고 나면 사율은 잡은 것이나 진배없기 때문에 그를 우선적으로 공격하는 것이라 여겼다.

그러나 그들은 어느 순간부터 사율을 아예 없는 사람 취급하며 맹목적으로 무진을 향해서 달려들었다. 그들의 목적은 처음부터 환무진 왕자 하나뿐이었던 것이다.

'북방? 아니면 무진의 적? 대체 언제부터 따라붙은 거지?'

사율은 장검을 팽팽히 잡아 쥐고 앞을 노려보았다. 처음에는 열둘, 지금은 다섯. 무진의 시퍼런 검신에 의해 도륙 난 시체가 사방에서 나뒹굴었다. 일신의 위협을 느낀 그는 살부지수의 검을 휘둘렀고, 정확하게 적의 급소만을 노렸다. 오히려 그들이 사율을 저만치로 내팽개쳐 둔 것이 무진에게는 호재로 작용했다. 그녀를 지키며 싸웠을 때는 방어 위주로 내질렀던 검끝에 지금은 짙은 살기가 맺혀 있었다.

이제 셋. 무진의 일격에 두 남자가 쓰러지는 것을 본 사율은 그제야 안도의 한숨을 내쉬었다. 주변의 온 땅을 적의 피로 새빨갛게 물들여 놓고도 무진은 다친 곳 하나 없었다. 아홉의 목숨을 베어 넘겼음에도 멀쩡한 그가 고작 세 사람에게 당할 리 없다.

그 순간이었다. 모든 상황은 순식간에 일어났다.

한 남자가 다른 두 남자에게 눈짓을 보내더니 고함을 내지르며 벼락같이 무진을 향해 달려들었다. 무진은 당황한 기색 하나 없이 냉정한 태도로 그의 가슴을 베었다. 그러나 남자가 쓰러지고 난 후 무진의 눈앞에는 뜻밖의 상황이 펼쳐져 있었다. 한 놈은 여전히 그에게 검을 겨누고 있었으나 다른 한 놈은 그새 사율의 목에 칼을 들이대고 있었던 것이다.

"내가 방심했구나."

무진은 쓰게 웃으며 사율을 바라보았다. 날카로운 칼날이 그녀의 여린 피부를 금방이라도 벨 것처럼 번들거렸다.

"미안하오. 내가 자만했소."

무진은 사율의 검은 눈을 직시했다. 온갖 잡념들이 휘몰아치는 그의 눈빛을 통해 사율은 무진의 결심을 읽을 수 있었다. 사율은 미간을 찌푸리며 애원조로 말했다.

"하지 말아요. 당신 잘못이 아니잖아요!"

"그 여인을 풀어줘라. 그러면 너희들의 원대로 검을 내려놓으마."

무진은 남은 두 사내에게 크게 외쳤다. 그들은 무진의 말을 듣고서도 팽팽한 긴장의 끈을 놓지 않았다. 무진은 두 팔을 옆으로 벌리며 다시 한 번 소리쳤다.

"나는 이대로 검을 놓을 것이다. 그러니 그 여인을 보내라. 아니면 다 함께 이 자리에서 죽으리라!"

"검부터 내려놔라! 아니면 여자가 죽을 것이다!"

"안 돼요! 그런다고 이놈들이 나를 보낼 거 같아요? 절대로 안 돼요!"

사내와 사율의 목소리가 동시에 숲을 울렸다. 사율의 눈가에는 어느덧 눈물이 방울방울 맺혀 있었다. 무진은 입 끝을 희미하게 위로 올렸다.

"나로 인해 그대를 죽게 할 수는 없잖소. 끝까지 지켜주지 못해 미안하오……."

"안 돼요!"

사율의 비명 같은 외침과 함께 검이 철그렁 소리를 울리며 바닥으로 떨어졌다. 소리 없이 날아든 비수가 사율을 붙잡고 있던 적의 관자놀이에 박힌 것은 그때였다.

"피해요, 무진!"

사율이 재빨리 소리쳤다. 하지만 그보다 먼저 남자가 무진을 공격했다. 무진은 몸을 움직여 아슬아슬하게 급소를 피했으나 그것이 전부였다. 그때 다시 단도가 날아들었다. 단도는 무진을 공격한 놈의 목 줄기를 정확하게 꿰뚫었다. 사율은 급하게 무진에게로 뛰어갔다.

"정신 차려요, 무진! 여기서 죽으면 안 돼요!"

사율은 입고 있던 겉옷을 벗어 북북 찢었다. 간신히 무진의 상체를 일으켜 피가 흥건히 배어 나오는 상처를 정신없이 동여매었다. 무진은 쿨럭쿨럭 기침을 하면서도 웃어 보였다.

"다칠 만하구려. 그대의 걱정도 다 받아보고……."

"지금 그런 말 할 때예요? 어서 치료하지 않으면 죽을 수도 있어요! 너는 누구냐? 도와준 것을 보면 분명 아군이겠지? 어서, 어서 이분을 말에 태워라!"

사율은 그제야 숲에서 말들과 함께 모습을 드러낸 한 남자에게 거침없이 명령했다. 윤은 고개를 한번 끄덕이더니 성큼성큼 무진에게로 다가와 등을 내밀었다. 무진은 사율의 도움을 받아 두말하지 않고 그에게 업혔다. 그리고 두 사람이 자신을 간신히 말 등에 태우자마자 기절하듯 의식을 잃었다.

"고맙다는 인사는 나중에 하겠다. 신국의 천제당으로 가자!"

사율이 다급히 말 위에 올라타며 외쳤다. 윤은 말없이 무진의 뒤에 타더니 고삐를 움켜잡았다. 그리고 두 사람은 전력을 다해 천제당으로 질주하기 시작했다.

사율은 두 손을 모아 잡고는 복도를 서성였다. 도무지 안정이 되지를 않았다. 벌써 두 시진째. 무진을 살리기 위해 방으로 들어간 신녀는 나올 기미가 보이지 않았다.

대체 신력을 어느 정도로 쏟아부어야 그를 낫게 할 수 있는 것일까? 분명 급소는 피했는데 피를 너무 많이 흘린 것일까? 아무것도 알 수가 없으니 답답해서 미칠 노릇이었다. 부왕께서 돌아가실 때도 지금도 자신은 한낱 무력하기 그지없는 인간에 불과했다.

"그러다 마마께서도 몸이 상하십니다. 조금이라도 쉬십시오."

옆에 서서 사율을 지켜보고 있던 윤이 나직한 음성으로 말했다. 사율은 불안정하게 발을 놀리며 떨리는 목소리로 그에게 답했다.

"나를 구하려다 사경을 헤매게 된 사람을 두고 내가 어찌 편히 쉬겠느냐? 그러다 그가 잘못되기라도 하면 어찌하느냐?"

"모든 것은 천제께서 결정하실 일. 저는 다만 귀하신 마마의 안위를 염려할 뿐입니다."

사율은 잠시 걸음을 멈추고 그의 얼굴을 들여다보았다. 감정이 철저히 배제된 그의 얼굴에는 표정이 드러나지 않았다. 그제야 찬찬히 그의 외양을 살펴보던 사율이 조심스레 입을 열었다.

"혹시 너는…… 강현이 보낸 자이더냐?"

"네, 마마. 마마께서 행여 위험에 처하신다면 도우라 했습니다."

"후후. 강현의 노파심이 나를 살렸구나. 고맙다."

사율은 쓰게 웃으며 말했다. 강현이라면 분명 공주의 일거수일투족 또한 보고하라 명령했을 테지. 하지만 지금에 와서 그를 탓할 생각은 없었다. 그로 인해 무진과 자신의 목숨을 구명한 것은 사실이니까.

"네 이름은 무엇이냐?"

"윤이라고 합니다."

"그래, 윤. 지금 당장 강현에게 연통을 넣어라. 철화단의 조직망을 총동원해 삼국 조정의 동향과 북방의 움직임을 자세히 보고하라 일러라. 특히 북방과 환국에 대해 자세히 알아보라 전해라. 이것은 권한을 이어받은 진국의 신녀이자 공주로서 내리는 밀명이다."

"즉시 수행하겠습니다."

윤은 한쪽 무릎을 굽히며 고개를 숙이고는 자리에서 일어나 즉시 떠났다. 사율은 전각을 벗어나는 윤의 뒷모습을 보며 강현을 떠올렸다.

그는 사율과 함께 철화단의 본가에 든 사람이 환국의 셋째 왕자라는 사실을 안 직후에 이미 환국에 대한 조사를 시작했을지도 모른다. 사율이 진국의 궁궐을 벗어난 지도 스무 날이 넘었으니 지금 진국의 조정에서 일어나고 있는 일들도 그가 훨씬 잘 알고 있을 것이다. 어쩌면 윤이 자신에게 모습을 드러내는 상황까지도 계산하고 있었을까?

하지만 그런 강현도 모르는 사실이 하나 있다. 사율은 무엇보다도 그것이 마음에 걸렸다. 그러나 지금은 먼저 무진이 무사해야 한다.

그때 문이 벌컥 열리며 방으로 들었던 신녀와 궁녀들이 모습을 드러냈다. 신녀의 얼굴을 본 사율은 곧장 그녀에게로 다가가 무진의 안위에 대해 물었다.

"어떻게 되었습니까? 그는 무사합니까? 살 수 있나요?"

"네, 다행히도 그리됐습니다. 며칠 쉬면서 몸을 보하면 괜찮아질 거예요. 덕분에 나는 기진맥진했지만요. 후우……."

정말 신력은 물론 기력까지도 전부 무진에게 쏟아부었는지, 신녀는 방에 들어갈 때와는 다르게 당장이라도 쓰러질 것처럼 지쳐 보였다. 사율은 안심한 마음에 숨을 돌리며 그녀의 손을 덥석 잡았다.

"감사합니다. 정말 감사합니다. 이 은혜는 어떻게든 보답하겠습니다."

"하아, 뭘요. 이러라고 천제께서 주신 신력인 걸요. 그나저나 안에 계신 분을 굉장히 연모하시나 보아요? 천제당에 있으면서 나를 찾아온 많은 사람들을 만나보았지만 당신처럼 요란한 이는 처음이네요. 세상에, 말을 타고 본당 앞까지 쳐들어오다니요!"

"그 점은 정말 죄송합니다. 아까는 제가 제정신이 아니었습니다. 어떻게 사죄를 드려야 할지……."

사율은 신녀의 손을 놓으며 정중히 사과했다. 오직 무진을 살려야겠다는 마음으로 저지른 일이지만, 사실 그녀는 어마어마한 무례를 범한 것이었다. 그 일을 벌인 사람이 진국의 신녀라는 것을 알면 아마 이 눈앞의 신녀는 기함을 토할 테지. 사율은 무슨 벌이라도 달게 받을 각오를 하고 그녀에게 말했다.

"아무리 그를 살리려는 마음에 그랬다지만 명백히 천제당의 규율을 어겼으니 뭐라 드릴 말씀이 없습니다. 사죄의 뜻으로 제가 무엇을 하면 되겠습니까?"

"호호호! 그렇게 비장하게 말할 것 없어요. 아무리 규율이 중하다지만 사람의 목숨보다 더 중하겠어요? 사죄와 감사는 천제께 하시고, 내게는 그 대단한 연애담이나 좀 들려주세요."

"연…… 애담이오?"

"네에, 연애담. 사람의 목숨이 왔다 갔다 할 정도이니, 분명 당신들은 신분을 초월하여 사랑을 이어가려는 연인이겠지요? 사내가 다친 것으로 봤을 때 당신의 집안은 분명 지체 높을 거예요. 아마도 당신의 아버님이 사람을 풀어 사내를 죽여서라도 당신을 데려오라고 시켰겠지요. 그것을 뒤늦게 안 당신의 심복이 도우러 달려갔을 테고요. 아까 당신이 천제당의 하늘을 우러러 외치는데 가슴이 어찌나 짜하게 울리던지! 차마 안 나설 수가 없겠더라고요."

"아아…… 네에."

사율은 얼떨결에 대답했다. 모르는 사람이 봤을 때는 그리 보였을 수도 있겠구나. 아니, 차라리 그리 아는 것이 낫겠다. 소동의 소식을 접한 대제사장이 온다면야 어쩔 수 없이 경위를 설명해야겠지만 그전에는 이렇게 오해를 해두는 편이 나을 성싶었다.

그나저나 이분, 방금 전까지 엄청나게 피곤해하지 않았나? 왠지 수다를 떨면서 기력을 찾는 듯한 신녀를 보며 사율은 살짝 당황했다. '오히려 너무 순박하고 활달해서 문제' 라는 대모님의 말씀이 이런 뜻이었나?

"일단 쉬고 난 후에 다시 이야기해요. 내일 잠시 저 사람의 상태를 보러 들를 테니까요."

"네, 다시 한 번 진심으로 감사드립니다. 오늘 신녀께선 한 목숨이 아니라 두 목숨을 살리신 겁니다."

성격이야 상상해 왔던 신녀의 모습과 거리가 멀지 몰라도 그녀가 사율과 무진의 삶을 구해준 것은 분명한 사실. 사율은 거듭 감사를 표하며 고개를 숙였다. 신녀는 손을 내저으며 후후후 웃었다.

"이리 절절한 연인을 살려놓아서 나도 기쁘네요. 같이 살고 같이 죽는다……. 정말 아름다운 사랑이에요. 호호호! 그럼 내일 보아요."

"네, 편히 쉬십시오. 천제의 가호가 늘 함께하시기를."

사율은 물러가는 신녀 일행을 보다가 방 안으로 시선을 돌렸다. 무진이 한층 안정된 혈색으로 침상에 누워 있었다.

이 밤은 그의 곁에서 지새우리라. 자신을 살리기 위해 망설임

없이 검을 내던진 그가 깨어날 때까지 곁을 지키리라.
사율은 방 안으로 들어가 문을 닫았다.

"고마워요, 무진."
사율이 화사하게 웃으며 말했다. 그녀가 이리 밝은 표정을 짓는 것은 처음이었다. 무진은 덩달아 싱긋 미소 지으며 답했다.
"뭘 그리, 하하하! 당연한 왕자도를 실천했을 뿐이라오."
"그래도요. 당신 덕분에 이분과 무사히 백년가약을 맺을 수 있게 되었어요. 너무 행복해요."
"하하…… 뭐요? 그게 무슨 소리요?"
무진은 그제야 사율이 누군가의 손을 잡고 있다는 것을 알았다. 사율과 자신밖에 없는 줄 알았는데 웬 훤칠한 남정네가 그녀의 옆에 서 있었다. 무진은 시선을 돌려 그의 얼굴을 쳐다보았다. 이상하게도 희뿌예서 보이지가 않았다.
"이 사람은 누구요? 누가 그대와 혼인한다는 거요?"
무진은 눈을 손으로 비비며 남자의 얼굴을 확인하려 애썼다. 사율이 의아하다는 듯 그에게 물었다.
"어머, 형님도 못 알아보나요? 당신의 맏형이신 환국의 첫째 왕자님이시잖아요."
"뭐? 내 형님이라고?"
무진은 눈을 크게 뜨고 다시 그를 보았다. 그 자리에는 형님인 환유진이 아니라 설강현이 웃으며 서 있었다. 무진은 화를 내며 버럭 소리 질렀다.

"이자가 어찌하여 내 형님이오?"

"허어, 아우야. 네가 외유를 그리하더니 이제는 이 형의 얼굴도 못 알아보는구나."

"호호! 그런가 보아요."

설강현이 형님의 목소리로 말했다. 무진은 정신이 빙글빙글 돌았다. 그는 이마를 손으로 짚으며 사율에게 가까스로 이야기했다.

"형님이든 설강현이든…… 안 되오! 그대는 아직 혼인할 수 없소. 아니, 절대로 혼인할 수 없소! 나와 같이 가기로 했잖소?"

"하지만 이제는 그럴 수 없잖아요."

"그게 무슨 소리요?"

무진은 이마에서 손을 떼고 다시 사율을 바라보았다. 어느새 사율의 옆에 서 있던 남자는 사라지고, 사율과 자신은 무저갱 같은 어둠 속에 둥둥 떠 있었다. 사율의 두 눈에서 눈물이 흘러내렸다.

"나는 이미 죽었잖아요. 당신이 끝까지 지켜주지 않아서."

"그게 무슨 소리요? 그자들이 결국 당신을 해친 거요? 아니야! 나는 살아 있는 그대를 똑똑히 보았소! 그대는 살아서 나를 걱정했어!"

"나는 죽었어요, 무진. 미안해요……."

사율의 눈에서 붉은 피가 뚝뚝 흘렀다. 그녀는 깊은 어둠 속으로 꺼질 듯 빨려 들어갔다. 무진은 한없이 아래로 꺼져 가는 그녀를 향해 손을 뻗으며 처절하게 소리쳤다.

"안 돼애애애!"

무진은 식은땀을 흘리며 눈을 번쩍 떴다. 침상 옆에 앉아 무진을 조용히 내려다보고 있던 사율이 깜짝 놀라 그의 상태를 살폈다. 무진은 숨을 거칠게 몰아쉬었다.

"무진, 괜찮아요? 정신이 들어요?"

멍하니 천장을 올려다보던 무진이 시선을 옆으로 돌렸다. 사율이 옆에 있던 수건을 들어 땀이 흘러내린 그의 이마를 살짝살짝 닦아내고 있었다.

"사…… 율."

"그래요, 나예요."

사율은 작게 안도의 한숨을 내쉬었다. 그가 신녀의 치료를 받은 이후로 꼬박 사흘 동안이나 눈을 뜨지 않아 걱정이 깊어가던 차였다. 혹시 어딘가 잘못된 것은 아닐까, 깨어났는데 기억이라도 잃었으면 어떡하나 등등 별의별 망상이 다 들었다. 다행히도 여전히 이름으로 부르는 것을 보니 다 기우였던 모양이다.

"내가 얼마나 잠들어 있었던 거요? 여긴 어디요?"

무진이 애써 몸을 일으키며 물었다. 사율은 무진의 팔과 등을 부축해 그가 앉을 수 있도록 도와주며 말했다.

"신국의 천제당이에요. 당신은 그날 이후 사흘 동안 누워 있었고요."

"천제당? 그렇다면……."

무진은 급히 옷자락을 위로 올려보았다. 역시나 그의 예상대로 상처가 거의 다 아물어 있었다.

사율이 커다래진 눈으로 자신의 몸을 내려다보는 무진에게 차분히 설명해 주었다.

"신국의 신녀께서 신력을 쏟아부어 치료해 주셨어요. 덕분에 당신의 상처가 이리 빨리 회복되었고요."

"하아…… 어쩐지 몸이 너무 멀쩡하다 했소. 아무리 급소를 피했다지만 꽤 깊이 베인 상처였는데."

무진은 어깨를 들썩이며 옷자락을 다시 내렸다. 그리고 크게 숨을 들이마셨다 내쉬었다.

이것 또한 천재일우일까? 습격당했던 곳이 천제당 근처였다는 것, 찰나의 순간에 어떤 조력자가 나타났다는 것, 그 얼굴 보기 힘들다는 소문이 자자한 신녀가 다친 자신을 치료해 주었다는 것, 그리고 무엇보다 이 모든 것을 가능하게 한 사율이 옆에 있었다는 것.

아니, 그보다…….

"사율."

무진이 나직한 음성으로 이름을 불렀다. 사율은 대답 없이 그의 얼굴을 바라보았다. 무진은 천천히 몸을 돌리며 사율의 얼굴을 지그시 응시하더니, 갑자기 팔을 붙잡아 몸을 확 끌어당겼다.

"무사해서 다행이오."

사율의 작은 어깨에 얼굴을 묻은 무진이 숨을 삼킨 목소리로 속삭였다. 그의 갑작스러운 행동에 눈을 동그랗게 뜬 채 경직되어 있던 사율의 몸에서 서서히 긴장이 풀려 나갔다. 그 말 한마디에

서 그의 온 진심이 느껴졌다.

사율은 천천히 팔을 뻗어 그의 등을 조심스레 마주 안았다.

"당신이야말로 무사해서 다행이에요. 만약 당신이 잘못되었다면 일평생 나 자신을 용서할 수 없었을 거예요."

"마찬가지요. 만약 그대가 잘못되기라도 했다면 나는 죽은 후에도 나를 용서할 수 없었을 거요."

무진은 희미한 미소를 지으며 사율을 힘주어 끌어안았다. 그녀의 목 옆에 코를 묻고 체취를 흠뻑 들이마셨다. 살아 있는 그녀의 향기에 취할 듯 빠져들었다.

"저어…… 무진."

잠시간 얌전히 안겨 있던 사율이 머뭇거리며 그를 불렀다. 마음이 한층 편안해진 무진은 후후 웃으며 그녀에게 대꾸했다.

"왜 그러오?"

"이제 그만 놓으면 안 될까요?"

"싫소. 그대에게서 좋은 냄새가 나는구려."

무진은 사율의 등 뒤로 깍지를 끼더니 얼굴을 그녀의 어깨에 대고 비비적거렸다.

하여튼 이 인간은 틈을 주면 안 돼! 사율은 무진을 슬쩍 밀어내기 시작했다.

"그만 놓아달래도요? 누가 들어오면 어떡해요?"

"그렇게 힘주어 밀어내면 내 덜 나은 상처가 쑤시잖소. 가만히 있어보시오. 조금만 더 이러고 있읍시다."

"아유, 정말! 그만해요!"

"어허! 그대는 여인이 되어가지고서 어찌 그리 분위기가 없소, 분위기가! 이럴 때는 그냥 모르는 척 안겨 있어야지!"

"분위기는 무슨 얼어 죽을 분위기!"

"실례합니다!"

갑자기 문이 벌컥 열리면서 신녀가 궁녀들 두엇을 데리고 방 안으로 들어왔다. 말하는 동시에 문을 여는 바람에 실랑이를 벌이고 있던 두 사람과 신녀의 얼굴이 정통으로 마주쳤다. 사율은 화들짝 놀라 무진을 뒤로 확 밀쳤다.

"오…… 호호호! 그분은 아직 환자십니다."

신녀가 당황한 듯 웃으며 말했다. 얼굴이 새빨개진 사율이 침상에서 황급히 일어나며 그녀에게 인사했다.

"오셨습니까?"

"네, 지나가던 길에 들렀습니다. 깨어나셔서 참으로 다행입니다. 예상했던 대로 두 분 사이가 몹시도 뜨겁군요? 이 신녀의 가슴에 불을 지르십니다. 오호호호!"

"아아, 네에……."

사율이 홍시가 된 얼굴로 조그맣게 대답했다. 하필이면 이럴 때 들어올 게 무어람? 이제 신녀의 머릿속에서 두 사람의 관계는 오해가 아닌 기정사실이 되어 있을 것이다. 이것을 안도해야 하는 건지, 난감해해야 하는 건지.

"흠흠! 이 사람을 구해주신 신국의 신녀님이십니까?"

사율의 힘에 의해 뒤로 벌러덩 자빠졌던 무진이 자세를 바로 하고 물었다. 신녀가 생긋 웃으면서 답했다.

"네, 그렇습니다. 여기 계신 낭자께서 어찌나 절박하게 외치며 천제당으로 쳐들어오셨는지, 제가 안 나설 수가 없었답니다? 그나저나 누워 계실 때부터 그리 생각했지만 눈을 뜨고 나니 더더욱 미남이시군요. 낭자께서 그리 절박하게 구하실 만합니다. 호호호호!"

"하하하! 신녀께서 이 사람을 그리 좋게 봐주시니 참으로 영광입니다. 신녀께서도 과연 천제의 총애를 받으시는 분답게 덕성과 아름다움이 자태에서 넘쳐흐르십니다. 그리 깊은 상처를 단 며칠 만에 치유하다니, 신력도 듣던 대로 대단하시고요. 이 사람, 신녀님의 치료를 받았다는 사실을 일평생 은혜로 알 것입니다."

"오호호호! 말씀도 참으로 잘하시는군요? 여기 계신 낭자가 부러울 따름입니다."

두 사람, 은근히 죽이 잘 맞는다.

옆에 서 있던 사율의 미소가 점점 어색하게 굳어갔다. 무서운 사실은 지금 두 사람이 겉치레가 아니라 진심으로 저런 말들을 주고받는 것 같다는 점이다. 왕자 하나로 충분히 버겁거늘, 이 신녀님은 왜 이리 해맑고 청순하신가?

"어머, 내 정신 좀 보라지? 기도실로 가던 길에 잠깐 들른 것인데 무사님과의 대화가 너무 즐거워서 그만 잊고 있었네요. 다음에 다시 들를게요. 그때는 두 분의 연애담을 상세히 들려주시는 겁니다?"

"하하하! 원하신다면 언제든 그리하겠습니다. 이 사람의 목숨을 구해주셨는데 무엇인들 못해 드리겠습니까?"

"호호호! 그럼 몸조리 잘하고 계세요."

신녀는 유쾌하게 웃으며 방을 나갔다. 그녀가 궁녀들과 함께 문을 닫고 사라지자 사율은 '휴……' 하고 한숨을 내쉬었다.

"참으로 밝고 명랑한 분이구려. 난 저 신녀님이 마음에 드오."

무진이 싱글싱글 미소 지으며 말했다. 사율은 다시 침상 옆의 의자에 앉으며 고개를 절레절레 저었다.

"네에, 당신과 참 잘 통하는 것 같네요."

"하하하! 신국의 신녀와 사이가 좋아 나쁠 것은 없지. 환국으로 돌아가면 제대로 된 답례를 해야겠소."

"그러시든가요. 그전에 당면한 문제들을 처리해야겠지만."

"그래, 우리를 도와준 자는 누가 보낸 거요?"

사율의 말뜻을 알아챈 무진이 장난기를 지우고 직설적으로 물었다. 사율도 낮은 음성으로 차분히 그에게 대답했다.

"강현이 보낸 자예요. 우리가 철화단을 떠날 때부터 뒤따른 것 같더군요."

"어쩐지 그 성격으로 순순히 보낸다 했소. 일부러 기척을 숨기는 데 특화된 자를 붙였군."

무진이 입술 끝을 비스듬히 올리며 말했다. 그 말인즉 설강현은 지금까지 두 사람의 일거수일투족을 보고받고 있었단 뜻이다. 익히 알고야 있었다만 참으로 맹랑한 자였다. 아무래도 이번 일이 무사히 끝나고 나면 한번 봐야 할 성싶었다.

"어쨌든 그 덕분에 우리 둘 다 살았잖아요. 지금은 그보다 다른 일을 더 신경 써야 할 때고요."

사율은 일순간에 공주의 얼굴이 되어 무진을 바라보았다. 거울처럼 차갑게 자신을 비추는 그녀의 눈동자를 무진은 피하지 않았다.

"자, 말씀해 보세요, 환국의 왕자님. 제게 무엇을 숨기고 계신가요?"

"숨기는 것 없소."

무진이 작게 한숨을 내쉬며 대답했다. 사율은 높낮이 없는 어조로 재차 그에게 물었다.

"정말 없으신가요? 아니면 제가 질문을 잘못한 것인가요?"

"없소. 그대는 아직도……! 아니, 내가 잠든 사이에 무슨 말을 들었기에 이러는 게요? 깨어났다며 기뻐할 때는 언제고."

무진이 미간을 찌푸리며 반박했다. 그답지 않게 신경질적인 반응이었던지라 사율의 눈이 약간 커졌다. 목소리에도 서운한 기색이 역력했다.

"기분이 상했다면 미안해요. 당신을 추궁하려는 것이 아니에요."

사율이 시선을 살짝 돌리며 사과했다. 아직 환자인 그를 배려해 조금 더 부드럽게 물었어야 했는데 아무래도 성급했나 보다.

무진도 평소 같지 않게 다소 격했던 것을 아는지라 슬며시 사율의 손을 잡으며 말했다.

"나도 미안하오. 괜히 격분한 것 같소. 그저 그대가…… 또 나를 밀어내는 것 같아서 말이지."

"그런 것 아니에요."

사울은 자신의 손을 덮은 무진의 커다란 손을 내려다보면서 대답했다. 얼마 전까지만 해도 톡 쏘아붙이면서 질색을 했던 것 같은데 이제는 그의 손이 주는 온기가 싫지 않았다. 아니, 요 며칠 동안 이 온기를 잃을까 봐 얼마나 전전긍긍했던지.

그래서 더욱 진실을 알아야만 했다. 사울은 고개를 들어 다시 무진의 얼굴을 바라보았다.

"말해줘요, 무진. 왜 북방이 당신을 노리는 거죠?"

"그래서 실패했다?"

사내의 목소리에는 불퉁한 기색이 역력했다. 시립해 보고하던 남자가 움찔하며 자세한 정황 설명을 했다.

"그것이…… 아무래도 뜻밖의 지원군이 나타난 듯합니다. 다른 살수들은 검을 겨루다 당한 것이 분명한데, 두 명은 멀리서 던진 단검에 급소가 관통당해 죽었다고 합니다."

"일부러 비싼 아라타 섬 출신 살수들을 쓰고서도 실패하다니. 대북방이 그깟 왕자 하나를 해치우지 못해서 어찌 큰일을 도모하겠나?"

그의 비꼬는 말투에, 남자의 이마에 힘줄이 솟았다. 안 그래도 그 왕자 하나를 잡겠다고 기다린 시간과 손해가 이만저만이 아니었다. 슬슬 북방의 폐하께서도 오만한 자세로 앞에 앉아 있는 사내의 방식을 못마땅하게 여기고 계셨다.

원래 몸을 드러내 놓고 들판에서 날뛰는 커다란 짐승보다 요리조리 도망 다니는 자그마한 쥐새끼 하나가 더 잡기 힘든 법. 남자는 불편한 음성으로 사내에게 반박했다.

"그러니까 차라리 군사를 이끌고……!"

"군사를 이끌고 어디를 칠 텐가? 셋 중 하나를 치는 즉시 연합군이 형성된다는 삼국의 조약은 벌써 잊었나? 아니면 군사를 분산해 삼국을 동시에 치기라도 할 텐가?"

"그러면 언제까지 비밀리에 살수들만 보내란 말입니까? 시간만 지체된 데다 예상치 않은 복병까지 나타나지 않았습니까?"

"그러니까 진즉에 왕자를 죽였어야지! 그 셋째 놈이 없어지면 적어도 환국은 쉽게 차지할 수 있다고 내가 누차 말했거늘! 대체 어느 팔푼이들을 보냈기에 그 한 놈도 제대로 해치우지 못하는 게야?"

사내는 핏대를 세우며 자리를 박차고 일어났다. 성난 황소 같은 그 모습에, 남자는 숨을 삼키며 화를 참기 위해 애썼다. 성질머리야 어쨌든 사내는 삼십 년 만에 찾아온 기회였고, 아직은 그를 거스를 수 없었다.

남자는 숨을 한번 크게 내쉬며 가라앉은 어조로 사내에게 말했다.

"지금 우리에게는 시간이 얼마 없고, 왕자는 더 이상 혼자가 아닙니다. 열 명 이상의 살수를 투입해도 죽일 수 있을지 장담할 수 없는 고수가 혼자가 아니란 말입니다! 게다가 곁에 있다는 그 여인, 약점이 될 거라 여겼으나 왕자에게 도움이 되는 듯하다는 보고가 있습니다. 아무래도 예사 여인이 아닌 듯싶습니다."

"여차하면 내가 나설 수밖에."

씩씩 숨을 삼키던 사내가 툭 내뱉었다. 뜻밖의 대답에 남자가 놀란 어투로 반문했다.

"직접 말입니까?"

"의심을 못하게 하려면 그렇게라도 해야지. 그놈이 환국의 국경을 넘는 순간 모든 일이 꼬여!"

"……알겠습니다. 다시 한 번 최강의 살수들을 모아보지요."

남자는 고개를 숙여 보이고는 소리 없는 발걸음으로 방을 빠져 나갔다. 혼자 남은 사내는 으득 어금니를 깨물며 허공을 향해 눈을 치떴다.

"그렇게 해서라도 네놈을 치우는 수밖에."

第九章 그 신녀, 계략

천제당의 전각들 뒤편에는 넓게 트인 마당과 아담한 정원이 마련되어 있었다. 이곳에 거주하는 사람들과 방문한 귀빈들을 위해 신국의 전하께서 증축 시에 특별히 꾸며놓은 공간이라 했다. 무진은 그곳의 한쪽에서 요 며칠간 누워 있느라 굳은 근육을 풀기 시작했다.

요사이 신국의 신녀는 무진과 수다를 떠는 것이 무척이나 즐거웠는지 틈이 날 때마다 그를 찾았고, 그때마다 신력을 부어 상처를 말끔히 치료해 놓았다. 덕분에 꽤 깊었던 그의 자상은 엿새 만에 완벽히 나았다. 게다가 기분 탓인지 신력의 신통함으로 진짜 그리되었는지는 모르겠지만, 왠지 예전보다 몸 상태가 훨씬 좋아진 것 같다는 느낌이 들었다.

"사율은 그간 꽤 괴로워 보였지만 말이지. 큭큭큭."

환국의 왕실에서 내려오는 권법으로 온몸의 근육을 세밀하게 푼 무진이 떨어져 있던 나뭇가지를 주우며 중얼거렸다. 자신과 신녀가 수다 삼매경에 빠질 때마다 오묘하게 변해가는 사율의 그 표정이라니. 사율과 그를 집안의 반대를 피해 도망친 연인으로 철석같이 믿는 신녀를 위해 눈물 없이는 들을 수 없는 한 편의 연애 소설을 지어냈는데, 그것을 맨정신으로 반복해서 듣고 있자니 속이 몹시도 거북했나 보다. 나중에는 '언제까지 그런 말도 안 되는 이야기들을 늘어놓을 참이에요? 귀가 썩어 들어갈 것 같다고욧!' 이러며 빽빽 소리쳤으니.

"하여튼 사율은! 처연한 표정이라도 좀 지어주면 얼마나 좋아? 에잉!"

무진은 고개를 설레설레 흔들며 나뭇가지로 검술의 자세를 취했다. 신성한 천제당 안에서 검을 휘두를 수는 없으니 이것으로라도 연습을 대신할 참이었다. 무진은 나뭇가지에 검기를 담아 허공을 가르며 몸을 날렸다.

'대제사장이야 사정을 뻔히 알고 있겠으나 쉬이 발설하진 않을 테지. 그러니 다른 사람들 앞에서는 끝까지 절절한 연인처럼 보여야 될 게 아닌가? 그리 뻣뻣하게 굴어서야!'

무진은 나뭇가지를 휘두르며 매섭게 검무를 추면서도 사율에 대한 생각을 멈추지 않았다.

그녀가 자신을 대하는 태도는 분명 처음과는 사뭇 달라졌다. 동행 초반에는 함께 다니는 것만으로도 싫은 티를 팍팍 내더니, 지금은 언제든지 떠날 수 있음에도 곁에 머물고 있지 않은가?

'그리고 이제 화를 내거나 정색하며 피하지도 않지.'

무진은 후후 웃으며 팔을 앞으로 뻗었다. 처음 손을 잡았을 때는 이 무슨 무례한 짓이냐며 앙칼지게 성을 냈는데 말이다.

그렇다면 앞으로 어떻게 해야 하는 것일까? 이 상황에서 사사로운 욕심을 채우기 위해 사율과 계속 함께 지내는 것이 정녕 옳은 일일까? 검상으로 누워 있는 동안 환국의 부왕께도 연락 한번 드리지 못했다. 부왕께는 또 어떤 이야기들을 전해야 할까?

무진은 움직임을 멈추고 자리에 섰다. 전신에서 땀이 흥건히 배어 나왔지만 머릿속은 어느 때보다도 차가웠다. 이 시각에도 적은 은밀히 움직이고 있을 터. 그들의 야심은 어디까지 뻗어 있을까?

"너무 무리해서 움직이지는 말아요."

멀리서부터 무진을 지켜보며 걸어온 사율이 천천히 그에게 다가가며 말했다. 무진은 시선을 돌려 그녀를 바라보았다. 온통 검은색 옷을 입은 남자와 청색 비단 옷으로 몸을 두르고 삿갓을 깊이 눌러쓴 남자가 사율을 뒤따르고 있었다.

"그대를 기다리며 몸을 풀고 있었을 뿐이오. 오히려 다치기 전보다 상태가 더 좋아진 것 같소."

무진이 싱긋 웃으며 말했다. 눈으로는 그녀를 보고 있었지만 낯선 두 남자의 기를 훑어 내린 터. 곧 무진의 입에서 비틀린 음성이 튀어나왔다.

"자네는 참으로 겁이 없군?"

"형체가 없는 물건도 상인의 거래 품목. 목숨을 걸고 밤낮으로 달려온 소인을 칭찬해 주실 줄 알았습니다만?”

청색 옷을 입은 남자가 천천히 삿갓을 벗으며 그에게 답했다. 이윽고 드러난 희멀건 얼굴에 무진은 미간을 찌푸렸다.

설강현은 삿갓을 내려잡으며 공손히 허리를 숙였다.

“그간 강녕하셨습니까, 왕자 마마. 우리 공주님을 위해 기꺼이 험한 일을 겪으셨다는 이야기는 윤에게 전해 들었습니다. 진국의 모든 백성들을 대신해 진정으로 감사드립니다.”

“하! 감사? 진짜 감사는 목숨이 붙어 있은 연후에 하라!”

무진은 말이 끝나기가 무섭게 나뭇가지를 설강현의 목울대에 바짝 들이대었다. 손으로 부러뜨릴 수 있을 만큼 가냘픈 나뭇가지라 해도 고수가 검기를 실으면 매서운 무기로 변하는 법. 무진은 한쪽 눈썹을 위로 올리며 설강현을 차갑게 노려보았다.

주인이 목숨을 위협받는 상황에서 윤이 가만히 있을 리 없다. 그는 몸을 날릴 기세로 서서히 땅에서 발을 떼었다. 그러나 설강현이 팔을 들어 그에게 움직이지 말라는 신호를 보냈다. 그를 본 무진이 비웃듯 삐뚜름하게 입매를 올렸다.

“내가 해하지 않을 거라 확신하나 보군.”

“저를 해쳐 보았자 잃을 것이 더 많으실 테니까요. 게다가 옆에 계신 공주님께 단단히 미움을 사시겠지요.”

설강현은 눈 한 번 깜짝하지 않고 무진의 눈초리를 태연히 받아내며 대꾸했다. 그것이 더 괘씸하다. 무진은 나뭇가지를 설강현의 살갗 끝까지 들이대었다.

“지금까지 이자를 통해 우리의 일거수일투족을 보고받았겠지?"

"소인이 말씀드리지 않았습니까? 왕자 마마를 믿지 못한다고요. 하여 안전장치를 하나 딸려 보낸 것뿐입니다."

"그 안전장치에게 사율과 내 목숨이 경각에 달릴 때까지 보고만 있으라고 명했나?"

무진이 맹수처럼 낮게 으르렁거리며 물었다. 감히 왕족을 몰래 감시한 것으로도 모자라 이 건방지기 짝이 없는 태도라니.

설강현은 차분히 그에게 대답했다.

"솔직히 말씀드리면, 공주님께서 위험에 처하시기 전까지는 절대로 나서지 말라고 명했습니다. 저도 왕자 마마의 실력을 익히 들은 바, 구 할의 확률로 윤이 나설 일은 끝까지 없을 거라 예상했지요. 허나 만약 남은 일 할의 확률이 발생한다면……."

"진짜 위험한 상황인 게지."

그때까지 아무런 제지도 없이 세 사람을 지켜보고만 있던 사율이 강현의 말을 이어받았다. 강현은 미간을 찌푸리며 웃었다.

"너무하십니다, 공주님. 왕자 마마께서 이러실 줄 아시고서 제게 아무런 질책도 안 하신 겁니까?"

"후후, 질책은 무슨. 어쨌든 그대가 보낸 윤 덕분에 절체절명의 순간 목숨을 보전했거늘. 나는 그대에게 진심으로 감사하오. 다만 여기 계신 왕자님이라면 그 고강한 자존심으로 그냥 넘기지는 않으시리라 생각했지. 같이 다니면서 지켜보니, 여인에게는 한없이 친절하나 사내에게는 가차 없는 분이더라고."

"정말 공주님께는 못 당하겠습니다."

설강현이 어쩔 수 없다는 투로 말했다. 그리고 아직까지도 자신의 목에 나뭇가지를 들이대고 있는 눈앞의 왕자에게 부드러운 어조로 정중히 부탁했다.

"이제 그만 용서해 주십시오, 왕자 마마. 저를 진짜 해치실 것도 아니지 않습니까? 정보를 들고 여기까지 직접 온 제 정성을 보아 주시지요."

무진은 가늘게 뜬 눈으로 그를 한번 노려보았다. 그리고 서서히 팔을 내려 설강현의 목에 겨누었던 나뭇가지를 거두어들였다.

"방자하기 이를 데 없는 자네를 봐주는 것은 이번까지다. 나는 사율의 말대로 사내에게는 가차가 없다. 목숨 구명 한 번으로 그 동안의 무례함을 덮었으니 오히려 내게 빚을 진 셈이야."

"그 빚, 오늘 다 갚아드릴 것입니다."

설강현이 손을 모으고 허리를 숙이며 답했다.

하여튼 마음에 안 드는 자다. 끝까지 태연자약한 저 태도라니. 무진은 영 못마땅하다는 눈초리로 설강현을 훑어보았다.

"자, 그럼 다 같이 방으로 갈까요? 강현에게 물을 것이 아주 많으니 말이에요."

사율이 빙긋 웃으며 무진의 팔을 잡고 먼저 앞으로 나아갔다. 무진은 그녀에게 못 이기는 척 끌려가면서도 강현에게 둔 눈초리를 거둘 줄 몰랐다. 사율은 무진을 더더욱 앞으로 잡아끌었다.

"그만하면 되었어요, 무진. 당신도 그의 정보가 필요하잖아요."

"너그러이 받아주었다가는 한도 끝도 없이 기어오를 자요. 그대도 일부러 날 말리지 않아 놓고서는 무얼?"

무진이 퉁퉁거리며 대답했다. 손 안 대고 코 풀 때는 언제고, 왜 이제 와 그의 편을 드는 것이람?

"그러니까 그 정도 했으면 되었다고요. 어쨌든 강현은 우리를 걱정하고 있잖아요."

"하! 저자가 걱정하는 건 우리가 아니라 그대요. 그대가 위험에 처하기 전까지 나타나지 말라고 했다는 말인즉, 나는 위험에 처하든 말든 개의치 말라는 뜻이 아니고 무엇이오? 그리고 실제로도 그러지 않았소?"

"계속 그렇게 타래과처럼 비비 꼬아서 이야기할래요? 당신이 급소를 피할 수 있었던 것도 윤이 비수를 날려 도와주었기 때문이잖아요. 당신, 왠지 깨어난 후로 속이 몹시 좁아진 것 같군요."

사율은 토라진 얼굴로 잡고 있던 무진의 팔을 팩 뿌리치더니 혼자 휙 가버렸다. 무진은 벙벙한 표정으로 앞으로 휙휙 나아가는 그녀의 뒷모습을 바라보았다.

이 공주야, 속이 좁아진 게 아니라 그대가 설강현을 편드는 것이 영 거슬리는 거다! 안 그래도 그 악몽이 뇌리에서 떠나지를 않아 기분이 상당히 찝찝한데 대뜸 나타난 설강현이 능글맞게 웃으며 옆에 서 있으니 부아가 치밀겠어, 안 치밀겠어?

그러나 그것을 알 턱이 없는 사율은 씩씩 성을 내며 방 쪽으로 걸어갈 뿐이었고, 무진은 또 어쩔 수 없이 그녀를 달래러 쫓아가야 할 뿐이었다.

"기다리시오, 사율! 그런 것이 아니란 말이오!"

그런 두 사람의 모습을 뒤에서 지켜보며 강현은 후후 뜻 모를 웃음을 흘렸다.

"먼저 진국의 상황을 말씀드리겠습니다."

강현은 입을 열며 사율의 옆에 앉아 있는 무진을 지그시 바라보았다. 무진도 그를 마주 보며 입매를 비뚜름하게 올렸다.

"왜? 내 앞에서 말하기가 껄끄럽다, 이건가? 내가 지금 자리를 피해주어야 되겠나?"

"왕자 마마라면 안 그러시겠습니까?"

강현도 지지 않고 그에 응수했다.

이 남정네 둘은 왜 얼굴을 맞대기만 하면 서로 못 잡아먹어서 안달이야? 다 같이 힘을 합쳐 난관을 헤쳐 나가도 모자란 판국에!

사율은 눈을 가늘게 뜨며 두 사람의 대화를 단박에 잘랐다.

"됐고, 이야기를 계속하시오. 우리는 지금 삼국과 북방에 대한 정보가 모두 필요하오. 쓸데없이 낭비할 시간 따윈 없소."

"으흠!"

무진이 그제야 눈가에 힘을 풀고 고개를 돌렸다. 강현도 조용히 한숨을 내쉰 뒤 다시 입을 열었다.

"현재 전하께서는 공주님이 젊은 남자 무사와 함께 신국의 국경을 넘었다는 사실까지 알고 계시는 듯합니다. 다만, 왕자 마마의 정체를 아시는지는 저도 알 수 없으며, 공주님을 찾기 위해 다수의 왕실 호위대원들을 투입했다가 국경을 넘었다는 소식을 접하신 후에는 다섯 명 내외의 소수 정예를 보내신 줄로 압니다."

"국경을 넘은 이상 아무래도 다수를 투입시키기는 힘들었겠지.

드러내 놓을 수가 없는 일이니. 그래서, 그들이 나를 언제쯤 찾아낼 성싶소?"

"그거야 조심하시기 나름이지요. 이곳에 숨어 지내시는 한은 찾을 수 있을 리도 없고요."

"흐음……."

사율은 잠시 오라버니를 떠올려 보았다. 아마 비밀 통로나 비밀 자금에 대해서는 진즉에 눈치챘을 터. 그 출처가 몹시도 궁금하겠지. 어쩌면 누이동생이 염려되어 찾아오라 명한 것이 아니라, 감히 왕인 자신에게 숨기고 있었던 것들에 대해 캐묻고 싶어서 데려오라 한 것이 아닐까?

'오라버니 성질이라면 그러고도 남지.'

사율은 콧방귀를 뀌며 다시 강현을 재촉했다.

"조정의 상황에 대해서는 아는 바가 있소?"

"그것이…… 실은 대신들께 특이한 청탁을 하나 받았습니다."

"청탁? 그대에게 말이오?"

미간에 주름을 드리우며 반문하는 사율에게 강현이 난감하다는 어조로 대답했다.

"철화단의 정보망을 이용해서 비밀리에 사람을 하나 찾아달라고 초상화 한 장을 내밀었는데, 그 인물이 아무리 보아도 공주님이셨습니다."

"뭐라? 이제 와서 나를 찾아내라고 초상화를 내밀어? 이런 채신머리없는 양반들을 보았나!"

"푸하하하하하하하!"

사율이 격분하여 탁상을 쾅 내리침과 동시에 무진의 화통한 박장대소가 터졌다. 사율은 열이 올라 시뻘게진 얼굴로 무진에게 빽 소리쳤다.

"무진! 이 상황에서 웃음이 나와요? 내, 돌아가기만 하면 이 인간들을 모다 가만히 두지 않으리라!"

"너무 그리 열 내지 마시오, 사율. 대신들이 그대의 빈자리를 절절히 느꼈으니 그렇게까지 한 것 아니겠소?"

무진이 손을 휘휘 저으며 사율을 말렸다. 그러면서도 눈매와 입가에 웃음기가 가득한지라, 사율은 울화가 더 치밀어 올랐다.

"그러다가 초상화가 세간에 돌아 내가 위험에 처하면요? 그자들이 자기들 살자고 내 생각은 하지도 않은 것 아니에요?"

"그래서인지는 몰라도, 제게 끝까지 누구인지는 밝히지 않고 그저 초상화의 인물을 찾아내라고만 했습니다. 공주님께서 조정을 떠나신 사이에 신하들의 고초가 큰 듯하니 너무 노화를 내지는 마십시오."

강현도 사율을 달래듯 부드러운 어조로 설득했다. 그러나 사율은 전혀 화가 풀리지 않았다.

"그자들은 한참을 더 당해도 싸! 이참에 오라버니께 원 없이 시달려 봐야 자신들이 얼마나 우매했는지를 깨닫지!"

"찾아오신 좌상의 눈가에 그늘이 가득했습니다. 이미 많이 시달리신 듯합니다."

"하이고, 좌상이 직접 찾아갔소? 나더러 신궁에 틀어박혀 기도나 하랄 때는 언제고?"

"사실 대가로 내미신 금전의 액수도 꽤 컸습니다."

"이거, 조금만 더 있으면 금가마라도 보낼 기세구려. 큭큭큭큭!"

무진은 뭐가 그리 재밌는지 숨까지 참으며 끅끅거렸다.

이 인간, 이럴 때 보면 정말이지 한 대 때려주고 싶다는 욕구가 무럭무럭 치민다! 사율은 뾰족한 눈초리로 무진을 홱 째려보며 협박했다.

"더 웃으면 당신을 말에 싣고 열과 성을 다해 여기까지 달려온 걸 후회할 것 같으니 그만하시죠?"

"아아, 알겠소, 알겠소. 하지만 적어도 하나는 그대의 의도대로 된 것 아니오? 대신들이 땅을 치며 후회하고 있잖소."

무진이 간신히 웃음기를 거두며 사율에게 말했다. 사율은 앵돌아 눈을 흘기며 퉁명스럽게 대꾸했다.

"하지만 정작 오라버니는 아니 그러실 확률이 높네요. 아마 지금 궁으로 돌아가면 추궁만 당할 걸요? 대신들은 다시 행정부의 수장을 맡아달라고 사정할 것 같고요. 그러면 생각은 여전한데 궁금한 것만 많아지신 전하와 생각이 바뀐 대소 신료들 사이에서 나만 힘들어지겠죠. 상상만 해도 머리가 지끈거리는군요."

"그러면 또 궁에서 나와 나한테 도망 오면 되잖소."

무진이 한쪽 눈을 찡긋하며 팔꿈치로 사율의 옆구리를 콕 찔렀다.

이런 상황에서 그런 농담이 잘도 나와! 사율은 무진을 째려보며 톡 쏘아붙였다.

"현실적이고 진지한 조언을 해도 모자랄 판에 자꾸 그렇게 농만 던질 거예요?"

"난 늘 그대에게 진지하다고 말했잖소? 진심으로 한 말인데 그렇게 생각하면 내가 매우 섭섭하오."

"진심이시든 농담이시든, 현 상황에서는 적절치 않은 제안입니다."

강현이 고개를 절레절레 흔들며 두 사람의 대화에 끼어들었다. 지금은 한가롭게 애정 싸움이나 하며 툭탁거릴 때가 아니란 말이다.

"그래, 자네가 알아본 북방의 움직임은 어떠한가?"

무진이 다시 눈빛을 차갑게 가라앉히고 물었다. 무언가 알아낸 바가 있으니 저런 말을 하는 것일 터.

그러나 강현은 뜻밖의 대답을 던졌다.

"북방에서는 딱히 특별한 움직임이 보이지 않았습니다. 오히려 환국에 이상한 소문이 하나 돌고 있더이다."

"이상한 소문이라니?"

무진이 인상을 찌푸리며 반문했다. 강현은 숨을 크게 한번 내쉬고는 침착한 어조로 당부부터 했다.

"놀라지 않으시길 바랍니다, 왕자 마마. 지금 환국의 시전에서 왕자 마마께서는 사실 국외로 추방당하신 거라는 소문이 돌고 있습니다."

"뭐라!"

너무 어이없는 소리를 들으면 뒷말을 이을 수가 없는 법이다.

무진은 잠시간 벌린 입을 다물지 못했다. 몰래 외유를 떠나는 것으로 꾸미고 궁을 빠져나왔는데 어찌하여 이야기가 그렇게 와전되었는가? 아무리 자리를 비운 기간이 길어진다 해도 그렇지!

"무진, 당신……."

사율이 묘한 눈초리로 무진의 얼굴을 스윽 보았다.

안 그래도 어처구니가 없는데 사율까지 이러다니! 무진은 억울하다는 듯 빽 소리 질렀다.

"그런 눈으로 보지 마시오! 안 그래도 머리를 망치로 한 대 맞은 것 같소! 대체 누가 그런 얼토당토않은 헛소문을 퍼뜨린 겐가? 내가 나라 밖으로 나간 것이 한두 번도 아니거늘!"

"정확한 출처는 아직 알아내지 못했습니다. 다만 요사이 삽시간에 퍼진 것으로 압니다. 아무래도 이번 외유가 길어지시는 데다 환국에서 보이신 평소 행실이……."

"자네 정녕 죽고 싶나?"

말투는 예의 바르나 놀리는 것이 확실한 강현의 입놀림에 무진은 즉시 협박으로 응수했다. 하여튼 틈만 나면 기어오르는 방자한 자 같으니라고!

"북방에서는 살수들을 보내 습격하지를 않나, 나라 안에서는 추방되었다는 소문이 퍼지지를 않나. 당신 대체 무슨 짓을 저지르고 다닌 거예요?"

사율마저 한숨을 내쉬며 고개를 저었다.

이 방에는 아군이 없도다! 무진은 서럽다는 말투로 격하게 반박했다.

"다 오해라니까 그러네! 북방에서 왕도, 왕위 계승자도 아닌 나를 무엇 하러 살수들까지 보내 공격한단 말이오? 그리고 내가 왜 추방을 당하겠소? 지금도 부왕께서는 내가 속히 귀환하기를 고대하고 계실 텐데!"

"우연도 세 번이 겹치면 필연이랬어요. 정말 오해일까요? 그리고 당신이 외유를 밥 먹듯이 한다는 것은 온 삼국이 다 아는 일인데, 하필이면 왜 지금 이 시기에 그런 소문이 퍼졌을까요? 이것은 마치 당신을 어떻게든 환국에서……!"

사율은 순간 말을 멈췄다. 벌렸던 입술을 서서히 다물며 무진의 검은 눈동자를 바라보았다. 그의 동공에 얼핏 묘한 흔들림이 스쳤다.

무진이 희미한 미소를 지으며 말했다.

"오해요. 적어도 아직은 그리 믿고 싶소."

사율은 더 이상 아무 말도 하지 못했다. 다만 그의 마음을 먼저 헤아리지 못하고 입을 함부로 놀린 자신을 속으로 질책할 뿐.

"잠시 혼자 있다 오겠소."

침묵 속에서 무진이 천천히 일어났다. 사율은 반사적으로 무진의 소맷자락을 붙잡으며 그를 올려다보았다.

"무진……!"

"멀리 가지는 않을 것이오. 괜찮소."

무진은 반대쪽 손으로 옷깃을 잡은 그녀의 손등을 톡톡 치고는 스르륵 팔을 빼었다. 그리고 성큼성큼 걸어 문을 열고 밖으로 나갔다. 사율은 발소리가 완전히 멀어질 때까지 그의 뒷모습이 있던 자리를 하염없이 응시했다.

"생각했던 것보다 어려운 상황인 듯하군요."

강현이 어렵사리 말을 꺼냈다. 사율은 쓴웃음을 지으며 그에게 답했다.

"그대에게 말하지 못했던 이야기가 있소. 사실 말해서도 안 되는 것이었고."

"이해합니다."

강현이 고개를 주억거리며 대답했다.

사율은 그 이상 아무것도 묻지 않는 강현의 눈을 곧게 직시했다. 강현도 공주의 눈길을 피하지 않으며 말없이 응시했다. 얼마간의 침묵 속에서 사율이 천천히 입을 열었다.

"하지만 이제는 정말 그대의 도움을 받아야 될 것 같소. 벗이 아니라, 금속과 정보를 거래하는 철화단 행수의 도움을."

전신이 흘러내린 땀으로 흠뻑 젖었다.

머릿속을 헤집어놓는 온갖 생각들을 피하고 싶을 때는 몸을 격하게 움직이는 것이 상책. 무진은 나뭇가지로 검은 어둠을 가르며 쉴 새 없이 허공에 발을 띄웠다.

그러나 달려드는 풀벌레들을 쫓을 수는 있을지언정 생각이란 놈은 단 한 자락도 그를 피해 달아나지 않았다. 무진은 움직임을 멈추고 두 손으로 무릎을 짚었다. 숨이 턱까지 차올랐다.

"그러다간 몸이 상하십니다."

강현이 저만치에서 소리 없이 걸어오며 말했다. 달조차 구름에 가린 어두운 밤. 무진은 간신히 숨을 참으며 그에게 핀잔을 던졌다.

"자네는 잠도 없는가? 먼 길을 와놓고 피곤하지도 않은가 보군."

"왕자 마마만 하겠습니까? 환국을 떠난 이후로 제대로 쉬신 날이 없으실 터인데요."

하여튼 한마디도 안 지지. 무진은 미간을 한번 찌푸리고는 다시 몸을 펴 숨을 크게 들이마셨다. 호흡이 점차 정상으로 돌아오고, 옆에 선 강현의 모습이 조금 더 선명히 시야에 들어왔다. 무진은 숨을 가다듬으며 나직한 목소리로 그에게 물었다.

"사율은 침소로 들었는가?"

"네. 내내 왕자 마마를 걱정하는 눈치셨습니다. 마마께서는 이번 외유로 인해 크나큰 아군을 얻으셨습니다."

무진은 강현의 대답에 깊은 한숨을 내쉬었다. 사율이 얼마나 대단하고 귀중한 아군인지는 그 자신이 누구보다 잘 알고 있었다. 물론 때로는 적보다 더 앙칼지게 그를 대하기는 하지만.

하지만 지금은 그렇다는 사실이 더 근심거리가 되었다. 무진은 고개를 내저었다.

"사율을 더는 위험에 빠뜨릴 수 없네. 지금부터 사율은 자네가 호위하게."

무진의 음성은 작지만 단호했다.

강현은 잠시간 지그시 무진의 얼굴을 바라보았다. 어둠에 가려 표정을 제대로 읽을 수는 없으나 무진이 어떤 결론을 내렸는지는 대강 짐작할 수 있었다. 하여 강현은 지금까지 무진에게 했던 말들 중에 가장 불경한 단어를 입에 담았다.

"왕자 마마, 생각보다 바보십니다?"

"그럴지도."

무진은 뜻밖에도 순순히 긍정하며 피식 웃었다. 만난 이래로 처음 겪는 허탈한 반응이다. 강현은 미간을 찌푸리며 반박했다.

"갑자기 왜 이러십니까? 적응 안 됩니다. 그냥 하던 대로 하십시오. 어떻게 움직이는 것이 가장 유리한지 이미 계산 다 끝내셨을 거 아닙니까?"

"그래, 끝냈지. 하지만 사율은 더 이상 끌어들이지 않아."

"북방이 관련되어 있다면 불가능하리라 봅니다만. 왕자 마마께는 이제 아리따운 여인으로만 보일지 모르나, 진국의 공주님께선 대신들이 인정하는 조정 행정부의 수장이시자 백성들이 우러르는 신녀. 직접적으로든 간접적으로든 왕자 마마의 일에 영향을 받으실 겁니다."

"그러니까 최대한 영향을 덜 받게 해야지. 자네의 공주님을 가능한 빨리 진국의 궁으로 모셔가게. 다시 사방에서 피 냄새가 진동하기 전에."

이미 결심을 굳혔다는 반응이다. 강현은 한숨을 내쉬며 말했다.

"공주님께서 그것을 원치 않으실 듯합니다. 왕자 마마께서 아무리 그리 말씀하셔도 소인은 공주님의 말씀을 따를 뿐이고요."

"후…… 알겠네. 내가 내일 설득해 보지."

함께 여행을 다니며 사율의 성정을 익히 겪은바, 무진 또한 한숨을 내쉬며 대답했다. 그러고서 몸을 돌리려는 찰나, 강현이 다시 말했다.

"어쨌든 지금이라면 믿을 수 있겠군요. 왕자 마마께서 진심이시라는 것 말입니다."

무진은 새삼스럽다는 투로 대꾸했다.

"처음부터 그렇다 하지 않았나? 다만 그 마음이 더 강해졌을 뿐이야."

그러고서 전각을 향해 성큼성큼 걸어갔다.

어둠 속으로 사라져 가는 그의 뒷모습을 보며 강현은 홀로 조용히 중얼거렸다.

"그것이 지금의 왕자 마마께는 독이 될 터인데요."

"싫어요. 나도 생각과 계획이 있어요."

사율은 고개를 팩 돌리며 단호하게 말했다.

하여튼 고집은! 무진은 살살 달래듯 설득을 계속했다.

"상황이 위험하다는 것은 그대도 알잖소? 언제 어떻게 변할지도 모르고. 지금은 모국의 궁 안이 제일 안전하오."

"삼국 최대의 천제당인 이곳도 충분히 안전하네요. 오히려 지금 진국까지 가는 것이 더 위험하겠어요."

"그대의 말대로라면 나와 떨어져 있는 한 습격받을 리가 없잖소? 그리고 설강현이 최고의 호위 무사들을 대동할 거요. 그러니 일단 돌아가시오. 응?"

"글쎄, 싫대도요? 지금 가면 죽도 밥도 안 될 거예요. 나도 생각과 계획이 있다는데 왜 이렇게 우겨요?"

"왜 이러긴, 그대가 걱정되니까 이러지! 정말 안 갈 거요?"

씩씩 옥신각신. 두 사람은 어느새 눈에 쌍심지를 켜고 있었다.

차분히 시작한 대화가 어쩌다가 이 모양이 되었는지. 무진은 한숨을 푹 내쉬더니 다시 목소리를 낮춰 설득조로 이야기했다.

"부탁이오, 사율. 그만 궁궐로 돌아가시오. 그대가 안전해야 내가 안심하고 움직일 것 아니오? 그대는 누구보다 영리한 사람이니 돌아가서 원하는 바를 쟁취할 수 있을 거요."

"흐음…… 왜 내가 안전해야 당신이 안심하는데요?"

사율이 눈을 가늘게 뜨더니 질문의 방향을 요상하게 틀었다.

이 여자가 진짜 왜 이러나? 왜 계속 못 알아듣는 척을 하는 게야? 무진은 속이 터진다는 말투로 대꾸했다.

"내가 그대를 걱정하니까! 대체 몇 번을 말해야 되는 거요?"

"당신이 왜 나를 그리도 걱정할까요? 자기 코가 석 자인 이 마당에?"

"그야 내가 그대를…… 계속 이럴 거요?"

"당신, 깨어난 이후로 설득력도 부족해졌네요. 전에는 내가 매번 말려들었던 것 같은데."

"사율!"

끝내 고함을 버럭 질러댄 무진에게 사율이 혀를 쏙 내밀어 보였다. 이 남자, 깨어난 후로 거칠고 급해지기까지 했어. 흥!

"하아…… 소리 질러서 미안하오. 제발 내 진심을 좀 알아주시구려."

결국 무진이 먼저 사과했다. 겉으로야 늘 자기가 말려드는 것처럼 보였겠지. 하지만 부탁하고, 애원하고, 못 이기는 척 늘 그녀의 요구를 들어준 쪽은 무진이었다는 것을 사율은 알기나 하는지.

그러나 사율은 이번에도 생뚱맞은 질문을 던졌다.

"내 대답, 궁금하지 않아요?"

"무슨 소리요?"

무진이 바로 반문했다. 사율은 무진의 검은 눈동자를 똑바로 쳐다보며 다시 물었다.

"습격받기 전에 나한테 물었잖아요. 조금 더 같이 가줄 수 없겠냐고. 그때 내가 뭐라고 대답하려 했는지 궁금하지 않아요?"

그러고 보니 사율이 뭐라 말하려던 찰나에 비수가 날아왔지…….

하지만 지금은 상황이 달라졌다. 앞으로는 자신과 함께 있는 시간이 길어질수록 그녀가 해를 입을 터. 무진은 다시 입을 열었다.

"사율, 그때는……."

"당신이 알고 있었는지는 모르겠지만, 이 마을에는 철화단의 지사가 있어요. 나는 더 이상 만날 사람도, 갈 곳도 없는 상황에서 철화단의 지사에 들르지도 않고 당신과 함께 이 마을을 떠나려 했어요. 당신 또한 머리가 좋은 사람이니 내 말뜻을 이해하겠죠?"

무진은 자신을 투명하게 비추는 사율의 맑은 눈동자를 가만히 들여다보았다. 정직하고 곧은 눈. 그 눈이 지금 진심을 말하고 있었다. 나 또한 당신을 이리 두고 갈 수는 없다고 주장하고 있었다. 만약 처한 현실이 이렇지 않았다면 얼마나 기뻤을지.

그러나 무진은 천천히 고개를 저었다. 그리고 사율의 양어깨에 두 손을 지그시 얹고는 또박또박 힘주어 말했다.

"그대가 나 때문에 위험해지는 것은 두 번 다시 보기 싫소. 그대는 겪지 않아도 될 일들이니까."

"그것은 북방 때문이지 당신 때문이 아니잖아요. 당신은 아무 잘못도 없다는 것, 잘 알아요."

하아…… 대체 그대를 어찌해야 하는지.

무진은 결국 사율을 와락 끌어안을 수밖에 없었다. 그녀를 품에 안고 푸념하듯이 말을 늘어놓을 수밖에 없었다.

"이럴 때는 그냥 못 이기는 척 내 말을 듣는 거요. 나라고 그대를 보내는 것이 쉬운 줄 아시오?"

"고집이 세서 미안해요. 하지만 나 역시 당신에게 무슨 일이 닥칠지 모르는 상황에서 혼자 떠날 수는 없어요. 나도 한 번쯤은 당신을 구해야 하잖아요."

사율은 얌전히 그에게 안겨들며 투정부리듯 종알거렸다.

그러는 그녀가 어찌나 귀여운지. 무진은 사율을 안은 두 팔에 힘을 더 꽉 주었다.

"이미 나를 구했잖소. 그대가 없었다면 누가 나를 이곳까지 데려와 신녀의 치료를 받게 했겠소?"

"당신이 먼저 나를 구하려고 검을 내려놓았잖아요. 당신은 누가 뭐래도 내 은인이에요. 그러니 나도 할 수 있는 한 당신을 도와야지요. 나도 당신이 다치는 것을 또 보고 싶지는 않단 말이에요."

"정말 그대는…… 이리 급습하듯 사랑스럽게 구는 건 반칙이잖소!"

무진이 사율의 머리칼에 얼굴을 묻으며 힘겹게 말했다.

그만 놓아주어야 했다. 보내주어야 했다. 설사 그녀가 진국으로 돌아가 다른 남자와 혼인하게 된다 해도 살아 있으면 된 거라고 마음을 다잡아야 했다. 자신의 욕심 때문에 그녀를 더 큰 위험에 빠뜨릴 수는 없으니까. 밤새 그리 생각하며 스스로를 위안했다.

그러나 이 영리하고 고집스러운 공주님은 뜻밖의 순간에 여인의 모습을 보여주었다. 연모하는 사내에게 투정을 부리듯 고분고분 안기며 왜 자신을 놓으려 하냐고 떼를 썼다. 하여 무진은 또 무너져 내리고 말았다.

그는 처음으로 강현의 말이 맞다는 것을 인정했다. 정말 이 공주님은 당해낼 수가 없다.

"당신과 함께 환국의 국경까지 가겠어요."

무진의 품 안에 안겨 있던 사율이 조용히 속삭였다.

그 말을 들은 무진의 눈매가 일순간 커졌다. 그는 사율을 가슴에서 떼어내 그녀의 양어깨를 붙잡고 똑바로 얼굴을 들여다보았다. 쏘아질 듯한 그의 눈빛을 정면으로 받아내며 사율이 다시 입을 열었다.

"당신이 무사히 환국의 국경을 넘고 나면 나도 진국으로 돌아갈게요. 더 같이 가고 싶어도 그럴 수 없을 테니까. 대신 강현의 호위 무사들을 당신과 함께 가게 할 거예요."

"그대, 어디까지 염두에 두고 내게 이런 말을 하는 것이오?"

무진이 타오를 듯한 눈으로 재촉하듯 물었다.

사율은 잠시간 그의 얼굴을 바라보았다. 희미하게 이지러진 그의 눈동자를 말없이 올려다보았다. 그리고 천천히 입술을 벌려 그에게 답했다.

"나는 당신이 무사하길 바랄 뿐이에요. 그것을 위해 내가 할 수 있는 최선을 다할 거고요. 내가 늘 그래 왔듯이."

무진은 더 이상 아무 말도 하지 않았다. 그저 강한 의지가 담긴 사율의 눈동자를, 입술을, 얼굴을 한동안 잠자코 들여다볼 뿐이었다.

"이렇게 가시다니 너무 섭섭해요!"

신녀가 하얀 손수건으로 촉촉하게 젖은 눈매를 찍어 누르며 말했다. 무진이 호쾌하게 웃으며 대답했다.

"하하핫! 만남이 있으면 헤어짐도 있는 법. 허나 고귀하신 신녀님을 뵈러 꼭 다시 올 것이니 너무 서운해하지 마십시오."

"정말이지요? 꼭 다시 오셔야 해요! 천제께 무사님의 안위를 빌며 기다리고 있을 거여요."

"이리 감사할 데가! 저 역시 귀가하는 즉시 신녀님께 제 작은 성의를 보낼 것이니 꼭 받아주셔야 합니다?"

"아유, 그런 건 안 보내셔도 되어요! 그냥 서찰이나 한 통 보내주세요. 아, 그리고 두 분이 혼인을 하게 되면 꼭 알려주시고요. 다른 곳은 몰라도 두 분의 혼인식에는 만사 제쳐 두고 달려가겠어요!"

"하아……. 신녀님은 천제께 신력뿐만 아니라 고운 마음씨까지 받으셨나 봅니다. 떠나는 순간까지 제게 이리 깊은 감동을 안겨주시다니요!"

"아아, 몰라요. 섭섭해요!"

신녀가 무진의 어깨를 손으로 톡톡 치며 소리쳤다. 무진은 그런 그녀에게 다시 껄껄 웃어 보였다.

정말 미쳐 버리겠구나!

옆에서 두 사람의 모습을 오롯이 지켜보고 있던 사율의 표정이 점점 구겨졌다. 무슨 작별 인사가 저리 절절해? 누가 보면 둘이 연분이라도 난 줄 알겠네!

"두 분, 원래 저리 친하셨습니까?"

윤과 함께 사율의 옆에 서 있던 강현이 귓속말로 물었다. 그도 사율과 같은 생각을 했나 보다. 사율은 아니꼽다는 말투로 그에게 소곤거렸다.

"둘이 처음 얼굴을 맞댄 순간부터 저랬소. 참으로 죽도 잘 맞지."

"저 신녀님, 다른 의미로도 대단하신 분이군요."

"내 말이! 이제 더는 저런 모습을 안 봐도 되니 참으로 다행이오! 저 양반 하나로도 충분한데 쌍으로 저러고들 있으니, 원."

아뿔사! 흥분해서 목청이 절로 커졌다. 사율은 면구하여 흠흠 헛기침을 했다. 다행히 무진과 신녀는 둘만의 대화에 빠져 듣지 못한 모양이었다.

이 모든 광경을 뒤에서 지켜본 대제사장이 더는 안 되겠다 싶었는지 앞으로 나섰다.

“자, 갈 길이 바쁜 분들이니 그만 보내 드려야지.”

“흑흑! 네, 대제사장님.”

그제야 신녀가 무진에게서 한 걸음 물러났다. 대제사장은 네 사람의 얼굴을 찬찬히 둘러보며 작별 인사를 건넸다.

“길을 떠나는 그대들에게 천제의 가호와 무운이 함께하기를 빕니다. 그리고 천제당의 문은 언제든 열려 있다는 것을 잊지 말기를.”

“대제사장님과 신녀님께도 천제의 가호가 함께하길. 그동안 정말 감사했습니다.”

“감사했습니다, 대제사장님, 신녀님!”

네 사람은 모두 대제사장과 신녀에게 고개 숙여 인사하고는 천제당의 대문을 향해 출발했다. 사율만이 발걸음을 옮기기 전, 잠시 대제사장의 얼굴을 바라보았다. 대제사장은 엷은 미소를 지으며 고개를 끄덕였다. 사율도 미소로 무언의 인사를 건네고는 몸을 돌려 길을 나섰다.

그때 신녀가 뒤에서 다급하게 외쳤다.

“잠깐만요! 그러고 보니 제가 아직 두 분의 성함도 몰라요. 성함을 말씀해 주셔야 서찰을 받지요!”

사율은 신녀의 말을 듣고 멈칫했으나 대답을 망설였다. 함부로 실명을 밝힐 수는 없었다. 하지만 저 순진한 신녀님에게 거짓을 말하고 싶지도 않았다. 그러자 몇 걸음 떨어져 있던 무진이 신녀를 향해 밝은 목소리로 소리쳤다.

"제 이름은 무진이라 합니다. 낭자의 이름은 사율이고요. 서찰과 선물은 제 이름으로 보낼 테니 꼭 받으셔야 합니다!"

"알겠어요, 무진. 기다리고 있을게요!"

신녀가 해맑게 대답하며 손을 흔들었다. 무진도 웃으며 신녀에게 손을 흔들어 보이고는 다시 방향을 틀었다. 사율도 피식 웃고는 다시 걸음을 내디뎠다.

"아아, 좋은 분들이었어요. 조금만 더 있다 가면 좋았을 텐데."

점차 멀어지는 네 사람의 뒷모습을 바라보며 신녀가 못내 서운하다는 듯이 말했다. 이야기 상대로 더할 나위 없었던 무진과 헤어지는 것이 영 아쉬운 모양이었다.

하지만 무진의 대답을 들은 대제사장의 표정은 왠지 묘하게 변해 있었다.

"무진…… 무진이라……. 설마 저 청년이 그 무진?"

"왜 그러세요, 대제사장님? 혹시 아는 사이셨나요?"

대제사장이 홀로 중얼거리는 것을 들은 신녀가 고개를 갸웃하며 물었다. 대제사장은 점점 작아지는 사율과 무진의 뒷모습에서 눈을 떼지 못하며 작은 목소리로 부정했다.

"아아, 아니다. 그저 내가 아는 사람과 같은 이름이라서."

"그래요? 흔한 이름은 아닌데 굉장한 우연이네요!"

"그러게 말이다……."

대제사장이 여전히 시선을 앞에 둔 채 말했다.

만약 그녀가 아는 무진이 지금 사율과 함께 떠나는 무진과 동일

인물이라면 신녀의 말대로 정말 굉장한 우연일 터. 아니면 천제께서 안배하신 인연일까?

'어느 쪽이든 천제께서 부디 그대들을 보살펴 주시기를……. 천제여, 삼국을 굽어살피소서. 부디 저들에게 너무 가혹한 시련을 내리지는 말아주소서…….'

대제사장은 눈을 감고 진심으로 기도했다.

第十章 그 신녀, 소문

"오랜만에 같이 차를 마시니 좋구나."

왕은 앞에 앉은 두 아들을 보며 인자한 미소를 지었다. 비록 셋째는 함께하지 못했으나 이리 한가롭게 후원의 정자에 앉아 아들들과 다과를 즐기는 것은 무척 오래간만이었다.

"아바마마의 마음을 미처 헤아리지 못한 소자들의 불민함을 용서하여 주소서."

둘째 왕자 환서진이 찻잔을 내려놓고는 부왕께 송구하다는 듯 말했다. 이런저런 일들로 나다니기에만 바빠 정작 부왕과 모후께는 효도를 다하지 못했다. 지금 이 자리도 부왕께 불려온 것이지, 그가 먼저 시간을 내어 청한 것이 아니었다.

아우의 옆에 앉아 있던 환유진도 같은 생각이었는지, 온유한 목소리로 부왕께 용서를 구했다.

"그동안 문안 인사만 겨우 드렸던 소자를 용서하여 주소서, 아바마마. 소자가 장남 역할을 제대로 못했습니다."

"허허, 되었다. 앞으로는 이런 자리를 자주 마련하자꾸나."

왕은 웃으며 찻잔을 입에 가져다 대었다. 형제가 서로 자신의 잘못이라 탓하며 부왕께 사죄하는 모습이 흡족하지 않을 리 없다.

지금 이 자리에 없는 셋째 무진을 포함해 형제는 늘 우애가 좋았다. 다퉜을 때도 금세 화해하며 서로를 챙겼다. 부디 어떤 상황에서도 그 우애가 변하지 않기를……. 왕의 바람은 오직 그것뿐이었다.

"그런데 셋째의 외유가 너무 길어지는 듯합니다. 적당히 하고 돌아오면 좋으련만."

둘째가 차를 한 모금 마시고는 푸념하듯 말을 흘렸다. 왕은 잔을 내려놓으며 환서진에게 물었다.

"왜, 셋째가 보고 싶으냐?"

"하하! 셋째가 없으니 사냥을 할 맛이 안 나서 그럽니다. 제 호적수가 될 만한 사람이 이 환국 내에 셋째뿐인데, 그런 아우가 없으니 요즘에는 사냥을 해도 좀처럼 흥이 나지를 않습니다. 또 변이라도 당할까 걱정도 되고요."

"짐도 셋째가 걱정되기는 한다. 어서 돌아와야 할 터인데……."

왕은 말끝을 흐리며 다시 찻잔을 입가로 가져갔다.

무진이 환국을 떠난 지 벌써 두 달이 되어갔다. 게다가 간간이 소식을 보내오던 아이가 열흘이 넘도록 어떤 연락도 없다. 왕은 슬슬 진심으로 셋째 왕자가 염려가 되었다. 그 아이, 무술 실력이 고강하다고는 하나 몇십 명의 자객을 만난다면 안위를 보장할 수 없을 터. 서로 철저히 연합한 삼국 내에서 그런 일이 일어날 리는 없겠으나, 혹시 모르지 않는가? 북방이 환국에 살수들을 내려보냈던 것처럼 갖은 술수를 부려 또 그 아이의 생명을 위협할지.

'어쩌면 밀명을 내린 것이 잘못이었을까?'

차라리 처음부터 동맹국에 사실을 알리거나 다른 신하를 보내는 것이 나았을까? 그 밀명을 수행할 최적인 인물이자 가장 믿음직스러운 사람이 무진이었기에 왕으로서 내린 판단이었지만, 시간이 지날수록 막내아들에 대한 근심이 깊어지는 것은 어쩔 수 없었다.

"솔직히 소자는 왜 셋째가 이런 상황에서 굳이 외유를 나간 것인지 이해할 수가 없습니다."

다시 들려온 둘째 왕자의 말이 왕의 상념을 흩뜨려 놓았다. 환서진은 미간에 주름을 드리우며 부왕께 고했다.

"살수를 보냈던 자들이 언제 또 습격을 할지 모르는 일 아닙니까? 아라타 섬의 용병들은 어느 나라에서나 고용할 수 있으니까요."

"소자도 그리 생각합니다, 아바마마. 셋째가 어디에 있든 당장 불러들이는 것이 좋지 않겠습니까?"

부왕이 무진에게 내린 밀명을 알 리 없는 두 왕자가 이런 이야기를 하는 것은 당연할 터. 왕은 속내를 감춘 채 타이르는 어조로 말했다.

"너희들의 말이 옳다. 허나 짐도 지금 셋째가 어디에 있는지 알 길이 없구나. 그러니 조금만 더 기다려 보자. 무진이 비록 방랑하고 외유하기를 즐기나 결코 허튼짓을 할 사람은 아니지 않느냐?"

"그렇기는 하나, 소자가 며칠 전에 저잣거리에서 이상한 소문까지 들은지라……."

"이상한 소문이라니?"

성격답지 않게 말을 아끼는 둘째 아들에게 왕이 다그치듯 물었다. 환서진은 한숨을 한번 내쉬더니 부왕께 자신이 들은 바를 직설적으로 털어놓았다.

"지금 시전에서 백성들이 셋째 왕자가 환국에서 추방당한 거라고 떠들고들 있습니다. 국가와 왕실을 등한시하고 틈만 나면 나라를 떠나 전하의 노여움을 샀다고 말입니다."

"뭐라? 감히 어느 놈이 그런 헛소리를 퍼뜨린단 말이냐!"

왕이 들고 있던 찻잔을 부서질 듯 내려놓으며 일갈했다.

이리 격하게 노할 때를 보면 부왕은 둘째인 자신과 가장 많이 닮았다. 환서진은 용안이 붉게 달아오른 부왕을 보며 다시 고했다.

"그 시작을 누가 했는지는 모르나, 소자의 귀에까지 들릴 정도면 환국 내에 다 퍼졌다고 해도 과언이 아닐 겁니다. 아마 형님도 들어보셨을 겁니다."

환서진의 갑작스러운 지목에, 왕의 시선이 맏아들인 환유진에게로 향했다. 환유진은 내심 당황하며 부왕의 용안을 조심스럽게 응시했다. 왕은 추궁하듯 그에게 물었다.

"둘째의 말이 사실이냐? 너도 그 소문을 들은 것이야?"

"드, 듣긴 했사오나 아바마마께 심려를 끼쳐 드리기 싫어 말씀 드리지 않았습니다."

"그런 이야기는 듣는 즉시 고했어야지! 모두가 아는 일을 짐이 마지막에 알아서야 되겠느냐?"

"송구하옵니다, 아바마마. 소자는 그저 이리 노화를 내시는 것이 아바마마의 옥체에 매우 좋지 않다 여겼사옵니다. 말씀대로 그저 헛소문이 아닙니까?"

"그 헛소문에 악의가 담겨 있지 않느냐?"

왕이 굵은 목소리로 일갈했다. 환서진이 역정을 그치지 않는 부왕에게 말리듯이 말했다.

"형님을 나무라지 마십시오, 아바마마. 이리 노하실 줄 알았다면 저 또한 말씀을 올리지 않았을 겁니다."

"그럼 이대로 놔두란 말이냐? 소문의 출처를 명백히 밝혀 엄히 다스려야 할 것이다!"

"그 소문, 셋째가 돌아오면 쥐 죽은 듯 조용해질 것입니다. 백성들 모두가 떠드는 이야기를 잠재우기보다는 그 편이 빠릅니다. 또한 소자의 소견으로, 소문의 출처는 일전에 저와 아우를 습격한 자들과 한편일 거라 생각됩니다. 여하튼 여러모로 셋째는 외유를 가서는 안 되는 것이었습니다. 아니면 빨리 돌아오든가!"

"흐으음!"

둘째 왕자의 말에는 일견 틀린 바가 없었다. 그렇다고 이제 와서 무진의 비밀스러운 행보에 대해 밝힐 수도 없는 노릇. 왕은 잠시 입을 다물고 생각에 잠겼다. 셋째인 무진을 걱정하는 듯하면서 은근히 공격하는 둘째의 의중에는 무엇이 담겨 있을 것인가?

왕은 천천히 의자에서 일어났다. 그에 따라 환유진과 환서진도 급히 몸을 일으켰다. 왕은 무거운 음성으로 앞에 있는 두 왕자에게 당부했다.

"거짓 소문일지라도 과하면 누가 되는 법. 짐은 명을 내려 이를 엄히 잠재울 것이다. 그리고 셋째의 행방도 은밀히 찾겠다. 너희들도 왕실이 더 이상 허튼 소문에 휩싸이지 않도록 몸가짐을 각별히 해라."

"네, 아바마마. 명심하겠습니다."

장자 환유진이 부왕의 말씀을 받들며 고개를 숙였다. 환서진도 형님인 그를 따라 말없이 몸을 낮췄다. 왕은 그런 두 아들을 한번 내려다보고는 옥보를 옮겨 그 자리를 떠났다.

두 왕자는 부왕이 정자에서 멀어진 후에야 몸을 일으켰다. 내관들과 궁녀들을 거느리고 후원을 가로지르는 부왕을 보며 환서진이 투덜거리듯 말했다.

"굳이 따지자면 잘못은 셋째에게 있거늘! 형님, 아바마마께서 너무 셋째를 싸고도시는 것 같지 않소?"

"그런 소리 말게, 아우님. 아랫것들이 듣겠네. 아바마마께서도 걱정이 되니 그러시는 게지."

"그래도 그렇지! 행실을 잘못하여 구설에 오른 것은 셋째이거늘, 왜 아무 상관도 없는 형님에게 역정을 내신단 말이오? 다 아바마마를 생각하여 그리한 것인데."

환유진이 부드럽게 주의를 주었음에도 환서진은 툴툴거림을 멈추지 않았다. 환유진은 그를 달래듯 웃으며 제안했다.

"허허! 그만하래도, 아우님. 어쨌든 우리 모두 셋째를 걱정하고 있지 않은가? 그러지 말고 내 방에 들러 술이나 한잔하세. 마침 향이 좋은 과실주를 한 병 선물 받았으니."

"웬일이오? 늘 잎차만 가까이 하는 형님이 곡차를 먼저 제안하시고?"

"그 또한 차가 아닌가? 내, 그간 아우님과 격조했으니 이참에 회포나 풀어볼까 하네."

"하하하! 난생처음으로 형님이 먼저 술자리를 권하는데 거절하면 아우의 도리가 아니지. 갑시다!"

맏형의 제안에 기분이 풀렸는지, 환서진이 호탕하게 웃으며 대답했다. 환유진은 둘째 아우의 등을 가볍게 툭툭 치고는 함께 정자를 나섰다.

그러나 만면에 웃음기를 드리우며 맏형과 함께 걷는 환서진의 속내에 지금 불이 활활 타오르고 있음은 부왕도 환유진도 미처 짐작하지 못한 바였다.

"아아, 우라질!"

하늘을 향해 처절하게 외치는 고영빈의 목소리가 시전을 쩌렁쩌렁 울렸다. 그나마 숲에서 이랬을 때는 이목이라도 안 끌었지,

사람들이 바글바글한 시전 바닥에서 이게 뭐 하는 짓이더냐?

최신영은 감히 상관까지 면구하게 만든 부하의 등판을 있는 힘껏 내려쳤다.

"내가 그놈의 성질머리 고치라 했는가, 안 했는가? 나라까지 넘어와서 창피하게 이럴 텐가?"

"나라까지 넘어와서 이러고 있으니 환장할 노릇이라 그렇지요! 우리가 대체 왜 이래야 됩니까? 이러고 있을 직분도 직책도 아닌데요! 이건 그야말로 인력 낭비입니다, 인력 낭비!"

"그 입, 못 다물겠나? 그러니까 마…… 아니, 그분을 찾으면 될 것이 아닌가? 이러고 있을 시간에 더 찾아보겠네!"

참다못한 최신영마저 소리를 빽 질렀다. 유한 상관의 성정으로 웬만해서는 이러지 않는다는 것을 아는지라, 고영빈은 툴툴거리는 목청을 살짝 낮췄다.

"아아, 몰라요, 몰라. 그나마 인원이 많았을 때는 일의 진척이라도 빨랐지, 다섯 명이서 이 넓은 신국을 어떻게 다 뒤지고 다닙니까?"

"그래도 목적지를 정해주셔서 여기까지 한 번에 오지 않았나?"

"여기 안 계시면요? 여기 안 오셨으면요? 그러면 우리는 어디로 가야 하는 겁니까?"

"그건…… 일단 찾아보고 이야기하세. 뭐 하는가, 어서 움직이지 않고?"

"아아, 이러려고 들어간 호위대가 아니란 말입니다아!"

고영빈이 다시 하소연하듯 울부짖었다.

누구는 그러려고 들어왔겠나? 그저 전하께서 명을 내리셨으니 행하는 것이지. 최신영은 고개를 설레설레 저었다. 양쪽 다 이해 못하는 바는 아니지만 전하도, 이 성질 급한 부하 놈도 골칫거리이긴 마찬가지였다.

"다녀왔습니다."

상관의 명을 받아 최신영과 고영빈이 돌기로 한 지역과 반대쪽을 수사하고 온 사공진과 호위대원 한 명이 모습을 드러냈다. 안 그래도 얄팍한 인내심이 한계에 다다른 고영빈을 상대하기가 괴로웠던 터, 최신영은 반기는 기색으로 사공진에게 물었다.

"그래, 뭔가 알아낸 것은 있고?"

"네, 다행히도 그렇습니다. 마마께서 묵으셨던 숙소를 알아냈습니다."

"오오, 그래?"

최신영의 낯빛이 밝게 변했다. 고영빈은 어리다 뭐다 말이 많았지만, 성질머리 급한 부하보다는 이 금부의 젊은 청년이 마마를 추적하는 것에 훨씬 도움이 되었다. 최신영은 사공진을 한층 더 신뢰 깊은 눈빛으로 바라보며 재차 물었다.

"마마께서 언제 그 숙소를 떠나셨는지도 알아냈나?"

"그곳에서 일하는 점원의 말로는 대략 열흘 전이라고 합니다."

"열흘? 열흘이면 만 리는 더 가셨겠네!"

사공진의 대답을 들은 고영빈이 절망적인 음성으로 외쳤다. 앞에 놓인 고생길이 훤히 보이는 듯했다. 아아, 정녕 이 길의 끝은 어디란 말이더냐! 올해 안에 진국의 궁궐로 돌아갈 수 있기는 한 것일까? 오, 천제여!

고영빈이 옆에서 머리칼을 쥐어뜯든 말든, 사공진은 변함없는 어조로 최신영에게 보고를 계속했다.

"그런데 약간 걸리는 점이 하나 있습니다."

"그것이 무엇인가? 어서 말해보게."

최신영도 고영빈이야 뭘 어찌하든 상관하지 않고 사공진을 바라보았다. 사공진은 상관의 애타는 눈빛을 받으며 침착한 목소리로 대답했다.

"숙소의 점원이 말하는 처녀가 마마임을 확인하기 위해 슬며시 초상화를 보여주었는데, 옆에서 기웃대던 사내가 그림을 보더니 한 열흘쯤 전에 말을 타고 천제당으로 난입한 여인과 많이 닮았다고 했습니다."

"말을 타고 천제당으로 난입했다고? 설마 그분께서 그러실 리가 있겠는가? 잘못 보았겠지."

최신영이 말도 안 된다는 투로 반박했다. 신녀께서 어찌 말을 탄 채 천제당으로 들어가신단 말인가? 누구보다도 법도를 잘 아시는 분께서 말이다.

그러나 사공진의 생각은 달랐다.

"저도 처음에는 그 말을 의심했습니다. 허나 돌아오면서 곰곰이 생각해 보았는데, 일단 마마만큼 미색이 뛰어난 여인은 드뭅니다. 하여 마마께선 눈에 띄시지요. 또한 우리는 현재 단서가 될 만한 것은 무엇이든 붙잡고 늘어져야 하는 상황입니다. 그러니 천제당에 한번 가보아야 하지 않겠습니까?"

"흐음……."

최신영은 손으로 턱을 만지며 잠시 고민했다. 사공진의 말은 분명 일리가 있다. 그러나 방문하는 사람들에 대한 그 어떤 사항도 함구하는 천제당 사람들이 과연 그들에게 협조해 줄까?

"아, 일단 가봅시다. 가요! 혹시 압니까? 뜻밖의 단서라도 찾을지."

옆에서 듣고 있던 고영빈이 무얼 그리 고민하냐는 듯이 말했다. 최신영은 이마를 찌푸리며 성질 급한 그에게 핀잔을 주었다.

"자네는 천제당의 규율을 잊었는가? 섣불리 갔다가는 괜한 의심만 사고 쫓겨날 것이네."

"그렇다고 이대로 가만있을 수는 없지 않습니까? 저 꼬맹이 말대로 되든 안 되든 한번 부딪쳐 봐야지요!"

동행 이래 처음으로 고영빈이 사공진의 편을 들고 나섰다.

그래, 자네가 궁으로 돌아갈 수만 있다면 무엇인들 못하겠는가? 최신영은 눈을 가늘게 뜨고 고개를 설레설레 저었다.

"그렇다면 이러면 어떻겠습니까?"

두 상관의 실랑이를 보며 잠시간 생각에 잠겨 있던 사공진이 신중한 음성으로 입을 열었다. 고영빈이 설레발을 치며 먼저 나섰다.

"무엇이냐? 뜸 들이지 말고 빨리 말해보거라!"

"그래, 기탄없이 말해보시게."

최신영도 동의하며 사공진에게 의견을 구했다. 어쨌든 그가 추적에는 능력이 남다른 바, 일행 중 묘안을 떠올릴 가능성이 가장 높았다.

“이곳 신국의 천제당은 궐에서 보낸 호위군과 스스로 지원한 사병들이 모여서 부대를 편성해 지키고 있다 들었습니다. 그들 중 빈틈은 반드시 있을 터.”

“말인즉 보초를 섰던 병사들을 구슬려 물어보자?”

이번에도 고영빈이 먼저 반문했다. 사공진은 옅은 미소를 지으며 고개를 끄덕였다.

“호위군 소속이었던 자는 공략하기 힘들겠지만, 스스로 사병이 된 자들 중에 입이 가벼운 사람은 분명히 있을 테니까요. 그리고 신국 사람들은 유독 곡주와 금강석에 약하다지 않습니까?”

“호오! 이거 이거, 생각보다 융통성이 있는 꼬맹이였구먼? 제법 사내다운 방식도 쓸 줄 알고 말이야! 마음에 들어. 하하하하!”

고영빈이 사공진에게로 가까이 가더니 그의 양쪽 어깨를 툭툭 내려치며 활짝 편 얼굴로 웃어댔다. 사공진은 어깨가 아픈지 미간을 살짝 찌푸렸으나 일부러 상관의 손길을 피하지는 않았다.

뇌물과 술로 사람을 매수하는 것이 잘도 사내다운 방법이다!

최신영은 고영빈을 보며 츳츳 혀를 찼다. 그러나 사공진의 제안에 달리 반박하지는 않았다. 그로서도 그보다 더 나은 방법이 딱히 떠오르지 않았기 때문이다.

‘으휴, 어쩌다가 우리가 이 꼴이 되었는지……. 천제여!’

그저 한탄하며 고개를 가로젓는 명예로운 왕실 호위대의 부대장 최신영이었다.

❖

무진은 오색 자개로 장식된 탁상 앞에 앉아 유유자적 차를 마시는 강현을 물끄러미 내려다보았다. 방도 호화롭고 상도 호화롭고 다기마저 호화로우니, 이 안에 값비싸지 않은 물건이라고는 눈을 씻고 찾아보아도 하나 나오지 않을 듯했다.

무진은 왠지 언짢은 듯한 목소리로 강현에게 툭 내뱉었다.

"이 정도 부라면 일국의 왕이 부럽지 않겠군."

"뭐, 일국의 왕보다 나은 면도 더러 있겠지요. 상인이란 자유롭지 않습니까?"

강현이 후후 웃으며 태연히 대꾸했다. 그에 발끈한 무진이 눈빛을 싸늘히 식히며 받아쳤다.

"그 자유 때문에 죽음을 앞당길 수도 있지. 조정에 줄을 잘못 대어 애꿎게 화를 자초할 수도 있고 말이야."

"적어도 제게는 그런 일이 일어나지 않을 듯합니다만. 제가 모시는 분은 아주 특별하니까요. 왕자 마마께서도 그를 부정하지는 않으시겠지요?"

누가 상인 아니랄까 봐 따박따박 말도 잘한다. 무진의 이마에 힘줄이 빠직 돋았다. 어디를 가서도 능글맞은 태도와 언변으로는 꺾인 적이 없었거늘, 눈앞에 있는 설강현이란 자는 도통 그에게 지지를 않았다. 만약에 그가 사율과 자신을 돕고 있지 않았다면 진즉 소리 없이 처리했을 것이다.

"자네는 그 입 때문에 명이 줄어들 것이야."

무진은 낮게 이를 갈며 강현의 맞은편에 털썩 주저앉았다. 더 이상 대화를 이어가 보았자 화만 더 날 성싶었다.

"그 말씀, 새겨듣겠습니다."

강현은 입매를 부드럽게 올리며 잔에 향이 그윽한 찻물을 따라 무진에게 내밀었다. 일부러 몇 번이나 건드려 보아도 왕자는 성정의 격한 면모를 쉬이 드러내지 않았다. 다른 왕족이나 귀족 같았으면 자존심 때문에라도 노화를 내며 성격의 밑바닥을 보였을 것인데…….

'장자가 아닌 것이 아까울 뿐이군.'

강현은 눈을 내리깔며 찻잔을 입가에 대었다.

"그래, 언제까지 예서 머무를 셈인가?"

무진이 돌리지 않고 단도직입적으로 물었다.

천제당을 떠나 바로 환국의 국경으로 가리라 여기지는 않았지만, 같은 마을에 위치한 철화단의 지사에서 머문 지도 벌써 닷새째였다. 그럴듯하게 행장을 꾸려 상단 일행으로 위장한 후 국경으로 향할 거라는 이야기야 사율에게 들었지만 시일이 지날수록 초조해지는 것은 어쩔 수 없었다. 사율이 혹시 모르니 환국에 계신 부왕께도 아무 소식을 전하지 말라고 당부까지 한 바, 겉으로야 평정을 가장하고 있었지만 무진의 속은 슬슬 타들어갔다.

"쌀이 익어야 뜸을 들이는 법이지요. 소인은 그때를 기다리고 있을 뿐입니다."

강현이 잔을 내려놓으며 여전히 태연한 자세로 말했다.

정확한 시일을 묻는데 뜬구름 잡는 소리 하기는. 무진은 미간을 찌푸리며 재차 물었다.

"여러 말 하게 만들지 말게. 그때가 언제냐고 묻고 있지 않은가?"

무진의 거듭된 재촉에 강현은 시선을 들어 그의 눈동자를 지그시 바라보았다. 그리고 천천히 입을 열어 나직한 음성으로 그에게 답했다.

"잔치는 크게 열수록 소문이 무성히 나는 법. 조금만 더 기다려 주십시오, 왕자 마마."

"……환국에 소문을 내고 있군."

무진은 강현의 말뜻을 단박에 알아챘다. 이런 이야기는 사율에게서도 들은 바가 없었다. 그녀가 위해한 짓을 꾸몄을 리는 없겠지만, 당사자인 그와 상의 한마디 없이 강현과 둘이서만 일을 진행하다니.

"미리 말씀드리지 않은 것은 사죄드리겠습니다. 불쾌한 기분이 드시는 것도 당연합니다. 허나 공주님께 서운함을 품지는 않으셨으면 합니다. 그분은 지금도 왕자 마마를 돕기 위해 노력하고 계시니까요."

강현이 무진의 마음을 이해한다는 듯 사죄와 함께 사율을 대변했다.

무진은 차갑게 식은 눈빛으로 잠시간 강현의 얼굴을 응시했다. 그러고는 낮게 가라앉은 음성으로 심문하듯 말했다.

"소문의 내용은 무엇인가?"

"……셋째 왕자 마마께서는 추방당하신 게 아니라 전하의 밀명을 비밀리에 받잡고 동맹국을 시찰하러 가셨다. 그리고 동맹국에서 사귄 친구들과 함께 깜짝 놀랄 만한 소식을 들고 환국으로 귀환 중이시다."

"풋…… 하하하하!"

강현의 이야기를 들은 무진이 갑자기 웃기 시작했다. 참을 수 없다는 듯이 배를 잡고 킥킥거리며 웃음을 멈추지 않았다. 강현은 무진이 대소를 그칠 때까지 조용히 그를 지켜보았다.

"역시 사율은 영리해. 지나칠 정도로."

실컷 웃고 났는지, 무진이 말을 뱉어내며 자리에서 일어났다. 강현도 그를 따라 의자에서 일어섰다. 무진은 손을 내저으며 강현에게 말했다.

"따라오지 말게."

"왕자 마마."

강현이 무진을 부르며 탁상 밖으로 발을 한 걸음 내디뎠다. 어쩐지 그가 위태로워 보인 까닭이다.

그러나 무진은 더 이상 다가오는 것을 허락하지 않겠다는 듯이 단호하게 손을 들어 보였다.

"방해는 용서 않겠네."

그러고는 거침없이 문을 열고 밖으로 나갔다.

강현은 작게 한숨을 내쉬며 무진이 거칠게 닫고 나간 문짝을 응시했다. 그러고는 다시 의자에 앉아 잔에 소리 없이 찻물을 따랐다.

사율은 양손으로 잡은 검을 휘두르며 앞으로 한 발을 내디뎠다.

실로 오랜만에 하는 검술 연습이었다. 그리 결심을 했건만 외유를 나온 후에도 검술을 제대로 연마한 적이 없었다. 습격을 받아 어떻게든 몸을 지켜보려고 검을 붙잡았을 때도 속절없이 당하기만 했을 뿐 검술이란 것을 써본 적이 없었다.

겉으로 티는 안 냈지만 사율은 그것이 내심 속상했다. 아무리 전문적인 살수들이었다고는 하나, 검을 들고서도 방어 한번 해내지 못한 자신이 참으로 한심스러웠다. 검술을 아예 익힌 적이 없다면 모를까, 궁을 나올 때만 해도 왕실의 고급 무예를 연마한 자신의 실력이 수준급이라고 자만하지 않았는가? 무진이 이 얘기를 들으면 비웃겠지만 말이다.

'적어도 짐은 안 되어야지!'

사율은 몸을 휘돌리며 속으로 소리쳤다.

공주나 신녀는 사람들에게 둘러싸여 보호를 받는 존재이기에 몸을 스스로 지킬 필요가 없다. 그러나 막상 눈앞에서 검을 겨루어야만 하는 상황이 닥치면 그 존재 자체가 다른 사람들의 목숨을 위협한다. 무진과 습격을 당한 후 사율이 무엇보다 절절히 느낀 점은 바로 그것이었다. 노상 보호받는 자신이 옆 사람을 허무하게 죽음으로 몰아넣을 수도 있다는 사실을 사율은 난생처음으로 깨달았다.

"그렇게 팔다리에 힘을 주고 검을 휘두르면 다치오."

무진이 저만치에서 걸어오며 사율을 향해 큰 소리로 말했다.

사율은 동작을 마치고 검을 내리며 그를 바라보았다. 무진이 성큼성큼 다가오고 있었다.

"그럼 당신이 지도해 줄래요? 오랜만에 하니 익숙지가 않아요."

사율이 코앞까지 다가온 무진에게 부탁했다. 무진은 사율의 얼굴을 내려다보며 싱긋 미소 지었다.

"실검이 아닌 목검으로 하면 어떻겠소? 만에 하나라도 그대가 다치면 안 되니까."

"내 실력이 그 정도로 형편없단 뜻이군요? 쳇! 알았어요."

사율이 고개를 옆으로 돌리며 샐쭉한 표정을 지었다. 그래도 무진의 말을 따르기로 했는지, 들고 있던 검을 검갑에 집어넣고는 목검을 구하기 위해 창고 쪽으로 몸을 돌렸다.

그런데 막 자리를 떠나려는 순간 무진이 갑자기 그녀의 팔목을 낚아챘다. 사율은 의아한 얼굴로 무진을 돌아보았다.

"왜요? 목검을 가지고 오려는데."

"그대가 검술을 연마하는 까닭…… 혹시 나 때문이오?"

무진이 낮은 목소리로 물었다. 사율은 무진의 눈을 빤히 쳐다보다가 아니라는 듯 고개를 저었다.

"그 일이 큰 계기가 되기는 했지만 당신 때문은 아니에요. 나도 궁에서 어렸을 적부터 무예를 익혔는데 내 한 몸 지키지도 못하다니 속상해서 말이죠."

"속상해할 필요 없소. 대신 그대는 다른 것들에 뛰어나잖소."

무진은 팔목을 잡은 손을 미끄러뜨려 사율의 손을 잡았다. 그리고 손을 들어 사율의 손등을 자신의 입술 가까이로 가져갔다.

"그 뛰어난 것들이 유사시에 전혀 쓸모가 없었잖아요."

사율이 한숨을 내쉬며 대꾸했다. 무진은 사율의 부드러운 피부에 입을 맞추며 속삭이듯 말했다.

"그자들은 웬만한 무사도 받아낼 수 없는 검술을 구사했소. 그대의 실력 탓이 아니오."

"네에, 하지만 그전에 공격을 받았을 때도 방어 한번 못하기는 마찬가지였잖아요. 그러니까 이 손 놓고 빨리 검술이나 가르쳐 줘요."

자기는 그런 자들을 열 명이나 해치워 놓고 말은 잘한다!

사율은 살짝 토라진 표정으로 무진에게 잡힌 손을 빼내려 버둥거렸다. 그러나 무진은 손에 힘을 주어 그녀를 품으로 확 끌어당겼다. 사율을 끌어안고 그녀가 옴짝달싹못하도록 두 팔 안에 가둬 버렸다.

갑작스레 무진에게 안긴 사율의 두 눈이 토끼처럼 변했다. 아까부터 그의 행동이 왠지 이상하게 느껴졌다. 사율은 미간을 찌푸리며 잠시 생각해 보다가 그에게 이야기했다.

"할 말 있으면 해요. 불안하게 이러지 말고."

"할 말이 많았던 것 같은데…… 그냥 관두겠소."

대답하는 무진의 목소리가 잠겨들었다. 사율은 머리를 뒤로 쏙 빼며 그의 얼굴을 보려 애썼다. 무진은 가만히 있으라는 듯 그녀를 안은 팔에 힘을 더 꽉 주었다.

"숨 막혀요! 할 얘기 있으면 하라니까요?"

사율이 빽 소리쳤다. 그러나 무진은 그녀가 귀엽다는 듯 그저 쿡쿡 웃을 뿐이었다. 왠지 약이 오른 사율은 몸 전체에 힘을 주어

바동거려 보았다. 그래도 소용없다. 결국 자신의 힘으로는 무진에게서 벗어날 수 없다는 것을 깨달은 사율은 머리를 그의 어깨에 기대며 힘 빠진 목소리로 물었다.

"이거 혹시 새로 개발한 고문법인가요?"

"후후후! 그리 말하면 섭섭하오. 나는 다만 그대를 향한 내 강렬한 마음을 온몸으로 표현하고 있을 뿐이오."

"두 번 강렬했다가는 뼈가 으스러지겠군요."

사율이 투덜거리듯 종알댔다. 무진은 또 쿡쿡 웃기만 했다. 사율은 포기했다는 듯 힘없이 말했다.

"화내고 싶으면 화내요. 왜 당신한테 상의도 없이 그런 일을 했냐고. 다 알고서 이러는 거잖아요."

"이제 와서 그러면 무엇하겠소? 이미 일은 벌어졌는데. 그리고 그대는 나를 위해 그런 것이잖소. 다만 내가 차마 못한 일을 그대가 하게 만든 것 같아 미안하구려."

사율이 환국에 던져 넣은 것은 적을 향한 최상의 미끼. 무진 또한 그를 모르는 바가 아니었다. 아니, 그 역시 가장 먼저 떠올린 방법이었다.

하지만 이는 환국 내부에 무진을 제거하려는 자가 있다는 전제를 깔지 않고서는 쓸 수 없는 것. 아무리 머리를 차게 식혀도 무진으로서는 그를 인정하기가 쉽지 않았다.

"내가 가장 바라는 것은 당신이 환국의 국경을 넘을 때까지 아무 일도 일어나지 않는 거예요. 물론 넘고 나서도 마찬가지고요."

사율이 다시 머리를 들며 작은 목소리로 말했다.

무진은 그제야 그녀를 옭아맸던 두 팔을 풀었다. 그리고 양손으로 그녀의 어깨를 잡고는 그 고운 얼굴을 지그시 들여다보았다. 사율 또한 무진의 두 눈을 차분히 바라보았다.

그렇게 한참 동안 사율의 얼굴을 응시하던 무진이 조용히 입을 열었다.

"이 모든 일이 무사히 일단락되어 나와 그대가 각자 궐로 돌아가고 나면 말이오."

무진은 잠시 입을 다물었다. 신중함을 담은 눈빛으로 사율의 영롱하고 검은 눈동자를 뚫어질 듯 직시했다. 사율 또한 아무 말도 않고 다만 그가 뒷말을 잇기를 기다렸다.

마침내 그가 다시 입술을 열어 다짐하듯 말했다.

"부왕과 큰 형님께 간곡히 청원하여 그대를 만나러 정식으로 진국에 가겠소."

"무진……."

"그때가 되면 나를 환하게 웃으면서 맞이해 주겠소?"

그는 진심이다. 환국의 셋째 왕자 환무진이 진국의 공주 진사율에게 지금 진심 어린 고백을 하고 있다. 마음을 담아 정식으로 함께하자 청하고 있었다.

사율은 무진이 그랬던 것처럼 잠시간 그의 눈동자를 뚫어질 듯 바라보았다. 그러다 시선을 살포시 내리며 작게 중얼거렸다.

"답은 그때가 되면 할게요."

사율의 대답을 들은 무진의 미간에 주름이 드리워졌다. 영리한 그녀가 말뜻을 못 알아들었을 리는 없을 터. 설마 돌려서 거절함인가?

무진은 사율의 어깨를 잡은 두 손에 힘을 주며 애타는 목소리로 다시 말했다.

"사율, 내가 지금 그대에게……!"

"알아요, 무슨 뜻인지."

사율이 무진의 말을 잘랐다. 무진은 사율을 잠시 내려다보다 지극히 낮게 깔린 음성으로 물었다.

"혹시 싫은 거요?"

"아니에요, 그런 거. 그냥 지금은 당신이 환국으로 무사히 귀환했으면 좋겠어요. 나머지는 다 그 후에 생각할래요."

"후…… 알겠소. 그리합시다."

무진은 한숨을 내쉬며 다시 사율을 끌어안았다. 별말 없이 얌전히 안기는 사율의 체온을 그저 눈을 감고 조용히 느껴보았다. 어쩔 수 있겠는가? 지금은 이것으로 만족하는 수밖에.

하지만 솔직히 조금 서운하기는 했다. 그가 그러기 위해서 무엇을 감수해야 하는지 뻔히 알 텐데 말이다. 그냥 예쁘게 '알겠어요'라고 대답하면 안 되나?

하여 무진은 침묵을 깨며 불쑥 말을 꺼냈다.

"그런데 말이오. 어차피 그대에게 선택권이란 없을 거요."

따뜻한 손길로 조용히 등을 쓰다듬어 주던 무진이 내던진 뜬금없는 소리에 사율이 고개를 살짝 틀며 반문했다.

"무슨 소리예요? 선택권이 없다니."

그러자 무진은 어딘지 심술이 돋은 말투로 냉큼 대꾸했다.

“그대가 거절하면 보쌈할 거거든. 궁궐은 몰래 빠져나오기만 해봤지 침입해 본 적은 없어서 힘들긴 하겠지만 뭐, 얼추 비슷하지 않겠소? 그러니 웬만하면 순순히 응하시오. 내가 봇짐처럼 어깨에 메고 나오면 공주 체면에 꼴사나울 것 아니오?”

“뭐예요? 당신은 일국의 왕자가 되어가지고서 그게 할 말이에요? 그러면 뭐, 나는 가만히 있을 줄 알아요?”

사율이 또다시 몸을 바동거리며 소리쳤다. 하여튼 이 왕자는 끝까지 진지한 꼴을 못 봤어!

그러나 무진은 아까처럼 사율을 안은 두 팔에 힘을 꽉 주며 놀리듯 싱글거릴 뿐이었다.

“그냥 얌전히 구시오. 그때도 그렇고, 지금도 마찬가지고.”

“이거 못 놔요?”

“이허, 가만히 있으래도? 힘으로 나를 이길 수는 없잖소? 쓸데없는 힘 낭비는 하지 맙시다.”

“무진!”

꼼지락거리는 사율을 안고 있으려는 무진과 어떻게든 그에게서 빠져나가려고 몸을 뒤트는 사율의 실랑이는 잠시간 계속되었다. 그러다 무진이 사율의 볼에 입을 맞추고는 쌩하니 도망쳤고, 간신히 그에게서 풀려난 사율은 헉헉거리며 가쁘게 숨을 고르다가 이내 그를 뒤쫓았다.

사율은 무진을 쫓아가며 공주의 체통마저 잊고 소리쳤다.

“무진, 거기 안 설래요? 잡히면 용서하지 않을 거예요!”

“하하하하! 싫소. 지금 잡혔다가는 그대에게 맞아 죽을 것 같구려!"

"무진!"

두 남녀의 쫓고 쫓기는 추격전은 철화단의 지사를 짜랑짜랑 울리며 그렇게 한동안 이어졌다. 아연한 소란에 밖으로 나와본 강현이 못 말리겠다는 표정으로 두 사람을 흥미롭게 구경할 때까지.

第十一章 그 신녀, 변장

“이봐, 자네. 그 소문 들어보았나?”

“소문? 무슨 소문?”

“우리 셋째 왕자 마마에 대한 소문 말일세.”

“아! 전하의 노여움을 사서 추방당했다는 그 소문?”

“아니, 그거 말고 요 며칠간 돌고 있는 소문 말일세. 사실은 왕자 마마가 전하께 밀명을 받고 동맹국들을 방문하기 위해 떠난 것인데, 그를 감추려고 일부러 추방당했다는 소문을 퍼뜨린 거라더군.”

“뭐? 그거 믿을 만한 것인감?”

“국경을 넘나드는 여러 상인들의 입을 통해 나온 말이니 틀림없네. 게다가 왕자 마마가 동맹국의 힘 있는 사람들도 더러 사귄 데다, 전하께 놀랄 만한 소식도 가져올 거래."

"허어! 대체 어떤 밀명을 받으셨기에 추방당했다는 소문까지 내셨대?"

"그걸 알면 밀명이겠는가? 아무튼 지금 전하께서는 오매불망 셋째 왕자 마마가 돌아오기만을 기다리고 계신다더군. 어쩐지, 나는 추방당했다는 그 얘기가 도무지 믿기지를 않았어. 사실 셋째 왕자 마마가 은근히 백성들한테 신임을 받으시잖아. 그분의 도움을 받은 사람들도 꽤 되고 말이야."

"그야 그렇지. 어쨌든 잘된 일이네! 어서 돌아오셨으면 좋겠군."

근래에 환국의 백성들은 삼삼오오 모이기만 하면 이런 이야기들을 나누었다. 그들의 대화를 통해 회자되는 환국의 셋째 왕자 환무진은 호방하고 전하와 백성들의 신임을 한 몸에 받는 인물이며, 동맹국의 권력자들에게도 호감을 산 사람이었다. 그들의 말처럼 상인들의 입을 통해 시작된 이 소문은 열흘이 채 되기도 전에 국경에서부터 도성까지 파다하게 퍼져 나갔다.

그 정도로 퍼졌으니 궁 안에 있는 왕의 귀에까지 전달되지 않을 턱이 없다. 이전의 것과는 정반대인 소문의 내용에 환국의 왕은 의아함을 감추지 못했다. 또 더러는 염려도 되었다. 추방당했다는 소문이야 터무니없는 거짓이라 함부로 말도 안 되는 소리를 퍼뜨리고 다녔다가는 엄히 다스릴 것이라는 명까지 내렸지만, 이번 소문은 사실과 지나치게 흡사해서 문제였다. 밀명을 내렸다는 것은 무진과 자신밖에 모르는 일이었거늘, 이제는 환국의 백성들이 전부 그 이야기를 떠들고 있지 않은가?

하지만 이를 거짓이라 치부하며 또 발설치 말라는 명을 내렸다가는 무진의 위신마저 흠집 낼 터. 게다가 그 소문을 나라 안팎의 상인들이 전했다는 것이 마음에 걸렸다. 하여 왕은 한동안 상황을 지켜보기로 했다. 그러자 백성들은 왕의 침묵이 사실을 묵인하는 것이라 여겼고, 더더욱 신이 나서 말을 옮기고 다녔다. 그러는 사이 소문은 살에 살이 더해져 어느새 환국의 셋째 왕자 환무진에 대한 영웅담으로 둔갑해 있었다.

"대체 누가 한 짓거리란 말인가? 어떤 요망한 것들이 이리도 빨리 말을 옮기고 다니는 게야?"

사내는 탁상을 부서져라 내려치며 소리쳤다. 단단히 성이 났는지 눈알이 붉게 충혈되고 얼굴을 넘어 목까지 벌겋게 달아올랐다.

그의 앞에 서 있던 남자는 속으로 깊은 한숨을 내쉬며 차분한 어조로 사내에게 설명했다.

"환국 내부에 있는 자들의 소행이 아닙니다. 백성들이 말하는 대로 시작은 상인들이 했습니다. 그자들이 국경에서부터 도성까지 발발거리며 넘나들다 보니 소문이 더 빨리 확산되었고요."

"그걸 누가 모르는가? 어느 나라의 어떤 상단에 속한 자들이 주도적으로 퍼뜨렸냐는 게야! 중심축이 있을 거 아닌가, 중심축이!"

사내는 좀처럼 흥분을 가라앉히지 못했다.

마치 자기 하인 부리듯 함부로 대하는 그의 태도에 심사가 뒤틀렸으나 남자는 울화를 꾹꾹 눌러 참으며 그에게 말했다.

"그도 분명치 않습니다. 시작한 자들 중에는 삼국인이 다 섞여 있습니다. 아무래도 환국 밖에서부터 들어온 이야기인 듯합니다."
"그렇다면 그놈이 저지른 소행이라는 결론밖에 더 나는가? 내, 이놈을 당장……!"
사내는 양손으로 탁상을 내려치며 자리에서 벌떡 일어났다. 성이 날 대로 난 그는 얼굴마저 부들부들 떨고 있었다. 그놈이 어떻게 환국 내에서 도는 소문을 알고 그에 대처했단 말인가? 어떤 상단이 놈의 수족이 되어 이리 재빠르게 움직이고 있는가!
"안 되겠어…… 더는 안 되겠어!"
사내가 쥐어짜는 듯한 목소리로 외쳤다. 이때를 틈타 남자가 재빨리 그에게 말했다.
"살수들을 다시 모아놓았습니다. 제법 실력 있는 자들인 데다 쓰는 무기도 검부터 도끼까지 다양합니다. 명이 떨어짐과 동시에 사방에서 놈을 향해 달려들 것입니다."
"좋아! 다들 김해 평원으로 모이라고 해!"
사내가 눈을 부릅뜨며 말했다. 마치 셋째 왕자가 자신의 앞에 있기라도 한 것처럼 그는 노기를 잔뜩 품고 허공을 노려보았다.
하지만 남자는 사내의 명령에 쉽사리 대답할 수 없었다. 김해 평원은 신국에서 환국의 국경에 도달하기 전에 거쳐야 하는 넓은 평지였다. 엄폐물 하나 없이 드넓게 펼쳐진 그 공간에서는 서로 적진에 몸이 노출될 수밖에 없었다.
하여 남자는 조심스러운 어조로 다른 의견을 제시했다.
"차라리 그 앞쪽에 위치한 숲에 매복하는 것이 낫지 않겠습니까? 그편이 놈을 사냥하기가 더 쉬울 텐데요."

"안 돼! 그놈은 지나치게 숲에 익숙해. 훤히 드러난 평지에서 싸워야 놈이 궁지에 몰리더라도 도망칠 곳이 없지! 잔말 말고 그곳으로 집합시켜!"

사내의 고집은 완강했다.

하기야 그의 말을 따르는 것이 더 나으려나? 남자는 고개를 끄덕이며 수긍했다.

"알겠습니다. 그럼 그리하지요. 첩자의 말에 의하면 왕자 일행이 대략 닷새쯤 후에 국경에 도착할 것 같다 하니, 나흘 후 새벽에 김해 평원에서 모이라고 지시하겠습니다."

"그래! 나도 준비하지."

사내가 눈을 치뜨며 대답했다. 남자는 그에게 목례를 하고는 즉시 명령을 수행하기 위해 방 밖으로 나갔다.

혼자 남은 방 안에서 사내는 주먹으로 탁상의 정 가운데를 내려쳤다. 빠각 소리와 함께 탁상에 쩍 금이 갔다.

"절대로 국경을 넘게 할 수는 없어! 절대로!"

사내는 어금니를 으드득 깨물며 다짐했다.

"아아, 정말이지 마음에 안 드는군."

무진은 쉴 새 없이 어린애처럼 투덜거렸다. 옆에서 그의 투정을 계속 듣고 있던 사율이 참다못해 그에게 면박을 주었다.

"그만하지 못해요? 나라고 이 꼴이 마음에 드는 줄 알아요?"

"그야 그렇겠지만, 그대가! 그대가! 아아아!"

무진은 절망하듯 얼굴을 두 손으로 감쌌다. 차마 사율을 제대로 바라볼 수가 없었다. 엉망진창이 된 그녀의 모습을 도저히 두 눈에 담고 싶지가 않았다.

말에 탄 채로 참 잘도 저런다! 사율은 가늘게 뜬 눈으로 무진을 보다가 짧게 혀를 찼다. 예전부터 느꼈지만 저 왕자의 적성은 아무래도 희극 배우인 듯싶다. 왕족이라 저 재능을 살리지도 못할 텐데 아까워서 어쩔까나?

"저도 미모를 망쳐 놓아 심히 안타깝기는 하지만, 안전을 위해서는 이편이 훨씬 나으니 이해하시지요."

두 사람의 옆에서 설렁설렁 말을 몰고 가던 강현이 느릿하게 말했다. 강현의 태평한 목소리를 들은 무진은 손을 내리고 고개를 홱 돌리며 그를 노려보았다.

"내가 얼굴까지는 이해하겠네. 그런데 머리가 저게 뭔가? 사율의 검은 비단결 같던 머리칼을 꼭 붉은 개털처럼 만들어놓지 않았는가? 저러다 원상복구가 안 되면 어쩔 텐가? 자네가 책임질 텐가?"

"아아, 소인의 명예를 걸고 완벽하게 돌려놓을 테니 걱정 마시지요. 저리 개털처럼 만들어놓는 것은 뭐, 쉬운 줄 아십니까?"

강현은 여전히 태평했다. 그 때문에 무진의 눈초리는 더 올라갔지만.

하지만 무진보다는 사율의 눈매가 더 뾰족하게 변했다. 듣자 듣자 하니까 이 남자들이 정말! 뭐? 개털이 뭐가 어째?

"무진! 더 이상 내 모습에 대해 왈가왈부하면 당신도 똑같이 개털로 만들어주겠어요! 그리고 강현도 일일이 받아치지 마시오. 자꾸 그러면 둘만 멀찍이 떨어져서 따라오라 명하겠소!"

"송구합니다."

"흠흠! 알겠소."

결국 사율이 앙칼지게 협박조로 말하고 나서야 두 사람은 입을 다물었다. 하여튼 남자들이란! 늙어 죽을 때까지 어린애라더니 저러고 있는 꼴들을 보면 그 말이 딱 맞다. 왜 다들 아바마마 같지가 않은 게야?

뭐, 무진이 애달파하는 것도 이해 못하는 바는 아니었다. 지금 사율의 얼굴은 턱과 볼이 두툼한 데다 곰보까지 파였고, 머리카락은 불그스름하고 거칠기 짝이 없어 꼭 말갈기 같았다. 마을 안을 은밀히 시찰하고 다니던 윤이 사율을 찾고 있는 듯한 남자들을 발견했다고 귀띔해 주어 강현이 이날 새벽부터 공들여 변장해 준 것이었다. 그리고 변장은 성공적이다 못해 사율을 아예 딴 처자로 만들어놓았다. 무진이 저리 툴툴거릴 정도로 말이다.

"하여튼 자네는 재주도 많아. 변장 기술은 또 언제 배웠는가?"

사율의 협박 아닌 협박을 듣고서 묵묵히 말을 타고 가던 무진이 툭 하니 침묵을 깼다. 강현은 입매를 슬쩍 위로 올리며 답했다.

"일전에 떠돌이 극단 하나를 며칠간 돌봐준 적이 있지요. 그들이 답례라면서 자기들이 쓰는 여러 기술들 중 몇 가지를 가르쳐 주었는데, 그중 하나였습니다."

"흐음, 여러모로 꽤 유용하게 썼겠구먼."

무진도 입 끝을 삐뚜름하게 위로 올리며 대답했다. 철화단처럼 큰 상단의 우두머리도 얼굴이 쉬이 알려지면 좋을 게 없는 바, 강현이 종종 스스로 변장을 하고 다녔음을 어렵지 않게 눈치챌 수 있었다.

"기술을 알려 드릴까요?"

웬일로 강현이 마음에 드는 제안을 했다.

하지만 상인과의 거래에는 대가가 따르는 법. 무진은 씨익 웃으며 그에게 물었다.

"얼마면 되겠는가?"

"후후! 글쎄요. 상인들을 동원하여 소문을 내고, 이리 보란 듯이 두 분을 호위하고, 기술까지 전수해 드리니 싸지는 않겠지요. 마마께서 환국의 궁으로 무사히 돌아가셨다는 소식을 들으면 제가 값을 매겨 찾아가겠습니다."

"하하하! 그도 괜찮지."

다소 맹랑한 대답이었음에도 무진은 유쾌하다는 듯이 호탕하게 웃었다. 기회가 왔을 때 잽싸게 이윤을 챙기려는 상인으로서의 면모와 무진이 무사하기를 바라는 인간적인 면모를 동시에 드러냈기 때문이다. 그리고 계속 티격태격하기는 했지만, 사실 냉정하게 판단해 보면 삼국 모두에 지사가 있는 철화단의 행수와 거래를 터 두는 것도 나쁘지 않았다.

"흥정은 그쯤하고 슬슬 서두르지요?"

두 사람의 옆에서 말을 타고 가던 사율이 하늘을 보며 말했다. 조금만 더 지나면 해가 질 터. 서른 명이 넘는 인원으로 행장을 꾸렸으니 서둘러 숙소를 구해야 했다. 다행히 이른 새벽에 출발했기에 한 식경 정도만 더 가면 다음 마을의 입구가 보일 듯했다.

"그럼 조금 달려볼까? 어차피 저 짐들, 거의 비었다 하지 않았나?"

무진이 말과 수레에 바리바리 실린 상자들을 슬쩍 보며 강현에게 물었다. 강현은 고개를 저으며 그에게 대답했다.

"그래도 혹시 모르니 짐을 실은 수레와 말들은 천천히 따라오게 하겠습니다. 일행 중 일부만 먼저 마을로 가서 숙소를 구하지요."

"그게 좋겠군. 어떻소, 사율. 먼저 가겠소?"

"네, 그러지요."

"그렇다면 인원의 반을 먼저 출발시키지요. 지금부터 짐을 실은 자들은 천천히 뒤따라오고, 나머지는 이 두 분과 함께 달린다!"

"네, 나리!"

강현의 지시와 함께 짐을 싣지 않은 말을 탄 사내들이 앞으로 나왔다. 그들이 얼추 한곳으로 모이자, 강현은 사율과 무진을 향해 고개를 끄덕여 보였다. 사율과 무진도 강현을 보며 고개를 끄덕였다. 강현은 사내들을 향해 큰 소리로 외쳤다.

"자, 가자!"

강현의 신호와 함께 스무 명가량의 사람들이 동시에 출발했다. 일행의 선두에는 강현과 무진이, 중간에는 사율과 윤이 속해 있었다. 그들은 보란 듯이 먼지를 일으키며 마을을 향해 달려나갔다.

"아아, 시원해! 이것도 보통 일이 아니군."

변장을 지우고 물로 얼굴을 깨끗이 씻어낸 사율이 수건으로 물기를 닦으며 말했다. 사율이 거하는 방 안의 탁상 앞에 앉아 그녀를 기다리고 있던 무진이 환하게 웃으며 맞이했다.

"이제야 그대 같구려. 그 머리는 여전하지만."

이 남자, 아까부터 머리카락에 상당히 집착하는 경향이 있다? 사율은 눈을 가늘게 뜨며 새치름하게 대꾸했다.

"그러다 내 머리가 원래대로 돌아오지 않으면 울겠어요?"

"하하하! 그럴 리가 있겠소? 그냥 강현의 머리칼을 더한 개털로 만들어놓을 거요."

그놈의 개털 타령! 사율은 눈을 뾰족하게 뜨며 무진을 축객했다.

"그런데 왜 여기 있는 거예요? 당신 방으로 돌아가세요. 피곤해서 자야겠어요."

"아아, 냉정하오! 하루 종일 변장한 모습만 보다가 이제야 겨우 그대의 아리따운 얼굴을 보려는데 돌아가라니요!"

무진이 눈초리를 내리며 그렁그렁한 눈으로 맞대응했다.

그런다고 넘어갈 줄 알고? 이 외모 집착남! 사율은 눈매를 올리며 분명하게 의사를 전달했다.

"하루 종일 변장하고 있었더니 몹시도 피곤하네요. 그만, 당신, 방으로, 돌아가욧!"

"싫소. 피곤하면 어서 주무시오. 잠들 때까지 옆에서 지켜보고 있겠소. 그대는 잠든 얼굴도 꽤 예쁘거든?"

무진은 그새 전략을 바꿨는지 이번에는 생글생글 웃으면서 대응했다.

이 남자가 이 야심한 시각에 혈압을 어디까지 올려놓을 작정이야? 사율은 무진의 저 빤질거리는 얼굴을 한 대 확 때려주고 싶다는 생각을 하며 가까스로 인내심을 발휘해 다시 말했다.

"당장 안 나가면 나 화낼 거예요. 그래도 안 나가요?"

"후우……. 알겠소, 알겠어."

무진은 대답과 함께 억지로 겨우겨우 몸을 일으켰다. 그리고 느르적느르적 걸어 사율의 코앞에 서더니, 불만이 한가득 섞인 표정으로 그녀를 물끄러미 내려다보았다.

이 왕자가 또 왜 이러실까? 방으로 돌아가기가 그렇게 힘든가? 바로 옆방이잖아! 사율은 자신의 머리 위에 그림자가 지도록 고개를 숙여서 내려다보고 있는 무진에게 미간을 찌푸리며 따졌다.

"심히 피곤하니 각자 방에서 쉬자는데 대체 뭐가 문제예요?"

"며칠이 지나고 나면 언제 다시 볼지도 모르는데 그대가 전혀 아쉬워하지 않는 것 같다는 게 문제요! 이왕 말이 나왔으니 내, 단도직입적으로 묻겠소. 그대, 내가 좋기는 한 것이오?"

예상치도 못했던 질문이 갑자기 훅 치고 들어왔다. 사율은 순간 그 자리에서 얼음이 되었다.

사율이 입을 뻥긋거리며 자신을 쳐다보기만 할 뿐 아무런 대답도 못하자, 무진은 그녀의 양어깨를 붙잡고 앞뒤로 딸딸 흔들며 물음표들을 쏟아내듯 투하했다.

"왜 갑자기 말이 없소? 싫은 건 아니라고 했잖소? 그건 그냥 싫지는 않다는 뜻이오, 아니면 내가 좋다는 뜻이오? 의사를 확실히 밝혀야 될 것 아니오!"

"어, 어지러워요, 무진."

"그러니까 어서 대답을 하시오. 사나이 순정 가지고 놀지 말고!"

가지고 놀기는 뭘 언제 가지고 놀았다고! 사율은 어깨에 턱 하니 올라와 있는 무진의 양팔을 두 손으로 붙잡으며 엉겁결에 소리쳤다.

"알았어요! 대답할게요. 대답하면 되잖아요!"

무진은 그제야 움직임을 멈추었다. 그래도 그녀의 양어깨를 붙든 손을 내려놓지는 않았다. 무진은 이글이글 타오를 듯한 눈빛으로 사율을 재촉했다.

"자, 어서 대답하시오."

사율은 정신이 혼미해졌다. 하도 흔들어대서 어지러워 죽겠는데 이 인간은 대답을 듣지 않고서는 도무지 방으로 돌아갈 것 같지가 않다. 어쩌자고 오밤중에 이런 똥고집을 부리는 건지.

사율은 할 수 없이 흠흠 헛기침을 하고는 머뭇머뭇 입을 열었다.

"다, 당신을 두고 혼자 떠날 수 없다고 했잖아요. 당신이 무사했으면 좋겠다고."

"그래서 내가 좋다는 거요, 안 좋다는 거요?"

무진이 다그쳤다. 가타부타 대답을 듣기 전까지는 결코 양보하지 않을 기세다. 사율은 할 수 없이 발갛게 달아오른 얼굴로 떠듬

떠듬 말하기 시작했다.

"그러니까 그게…… 어쩔 때는 좋은 것 같다가도…… 또 어쩔 때는 얄밉기도 하고…… 당신이 다치는 건 싫지만…… 지금처럼 굴 때는 막 때려주고 싶기도 하고…… 솔직히 잘 모르겠어요. 그냥 오락가락해요!"

에라, 모르겠다! 될 대로 되라지! 마지막에는 소리쳐 버렸다.

"흐음, 그렇단 말이지?"

드디어 사율의 본심을 들은 무진은 다시 그녀를 빤히 내려다보았다. 아무런 말도 하지 않고 어깨를 놓지도 않은 채 사율의 얼굴을 뚫어져라 바라보기만 했다. 그러는 무진이 심히 부담스러워, 사율은 시선을 살짝 내려 그의 눈길을 피했다.

"이제 그만……."

"사율, 내 눈을 똑바로 보시오. 그리고 내 말을 잘 들으시오."

무진의 목소리에 낮은 위압감이 스몄다.

사율은 아래쪽으로 내렸던 시선을 슬그머니 다시 올렸다. 무진의 짙고 검은 눈동자가 그녀의 눈길을 잡아챌 듯 기다리고 있었다. 다시 눈과 눈이 맞닿자, 무진은 그때까지 한 번도 입 밖으로 소리 낸 적 없었던 자신의 진심을 전하기 시작했다.

"나는 그대를 아주 많이 좋아하오. 누구에게도 그대를 빼앗기고 싶지 않을 만큼 좋아하게 됐소. 하지만 내가 끝까지 무사해야 그대를 다시 볼 수 있겠지."

사율의 눈매가 일순간 커졌다. 무진이 이 불안한 사실을 스스로 꺼낼 줄은 몰랐다. 일부러 애써 입을 다물고 있는 줄 알았는데…….

하지만 이 길고 긴 여정 중에 그가 최종적으로 내린 결론을 사율에게 전달할 기회는 지금뿐. 무진은 멈추지 않고 이야기를 계속했다.

"그대가 내 안위를 위해 최선을 다할 거라 했을 때 솔직히 많이 기뻤소. 이런 상황에서는 그로써 만족해야 할지도 모르지. 허나 나는 그대를 많이 좋아하고, 또 그대와 함께 지내고 싶소. 하여 무사하기 위해, 어떻게든 그대를 다시 만나러 가기 위해 최선을 다할 거요."

"무진……."

무진은 말을 마침과 동시에 천천히 사율의 어깨에서 손을 떼었다. 그리고 따스한 빛이 서린 눈으로 놀란 표정의 사율을 지그시 바라보았다.

사율은 아무런 말도 할 수 없었다. 그저 그의 눈길을 피하지 않고, 그에게서 도망치지 않고 마주 보는 수밖에. 무진이 눈가에 엷은 미소를 드리우며 다정한 음성으로 다시 입을 열었다.

"이제 그만 쉬시오. 피곤할 텐데 오래 붙잡고 있어서 미안했소."

그러고는 사율을 지나쳐 문 쪽으로 향했다.

무진이 막 문을 열고 나가려는 찰나, 그때까지 가만히 서 있기만 하던 사율이 뒤돌아 그를 외쳐 불렀다.

"무진!"

무진은 멈칫하며 그 자리에 섰다. 그러자 사율은 그의 넓은 등을 쳐다보며 가까스로 마음속에 있던 말들을 토해냈다. 지금까지 한 번도 입에 올리지 않았던 속말들을 힘주어 꺼내놓았다.

"당신과 지내는 거…… 나쁘지 않았어요. 아니, 괜찮았어요! 그러니까 지금 한 말들 꼭 지켜야 해요. 어떤 순간이 와도, 어떤 일이 벌어져도 꼭 지켜야 해요!"

무진은 문을 보며 희미하게 웃었다. 이것은 그녀가 용기를 내어 전달한 날 것 그대로의 진심. 그 마음이 기쁘지 않을 리 없다.

무진은 고개를 살짝 숙이며 대답했다.

"새겨듣겠소."

그리고 그대로 방 밖으로 나갔다.

사율은 무진이 문을 닫고 사라진 후에도 그 자리에 가만히 서 있었다. 가슴이 들썩거리고 심장이 쿵쿵 뛰었다. 이상하게도 무진의 낮은 목소리가 계속 귓가를 맴돌았다.

그렇게 요동치며 울려대는 가슴을 진정시킬 때까지, 사율은 지워지지 않는 무진의 얼굴을 떠올리며 미동도 없이 그렇게 서 있었다.

며칠 동안은 아무런 소동 없이 지나갔다.

사율과 무진, 강현은 다른 일행들과 함께 간간이 대화를 나누며 빠르지도 느리지도 않게 국경을 향해서 움직였고, 그들을 방해하거나 습격하는 자들은 아무도 없었다. 보이지 않게 일행을 따르며 이들을 경호하는 윤 역시 별다른 낌새를 느끼지 못했다.

이대로 신국과 환국을 가로지르는 국경선에 도착한다면 얼마나 좋을까. 사율은 제발 그럴 수 있기를 천제께 빌었다. 그러나 만약 어떤 일이 터질 거라면 부디 무진이 환국의 국경을 넘기 전에 생기기를, 그가 환국으로 돌아가서 변을 당하거나 북방에서 보낸 살수들의 습격을 받지는 않기를 기도했다.

"조금만 더 가면 넓은 평원이 나올 겁니다."

우거진 숲을 지나 붉은 흙길을 따라 말을 몰면서 강현이 말했다. 옆에서 말을 타고 가던 사율이 고개를 살짝 끄덕였다.

"그 평원을 지나 작은 마을을 거치고 나면 국경이라고 들었소."

"그렇습니다. 이제 국경까지는 하루도 채 걸리지 않을 겁니다."

"그렇군."

사율이 앞을 보며 작은 목소리로 중얼거렸다. 무진과 함께할 시간이 이제 하루도 남지 않았다. 그는 진국으로 오겠다고 했지만 그것이 언제가 될지는 알 수 없는 법. 그와 떨어져 있는 동안에는 또 무슨 일들이 벌어질까? 다시 진국으로 돌아가면 오라버니와는 어디서부터 이야기를 풀어나가야 할는지…….

하지만 우선 이 하루를 아무 탈 없이 보내야 한다. 사율은 고삐를 단단히 붙잡았다. 서운함이 앞서 긴장을 늦출 수는 없었다.

"너무 그리 신경을 곤두세우지는 마시오. 몸이 경직되어 오히려 좋지 않소."

옆에서 나란히 말을 몰던 무진이 느릿한 목소리로 말을 건넸다. 평소와 다를 것 없는 어조였지만 사율은 그가 일부러 태연히 굴고 있다는 것을 알았다. 지금 머릿속이 가장 복잡한 사람은 무진일 터. 사율은 살짝 고개를 끄덕였다.

"알았어요. 당신 또한 어떤 순간에도 무리하지 말아요."

"후후. 알았소."

무진이 피식 웃으면서 대답했다. 그녀가 던진 의미심장한 한마디에 담긴 뜻을 바로 눈치챘기 때문이다.

그렇게 몇 마디를 주고받는 사이, 좁게 이어진 길이 끝나고 서서히 평원이 모습을 드러냈다. 일행은 쉬지 않고 말을 몰아 평원을 향해 온전히 몸을 내밀었다. 마을의 입구는 나무도 커다란 바위도 없이 펼쳐진 이 거대한 땅덩이를 지나야 나타날 터.

강현이 말을 멈춰 세우고는 말했다.

"이곳만 지나면 국경에 다 왔다고 보아도 무방할 것입니다."

"그렇겠지. 잠시 일행을 정비한 후 출발하세."

무진이 그에 동의하며 말했다. 강현은 일행의 얼굴을 하나하나 돌아보며 윤에게 지시했다.

"앞을 정찰하고 오거라."

"알겠습니다."

대답과 동시에 윤이 평원을 가로지르며 나아갔다. 말을 타고 달려 나가는 윤의 뒷모습을 보며 강현이 사율에게 귀띔했다.

"윤이 돌아오면 출발하겠습니다. 조심해서 나쁠 것은 없으니까요."

"동감이오. 윤이 무사히 돌아오기를 기다립시다."

사율 또한 멀어져 가는 윤을 바라보며 동의했다. 윤이 안전하다는 소식과 함께 돌아온다면 한시름 덜 수 있을 것이다.

그런데 빠른 속도로 말을 몰고 간 윤이 한 식경이 지나도 돌아오지 않았다. 이 평원이 드넓다는 것이야 알지만 아무런 위험 요소도 발견하지 못했다면 슬슬 지평선을 넘어 이쪽으로 오는 것이 보여야 했다.

시간이 경과할수록 사율의 가슴속에는 초조함이 싹텄다. 무진과 강현도 겉으로야 표정 변화가 없었지만 속으로는 온갖 변수들을 떠올리고 있었다. 결국 안 되겠다 싶었는지 강현이 이야기를 꺼냈다.

"정찰대를 두엇 더 보내야겠습니다. 아무래도 불안합니다."

"그러는 것이 좋겠소."

사율이 얼른 대답했다. 윤처럼 뛰어난 고수가 쉽사리 누군가에게 당할 리야 없겠지만, 그 만약의 사태가 벌어졌다면 상대는 무진 못지않게 강한 자이거나 다수일 터. 불안하지 않을 리가 없었다. 강현도 사율과 같은 생각을 했는지, 같이 온 일행 중에서 무술 실력이 월등히 뛰어난 둘을 골라 정찰을 지시했다.

상단 행수의 명을 받고 앞으로 나선 이들이 말의 옆구리를 차 출발하려는 찰나, 미간을 찌푸리며 지평선 쪽을 응시하고 있던 무진이 손을 들며 외쳤다.

"잠깐 기다리게. 누가 오고 있네."

무진의 말을 들은 사람들의 시선이 일제히 앞쪽으로 쏠렸다. 작은 점 하나가 일행을 향해 점점 가까이 오고 있는 것이 보였다.

사율은 숨죽이며 그의 정체가 완전히 드러나기를 기다렸다. 노파심이 강한 강현은 궁수들에게 손짓을 해 활에 화살을 장착시켰다. 만에 하나라도 윤이 아닌 다른 이가 무기를 들고 있다면 곧바로 쏴버릴 작정이었다. 이윽고 그는 모습을 알아볼 수 있을 만큼 가까워졌고, 사람들은 그제야 안도의 한숨을 내쉬었다.

"생각보다 늦었구나. 무슨 일이라도 있었느냐?"

일행의 앞에 무사히 도달한 윤이 말을 세우자, 강현이 가장 먼저 그에게 물었다. 윤은 말을 워워 진정시키며 침착한 목소리로 대답했다.

"심상치 않은 자들로 구성된 무리 하나가 앞에서 진을 치고 있습니다. 그런데 정체를 섣불리 파악할 수가 없습니다."

"그게 무슨 소리냐? 자세히 말해보거라."

옆에서 듣고 있던 사율이 재촉했다. 윤은 사율에게로 시선을 돌리며 정황을 상세히 설명했다.

"전부 같은 복색을 한 것을 보면 한 집단인 듯한데, 들고 있는 무기나 기세로 봤을 때는 사방에서 따로 모인 자들 같았습니다. 제게 정체를 묻기에 상단 일행을 호위하며 정찰 중이라 했더니, 그렇다면 상단과 함께 마을로 들어가라고 말했습니다."

"흐음, 애매한 상황이로군."

윤의 보고를 듣고 난 무진이 한마디 했다.

그들은 분명 도적이 아니다. 그렇다고 북방에서 보낸 살수들이라 하기에는 석연치 않은 구석이 있다. 그러나 또 아니라고 단언할 수는 없다. 그렇다면 어찌해야 할까?

"헌데 걸리는 것이 하나 있습니다."

무진이 역시 부딪쳐 보는 수밖에 없나 하고 고심하고 있는데, 윤이 다시 입을 열었다. 무진이 윤을 직시하며 빠르게 물었다.

"그게 무엇이냐?"

"그들 중에 특히 기세가 남다른 자가 한 명 있었는데, 보통 인물이 아닌 듯싶었습니다. 그리고…… 왠지 왕자 마마와 닮았다는 느낌이 들었습니다."

"나와 닮았다고?"

무진이 이마에 주름을 드리우며 반문했다. 강현과 사율의 시선도 덩달아 윤에게로 향했다. 윤은 남자의 얼굴을 다시금 떠올려 보며 신중한 음성으로 말했다.

"예. 체격은 다르나 전체적인 인상이 닮았습니다. 분명 그 무리의 우두머리는 그일 것입니다."

"……가봐야겠군."

"무진!"

무진의 결심과 사율이 그를 부르는 소리가 거의 동시에 울려 퍼졌다. 무진은 시선을 돌려 사율의 얼굴을 바라보았다. 사율이 불안과 걱정이 뒤섞인 눈으로 그를 쳐다보고 있었다.

"확인하기 위해서라도 가볼 수밖에 없잖소. 예서 계속 있을 수도 없는 노릇이고."

"하지만……!"

"나와 닮았다잖소. 어쩌면 상황이 좋게 풀릴 수도 있소."

"그렇다면 혹시 모르니 방비라도 하고 가야겠습니다. 모두 무기를 꺼내 들고 전투태세를 갖춰라! 그리고 공주님께선 윤과 함께 일행의 맨 뒤편에 서십시오. 원치 않게 위험한 상황이 발생한다면 즉시 윤과 함께 피하셔야 합니다."

이왕지사 가기로 한 바, 강현이 재빠르게 명령을 내렸다. 불안하기는 하나 무진의 말마따나 계속 이러고 있을 수는 없었다. 왕자를 호위하기로 한 순간부터 어느 정도 각오는 한 터, 강현은 일행의 선두에 서며 출발 지시를 내렸다.

"자, 모두들 마음 단단히 먹거라. 가자!"

"나도 함께 가세."

무진이 앞으로 나오며 강현과 나란히 섰다. 자신을 위해 따라나선 이들의 등 뒤에 숨을 수도 없거니와, 그에게는 가장 먼저 상대의 정체를 파악해야 할 의무가 있었다. 무엇보다 자신 때문에 이들이 희생해야 될 사태가 벌어진다면 그 수를 최소한으로 줄이고 싶었다. 그래야 사율을 호위해 무사히 도망칠 수 있을 테니까.

사율은 단호한 눈빛으로 말을 모는 무진과 강현을 더는 말릴 수 없었다. 다만 우려가 현실이 된다면 또다시 짐이 되지 않기를 간절히 바랄 뿐. 아니, 무진의 말대로 그를 닮은 사람으로 인해 상황이 좋게 풀리기를 바랄 뿐.

사율은 불안으로 콩닥거리는 가슴을 진정시키며 옆으로 다가온 윤과 함께 천천히 앞으로 나아갔다.

"서른 명 남짓. 수가 우리와 비슷하군."

지평선을 넘어 상단 일행이 하나둘 모습을 드러냈다. 그들이 천천히 이쪽을 향해 다가오는 것을 보며 대충 숫자를 헤아려 본 사내가 말했다. 사내의 옆에 말을 타고 선 남자가 가늘게 뜬 눈으로 앞을 보더니 그에게 이야기했다.

“얼핏 하고 있는 외양을 보아선 진짜 상단이 맞는 듯합니다. 짐도 말이며 수레에 한가득 실었고요.”

“섣부른 판단은 금물이네. 그리고 저 상단에는 분명히 그 셋째 놈이 섞여 있어.”

“중간에 다른 곳으로 샜다든가 혼자 오는 게 아니라면 그렇겠지요.”

“첩자에게선 별다른 보고가 없었나?”

“네, 없었습니다.”

“그렇다면 틀림없군.”

사내는 정면을 노려보았다. 상단은 점점 더 가까이 이쪽을 향해 다가오고 있었다. 얼굴을 알아볼 수 있는 거리가 아니었지만 선두에 선 두 명이 나머지 일행을 이끌고 있는 것은 눈에 들어왔다. 상단 호위를 맡은 자들의 우두머리일까? 아니면…….

두 무리의 거리가 어느 정도까지 좁혀졌을 때 상단의 선두에 선 남자들 중 한 명이 손을 들어 일행을 정지시켰다. 그는 사내 쪽을 향해 큰 소리로 외쳤다.

“우리는 국경을 넘어 환국으로 가려는 상단이오. 무슨 연유로 길을 이리 막고 있는 게요?”

그러자 사내가 미리 지시해 둔 대로 무리의 앞에 서 있던 살수들 중 한 명이 우렁찬 목소리로 답했다.

“우리는 어떤 고귀한 분을 모셔가기 위해 명을 받고 온 사람들이오. 그대들이 일개 상단이라면 길을 터줄 테니 지나가시오. 허나 만약 우리가 찾고 있는 그분이 그대들과 함께 있다면 지금부터는 우리가 고국으로 모셔갈 것이오!"

"찾고 있는 분의 존함이 무엇인가? 우리들 중 그런 분이 있다면 내가 말해주겠네."

이번에는 그 옆에 있던 자가 나섰다. 그의 목소리를 들은 사내의 입가에 비릿한 미소가 떠올랐다.

"왔군. 준비시키게."

"알겠습니다."

남자가 은밀하게 대답했다. 사내는 고개를 까딱하고는 말을 몰아 일행의 맨 앞으로 나아갔다. 그리고 선두에 서서 말과 함께 몸을 완전히 드러내고는 우렁차게 외쳐 말했다.

"내가 찾는 사람은 바로 너다, 무진아! 내가 아바마마의 명을 받들어 너를 데리러 직접 여기까지 왔느니라!"

"형님? 정말 형님이 맞으십니까?"

맞은편에서 목소리를 알아들은 무진이 믿기지 않는다는 듯 반문했다. 형님이라 불린 사내는 화통하게 웃으며 그에게 대답했다.

"그래, 나다! 아바마마께서 네 안위를 걱정하시어 여기까지 마중을 보내셨다. 어서 함께 환국으로 돌아가자꾸나!"

사내가 말을 움직여 몇 걸음 더 앞으로 나아갔다. 자신을 더 분명하게 드러내 보이기 위함이었다.

사내의 모습이 좀 더 선명해지자, 무진도 그에게 가까이 가기 위해 말고삐를 움직였다. 그때 강현이 재빠르게 속삭였다.

"마마, 무언가 낌새가 이상합니다."

"나도 아네. 허나 드러내 놓고 형님을 의심할 수는 없지 않은가? 저분은 분명 내 둘째 형님일세."

"하오나……!"

"정히 염려가 되면 무사들 두엇과 함께 가겠네. 허나 아무 일도…… 없을 걸세."

마지막 말은 스스로에게 하는 것이었다. 무진은 그 한마디를 끝으로 자신의 둘째 형님 환서진을 향해 천천히 나아가기 시작했다. 강현이 옆에 있던 무사 둘에게 재빨리 눈짓을 보내 무진의 뒤를 바짝 따르게 했다. 그것으로도 모자라 무진이 다섯 보 이상 멀어지자 일행에게 아주 조금씩 앞으로 움직이라 지시했다. 반대편에 있는 무리도 슬금슬금 전진하고 있는 듯했다. 그사이 무진과 서진은 중앙을 향해 다가가고 있었다.

둘째 형님과의 간격이 스무 보 남짓 남은 상태에서 무진이 환하게 웃으며 말했다.

"얼마나 반가운지 모르겠습니다, 형님! 언제부터 이곳에서 저를 기다리셨습니까?"

"오늘 오전에야 겨우 도착했다. 조금만 늦었으면 서로 어긋날 뻔했구나. 하하!"

"하하하! 이리 마주하게 되어 다행입니다. 아바마마께서 며칠 전에 제게 연통을 받으시고 송구하게도 형님을 마중 보내셨군요."

"그래! 부랴부랴 내게 이리 가보라 명하셨다. 형님에게 마중을 시키다니 참으로 괘씸한 아우로다, 하하하!"

"하하하! 참으로 죄송합니다, 형님. 그런데 말입니다."

무진이 갑자기 고삐를 잡아당겨 말을 멈추었다. 이제 형제간의 거리는 열 보 남짓 남아 있었다. 서진도 의아하다는 듯 고개를 갸웃하고는 잠시 말을 멈추었다.

"왜 그러느냐? 무슨 문제라도 있느냐?"

무진은 서진의 눈을 지그시 들여다보았다. 간격이 떨어져 있음에도 상대를 아프게 꿰뚫는 듯한 아우의 눈빛이 오롯이 전달되자 서진은 이마를 찌푸렸다. 그는 성을 내듯 소리치며 다시 말고삐를 움직여 한 걸음 앞으로 나아갔다.

"이 형님이 묻고 있지를 않느냐? 왜 거기 서서……!"

"저는 열흘이 넘도록 아바마마께 매를 띄우지 않았습니다, 형님."

순간 서진은 고삐를 잡은 손을 멈칫했다. 낮게 어금니를 깨물며 미간을 잔뜩 찌푸렸다. 그의 입을 통해 짓씹는 듯한 목소리가 흘러나온 것은 그때였다.

"쏴라…… 쏴라!"

서진은 호통 같은 외침을 끝으로 급하게 말머리를 돌려 자신이 끌고 온 무리 쪽으로 전력 질주하기 시작했다. 그와 동시에 무진이 칼을 빼 들었고, 뒤에 있던 무사들이 무진을 보호하기 위해 앞으로 튀어나왔다. 하늘에서 화살들이 비처럼 쏟아져 내린 것은 그때였다.

"왕자 마마, 피하십시오!"

강현의 비명과도 같은 외침이 울려 퍼졌다. 그는 무사들 십여

명을 서둘러 무진에게로 보냈다. 무진은 놀라서 날뛰는 말을 간신히 진정시키며 두 무사들과 함께 화살들을 사정없이 쳐내고 있었다.

그러나 아무리 고수일지라도 타고 있는 말까지 빈틈없이 방어해 내기란 쉽지 않았다. 결국 무진의 말이 앞다리에 화살을 맞아 몸부림쳤고, 무진은 말 등에서 떨어지고 말았다.

"안 돼…… 안 돼!"

그 모습을 고스란히 지켜본 사율이 비명을 내지르며 앞으로 달려나갔다. 그러나 빠르게 그녀를 따라온 윤과 앞에 있던 강현이 길을 막아섰다. 사율은 화를 내며 소리쳤다.

"비키시오! 저러다간 또 무진이……!"

"저쪽으로 가셨다간 공주님의 목숨도 보장할 수 없습니다! 어서 윤과 함께 피하십시오. 제가 무사들을 보내지 않았습니까?"

"하지만……!"

사율은 반박하며 무진이 있는 곳을 쳐다보았다. 같이 있던 두 명의 무사 중 한 명은 급소를 화살에 맞아 명을 달리했고, 한 명은 무진을 보호하다 다리에 부상을 입은 상태였다. 그나마 다행히도 강현이 보낸 십여 명의 무사들이 무진의 곁에 다다르고 있었다.

그런데 무진의 상태가 이상했다. 말에서 떨어지면서 어딘가를 다쳤는지 그는 쉽사리 몸을 일으키지 못했다. 그때, 스무 발이 넘는 화살이 다시 무진을 향해 날아올랐다.

"안 돼애애애!"

절박한 사율의 외침이 온 하늘을 울렸다. 이번에는 진짜 그를 잃고 만다! 그가 죽고 만다! 그럴 수는 없다! 그럴 수는 없어!

"천제여! 천제여, 제발!"

사울은 붙잡힌 몸을 요동치며 전신으로 외쳤다. 하늘에 계신 천제께 닿도록 심장이 터져라 그를 외쳐 불렀다. 제발, 천제여! 천제여!

그녀를 에워싼 대기가 파도처럼 출렁이기 시작한 건 그때였다.

第十二章 그 신녀, 각성

"이럴 수가!"

남자의 입에서 경악에 찬 목소리가 힘없이 새어 나왔다. 눈앞에서 별안간에 터진 이 일을 두 눈으로 보고서도 도저히 믿을 수가 없었다. 이것이 대체……!

갑작스러운 이명으로 인해 고삐를 놓고 두 손으로 귀를 틀어막았던 서진의 시야에 망연자실한 표정으로 앞만 쳐다보고 있는 남자가 잡혔다. 서진은 서서히 두 손을 내려놓으며 남자에게 물었다.

"왜 그러나?"

남자는 정면에서 시선을 떼지 못하며 멍하니 그에게 대답했다.

"뒤돌아서 좀 보십시오. 어떻게 이런 일이…… 어떻게?"

넋이 나간 듯한 남자의 대답에 서진은 불안하게 말머리를 돌렸다. 고용한 살수들에게 거의 다다랐을 때 쇳소리 같은 이명이 그를 덮쳤다. 고막이 찢어질 것처럼 강한 소리인지라 말 위에 있다는 것도 잊고 귀를 틀어막으며 고개를 숙였는데, 그게 지나고 나자 사람들이 실성한 듯한 얼굴로 무진 쪽을 응시하고 있었다. 대체 왜? 이번에는 확실히 없앨 수 있을 줄 알았는데 왜!

마침내 무진의 모습을 확인한 서진의 입이 절로 벌어졌다. 그를 향해 쏘아졌던 화살들이 전부 지푸라기 날리듯 멀찌감치 흩어져 어지럽게 바닥에 떨어져 있었다.

"이게…… 뭔가?"

서진이 믿기지 않는다는 듯 허공에 대고 물었다.

"모르겠습니다……. 거대한 바람 같은 것이 불더니 화살들을 모조리 날려 버렸습니다."

"거대한…… 바람이라고? 느닷없이 바람이 불어 화살을 날려 버렸다고? 그게 말이 되나!"

"말이 안 됩니다! 그런데 일어났잖습니까?"

남자가 성을 내듯 소리쳤다. 자신도 도무지 믿기지가 않는데 서진이 마치 그의 책임이라는 양 짜증을 내니 더 이상 참을 수가 없었다. 안 그래도 저 셋째 왕자 놈을 다 죽인 마당이었는데!

"아, 안 되겠다. 더 늦기 전에 돌격해야겠어!"

서진이 횡설수설하듯 남자에게 말했다. 뭐가 어떻게 돌아가는지는 모르겠으나 어찌 되었든 무진을 죽여야 한다는 사실에는 변함이 없었다.

그러나 남자는 아직도 정신을 못 차렸는지 넋을 놓은 표정으로 서진을 쳐다보기만 했다. 서진이 성을 내며 소리를 버럭 질렀다.

"뭘 하는가? 다 같이 돌격해야 한단 말이다! 화살이 안 통한다면 접전이라도 치러야 할 것 아닌가? 저놈이 여기서 안 죽으면 우리가 죽는다!"

"네, 네! 알겠습니다!"

남자가 그제야 화들짝 정신을 차리며 대답했다. 이제 정체까지 다 들통 났으니 저자들을 전부 이곳에 묻는 수밖에 없었다. 남자는 말고삐를 잡고 일행을 향해 정신없이 외쳤다.

"전투태세를 갖춰라! 놈들과 정면으로 맞붙는다! 무기를 제대로 들어라!"

멍하니 앞만 보고 있던 살수들이 남자의 말에 급하게 현실로 돌아왔다. 무언가 알 수 없는 일이 일어나기는 했으나 전투 중이라는 사실에는 변함이 없었다. 그들은 무기를 고쳐 잡고 앞으로 뛰어나갈 준비를 했다.

하지만 몇몇은 생각이 달라진 모양이었다.

"나, 난 빠지겠소! 신력을 가진 자와 싸울 수는 없소!"

시작은 맨 앞줄에서 무진을 향해 활시위를 당겼던 사내들 중 한 명이 했다. 그는 붙잡을 틈도 없이 재빠르게 일행에서 이탈해 전력으로 말을 몰았다. 그리고 그가 남긴 말 중에 섞인 그 '신력'이라는 단어 때문에 다른 자들마저 웅성이기 시작했다.

"신력이라고? 저게 신력으로 일어난 일이었다고?"

"신력이 아니라면 저런 일이 생길 리가 없지 않나! 천제께서 저자를 살리려고 바람을 일으키셨다면 또 몰라도…….”

“나도 빠지겠소!”

“나, 나도!”

다신을 믿는 북방 대륙 출신이라면 몰라도 천제를 섬기는 사람들에게 신력이라는 단어가 주는 파장은 엄청난 것이었다. 하여 삼국과 아라타 섬을 떠돌던 살수들 중 서너 명이 또 무리에서 빠져나갔다.

안 되겠다 싶었는지, 서진이 칼을 빼 들고 눈을 부릅뜨며 소리쳤다.

“신력은 여자만 받을 수 있는 것이야! 저들 중에 여자는 없다! 그래도 빠져야겠다면 내가 직접 베어주마!”

그 기세에 떠들던 사내들이 모두 입을 다물었다. 서진의 말대로 언뜻 보기에는 상단 일행 중에 여자가 없었기 때문이다.

모두가 잠잠해지고 나자 서진은 다시 말머리를 돌려 무진이 있는 쪽을 노려보았다. 그들이 혼란스러워하는 틈을 타 상단 일행의 대부분이 무진과 합류해 그를 에워싸고 있었다. 서진은 말의 옆구리를 차며 노기에 찬 목소리로 거칠게 외쳤다.

“자, 돌격하라! 전부 죽여라!”

그와 동시에 남아 있던 모든 살수들이 무기를 곧추세우고 앞다투어 달려나갔다.

“무진! 무진!”

강현과 윤의 만류를 뿌리치고 무진에게로 달려온 사울이 말에서 내리며 애타게 그를 불렀다. 다행히 무진은 한 무사의 부축을 받아 일어서 있었다. 사율은 정신없이 무진에게로 뛰어가 그의 상체를 어루만졌다.

"무진, 괜찮아요? 어디가 다친 거예요?"

"괜찮소. 허리를 조금 삐끗한 것뿐이오. 위험하게 왜 온 거요? 그대는 무조건 도망가라고 했잖소!"

얼마나 다쳤는지 바로 서지도 못하면서 무진은 사율을 걱정하고 있었다. 사율은 눈물이 그렁그렁한 눈으로 무진의 옷자락을 붙들고 늘어졌다.

"그러면 당신은 어떡할 건데요? 여기서 싸우다 죽을 거예요? 저 사람, 당신 둘째 형님이라면서요! 원래 사이가 안 좋았나요? 그동안 일어났던 일들도 다 저 사람이 꾸민 짓이란 말이에요?"

"나도 지금 혼란스럽소. 둘째 형님과 나는 늘……. 여하튼 일단 빨리 피하시오! 곧 접전이 벌어질 거요."

이유야 어찌 되었든 한시가 촉박했다. 사율을 어서 안전한 곳으로 대피시켜야 한다. 무진은 사율의 등을 떠밀며 자신을 부축하고 있던 무사에게 말했다.

"자네가 이분을 모시고 떠나게. 어서!"

"싫어요! 당신도 같이 가요! 그 몸으로 어떻게 싸우려고 그래요?"

사율은 무진의 옷자락을 더욱 꽉 붙들었다. 이 순간에도 환서진을 필두로 한 적들은 점점 가까이 다가오고 있었다. 무진은 사율을 거칠게 떼어내며 말했다.

"이러고 있을 시간이 없소! 뭐 하는가? 빨리 모시고 가게!"

"싫어요! 당신도 같이 가요!"

사율은 아예 무진의 상체를 꽉 끌어안았다. 때마침 사율을 뒤따라 달려온 윤과 강현이 말에서 뛰어내렸다. 무진은 두 사람을 보며 급하게 소리쳤다.

"빨리 사율을 데려가게! 무슨 일이 있어도 지켜야만 하네!"

"예, 왕자 마마."

윤이 대답과 동시에 성큼성큼 다가와 사율의 허리를 붙잡았다. 사율은 무진의 등 뒤로 깍지를 끼고는 앙칼지게 소리쳤다.

"놔라! 어찌 감히 내 몸에 손을 대느냐!"

"사율, 제발 이러지 마시오! 그대까지 위험하오!"

무진이 사율의 두 팔을 힘으로 떼어내며 나무랐다. 결국 윤에게 붙들린 사율은 무진에게로 손을 내밀며 외쳤다.

"당신이 더 위험하잖아요!"

"나는…… 괜찮을 거요. 그러니 꼭 무사히 도망치시오."

무진이 희미하게 웃으며 말했다. 이제 적들은 지척까지 왔다. 사율은 윤에게 질질 끌려가며 무진을 향해 애처롭게 손을 뻗었다.

"안 돼요, 무진! 그러지 말아요!"

"그동안 고마웠소, 사율. 건강해야 하오."

그 말을 끝으로 무진은 뒤돌아 검을 잡았다. 말을 탄 환서진이 칼을 빼 들고서 자신의 동생을 찾고 있었다. 무진은 허리의 통증을 억지로 참아내며 적을 맞이할 자세를 취했다. 사율은 손을 앞으로 내뻗으며 목이 터져라 울부짖었다.

"안 돼! 안 돼요, 무진! 천제여어!"

그 순간, 사율의 오열과 함께 다시 대기가 요동치기 시작했다. 그 움직임은 마치 사율의 몸에서부터 터져 나온 것처럼 전방을 향해 분출되듯 쏘아졌다. 곧 거대한 이명이 공기를 타고 사람들을 덮쳤다.

"으아아아악!"

"아아아악!"

그 날카로운 울림은 피아를 막론하고 고막을 찢을 듯이 괴롭혔다. 무진을 포함한 모두가 무기를 떨어뜨렸다는 것도 잊은 채 귀를 틀어막고 머리를 숙였다. 아까는 서진만이 느꼈던 그 고통을 이번에는 전부 다 체험하게 된 것이다. 그것의 영향을 받지 않는 사람은 오직 사율과 그녀의 뒤에 있었던 강현과 윤뿐이었다.

하지만 정말 놀라운 일은 그다음에 벌어졌다.

펑! 퍼어어엉!

응축되듯 모인 대기가 어느 시점에서 폭발하듯 터졌다. 꼭 거인이 입김을 훅 불어 말과 사람들을 뒤로 확 날려 버리는 듯한 광경이었다. 말과 살수들이 어지러이 뒤섞여 비명과 함께 허공으로 떠올랐다.

"끄아아아악!"

"아아아악!"

그들은 곧 바닥으로 처참하게 곤두박질치며 참혹한 광경을 만들어냈다.

이명이 사라지자 무진은 귀에서 두 손을 떼고 천천히 머리를 들었다. 시선을 위로 올려 눈을 크게 뜨고 정면을 바라보았다. 보면서도 믿기가 힘든 장면이 넓은 평원에 적나라하게 펼쳐져 있었다. 그는 자신도 모르게 입을 벌려 중얼거렸다.

"사율 그대…… 진짜 신녀였소……?"

사율은 윤에게 붙들린 채로 멍하니 앞을 보았다. 어찌 된 일인지 아군은 모두 무사한데 그들과 닿을 듯 말 듯한 거리까지 와 있었던 둘째 왕자 일행은 모조리 멀리 나가떨어져 있었다. 말에 깔려 그대로 즉사한 듯 보이는 자도 있었고, 피를 흘리며 쓰러진 자, 뼈가 뒤틀린 자까지 형태도 다양했다. 사율은 누구에게 말하는지도 모르는 채 입을 열었다.

"이것이…… 내가 한 일이라고?"

"그런 것 같습니다. 아까도 바람으로 화살을 날려 왕자 마마를 구하지 않으셨습니까? 왕자 마마께서야 쓰러져 있느라 제대로 상황 파악이 안 되셨겠지만 저는 분명히 보았습니다."

가장 먼저 제정신으로 돌아온 강현이 침착하게 대답했다. 윤도 정신을 차리려는 듯 머리를 좌우로 몇 번 흔들더니 서둘러 강현에게 말했다.

"제가 무사들을 이끌고 저들을 마저 처치하고 오겠습니다. 둘째 왕자라는 분은 생포해 올 테니 이곳에서 기다리고 계십시오."

"그리해라."

강현이 고개를 살짝 끄덕이며 허락했다. 윤은 즉시 말에 올라 무사들의 상태를 살폈다. 다행히 적군과 달리 몸이 상한 자는 없는 듯했다.

"자, 그만 정신들 차리고 남은 잔당을 섬멸하러 가자! 신녀께서 우리와 함께하신다!"

"우와아아아아!"

윤의 마지막 말이 멍하니 서 있던 무사들의 정신을 깨웠다. 행수 어른을 통해 귀하신 분을 호위하는 줄이야 알았지만 이토록 강력한 신녀이실 줄은 몰랐다. 승하하신 전 왕후 마마 이후로 진국에 또 고귀한 신녀가 나타난 것이다.

"우와아아아아! 신녀 마마 만세!"

"자, 가자!"

윤을 필두로 한 서른 명가량의 무사들이 거침없이 말을 타고 달려나갔다. 이미 다치거나 전의를 잃고 쓰러진 적을 섬멸하기란 아이들 장난보다 더 쉬운 일이었고, 그들은 파죽지세로 환서진 일행을 모조리 쓸어버렸다. 윤은 그 혼란한 틈을 타서 비틀거리며 도망치려는 환서진을 향해 말에 매어두었던 밧줄을 던졌다.

"감히 내가 누군 줄 알고 이러느냐!"

밧줄에 몸이 묶이면서 넘어진 환서진이 고개를 쳐들고 버럭버럭 소리 질렀다. 윤은 무표정하게 말에서 뛰어내려 그를 똑바로 일으켜 세웠다. 그리고 남은 밧줄로 더 촘촘히 그를 묶었다.

"환국의 왕자에게 무례를 범하고도 네가 살기를 바라느냐?"

환서진이 독기를 품은 눈으로 윤을 노려보며 외쳤다. 윤은 여전히 표정 없는 얼굴로 그에게 대답했다.

"그전에 본인의 죗값부터 치르십시오."

그러고는 몸을 낮춰 자신보다 훨씬 덩치가 큰 환국의 둘째 왕자를 어깨에 들쳐 메더니 짐짝처럼 말 등에 실었다. 그리고 다시 말 위에 올라타 강현이 있는 쪽을 향해 달리기 시작했다.

"내, 결코 네놈들을 용서치 않을 것이야!"

환서진은 볼썽사납게 말에 실리고 나서도 끝까지 악의에 찬 말들을 퍼부어댔다. 그러든지 말든지, 윤은 무진의 앞에 도달하고 나서야 그를 다시 짐짝처럼 땅에 내려놓았다.

그리고 그때부터 형제는 적의가 가득한 눈으로 서로를 바라보기 시작했다.

"저는 도저히 이해가 안 됩니다, 형님."

어두운 밤, 국경을 앞에 둔 작은 마을의 숙관에서 환서진을 의자에 앉혀두고 무진이 꺼낸 첫마디는 이것이었다.

형제가 으레 그렇듯 무진과 서진도 자라면서 꽤 많이 다투었다. 어렸을 때는 몸을 부딪치며 싸운 적도 여러 번이었다. 그러나 그것은 어디까지나 형제애로 묶인 사이에서 일어난 다툼이었고, 며칠이 지나고 나면 두 사람은 아무 일도 없었다는 듯이 함께 어울리고는 했다. 성격은 전혀 다르지만 맏형이 왕위를 물려받고 나서도 삼형제는 서로를 믿고 의지하며 지낼 수 있을 거라고 무진은 늘 생각해 왔다.

그랬거늘, 대체 언제부터 둘째 형님은 아우가 죽이고 싶도록 미웠던 것일까? 무언가 불만이 있다면 왜 진즉 이야기하지 않았을까? 이토록 철저하게 숨기면서까지 왜…….

"너라는 존재 자체가 방해라 말한다면 이해가 되느냐?"

서진이 입매를 비틀어 올리며 비웃듯 내뱉었다. 좁은 방 안, 그는 여전히 밧줄로 꽁꽁 묶인 채 의자에 억지로 앉아 있고, 어찌 된 일인지 신력을 가진 자를 제 편으로 만든 아우는 생사를 가르는 싸움에서 승리하고는 오만한 얼굴로 형을 내려다보고 있었다.

끝까지 건방진 자식! 서진은 결단코 자신의 패배를 인정할 수 없었다. 이것은 왕재이자 사내로서 동생에게 진 것이 아니라 운으로 패한 것에 불과했다. 무진은 늘 그런 식이었다.

"너만 없었다면……. 내가 이 생각을 몇 번이나 했는지 넌 모를 게야!"

서진이 눈을 치뜨며 말했다. 그를 바라보던 무진의 눈동자가 충격으로 얼룩졌다. 가식적인 놈 같으니! 서진은 자신의 아우를 더더욱 비웃었다.

"저는 한 번도 형님께 서운한 감정을 품은 적이 없습니다. 오히려 사내답고 화통하다며 많이 따랐습니다. 그런데 형님은 그저 겉으로만 저를 아끼는 척하신 겁니까? 속으로는 계속 저를 해칠 계획을 꾸미면서요?"

형을 추궁하는 무진의 목소리는 지극히 차분했다. 서진은 차갑게 타오르는 아우에게 같잖다는 어조로 대답했다.

"이제 우리 솔직해지자꾸나, 아우야. 언제까지 장형의 상태를 모르는 척 잡아뗄 참이냐? 아니면 너는 왕위를 한 번도 탐낸 적이 없었노라 말할 테냐?"

"네, 그리 말할 참이었습니다. 그리고 형님께서 이런 일을 벌이지만 않으셨다면 끝까지 그랬을 겁니다. 형님이야말로 제가 그렇게 나라 밖으로 나돈 이유를 모른다 하시지는 않겠지요!"

마지막 말에서 서운함과 울화가 동시에 섞여 나왔다. 무진은 격분한 자신을 가라앉히려 잠시 서진에게서 시선을 돌렸다.

외유가 즐거웠다. 항해가 좋았다. 모국과 전혀 다른 문화를 접하는 것이 흥분되었다. 하지만 섣부른 오해의 씨앗을 애당초 없애버리고자 하는 의지 또한 있었다. 그래서 시간이 갈수록 무진의 여행은 더더욱 잦고 길어졌다.

"삼국은 철저한 장자 계승제다. 하여 형님은 왕위에 오를 수밖에 없다! 그런데 그다음은 누가 될까? 원손도 정비도 없는 형님의 왕위는 누가 물려받게 될까? 법도와 명분에 따라 내가 물려받는 것이 당연하지 않느냐? 마땅히 내가 왕이 되어야 하지 않느냐? 그런데도 아바마마께서는 고민하고 계신다! 형님도 마찬가지다! 네가 있기 때문에! 나보다는 너를 더 왕으로 세우고 싶어 하기 때문에!"

서진 또한 악을 쓰듯 외쳤다.

장형이 물러난다면 왕위는 응당 그의 것이었다. 아바마마도 형님도 그것에 이견이 없어야 했다. 장형이 다음 왕위를 계승하는 것이 당연하듯, 아들을 생산하지 못한 그의 후계자는 둘째 왕자가 되는 것이 마땅하다.

하지만 그는 아바마마의 의중을 엿듣고야 말았다. 맏형의 속내를 눈치채고야 말았다. 그때 느낀 배신감을 어찌 말로 다 표현할 수 있을까?

"그래서 고작 저 하나를 없애기 위해 북방까지 끌어들이셨습니까? 형님마저 공격받는 척하면서?"

무진이 차디찬 목소리로 물었다. 냉기가 스민 아우의 질문에 서진은 웃으면서 얼굴을 일그러뜨렸다.

"너를 없애는 것은 단지 시작일 뿐이었다. 네가 이 형의 배포를 참으로 작게 보았구나."

"설마……!"

"환국은 너무 좁지 않느냐? 그리고 삼국은 원래 하나였다!"

"하하하…… 형님!"

무진은 허탈한 웃음을 흘리며 침상 위에 털썩 주저앉았다. 서진이 입 밖으로 꺼낸 본심은 너무도 위험천만한 것이었다. 아니, 어쩌면 가장 왕에 가까운 것일까? 정복자의 꿈을 꾸는 자만이 가질 수 있는 크나큰 야망일 테니.

그러나 그가 정말 왕좌에 오르고 싶었다면 끝까지 인내하며 자신을 숨겼어야 했다. 속이 천만 번은 더 끓더라도 오랜 시간을 참아내며 자연스럽게 왕위를 계승한 후에 모든 일을 도모해야 했다.

하지만 서진은 자신을 숨기지도, 참지도 못했다. 그리고 바로 그 때문에 당연히 가질 수 있었던 왕좌마저 흔들리게 된 것이다.

무진은 다시 서진의 눈을 직시했다. 그리고 단호한 어조로 말했다.

"이제 형님은 결코 환국의 왕이 되지 못할 겁니다. 왕이 될 수 있었으나 형님의 격한 성정이 그를 망쳐 놓았습니다."

"그것을 어찌 장담하느냐? 내가 북방을 괜히 끌어들인 줄 아느냐?"

서진이 눈초리를 위로 올리며 비웃듯이 대꾸했다. 그러나 무진은 굳게 고개를 가로저었다.

"아니요. 형님도 북방도 목적을 이룰 수는 없을 겁니다. 이제는 제가 가만히 있지 않을 테니까요."

그 말을 끝으로 무진은 자리에서 일어났다. 그러고는 차가운 눈빛으로 서진을 지나쳐 문을 열고 밖으로 나갔다.

"이러고도 네가 왕위에 욕심이 없다 하느냐? 외유를 즐기는 척 모두를 기만한 것은 네놈이 아니냐! 부왕과 형님의 환심을 사기 위해 거짓 연기를 일삼은 것은 네놈이 아니냔 말이다! 나는 너에게 지지 않았다! 지지 않을 것이다! 비겁하게 신녀만 숨겨오지 않았다면 나는 벌써 네놈을 죽였을 것이야!"

방 안에서 서진이 악다구니를 쓰는 소리가 쩌렁쩌렁 새어 나왔다. 무진은 형의 목소리를 들으며 눈을 감았다. 그러나 그것은 잠시일 뿐, 그는 새로 시작될 싸움을 향해 굳게 걸음을 내디뎠다.

"기분이 씁쓸하오."

강현이 내준 차를 한 모금 입에 머금으며 사윤이 말했다. 그녀와 마주 앉은 강현도 고개를 끄덕이며 수긍했다.

"그러게 말입니다. 공주님의 신력이 발현된 덕에 모두가 무사

한데도 가히 유쾌한 기분이 아닙니다."

"생각해 보면 그새 참 많은 일들이 있었소."

사율은 찻잔을 탁상 위에 내려놓고는 궁을 탈출하면서부터 겪었던 일들을 회상해 보았다. 그리 긴 시간이 아닌데도 여러 사건을 다양하게 겪어서 그런지 마치 오랜 추억을 떠올리는 듯했다.

우연치 않게 무진을 만나 그와 함께 여러 번 죽을 고비를 넘기며 이곳까지 왔다. 처음에는 동행하는 것 자체가 부담스럽고 싫었지만 어쨌든 그 덕분에 목숨을 구했고, 국경을 넘어 대모님과 신녀를 만났고, 이제는 신력까지 깨어났으니 그 고마움을 어찌 말로 다 표현할 수 있을까?

하지만 정작 무진은 형제를 잃게 되었으니…….

"가장 안 좋은 가정 중 하나가 들어맞게 되었지만, 그래도 왕자 마마께서는 이 일을 계기로 더 강해지실 겁니다."

강현이 찻잔을 내려놓으며 나지막하게 말했다.

사율은 시선을 돌려 강현의 눈을 응시했다. 그리고 솔직하게 물었다.

"강현, 그대는 무진에게 오히려 잘된 일이라고 생각하시오?"

"형님을 마음으로 잃게 된 것은 무척 가슴 아프시겠지요. 허나 그로 인해 왕자 마마께선 왕위에 더 가까워질 것이며, 강력한 신력을 가지신 공주님이 왕자 마마의 편이지요. 물론 소인이야 공주님께서 계속 진국에 머물러 계시기를 원하지만 말입니다."

강현이 눈초리를 여우처럼 내리며 싱긋 웃었다. 사율은 미간을 찌푸리며 괜스레 핀잔을 주었다.

"짓궂소, 강현! 이럴 때 보면 철없이 골목을 헤맸던 그때와 똑같구려!"

"하하하! 저는 가끔 그때가 그립습니다. 공주님과 제 추억은 전부 그 시절에 생기지 않았습니까?"

"하긴, 그건 나도 그렇소."

사율은 고개를 살짝 숙이며 잠시 강현과 함께 웃으며 뛰어놀았던 어린 시절을 생각해 보았다. 인자한 미소를 지으며 서 계시는 부왕께 아직은 실컷 응석을 부릴 수 있었던 그때를. 늘 다시 돌아가고 싶지만 그럴 수 없어서 더 아름답고 안타까운 기억으로 남아 있는 시절이었다.

"참으로 많은 것들이 변했지만, 그 시절을 떠올려 보면 마음은 아직도 그때와 같다는 생각이 들고는 합니다."

강현은 다시 찻잔을 입가로 가져가며 희미하게 웃었다. 사율도 그에게 동의하며 고개를 끄덕거렸다.

"내 마음속에도 아직 그 시절의 어린아이가 남아 있는 듯하오."

"그래서 말인데, 공주님만 괜찮으시다면 그때를 추억하며 천천히 유랑하듯 진국으로 돌아갈까 합니다. 바다 쪽으로 내려가 항해를 해도 괜찮을 것 같고요. 어떻습니까?"

"오, 그거 상당히 괜찮은 생각이오! 내가 아직 항해는 한 번도 못해보았잖소?"

"하하하! 이럴 때 보면 공주님도 그때와 같으십니다."

"호호호! 내가 원래 모험심이 남다르잖소."

사율은 유쾌하게 웃으며 자못 석연치 않은 기분을 털어버렸다.

이제 벌어진 일들을 마무리하기 위해 그만 진국으로 돌아가야 했다. 그리고 오라버니와 정식으로 대면해야 했다. 그러나 궁 안에서 해결해야 될 일들을 하나하나 떠올려 보면 골치가 아픈 것은 매한가지였다. 게다가 다시 입궁하고 나면 언제 또 이런 자유를 누릴 수 있을 것인가?

강현은 사율의 그런 복잡다단한 상태를 살짝 엿보았다. 입궁하는 것을 최대한 미루고 싶어 하는 그녀의 마음을 은연중에 눈치챈 것이다. 하여 이왕지사 돌아가는 것 즐겁게 가자는 이야기를 은근슬쩍 던졌고, 사율은 이 기회를 놓칠세라 답삭 물어버렸다. 그리하면 강현은 대신들에게 이득을 챙길 수 있어서 좋고 자신은 뱃놀이를 할 수 있어서 좋으니, 이 어찌 일거양득이 아니랴? 후후후!

그러나 방문 앞까지 왔다가 둘이서 나누는 대화를 좀 더 들어볼까 하여 숨죽이며 서 있던 무진의 이마에는 힘줄이 빠직 돋았다. 무슨 화제가 그에 대한 걱정으로 시작했다 같이 유희를 즐기자는 이야기로 귀결되나? 대체 사율은 내 걱정을 하는 게야, 안 하는 게야?

하여 문을 벌컥 열어젖히는 그의 입에서는 당연히 불퉁한 음성이 튀어나왔다.

"무엇이 그리도 즐겁소? 웃음소리가 사방 천지로 울려 퍼지는구려!"

"어서 오십시오, 왕자 마마."

강현이 싱긋 미소를 지으며 의자에서 일어났다. 무진은 그를 못마땅하다는 눈초리로 흘끗 보고는 사율의 옆 자리로 가서 털썩 앉았다. 강현은 입가에 미소를 지우지 않으며 정중히 허리를 숙였다.

"그럼 소인은 이만 물러가겠습니다. 두 분이 대화를 나누시지요."

"그러시오, 강현. 내일 봅시다."

사율이 생글생글 웃으면서 그에게 대답했다. 무진은 여전히 뚱한 표정이었다. 그러거나 말거나, 강현은 한 번 더 깊이 허리를 숙이고는 조심스러운 걸음걸이로 방에서 빠져나갔다.

"내, 아무리 보아도 둘의 친분이 지나치게 두터운 것 같소."

강현의 발소리가 멀어지자 무진이 툭하니 내뱉었다.

이보세요, 왕자님. 지금 그것을 신경 쓸 때가 아니잖소? 사율은 고개를 설레설레 저으며 바로 화제를 돌렸다.

"허리는 괜찮아요?"

"뜸을 뜨고 침을 맞았더니 괜찮아졌소. 애당초 조금 삐끗했을 뿐이라고 했잖소."

"그나마 다행이네요."

사율은 휴 하고 한숨을 내쉬며 가슴을 들썩였다. 무진이 말에서 떨어지는 것을 보았을 때는 정말이지 심장이 내려앉는 줄 알았다. 만약 그때 신력이 발현되지 않았다면 지금쯤 어찌 되었을까?

사율은 애써 생각을 몰아내며 머리를 살짝 흔들었다. 상상조차 하기 싫었다. 그러고는 조심스러운 목소리로 다시 무진에게 물었다.

"둘째 형님은…… 역시 북방과 관련이 있던가요?"

"유감스럽게도 그렇소. 그리고 언제가 될지는 확실치 않으나, 그 때문에 삼국과 북방이 다시 전쟁을 치를 수도 있소."

어차피 말이 나온 바, 무진은 돌리지 않고 허심탄회하게 털어놓았다.

사율은 대답을 하면서 표정이 어두워진 그에게 살며시 손을 뻗었다. 그리고 그의 커다란 손을 자신의 작고 하얀 손으로 따스하게 감쌌다.

"당신 탓이 아니잖아요. 괜한 자책은 하지 말아요."

"혈육에 대한 일이라 그런지 냉정해지는 것이 쉽지 않구려."

무진의 얼굴에 자조 섞인 미소가 떠올랐다. 사율은 그의 손을 꼭 잡으며 조용한 어조로 말했다.

"그건 누구나 마찬가지일 거예요. 왕족이란 위치와 책임 때문에 더더욱 사리분별을 냉철하게 해야 되지만 역시 혈육 간에는 그러기가 쉽지 않지요. 오히려 혈육지간이라 더 서운할 때도 많고요. 따지고 보면 내가 가출한 이유도 오라버니에 대한 서운함이 폭발했기 때문이지요, 뭐."

"풋! 스스로 가출이라고 말하는 거요?"

"출가는 아니잖아요."

무진은 쿡쿡 웃으며 자신의 손 위에 놓여 있는 사율의 작은 손을 다른 손으로 겹쳐 잡았다. 그녀가 자신을 어떻게든 위로하기 위해 애쓰고 있다는 것이 마음으로 느껴졌다. 그래서 심장 한 켠에 그녀가 주는 체온만큼 따뜻한 기운이 스몄다.

"여러모로 고맙소, 사율. 덕분에 살아 있소."

무진이 사율의 얼굴을 그윽하게 바라보며 말했다. 사율은 입가에 엷은 미소를 띠며 답했다.

"그리고 덕분에 나는 진짜 신녀가 되었죠."

"아아, 그는 솔직히 축하해야 될 일인지 잘 모르겠소. 그대의 신력 덕분에 이리 무사하기는 하나, 듣자 하니 신력이란 남자를 받아들이면 잃을 수도 있다지요? 모처럼 강력한 신력이 발현되었는데 혼인하여 다시 잃게 되면 그대가 속상할 것 아니오? 또 진국의 전하께서 신력이 생긴 그대를 안 놓아주실 수도 있고."

"흥! 오라버니께는 말하지 않을 참이에요. 내게 신력이 생긴 것을 알면 이번에는 혼인하지 말고 신궁에 남아 처녀로 늙어 죽으라고 할 걸요? 그러니 아주 나중에, 혼인하고 나서도 이 신력이 그대로 남아 있으면 그때 천천히 알려주겠어요. 어디 배나 실컷 아파보라지."

"하하하! 어째 신력보다 오라버니를 약 올리는 것이 더 중요한 듯 보이오?"

"뭐, 신력이야 원래 없던 것이었으니까요. 결정적인 순간에 천제께서 신력을 내려주시어 당신을 살릴 수 있었던 것으로 족해요."

"아아, 그대는 어쩌면 이리도 사랑스러운 게요!"

무진이 사율을 와락 끌어안으며 외쳤다. 갑작스레 숨 막히도록 안긴 사율이 무진의 옷자락을 잡아당기며 캑캑거렸다.

"놔요, 무진! 갑자기 왜 이래요?"

"왜 이러긴? 그대가 좋아서 이러지! 내, 최대한 빨리 복잡한 일들을 마무리하고 진국으로 갈 테니 어서 혼인합시다. 폐물로는 무엇이 좋겠소? 역시 금강석? 아니면 홍옥은 어떻소?"

정말 떡 줄 사람은 생각도 안 하는데 동치미 국물부터 사발로 들이켜는구나! 사율은 무진의 옷자락을 뒤로 당기며 떽떽거렸다.

"서로 궁에서 처리해야 할 일들이 산더미처럼 많은데 어떻게 빨리 혼인을 해요? 아니, 그리고 내가 언제 당신하고 혼인한댔어요? 난 아직 허락한 적 없거든요?"

"방금 나와 혼인하여 신력을 잃는다 해도 괜찮다고 했잖소? 괜히 앙탈하지 말고 빨리빨리 진행합시다!"

"그 말이 어떻게 그 뜻이에요? 그저 혼인하여 신력을 잃는다 해도 어쩔 수 없다는 뜻이었지!"

"그러면 지금 다른 사내와 혼인하겠다는 거요? 나한테 이리 안기고, 같이 밤도 보낸 데다 입맞춤까지 하고서?"

무진이 안고 있던 사율을 가슴에서 떼어내 어깨를 답삭 잡고는, 그녀의 동그래진 눈을 똑바로 바라보며 정색한 표정으로 물었다. 그의 갑작스러운 태도 변화에 지지 않고 빽빽 맞섰던 사율의 뺨이 발갛게 물들었다. 사율은 잘 익은 능금 같은 얼굴로 떠듬떠듬 대꾸했다.

"내, 내가 언제요! 내가 언제 당신하고 이, 입맞춤을 했다고……?"

"지금."

말하는 동시에 무진의 뜨거운 입술이 사율의 붉고 촉촉한 입술을 훅 덮쳤다. 졸지에 입술을 빼앗긴 사율은 눈을 동그랗게 뜬 채 무진이 하는 양을 받아들이고 말았다. 몸은 아직도 그에게 단단히 잡혀 있고, 그의 뜨거운 숨결이 훅훅 끼쳐 왔다. 급기야 무진은 혀끝을 살짝 내밀어 사율의 여린 아랫입술을 희롱하듯이 핥았다. 그러다가 그녀의 입술 사이로 은근슬쩍 혀를 밀어 넣었다. 순간 사율은 전신에 소름이 돋았다. 그녀는 자기도 모르게 입술을 벌려 신음을 토해냈다.

"아……!"

"내 것이오. 알아듣겠소? 만약 다른 남자와 혼인하겠다면 그가 누구든 죽일 테요."

무진이 사율의 입술에 대고 음산한 목소리로 속삭였다. 마치 협박을 하듯 조용히.

잔인하기 그지없는 언사에 사율의 눈동자가 일순간 흔들렸다. 하지만 왜일까? 그러는 무진이 무섭거나 싫지는 않았다. 싱글거리며 웃는 얼굴 뒤로 언뜻언뜻 드러났던 그의 이면을 보았기 때문일까? 아니면…….

무진은 아쉽다는 듯 사율의 입술을 가볍게 핥고 나서야 입맞춤을 멈추었다. 가까스로 그녀를 자신에게서 밀어내며 잡고 있던 어깨를 놓아주었다. 그리고 고개를 살짝 옆으로 돌리며 그답지 않게 서투른 목소리로 사과했다.

"놀라게 했다면 미안하오. 하지만 진심이오."

사율은 가쁜 숨을 내쉬며 시선을 올려 무진의 얼굴을 바라보았다. 그 또한 뺨이 약간 상기되어 있었다. 화를 내야 하는데…… 따귀를 때려도 전혀 무례하지 않은 상황인데…… 이상하게 아무 짓도 할 수가 없었다. 그저 그를 보며 쿵쿵 뛰어대는 심장을 진정시키려 숨을 몰아쉬는 게 다였다.

그녀가 아무런 반응도 없이 자신을 쳐다보기만 하자, 무진은 흠흠 헛기침을 하며 자리에서 일어났다.

"그럼 오늘은 이만 물러가겠소. 예서 더 있다가는 내가 무슨 짓을 저지를지 모르겠구려."

무슨 짓을 또 한다고? 어떻게……?

정작 무진은 조심스레 의자를 빼며 뒤로 물러났는데, 사율 혼자서 볼이 더 붉게 달아오르고 말았다. 사율은 스스로를 속으로 질책하며 얼굴을 휙 앞으로 돌렸다.

"어, 어서 가세요. 그만 자야겠어요."

"편히 쉬시오, 사율. 내일 아침에 봅시다."

인사를 마친 무진이 문을 열고 나가는 소리가 들렸다. 사율은 밖으로 나간 무진의 발소리가 멀어질 때까지 뒤 한 번 돌아보지 않다가 탁상 위에 털퍼덕 엎드렸다.

"아아, 내가 왜 이러는 거지?"

아직도 머릿속에 무진의 입술 감촉과 저음의 목소리가 둥둥 떠다녔다. 그가 혀로 핥을 때 피부를 통해 퍼졌던 야릇한 느낌까지도.

사율은 발을 동동 구르며 고개를 마구마구 좌우로 휘둘렀다.

"이건 나답지 않아! 나답지 않다고!"

왜 그를 몰아낼 수 없는 것일까? 오히려 더…….

사율은 다시 머리를 붕붕 흔들며 발을 굴렀다. 그러나 그럴수록 그와의 입맞춤이 지워지기는커녕 더욱 생생히 살아나기만 했다.

그날 밤, 사율은 닭이 울 때까지 좀처럼 잠을 이룰 수가 없었다.

"어째 두 분 다 잠을 별로 못 주무신 것 같습니다?"

이른 새벽에 일어나 가볍게 조찬을 마치고 부지런히 행장을 꾸린 강현이 앞에 나란히 서 있는 무진과 사율에게 물었다. 둘 다 밤에 잠도 안 자고 무엇을 했는지, 피부가 까칠하고 영 피곤해 보였다.

무진이 퉁명스러운 말투로 툭하니 내뱉었다.

"자네가 나라면 이 상황에 잠이 오겠나? 나라에 대한 걱정으로 마음이 어지러운 터인데."

그러자 강현이 심히 이해한다는 듯한 표정으로 고개를 끄덕였다.

"하기야 그러시겠지요. 그러면 공주님께서는 왜 편히 침수 들지 못하셨습니까?"

"나도 궁으로 돌아가고 나면 여러 골치 아픈 상황에 맞서야 하잖소. 이런저런 생각으로 뒤척였소."

대답은 자연스럽게 나오나, 말하면서 은근슬쩍 무진에게서 시선을 돌리는 사율이었다. 무진도 먼 산을 바라보는 척하며 슬쩍 고개를 돌렸다.

강현은 한쪽 눈썹을 위로 올리며 흥미롭다는 눈빛으로 두 사람을 바라보았다.

"호오, 그래요? 이제 두 분이 고민마저 비슷하게 하시나 봅니다?"

"으흠흠! 떠날 채비는 다 된 것인가?"

무진이 일부러 헛기침을 크게 하며 역으로 그에게 물었다. 강현은 묘한 미소를 입가에 띠며 무진에게 대답했다.

"네, 다 끝났습니다. 그분만 모시고 나오면 됩니다. 무사 셋을 보냈으니 곧 오실 겁니다."

"그렇군."

무진의 안색이 일순 어두워졌다. 원치 않게 골육상쟁을 겪고서 매를 띄워 그 사실을 부왕께 알리는 과정에서 그의 마음에는 생채기가 여럿 생겼다. 아마 이 상흔은 일평생 지워지지 않으리라.

그러나 그로 인해 약해지거나 물러설 수는 없는 법. 무진은 단호한 눈빛으로 숙관 밖으로 끌려 나오는 둘째 형님을 응시했다. 원했든 원치 않았든 둘째 형님이 그토록 탐했던 왕좌는 이제 무진에게 성큼 다가왔다. 그것에 앉을지, 앉지 않을지는 아직 장담할 수 없으나 무진은 환국을, 나아가서 삼국을 지키는 쪽을 늘 선택할 터였다.

"일행은 반으로 나누었습니다. 반은 왕자 마마를 환국의 궁까지 호위할 것이고, 반은 공주님을 호위하여 진국으로 돌아갈 것입니다. 왕자 마마 쪽에는 특별히 발이 빠른 말들을 편성해 두었으니 최대한 빠른 시일 내에 입궐하실 수 있을 겁니다."

강현이 숙관 앞으로 집결한 무사들을 보며 말했다. 무진과 함께 갈 자들은 모두 상인의 행색을 버리고 무장을 한 채 대기하고 있었고, 사율과 함께 갈 사내들은 여전히 상인의 복장으로 위장한 상태였다.

무진은 고개를 굳게 끄덕였다.

"알겠네. 자네의 수고에 대한 대가는 전부 제대로 치를 것일세."

"여부가 있겠습니까?"

강현이 공손히 허리를 숙이며 대답했다. 무진은 입매를 비스듬히 올리며 강현을 보더니, 아직도 딴청을 피우고 있는 사율에게로 시선을 돌렸다. 그리고 그녀의 곁으로 바짝 다가갔다.

"조심히 돌아가시오, 사율. 많이 보고 싶을 거요."

사율의 바로 앞에 선 무진이 나직한 목소리로 말했다. 사율은 여전히 고개를 옆으로 돌린 채 쭈뼛쭈뼛 그에게 대꾸했다.

"당신도 조심히 돌아가세요. 건강히 지내시고요."

무진은 상기된 사율의 얼굴을 내려다보며 피식 웃었다. 그러고는 모여 있는 모두가 지켜보는 그 자리에서 사율의 팔목을 낚아채더니 힘껏 가슴팍으로 끌어당겼다.

갑작스러운 기습에 놀란 사율의 눈이 토끼처럼 동그래졌다. 어젯밤처럼 심장이 쿵쿵 뛰는 소리가 귀까지 얼얼하게 울렸다.

"그대와 만난 것 자체가 내게는 선물이란 말, 기억나시오?"

무진이 사율의 귓가에 대고 작게 속삭였다. 그의 뜨거운 숨결이 귀로 훅 하니 끼쳐 오자 두 뺨이 순식간에 달아오르며 피부에 오소소 소름이 돋았다. 사율은 신음하듯 그의 이름을 불렀다.

"무진……!"

"어젯밤에도 말했지만, 나는 내가 받은 선물을 놓을 생각이 없소. 그리고 이 선물 외에 다른 것은 일평생 원하지 않을 거요."

그 말을 끝으로 무진은 사율을 그만 놓아주었다. 사율은 달아오른 얼굴을 감추지 못한 채 어쩔 줄 몰라 하며 그의 시선을 회피했다. 무진은 싱긋 웃더니 고개를 숙여 사율의 발그레한 뺨에 쪽 입을 맞추었다.

"무진! 정말 이럴 거예요?"

그제야 정신을 차린 사율이 소리를 빽 질렀다. 무진은 키득키득 웃으며 도망치듯 강현이 준비해 놓은 말 위에 올라탔다. 그리고 떠날 준비를 마친 무사들과 윤과 함께 말에 탄 둘째 형님 환서진을 빙 둘러보더니 고삐를 잡으며 큰 소리로 외쳤다.

"그럼 먼저 출발하겠소, 사율! 최대한 빨리 데리러 갈 테니 기다리고 있으시오. 아, 그리고 강현! 다음에 만날 때까지 사율의 머리카락을 원래대로 돌려놓지 않으면 용서치 않겠네. 이랴!"

무진이 탄 흑마가 우렁찬 울음소리를 토해내며 앞발을 들어 올렸다. 그리고는 환국의 국경을 향해 힘차게 발을 내디뎠다. 그 뒤를 따라 말에 오른 무사들이 앞다투어 달리기 시작했다.

먼지를 일으키며 달려나가는 그들의 뒷모습을 멍하니 바라보던 사율이 생각났다는 듯 뒤늦게 소리쳤다.

"무진, 절대로 무리하면 안 돼요!"

이미 멀어진 무진이 한쪽 손을 높이 들어 올려 흔드는 것이 보였다. 사율은 어쩔 수 없다는 듯이 미간을 찌푸리며 피식 웃었다. 그렇게 무진 일행의 모습이 완전히 사라질 때까지 사율은 한참을 서서 그들을 지켜보았다.

"그럼 우리도 출발하지요, 공주님."

내내 그녀의 곁에 서 있던 강현이 엷은 미소를 지으며 말했다.

사율은 눈초리를 부드럽게 휘며 고개를 끄덕였다. 이제 또 다른 여정이 시작될 터였다.

第十三章 그 신녀, 귀환

환국의 둘째 왕자 환서진을 연행하는 무진 일행은 수면과 식사에 최소한의 시간만을 할애하며 쉬지 않고 도성으로 내달렸다. 그렇게 국경을 넘은 지 나흘 만에 궁궐의 입구에 도착했고, 곧바로 부왕께 알현을 청해 모든 대소 신료들이 모여 있는 대전으로 향했다.

이미 무진이 띄운 매를 통해 그간의 일들을 보고받은 왕은 신하들과 함께 지체 없이 추국장으로 떠났다. 그리고 가장 높은 상석에 올라 땅바닥에 무릎 꿇은 채 독기를 품은 눈으로 무진을 쳐다보는 둘째 왕자에게 호통을 쳤다.

"네가 사냥하러 간다는 것이 네 아우였느냐?"

부왕의 일갈을 들은 서진이 일순 고개를 떨궜다. 그러나 금세 허옇게 치뜬 눈으로 부왕을 노려보더니 소리쳤다.

"제가 이리된 것은 다 아바마마 때문입니다. 아바마마의 그 의중이, 그 마음이 저를 이곳에 앉힌 것입니다!"

"고약한 놈! 아직도 제 잘못을 모르는구나. 네 속내가 그리 불같고 못된 욕심으로 가득 차지만 않았다면 짐이 무슨 걱정을 했겠느냐? 자식을 염려하는 아비의 심정을 오해하여 감히 역심을 품고도 네가 그리 떳떳하더냐! 부왕과 모후를 기만하고 제 아우를 죽이려 한 죄를 짓고도 네가 사람이더냐!"

왕의 비통에 찬 외침이 추국장을 쩌렁쩌렁 울렸다. 모여 있던 신하들과 이 소식을 듣고 추국장으로 심장이 터지도록 달려온 장자 환유진도 어려운 마음에 얼굴이 일그러졌다.

그러나 환서진은 그럴수록 악에 받쳤다. 속마음을 숨긴 채 자신만 악인으로 만드는 부왕과 형제들이 가증스러웠다. 자신은 그저 욕망에 충실하여 원대한 야망을 품었을 뿐. 그리고 자신의 당연한 권리를 해치려는 아우를 용서하지 못했을 뿐이었다.

그는 비웃듯이 외쳐 말했다.

"연로하셨습니다, 아바마마! 하나였던 삼국이 갈라지게 된 연유도 결국은 형제의 난 때문이었다는 것을 잊으신 겁니까? 왕자로 태어나 왕좌에 앉아 대륙을 호령하겠다는 야망을 품는 것이 무에 그리 잘못이란 말입니까? 그를 위해 정적인 아우를 제거하는 것이 왜 잘못입니까? 그러게 왜 제게 이런 마음을 심어주셨습니까? 장형의 다음은 당연히 소자인 것을, 왜 셋째를 품으신 겁니까? 왜 그 밀명을 소자가 아닌 셋째에게 내리신 겁니까?"

"닥치거라, 이노옴!"

왕은 시뻘게진 용안으로 부들부들 떨면서 일갈했다. 둘째 서진의 성정이 어떤 줄은 익히 알고 있었으나 이리 뒤틀린 욕망마저 품을 줄은 미처 몰랐다. 제 욕심을 채우기 위해 다소 과격하게 군다는 것은 알았으나 삼국이 삼십 년간 애써 유지해 온 평화마저 망쳐 놓을 줄은 상상조차 하지 못했다.

이래서 서진이 왕이 되는 것을 저어했던 것이다. 그마저도 둘째의 격한 성격에 불을 지피는 꼴이 될까 봐 자중하며 드러내지 않기 위해 노력했다. 서진 또한 아들일진대 어찌 품어주고자 하는 마음이 없었을까.

그러나 서진은 부왕의 우려하는 속내만을 읽었다. 그리고 그를 억하심정으로 해석해 일을 이 지경에 빠트린 것이다.

왕은 애통한 심정으로 입을 열었다.

"짐의 불찰이다. 아들을 잘못 가르친 짐의 불찰이야……. 허나 그것 아느냐? 만약 장자인 유진이나 셋째인 무진이가 네 상황이었다면 결코 너와 같은 일을 꾸미지는 않았을 게다. 이렇게 추국장 바닥에 무릎을 꿇게 되지는 않았을 게야."

그러고는 비틀거리며 자리에서 일어났다. 그의 아래에 시립해 있던 내관들이 얼른 뛰어올라 와 왕을 부축했다. 왕은 그들에게 몸을 기대며 힘없는 목소리로 명을 내렸다.

"둘째 왕자 환서진을 옥에 가두거라. 차후에 어찌할지는 내일 조례 때 명하겠노라. 이날은 그만하자……."

"아바마마!"

"아바마마, 괜찮으시옵니까?"

눈에 띄게 어두워진 부왕의 안색에 유진과 무진 또한 그의 곁으로 달려왔다. 왕은 손을 내저으며 두 아들을 안심시켰다.

"괜찮다. 너희들도 내일 보자꾸나. 그만 가자."

그 말을 끝으로 왕은 내관들과 궁녀들의 보살핌을 받으며 타고 왔던 가교를 향해 천천히 옥보를 옮겼다.

무진은 괴로운 심정으로 추국장을 떠나는 부왕의 뒷모습을 바라보았다. 그리고 시선을 돌려 금위군에게 질질 끌려가는 둘째 형님을 내려다보았다. 머릿속에서 당신의 잘못이 아니라고 말했던 사율의 목소리가 왱왱 울렸다.

'정말 내 잘못은 없는 것일까? 모르겠소, 사율. 모르겠어……. 지금은 그저 아프구려…….'

무진은 미간을 찌푸리며 눈을 감았다.

"그간 고생이 많았겠구나."

환유진이 방으로 데려온 아우에게 자리를 권하며 말을 꺼냈다. 무진은 씁쓸한 미소를 지으며 장형에게 대답했다.

"아닙니다, 형님. 고생은요. 그저 둘째 형님의 일이 걸릴 뿐입니다."

"하아…… 그러게나 말이다. 내 불찰이기도 하다. 장형으로서 둘째의 심정을 더 깊이 헤아리고 다독였어야 했는데……. 내가 이리도 못난 장자만 아니었어도……."

유진은 깊은 한숨을 내쉬며 서글픈 목소리로 자책했다. 그러자 무진이 단호하게 그를 부정했다.

"형님께서 왜 못나셨습니까? 당치도 않으십니다. 이 아우가 형님의 부드러움과 유함을 닮고자 다소 모난 성정을 다스리기 위해 얼마나 애를 썼는데요? 그리고 우리 삼형제 중 백성들의 마음을 가장 잘 어루만져 주실 수 있는 분은 바로 형님이 아니십니까?"

"그리 말해주니 고맙구나. 하지만 왕좌에 앉을 자란 유하기만 해서는 안 되는 법. 아우조차 옳은 방향으로 이끌지 못한 내가 어찌 나라를 다스리겠느냐?"

무진의 진심 어린 말에도 유진은 자조 섞인 미소를 띨 뿐이었다. 그러다 아우의 흔들리는 눈빛을 보고는 고개를 가로저으며 애써 밝은 어투로 화제를 돌렸다.

"나보다 훨씬 더 속이 상했을 너를 다독여 주기 위해 데려와 놓고는 푸념만 일삼았구나. 미안하다. 그러지 말고 외유를 하는 동안 겪었던 일들을 좀 말해다오. 이 장형은 늘 네 이야기보따리를 기다리지 않느냐?"

무진과 달리 나라 밖으로 별로 나가본 적이 없는 유진은 셋째가 여행을 마치고 돌아오기만 하면 며칠이든 그를 불러 여행담을 청하고는 했다. 그러면 무진은 장형의 곁에 머물며 사실에 약간의 과장을 보태어 이야깃주머니를 풀어놓았고, 유진은 서책에서 읽은 내용들을 실제로 확인하고 돌아온 아우를 부러운 눈초리로 바라보며 경청했다. 그러다 한두 번은 무진과 함께 외유를 나가기도 했으나, 장기 여행을 하기에는 체력이 강하지 못함을 깨달은지라 그 후로는 아우의 여행담을 듣는 것으로 만족하고 있었다.

그런데 무진의 태도가 다른 때와는 달랐다. 맏형이 이야기를 청하면 언제든지 호탕하게 웃으며 재치 있는 입담을 과시했는데, 이번에는 왜인지 난감해하는 기색을 보인 것이다. 유진은 근심 어린 표정으로 아우에게 물었다.

"왜 그러느냐? 혹여 둘째의 일 말고도 마음에 거리끼는 일들이 있었던 게냐?"

"그런 게 아니라…… 실은 제가 이번 외유를 통해 한 여인과 가까워지게 되었습니다."

무진이 어려워하는 낯빛으로 조심스레 대답했다. 그러자 유진은 당장에 반색을 하며 큰 소리로 말했다.

"아니, 그것은 무엇보다 반가운 일이 아니냐? 안 그래도 네가 통 혼인할 기미가 보이지 않아 부왕과 모후께서 걱정이 이만저만이 아니셨다. 이 형도 마찬가지였고. 그런데 무엇이 문제더냐? 혹여 그 처자의 신분이 매우 낮은 것이냐?"

형에게 자랑해도 모자란 일을 이토록 개운치 않은 기색으로 털어놓다니 영 무진답지가 않았다. 유진은 고개를 갸웃거리며 아우의 답변을 재촉했다.

"왜 말이 없느냐? 신분이 낮다면 후실로라도 들이면 될 게 아니냐? 네가 아직 정비가 없어 그리 좋은 모양새는 아니다만, 그래도 불가능한 일은 아니지 않느냐?"

"아니요. 그 여인은 누구보다 고귀한 신분…… 사실은 진국의 신녀이자 공주입니다. 송구합니다, 형님! 이 아우, 이 자리에서 형님께 맞아 죽는다 해도 드릴 말씀이 없습니다!"

무진은 말을 마침과 동시에 자리에서 벌떡 일어나 다짜고짜 유진의 앞에 무릎을 꿇었다. 얼굴 한 번 본 적이 없는 사이라 해도 감히 장형의 비로 거론된 공주를 가슴에 품었으니 이 불충과 무례를 어찌 용서받을 수 있을까?

그러나 유진은 아우의 이런 행동이 얼떨떨할 뿐이었다. 하여 잠시간 멍하니 무릎 꿇은 무진을 내려다보다가 허둥지둥 그에게 말했다.

"아니, 갑자기 왜 이러느냐? 네가 진국의 공주와 연을 맺었다면 경사일진대 어찌 내게 송구하다 하느냐? 어서 일어나거라. 심히 민망하구나!"

그저 죄송스러운 심정으로 고개를 숙이고 있던 무진의 머릿속에 순간 물음표 하나가 떠올랐다. 무진은 다급하게 장형에게 물었다.

"설마 형님은 모르고 계셨습니까? 아바마마께서 아무런 말씀도 안 하신 겁니까?"

"무슨 말씀? 나는 네가 무슨 소리를 하는 것인지 도통 모르겠다."

무진의 질문을 들은 유진의 얼굴에는 물음표가 세 개쯤 그려졌다.

"그녀가 제게 환국의 왕장자와 혼담이 오가고 있다고 말했습니다. 제가 궁을 떠난 이후에 그리된 것인 줄 알고……."

무진도 도무지 알 수 없다는 표정으로 말을 흘렸다. 이것이 당최 어찌 된 노릇인가? 설마 진국의 왕이 혼담을 청하지도 않아 놓고 사율에게 엄포를 놓은 것인가? 아니면 아바마마께서 혼담을 받아놓고도 형님에게 함구하신 것인가?

그러자 유진이 아연한 얼굴로 소리쳤다.

"그게 무슨 소리냐? 내가 진국의 공주와 혼담이 오가? 아바마마께 세도가의 여식과도 정혼할 생각이 없다고 그리 말씀 올렸거늘, 나도 모르는 사이에 국혼을 진행하고 계셨단 말이냐? 내, 당장 아바마마를 뵈어야겠구나. 아, 아니다. 네가 같이 가서 말씀을 드려야겠구나. 어서 일어나거라!"

유진은 평소답지 않게 좌불안석하며 자리에서 일어났다. 그때까지 머릿속으로 이런저런 가정을 해보던 무진이 급히 몸을 일으켜 장형을 말렸다.

"일단 진정하십시오, 형님. 아바마마께서는 둘째 형님의 일로 많이 지치셨습니다. 내일 말씀 올려도 늦지 않을 것입니다."

"아아, 그래. 그렇지. 내가 몹시 당황하여 흥분했구나."

유진은 아우의 차분한 음성을 듣고 나서야 흥분으로 들끓던 가슴을 가라앉히기 위해 애썼다. 무진은 형님을 다시 의자에 앉혀드리고 나서야 그의 맞은편에 앉았다. 그리고 후후 웃으며 입을 열었다.

"저는 단단히 각오를 하고 형님께 말씀을 드린 것인데 상황이 참 묘하게 되었습니다."

"그러게 말이다. 마음 같아서는 당장이라도 아바마마께 자초지종을 여쭙고 싶구나. 국혼이라니…… 그것도 동맹국의 공주와 국혼이라니……."

유진이 미간을 찌푸리며 홀로 중얼거렸다. 그 목소리에 고통이 섞여 있는지라, 무진이 조심스럽게 그에게 물었다.

"형님, 재혼을 하실 의향은 정녕 없으십니까?"

"후우…… 한 여인을 가련하게 만들 수는 없지 않느냐?"

유진이 반문을 하면서 씁쓸하게 웃었다. 그 모습이 측은해 보이기까지 했던지라, 무진은 말도 안 된다는 투로 반박했다.

"왜 그런 말씀을 하십니까? 형님께서 형수님을 얼마나 아끼셨는지는 온 환국이 다 압니다. 형님과 혼인을 하면 그토록 귀한 대접을 받을진대 왜 가련하다 하십니까?"

"그것은 네 돌아가신 형수 또한 나와 뜻이 같기에 가능했지. 그저 맑은 찻물 같은 사람이었느니……. 허나 세도가의 여식 중에 그런 이가 또 어디 있겠느냐?"

그 말에는 무진도 입을 다물 수밖에 없었다. 작정하고 물색해보면 아예 찾지 못하지는 않을 것이나, 누구를 데려온다 한들 돌아가신 형수만큼 형님과 마음이 맞기는 어려울 것이다.

무진은 잠시 생각해보다 다시금 제안했다.

"그렇다면 후실이라도 들이시는 것이 어떻겠습니까? 형님의 연치, 이제 막 불혹을 넘겼을 뿐입니다. 긴 세월을 홀로 지내기에는 너무 적적하지 않습니까?"

"후후…… 그런 생각을 안 해본 것은 아니다. 그러나 네 형수가 떠난 이후로…… 여인을 안는 것도 힘이 드는구나."

유진이 이마를 찌푸리며 힘겨운 목소리로 대답했다.

무진은 더 이상 아무 말도 할 수가 없었다. 장형의 고백은 사내라면 누구에게도 밝히고 싶지 않을 만큼 치욕적인 것이었다. 그리고 왕이 될 자라면 결단코 입 밖으로 꺼내서는 안 될 비밀이기도 했다.

할 말을 찾지 못한 채 침묵에 잠겨든 아우에게 유진이 어렵사리 뒷말을 이었다.

“그때를 기억하느냐? 둘째가 형님을 위로한답시고 우리 삼형제를 위한 주연을 열었을 때 말이다.”

“형수님께서 돌아가신 지 막 일 년이 지났을 때 열었던 그 주연 말입니까?”

무진이 기억을 더듬어보며 그에 대꾸했다. 그날은 내로라하는 가희와 기생들을 불러다 성대하게 술잔치를 벌였고, 셋 다 정신을 잃을 만큼 만취했다. 그리고 그 밤에 서진은 형님을 위로한답시고 유진의 방으로 꽃 같은 여인 하나를 들여보냈다.

“나는 그날 밤에 둘째가 보내준 여인을 안을 수 없었다. 너도 아마 들었을 게다.”

“하지만 형님께선 많이 취하신 상태가 아니셨습니까?”

무진이 바로 반박했다. 그러나 유진은 쓰라리다 못해 공허하기까지 한 눈빛으로 아우가 모르고 있었던 사실을 마저 털어놓았다.

“그 후에도 둘째가 몇 번 더 그 여인을 내게 보냈다. 하지만 취하지 않아도…… 안을 수가 없더구나. 그럴 수가 없었어…….”

그간 어찌 괴롭지 않았을까? 어찌 외롭지 않았을까? 그러나 마지막 남은 사내의 자존심과 왕장자라는 위치로 인해 그를 드러낼 수는 없었다. 아마도 서진은 여인에게 모든 이야기를 들었을 것이나 묵인했고, 그래서 오랫동안 이 사실은 여인과 두 형제만의 비밀이었다. 하지만 그로 인해 서진은 더더욱 불온한 야심을 품었을 것이다.

"……연모하지 않으셔서 그럴 수도 있습니다. 사내라고 해서 늘 여인을 보면 동하는 것은 아니지 않습니까? 다시금 연모하는 여인을 만난다면 괜찮으실 겁니다."

무진이 어렵게 말문을 열었다.

끝까지 자신을 위안하고자 하는 막내를 보며 유진은 아프게 웃었다. 그는 천천히 고개를 가로저었다.

"내가 억지로 그러는 것을 저어함을 너도 잘 알지 않느냐? 살다 보면 또 누군가를 연모하게 될 수도 있겠지. 허나 그는 너무 막연하고 불확실한 일이다. 그러니 내 후계자는 네가 될 것이다, 무진아."

"형님……."

무진 또한 아픈 눈빛으로 장형을 보았다.

왕권은 공고히 지켜내야 하는 것. 설사 이제 와서 유진이 비를 얻어 아들을 잉태한다 해도 그 아이가 클 때까지 어떤 일들이 벌어질지 장담할 수 없다. 조만간 연합군을 형성해 북방 대륙과 전쟁을 치를 수도 있다. 그리되면 연로하신 부왕과 부드러우나 유약한 장형을 대신해 무진이 수장으로 나서야 될 터. 만약 승리한다면 환국 내에 무진을 따르는 자들이 기하급수적으로 늘어날 것이다.

하지만 그와는 별개로 무진은 형님들이, 이 원치 않았던 형제간의 왕권 다툼이 안타까울 뿐이었다.

"다행히 너는 우리 삼형제 중 가장 출중한 왕의 재목이다. 둘째도 그것을 느끼고 있었기 때문에 더 인정하기가 싫었던 게야."

"하지만 저는 왕위보다는 우리 삼형제가 늘 우애 좋기를 바랐습니다."

무진이 착잡한 표정으로 고개를 숙였다. 굳이 장형의 말을 듣지 않아도 현 상황이 어떤지는 차갑게 인지하고 있었다. 투기에 눈이 멀어 아우를 죽이려고까지 한 둘째 형님을 직접 옥으로 밀어 넣은 것도 자신이었다. 그럼에도 형제간의 우애를 운운하는 것은 둘째 형님의 말대로 기만이고 가식인 것일까?

유진은 힘없이 웃으며 탁상 위에 놓여 있던 아우의 손을 잡았다. 그리고 이 안쓰러운 막내를 위해 따스한 한마디를 건넸다.

"모든 것은 이 장형이 못났기 때문이다. 둘째의 잘못도 네 잘못도 아니다. 그러니 네게 주어질 운명을 받아들여라. 이 형의 뒤를 이어 당당히 왕좌에 올라 어질고 강한 군주가 되어라. 가장 어린 네게 이런 막중한 책임을 떠넘겨 미안하구나……."

"아닙니다, 형님. 아닙니다……."

무진은 미간을 찌푸리며 유진의 손을 맞잡았다. 그리고 힘주어 잡은 그 손을 언제까지나 놓지 않을 듯한 눈빛으로 장형을 한참 동안 마주 보았다.

❖

"무진은 잘 있으려나……."

사율은 갑판에 서서 시원한 바닷바람을 맞으며 홀로 중얼거렸다. 강현이 멍하니 푸른 바다를 응시하는 그녀에게 천천히 다가가 말을 걸었다.

"뱃멀미는 좀 나으셨습니까?"

"그대가 준 약을 먹고 났더니 괜찮소."

사율이 지평선에서 시선을 떼지 않으며 대답했다. 강현도 입매를 슬며시 위로 올리고는 눈앞의 바다를 바라보았다.

국경을 앞에 두고 무진과 헤어진 후, 사율과 강현 일행은 슬렁슬렁 마을을 떠나 항구 쪽으로 방향을 잡았다. 강현은 사율을 위해 그녀가 가보지 못했던 장소들을 경유하여 바다를 향해 나아갔고, 사율은 그의 배려로 인해 풍족하게 먹고 편한 숙소에서 묵으며 일반 백성들이라면 꿈도 꾸지 못할 부유한 여행을 즐겼다.

그런데 왜 무언가 허전한 기분이 드는 것일까? 사율은 작게 한숨을 내쉬었다. 강현의 설명을 들으며 신국의 마을과 비경을 둘러보는 것도 즐겁고, 무진과 노숙을 일삼으며 돌아다녔을 때와는 비교도 안 되게 몸이 편했지만, 왠지 마음 한구석이 허전했다.

'진국으로 돌아가기가 싫어서 이러는 것일까? 오라버니를 만날 생각만 해도 혈압이 오르고 울적해서? 하지만 그보다는 뭐랄까, 정신적으로 외롭고 심심한 것 같아. 무진과 함께 있을 때는 이렇지 않았는데…….'

보기만 해도 시원해지는 바다를 응시하는 사율의 안색이 점점 어둡게 변해갔다. 그러자 강현이 대뜸 물었다.

"왕자 마마가 보고 싶으십니까?"

"보, 보고 싶긴! 그저 어떻게 지내나 궁금한 것뿐이오!"

혼자만의 생각에 잠겨 있던 사율이 화들짝 놀라며 반박했다. 그 모습이 영락없이 시침을 떼는 처녀의 모습인지라, 강현은 쿡쿡 웃었다.

"하기야 벌써 열흘이 지났군요. 아마 지금쯤이면 환국의 궁궐에서 이런저런 일들을 처리하느라 정신이 없으실 겁니다."

"그렇겠지……."

대답하는 사율의 목소리가 절로 시무룩해졌다. 의도치 않았던 그들의 외유는 이미 끝났고, 아마 다시는 이런 여행을 하지 못할 것이다. 그리고 최대한 빨리 그녀를 만나러 진국으로 달려가겠다던 무진은 사실 언제 올지 모른다. 그전에 무진의 큰 형님과 오갔던 혼담도 무마해야 될 테고. 이래저래 우울할 뿐이었다.

"너무 울적해하지 마십시오, 공주님. 왕자 마마께서는 공주님을 보기 위해서라면 월담도 마다하지 않으실 겁니다."

강현이 입가에 미소를 띤 채 말했다. 하지만 사율은 고개를 저었다.

"그러고도 남을 양반이기야 하지. 하지만 지금 환국 왕실에서 일어난 파란을 내팽개치고 진국으로 올 수는 없잖소. 그러니 최소 몇 달은 지나야 할 거요."

그리고 환국의 전하와 왕장자의 허락을 받기까지는 또 얼마나 시간이 소요될까? 하여 무진을 다시 보기까지는 빠르면 반년, 길면 일 년은 족히 걸릴 것이다. 그동안 그녀는 진국에서 어떤 고난을 겪을 것이며, 북방 대륙은 또 무슨 음모를 꾸밀까?

“자자, 기분 푸십시오, 공주님. 제가 공주님을 모시기 위해 이토록 노력하고 있지 않습니까? 왕자 마마가 보고픈 마음이야 이해하지만 이리 좋지 못한 안색을 보니 제가 매우 가슴이 아픕니다.”

“미안하오, 강현. 내가 그대를 심려하게 만들었구려…… 그런데 보고 싶은 게 아니라 궁금한 것이래도?”

“네네, 잘 알겠습니다.”

뒤늦게 발끈해서 부정하는 사율을 향해 강현이 생글생글 웃으며 대답했다. 이럴 때 보면 사율도 영락없이 귀여운 그 또래의 여인이었다.

놀리는 것이 분명한 강현의 태도에 사율이 고개를 팩 돌렸다. 그러고 나니 또 무진이 생각났다. 헤어지기 전에는 그와 함께 보냈던 시간들이 이렇게나 머릿속을 맴돌 줄 몰랐는데…….

사율은 가슴을 들썩이며 다시 바다로 시선을 돌렸다. 어느덧 태양이 지평선을 붉게 물들이며 천천히 몸을 감추고 있었다. 이 밤만 지나면 진국의 항구에 다다를 터. 사율은 깊게 한숨을 내쉬었다.

진국의 해안에 배가 닿기 전, 사율은 일부러 강현에게 변장을 해달라고 부탁했다. 그렇게 정체를 숨긴 채 신국과 환국의 국경에서 바다로 갔을 때와 마찬가지로 거북이처럼 느릿느릿 철화단의

본가로 향했다. 그 후 사나흘 동안 편히 쉬면서 쌓인 여독을 풀고 나서야 비로소 좌상에게 연통을 넣으라고 명했다.

사율이 철화단의 본가에 와 있다는 소식을 들은 좌상은 미친 듯이 금오 마을로 달려와 그녀의 앞에 머리를 조아렸다. 사율은 오랜만에 한껏 아리땁게 치장을 하고는 우아한 태도로 그를 맞이했다. 그리고 그간의 사정을 신중한 자세로 듣고는 향후 어떻게 할 것이라는 확답을 하지 않은 채 좌상이 철화단을 통해 수배한 가장 비싼 가마를 타고 느릿하게 왕궁으로 출발했다.

근 석 달 만에 신녀가 나타나자 궁내는 그야말로 대혼란에 빠졌다. 그동안 왕의 신경질에 시달리느라 밤잠을 설쳤던 대소 신료들은 물론이거니와 상궁들, 궁녀들, 무수리들, 내관들 할 것 없이 '아이고, 마마! 이제야 오시면 어떡합니까!' 를 부르짖으며 사율의 앞에 납작 엎드렸다. 뭐, 궐에서 몰래 사라진 연유에는 이런 꼴들을 보고자 함도 있었기에 사율은 기분이 썩 나쁘지 않았다. 하여 도도한 태도로 턱을 치켜들고는 사뿐사뿐 대전을 향해 나아갔다. 사율이 입궐하기 전에 좌상이 미리 비상 연락을 취해 신료들을 모두 대전으로 모이라 했기에 그녀의 뒤에는 중신들이 줄줄이 늘어서 있었다.

하지만 사율이 회심의 미소를 지을수록 황율의 속이 부글부글 끓어오를 것은 안 봐도 뻔한 일. 대전의 어좌에 앉아 누이동생을 맞이한 황율의 두 눈에는 쌍심지가 시퍼렇게 돋아 있었다.

드디어 올 것이 왔구나! 사율은 속으로 깊은 한숨을 내쉬며 왕좌에 앉아 계신 전하께 정중히 예를 갖추었다.

“그간 강녕하셨습니까, 전하. 이리 건강하신 모습을 뵈오니 이 신녀, 감개무량할 뿐입니다.”

“그러하냐? 짐도 사라졌던 신녀가 이리 무사히, 아주 멀쩡한 모습으로 돌아와 매우 기쁘구나.”

오가는 말들은 평범하게 안부를 묻는 것이었으나 눈이 마주친 황율과 사율의 사이에서는 푸른 불꽃이 화르륵 튀었다. 대전의 공기가 긴장으로 팽배해지자 시립해 있던 대신들이 꿀꺽 침을 삼켰다.

사율은 시침을 뚝 떼며 살포시 웃었다.

“그럼 전하께 인사를 올렸으니 이만 신궁으로 돌아가 천제께 기도를 드릴까 합니다. 허락해 주시겠는지요?”

“그래, 허락한다. 허락하고말고.”

황율이 입매를 위로 올리며 순순히 대답했다. 그러나 그의 표정이 야차같이 변하는 것은 순식간이었다.

“허나 네가 돌아갈 곳은 신궁이 아닐 것이다! 여봐라, 신녀를 당장 끌어내어 옥에 가두거라! 짐의 윤허도 받지 않고 멋대로 궁 밖으로 나간 신녀를 엄히 다스릴 것이다!”

황율은 대전의 천장을 꿰뚫을 듯한 기세로 일갈했다. 그러자 왕의 지엄한 어명에 화들짝 놀란 대신들이 한목소리로 외치기 시작했다.

“아니 되옵니다, 전하! 통촉하여 주시옵소서!”

“천제의 딸인 신녀 마마를 옥에 가두신다면 하늘의 노여움을 사실 것입니다, 전하!”

"부디 통촉하여 주시옵소서, 전하!"

이것들이 미리 짜지 않고서야 이럴 수가 없다. 감히 대전에서 하나같이 왕의 명령에 불복하다니!

황율은 머리끝까지 시뻘게진 용안으로 몸을 부들부들 떨었다. 머리를 조아리기에 급급했던 신하들이 단체로 돌변하여 간덩이가 부은 것도 울화가 치미는데, 눈 한 번 깜빡하지 않으며 허리를 꼿꼿이 세우고 있는 사율을 보자니 더더욱 열이 뻗쳤다. 이 방자한 것이 무엇을 잘했다고!

황율은 어좌의 손잡이를 부서져라 내리치며 호통쳤다.

"지금 짐의 말이……!"

"가두고 싶으면 가두시지요, 전하."

사율이 감히 전하의 말씀을 자르며 톡 하니 대꾸했다. 황율은 눈을 부릅뜨고는 달아오른 용안으로 소리쳤다.

"무어라? 네가 지금 뭐라 했느냐?"

"가두고 싶으면 가두시라고 말씀드렸습니다. 안 그래도 이곳저곳을 여행하느라 곤하던 차였습니다. 옥에 앉아 편히 쉬지요, 뭐. 아무것도 안 하고 말입니다."

사율은 대답하면서 빙긋 웃었다.

사실 궁궐 내에 왕족을 가두는 옥이 없는 것은 아니었다. 대개 왕족이란 대역죄를 지어 타 지방으로 추방당하지 않는 한은 죄를 범해도 가택에 감금되기 마련이나, 죄질이 나쁠 경우 드물게 옥에 갇히기도 했다. 그는 희대의 망나니를 아들로 두었던 진국의 십이 대 왕이 지은 것으로, 사실 말이 옥일 뿐이지 내부 구조가 왕족이

거하는 방과 하등 다를 바가 없었다. 만약 황율이 진짜 사율을 옥에 가두어야겠다면 법도상 그곳으로 보낼 수밖에 없었다.

그러나 사율이 했던 말 중에 '아무것도 안 하고' 밖에 귀에 안 들린 중신들은 이판사판의 심정으로 목이 터져라 고하기 시작했다.

"전하, 아니 되옵니다!"

"진국의 하나뿐인 신녀이십니다, 전하!"

"지나친 처사이십니다, 전하!"

"에이잇! 모다 닥치지 못하겠느냐?"

듣다 못한 황율이 신경질적으로 다그쳤다. 저 사악한 것이 짐을 알현하기 전에 신료들과 모종의 협상을 끝냈음이 틀림없으렷다? 그러나 당하고만 있을 짐이 아니다!

황율은 음산한 목소리로 말했다.

"짐이 왕실의 수치라 여겨 덮어두고 넘어가려 했으나 도저히 아니 되겠구나! 신녀는 지금부터 짐이 묻는 말에 한 치의 거짓도 없이 토설해야 할 것이다. 그리고 대신들은 짐의 하문이 끝날 때까지 모두 입을 다물라! 그 후에도 이리 불가하다 외칠 수 있을지 어디 한번 보자꾸나!"

갑자기 바뀐 왕의 태도에 모여 있던 신료들은 불안하게 눈을 굴리며 서로 눈치만 살폈다. 그러나 사율은 침착한 음성으로 대답했다.

"하문하시지요."

발칙하고 발칙한 것! 네가 이러니 짐이 내치려 한 것이야! 황율은 안면 근육을 씰룩이며 입을 열었다.

"네가 사라진 새, 짐은 너를 찾기 위해 호위대의 일부를 파견했다. 그런데 그네들이 듣기에도 망측한 소식을 고하더구나. 신녀인 네가 젊은 무사와 단둘이 지내고 있는 것 같다고 말이다!"

마지막 문장은 일부러 분노에 찬 목소리로 뱉어냈다. 그러자 좌상과 우상 이하의 중신들이 아연실색한 얼굴로 수군거리기 시작했다.

황율은 회심의 미소를 지으며 확인하듯 소리쳤다.

"대답하라. 그것이 사실이냐?"

"그렇습니다, 전하. 사실이어요."

사율은 단번에 인정하며 고개를 끄덕였다.

"그래, 사실이…… 무어라? 사실?"

심술궂게 이죽거리며 어디 한번 당해보아라 했던 황율이 어처구니없다는 투로 반문했다. 설사 그것이 사실이라 해도, 그는 고용한 호위 무사였을 뿐이라고 할 줄 알았다. 펄펄 날뛰며 무엇을 의심하든 결백하다고 소리칠 줄 알았다. 지금까지 보아왔던 사율의 성정상 저리 뻔뻔한 태도로 '그게 뭐 어때서?'라는 식으로 나올 줄은 몰랐단 말이다.

황율은 너무나도 태연한 얼굴로 서 있는 사율에게 말까지 더듬으며 다시 물었다.

"네, 네가 정녕 외간 남자와 그리 지냈단 말이냐? 진국의 하나뿐인 신녀이자 공주인 네가?"

"전하께서 저를 황국의 왕자와 억지로 혼인시키려고 하지 않으셨습니까? 이왕 할 바에야 여인이라면 연모하는 분과 혼인하고 싶은 것이 당연지사. 그래서 궁을 나간 것입니다."

"뭐, 뭐, 뭐라?"

지금 눈앞에 있는 이 아이가 사율이 맞기는 한 것인가? 늘 논리정연하게 정사를 논하며 명분을 내세워 무엇이 옳고 그른지 따박따박 오라비에게 간언했던 그 사율이 맞느냔 말이다!

기가 찬 황율은 잠시간 아무런 질문도 할 수가 없었다. 대신들도 마찬가지였다. 모두들 입을 벌린 채 사랑에 빠져 가출한 철딱서니 없는 공주가 빙의된 듯한 사율의 옆모습만 멍하니 바라보았다.

사율이 새치름한 어투로 말을 이었다.

"어차피 전하께서는 제가 사라지는 것을 원하셨잖아요? 제가 환국의 왕자와 국혼을 치러 사라지나, 연모하는 분과 함께 사라지나, 외유를 떠나 사라지나, 전하의 뜻을 받드는 것은 마찬가지가 아닙니까? 저는 그저 전하의 바람대로 행동했을 뿐이거늘, 왜 그리 역정을 내시는지 모르겠습니다."

뻔뻔하다. 너무 뻔뻔해서 제대로 반박이 안 나온다.

황율의 입 또한 서서히 벌어졌다. 하지만 왕의 체통이 있지, 황율은 퍼뜩 정신을 차리며 호통쳤다.

"그리 야반도주하듯 궁을 빠져나가 외간 사내와 지내놓고 그걸 지금 말이라고 하느냐? 네가 그새 실성이라도 한 것이야? 만인의 귀감이 되어야 할 네가 대체 이게 무슨 짓이냐!"

그러나 사율 또한 쌓였던 것이 많은바, 그녀는 그동안 속으로만 되뇌었던 말들을 이참에 오라버니 앞에서 거침없이 토해내기로 했다.

“지금 귀감이라 말씀하셨습니까? 부왕께서 승하하신 후로 제가 무엇을 했습니까? 제가 조정에서 어떤 일들을 감당해 내었고, 무슨 연유로 신녀가 되었습니까? 그런데 오라버니께서는 무엇을 하셨습니까? 오라버니께서 제게 하신 일이 무엇입니까? 대면 한번 한 적 없는 홀아비 왕자와 억지로 혼인시켜 내치려 한 것 외에 제게 무엇을 하셨습니까? 제가 궁을 나간 것이 아닙니다. 오라버니께서 저를 내치신 것입니다!”

어느새 사율은 감정이 격해져 소리치고 있었다. 양 볼도 붉게 달아올랐다. 오라버니 앞에서 이토록 솔직하게 속내를 털어놓기는 처음이었다.

황율은 감정에 휩싸여 반항하듯 외치는 누이동생을 낯설다는 눈길로 내려다보았다. 자신이 아는 사율은 늘 감정보다는 이성이 앞섰고, 명분과 실리를 철저히 따지는 아이였다. 자신처럼 순간의 기분으로 뒷일을 생각 안 하고 사고를 치는 일 따위 한 번도 하지 않은 아이였다. 그랬던 사율이 지금은 그저 자신의 서러운 심정만을 호소하고 있었다. 다른 무엇보다도 누이동생으로서 오라버니에게 서운하다는 마음을 전달하고 있었다.

사율은 혼란으로 이지러진 황율의 시선을 받으며 가라앉은 음성으로 다시 입을 열었다.

“하지만 전하를 그리 몰아붙인 것 또한 저임을 이번 외유를 통해 깨달았습니다. 어차피 때가 되면 제가 맡았던 모든 책임을 내려놓고 떠나려 했던 터. 이제 정식으로 출궁할까 합니다."

사율은 이미 모든 것을 결심한 듯했다. 누이동생의 이례적인 행동에, 그때까지 가만히 듣고만 있던 황율이 비웃듯이 질문을 쏟아내었다.

"어찌 떠날 것이냐? 다른 사내의 때를 묻혀놓고 이제 와 환국의 왕자와 혼인이라도 하겠다는 것이냐? 아니면 너와 같이 죄를 범한 그 사내와 혼례라도 치를 것이냐? 무엇이 되었든 하늘에 계신 아바마마께서 통곡을 하시겠구나! 한 번도 아바마마를 실망시켜 드린 적이 없었던 네가 이제 와서 왕가에 먹칠을 하는 불효를 저지르지 않았느냐!"

황율 또한 격해진 목소리로 외쳤다. 괘씸한 것! 방자한 것! 한 번도 고분고분하게 지지 않는 못된 것!

사율이 누이동생이라 다행이었고, 효녀여서 다행이었고, 오직 왕실과 나라만을 위하는 아이라 다행이었다. 하지만 이 똑똑한 누이동생은 진국의 왕을 섬겼을지언정, 오라버니를 섬긴 적은 없었다. 마음을 다해 황율을 섬긴 적은 없었다. 그 때문에 더더욱 속이 뒤틀렸음을 네가 어찌 아느냐?

"불효겠지요. 하지만 아바마마께서는 궁을 나갔을 때의 제 심정을 충분히 이해하셨을 겁니다. 저를 환국으로 내치듯 보내고 싶으셨던 전하의 심정도요."

대답하는 사율의 음성은 더없이 차분했다. 그래서 황율은 더 화가 났다. 감히 끝까지 잘못이 없는 척 제 잘났다 혀를 놀리다니!

황율은 눈초리를 위로 올리며 확고한 어조로 명을 내렸다.

"부정조차 하지 않았으니 이제는 짐이 너를 어찌 처리한다 해도 아무도 토를 달지 못할 것이다! 여봐라, 신녀를 당장 끌어내어 옥에 가두어라! 왕족의 신분으로 품행을 더럽힌 이 아이를 짐이 엄격히……!"

"전하, 방금 환국의 사신이 당도했다 하옵니다!"

어명이 끝나기도 전에 밖에서 대전 내관이 고하는 소리가 크게 울려 퍼졌다. 황율은 인상을 쓰며 버럭 윽박질렀다.

"환국의 사신이 연통도 없이 무슨 일로 왔다더냐?"

"소인이 듣기로, 진국의 공주를 비로 맞이하기 위해 환국의 왕자가 직접 왔다고 하더이다."

"뭐, 뭐라? 그럼 지금 첫째 왕자가 와 있단 말이냐?"

황율이 어좌에서 몸을 벌떡 일으키며 소리쳤다. 서찰을 보내도 아무런 소식이 없더니만 갑자기 이 무슨 날벼락이더냐!

황율은 황망한 표정으로 사율을 내려다보았다. 사율도 놀랐는지 눈을 동그랗게 뜨고는 그를 올려다보았다. 어쨌든 동맹국의 왕자가 왔는데 진국 왕가의 치부를 고스란히 내보일 수는 없는 법. 황율은 다급한 목소리로 사율에게 일렀다.

"일단 조신하게 처신해라! 나머지는 짐이 알아서 하겠다!"

"……흐음. 그렇다고 있던 일이 없어지는 것은 아니지요."

사율은 그 짧은 사이에 계산을 마쳤는지, 안면을 싹 바꾸고 천연덕스럽게 대꾸했다. 순간 황율의 이마에 힘줄이 빠직 돋았다.

"네가 정녕 짐에게 회초리라도 맞아야 정신을 차리겠느냐?"

"어머, 왕자에게 뭐라 말씀하시려고요? 비로 맞이하러 온 공주가 궁에서 야반도주하여 외간 남자와 눈이 맞은 고로, 전하께서 직접 매로 다스렸다고 하시렵니까?"

"그 입 다물지 못하겠느냐? 네가 정말 매라도 맞고 싶은 게야?"

황율이 버럭버럭 엄포를 놓았다.

하지만 이 좋은 기회를 놓칠 수는 없지! 사율은 일부러 목청을 더 크게 키웠다.

"전하께서 환국의 왕자와 억지 혼인을 시키려고 하시는데 제가 어찌……!"

"억지는 무슨 억지!"

대전의 문이 벌컥 열리면서 무진이 우렁찬 음성으로 받아쳤다. 일순간 대전 안 모든 사람들의 시선이 그에게로 쏠렸다. 무진은 힘차게 대전의 중앙을 가로질러 사율의 옆에 우뚝 섰다.

"환국의 셋째 왕자 환무진이 진국의 전하께 인사를 올립니다."

무진은 그때까지도 왕좌 앞에 서 있던 황율에게 정중히 예를 갖추었다. 황율은 떨떠름한 목소리로 대답하며 다시 어좌에 주저앉았다.

"으음, 예까지 오느라 고생했소. 그런데 이리 갑작스레 사신으로 오다니, 대체 무슨 연유요?"

'첫째도 아닌 셋째 왕자가 왜 들이닥친 겐가?' 라는 물음이 확연히 드러난 표정으로 황율이 물었다. 그러자 무진은 의젓한 자세로 들고 있던 서찰을 주르륵 펼쳐 들었다. 그리고 낭랑한 목청으로 그것을 직접 읽기 시작했다.

"진국의 왕에게 천제의 가호가 함께하기를. 일전에 보내신 서찰은 잘 받아보았소. 동맹국의 왕으로서 기쁘기 그지없는 제안이나 내, 한 가지 걸리는 바가 있어 심사숙고 끝에 이리 서신을 보내오. 알고 계신지는 모르겠으나, 그대의 누이동생인 진국의 공주 진사율은 사실 내 셋째 아들인 환국의 왕자 환무진과 연정을 나누어온 사이였소. 그간의 외유도 그대의 누이동생을 만나기 위해 한 것이 여러 번이었음을 무진이 어렵사리 고백한 바, 나는 첫째 왕자가 아닌 셋째 왕자 환무진과 공주가 백년가약을 맺기를 바라오. 다행히 첫째 왕자 또한 흔쾌히 아우의 혼례를 축복한다 했소. 귀한 며느님을 맞이해 성대한 국혼을 치를 것이니, 부디 이를 가납해 주시오. 환국의 십오 대 왕 환청우."

서찰의 내용을 다 듣고 난 황율의 눈이 튀어나올 듯이 커졌다. 사율도 알사탕만큼 커진 눈매로 옆에 선 무진을 쳐다보았다. 무진이 입매를 씨익 올리며 그런 사율을 내려다보았다.

사율은 작은 목소리로 무진에게 재빨리 속삭였다.

"어떻게 된 거예요? 어찌 이리 빨리 왔어요?"

"내가 하루라도 더 빨리 그대를 만나기 위해 아바마마께 적토마까지 빌려서 달려왔소. 다행히 돌아가는 분위기를 보아하니 적당한 때를 맞춘 듯하구려."

"그건 그런데…… 그래도 지나치게 빠른 거 아니에요? 나도 이제 막 입궐했는데."

"뭐요? 그대는 뭘 하다 이제야 온 거요? 나와 헤어진 후 강현과 흥청망청 유람이라도 다닌 거요?"

"빨리 입궐할 이유가 없잖아요. 와보았자 오라버니께 이리 시달리기만 하는데요, 뭘."

"그래도 그렇지! 그대는 대체……!"

"으흠흠흠!"

황율이 들으라는 듯이 헛기침을 크게 했다. 사율과 무진은 그제야 대화를 멈추고 다시 황율을 보았다.

"일단 그 서찰을 보겠소."

황율은 아래에 시립해 있던 내관에게 손짓해 무진에게서 서찰을 받아오라 일렀다. 무진이 선뜻 건네주자, 황율은 어좌에 앉은 채 내관이 받아 올린 서찰을 다시 주르륵 펴서 살펴보았다. 황국의 왕이 찍은 낙관과 함께 무진이 읊은 내용이 고스란히 담겨 있었다.

황율은 서찰과 무진의 얼굴을 번갈아 보며 그에게 물었다.

"그대는 짐이 왕자였던 시절부터 몇 차례 안면을 익힌 사이가 아니오? 그런데 어찌 공주와의 관계를 지금까지 함구한 것이오?"

"그것은…… 공주께서 비밀로 하기를 원했기 때문입니다."

무진이 미간을 살짝 찌푸리며 대답했다. 그러자 황율은 곧바로 사율에게로 시선을 돌렸다.

"왜 비밀로 하자 했느냐?"

"왜냐니요, 전하. 저는 신녀가 아닙니까? 백성들에게 신력으로 전하를 도와 정사에 힘쓰고 있다고 천명해 놓고 어찌 이분과의 관계를 쉬이 드러낼 수 있었겠습니까?"

사율이 미리 준비라도 한 듯이 술술 대꾸했다. 그 태도가 너무나 천연덕스러운지라, 무진은 속으로 혀를 내둘렀다.

황율이 내심 당황한 투로 다시 물었다.

"그러면 짐이 혼인 이야기를 꺼냈을 때라도 사실대로 고할 수 있지 않았느냐?"

"아아, 그때는 저도 화가 나서 이성을 잃은 상태였습니다. 때마침 왕자님에게 진국에 도착했다는 연통을 비밀리에 받은 차였고요. 하여 안위를 염려하지 않고 궁궐에서 뛰쳐나갔던 것이랍니다."

"그렇다면 왕자만 믿고 금전 한 푼 없이 나간 것이란 말이냐?"

"뭐, 그런 것은 아닙니다. 전하께서 모르고 계셨던 비자금이 조금 있었지요. 아바마마께서 생전에 '공주 쓰거라' 하시면서 종종 용돈을 주셨거든요. 그것을 차곡차곡 모아놓았습니다. 제가 전하와 달리 어렸을 적부터 매우 알뜰했잖아요?"

거짓부렁을 이리 능수능란하게 내뱉다니!

무진은 자기도 모르게 입을 벌리며 사율을 보았다. 사율은 한껏 새치름한 표정으로 입가에 슬쩍 미소를 띠고 있었다. 무진은 속으로 고개를 설레설레 저었다.

"그러면 내내 함께 있었다는 사내 또한……."

"접니다, 전하. 큰 결례를 범했으나, 이 자리에서 맹세코 진국의 귀하신 공주님을 온전하게 지켜 드렸음을 밝히는 바입니다."

이왕지사 이렇게 된 바, 무진이 얼른 나섰다. 왕이 황당할 대로 황당하다는 용안으로 자신을 내려다보기만 하자, 무진은 부드럽게 말을 이었다.

"뒤따라오는 환국의 사신단이 혼례 예물을 들고 올 것입니다.

이왕에 일이 이렇게 되었으니 부디 환국에 계신 제 아바마마의 말씀대로 공주와의 혼인을 허락해 주시지요, 전하. 이리 청하옵니다."

그러고는 정중히 허리를 숙였다.

그런 무진을 바라보는 황율의 얼굴 위로 만감이 복잡다단하게 교차했다. 국혼도 그가 먼저 청한 바, 여기서 퇴짜를 놓으면 환국의 왕과 셋째 왕자를 대놓고 무시하는 꼴이 되지 않는가? 망치로 머리를 얻어맞은 것 같은 상황이다만, 그래도 동맹국과의 관계가 있는데 사율을 대하듯 버럭버럭 성질을 부릴 수도 없는 노릇이고, 쩝.

"그, 그래야겠지."

결국 황율은 떨떠름한 목소리로 대답하고 말았다. 무진의 입가에 슬며시 회심의 미소가 떠올랐다.

第十四章 그 신녀, 가약

"사율! 안에 있소, 사율?"

밖에서 사율을 애타게 부르는 무진의 목소리가 들려왔다. 사율의 양옆에 앉아 있던 좌상과 우상이 그녀의 눈치를 보면서 조심스러운 어조로 말했다.

"왕자 마마께서 오셨나 봅니다, 마마."

"뭐라 답변을 하셔야 되지 않겠는지요?"

"사율! 왜 대답이 없소? 내, 문을 열고 들어가겠소!"

무엇을 먹었는지 목청도 좋다. 사율은 보고 있던 상서를 신경질적으로 내려놓았다. 좌상과 우상이 놀라서 몸을 흠칫했다.

"정말이지 정사에 집중을 할 수가 없군!"

순간, 문이 벌컥 열리면서 무진이 나타났다. 무진은 눈초리를 위로 올리며 사율에게 따지듯 물었다.

"아니, 안에 있으면서 왜 대답도 안 한 것이오? 정말 이러기요?"

그러자 사율이 고개를 홱 돌려 무진을 날카롭게 째려보았다.

이러다 고래 싸움에 또 새우 등이 터지겠구나! 좌상과 우상이 슬금슬금 자리에서 일어나며 어색하게 말했다.

"두 분이 천천히 말씀 나누시지요. 이만 물러가겠습니다, 마마."

그 인사를 끝으로 좌상과 우상은 슬그머니 자정전 밖으로 물러났다. 두 대신이 사라지자, 사율은 앙칼진 음성으로 무진에게 따졌다.

"당신이야말로 자꾸 이러기예요? 이리 방해를 해대면 내가 어느 세월에 행정 체계를 개편해요? 빨리 마무리를 지어야 당신이 원하는 대로 환국으로 가서 국혼을 치르든가 말든가 할 거 아니에요!"

그러나 무진도 근 달포 동안 쌓인 만큼 쌓인 터. 지지 않고 사율에게 맞섰다.

"그 말이 나왔으니 내, 묻겠소. 그대는 빨리 환국으로 가고 싶은 마음이 있기는 하오? 행정 체계를 개편하는 데만 힘쓰면 될 것 아니오! 듣자 하니 그대가 하는 일이 그것 말고도 수두룩하던데, 대체 진국의 전하와 어떻게 합의를 본 것이오?"

"말했잖아요. 신료들이 전하를 보필할 수 있도록 행정 체계를 새로 개편한 후에 인사 처리를 하고 나서 그것이 안정되면……."

"그 일이 정녕 올해 안에 끝나기는 하는 것이오? 대체 나더러 언제까지 기다리란 말이오? 그대도 알다시피 지금 환국의 조정도 어수선하오. 북방의 움직임도 심상치 않잖소? 나도 어서 아바마마와 형님 곁으로 돌아가야 할 것 아니냔 말이오!"

"그러게 내가 먼저 가라고 했잖아요. 일을 다 끝내놓고 가겠다고요."

"그대가 언제 올 줄 알고? 기다리다 홀아비로 늙어 죽겠소!"

씩씩씩씩. 이미 달아오를 대로 달아오른 바, 이번에는 누구도 먼저 물러설 기미를 보이지 않았다.

무진은 불퉁한 말투로 다시 말을 꺼냈다.

"내가 객궁에서 지낸 지도 벌써 한 달이 넘었소. 지금 당장 그대와 함께 환국으로 돌아가겠다고 해도 전하조차 나를 막으실 수 없단 말이오. 그럼에도 그대의 의사를 존중해 지금껏 참았잖소? 그런데도 그대는 상서들에 파묻혀 시간만 보내고 있으니……. 정말 서운하기 그지없소!"

그래, 그 말이 맞기는 하지. 사율은 잠시 숨을 고르고는 한층 가라앉은 음성으로 입을 열었다.

"그 점은 정말 미안하게 생각해요. 그런데 당신도 익히 들었겠지만, 내가 갑자기 궁을 떠나는 바람에 상서들은 쌓였고 행정 업무는 마비되었어요. 뭐, 전하께서 그동안 처리하신 부분도 있기는 한데, 그조차 다시 확인해야 될 것들이 반 이상이에요. 그것들 처리하랴, 체계 개편하랴, 나도 지금 정신이 없다고요. 최대한 빨리 해볼 테니까 조금만 더 기다려 주세요. 네?"

사율이 타이르는 말투로 부탁했다. 그러나 무진은 의심의 눈초리를 지울 수가 없었다. 결국에는 그 일들을 다 처리한 연후에나 환국으로 떠나겠다는 뜻 아닌가?

무진은 눈을 가늘게 뜨며 수긍하는 척 고개를 끄덕였다.

"좋소. 내, 하해와 같은 마음으로 이해하며 기다려 주겠소. 대신 조건이 있소."

"그게 뭐지요?"

사율이 고개를 갸웃하며 물었다. 그러자 무진이 단호한 목소리로 대꾸했다.

"아무래도 그대를 기다리다가는 올해가 가기 전에 환국으로 돌아가기 힘들 듯싶소. 그러니 차라리 진국에서 먼저 약식으로나마 국혼을 치르는 것이 나을 듯하오. 난 하루라도 더 빨리 그대와 몸도 마음도 하나가 되고 싶거든."

"뭐, 뭐라고요?"

사율이 시뻘게진 얼굴로 소리 지르며 자리에서 벌떡 일어났다. 무진은 싱긋 미소를 지으며 청산유수로 말을 이었다.

"그 정도는 진국의 전하께서도 윤허하실 것이오. 어차피 진국 조정의 행정 업무 때문에 혼례식이 늦어지고 있는 터라 환국에 민망한 마음도 있으실 터이고, 또 전하께선 잔치를 좋아하신다지요? 그것도 누이동생의 혼례 잔치이니 반색을 하며 가납하실 듯한데, 어떻소?"

"다, 당신! 그런 말을 어쩜 아무렇지도 않게……!"

사율은 홍당무처럼 변한 안색으로 말까지 더듬으며 외쳤다. 그러나 무진은 더욱 뻔뻔한 어조로 천연덕스럽게 반문했다.

"그대와 나 사이에 무얼 그리 부끄러워하시오? 벌써 여러 번 밤도 같이 보내놓고."

무진은 말이 끝남과 동시에 고개를 숙여 얼굴을 사율의 코앞까지 들이대었다. 사율의 두 뺨이 더더욱 새빨갛게 달아올랐다. 사율은 점점 더 가까이 다가오려는 무진을 두 손으로 확 밀쳐 내며 소리쳤다.

"나, 나가요! 나가요!"

"사율, 너무하오! 무슨 공주가 이리 우악스럽소!"

양손으로 매섭게 몸을 때리는 사율을 향해 무진이 아프다는 듯 인상을 찌푸리며 엄살을 피워댔다. 그러자 사율은 무진을 더더욱 세게 철썩철썩 때렸다.

"나가요! 내 근처에는 오지도 말아욧!"

결국 무진은 사율에게 찰싹찰싹 얻어맞으며 문밖으로 쫓겨났다. 무진을 완전히 몰아내고 나자, 사율은 문을 쾅 닫고 씩씩거렸다.

무진의 서글픈 목소리가 문밖에서 처연하게 울려 퍼졌다.

"정말 너무하오, 사율! 너무하오!"

"하아…… 아무래도 사율은 일 중독증 같아."

무진이 술잔을 단번에 비우고는 상 위에 턱 내려놓으며 근심이 가득한 표정으로 중얼거렸다. 강현이 그의 빈 술잔에 술을 쪼르륵 따라주며 반문했다.

"일 중독증이라니요?"

"왜, 그런 것 있잖은가? 어떤 일이든지 손에 잡고 있지 않으면 심적으로 불안해지는 증세 말일세. 사율이 딱 그래! 어떻게 정혼자와 궐 안에서 함께 지내고 있으면서 나를 보는 시간보다 상서에 고개를 파묻고 있는 시간이 훨씬 긴지, 원. 이제 와서 말인데, 외유를 할 때도 그랬네. 무언가 일이 터지지 않으면 오히려 불안해했다니까? 내, 그때 사율의 저 증세를 알아보았어야 하는 것인데."

무진은 고개를 설레설레 저으며 또 술잔을 단번에 비웠다. 강현이 빙긋 웃으면서 그에게 물었다.

"증세를 알아보았더라면 정혼하지 않으셨을 겁니까?"

"그건 아니지만…… 그래도 저렇게까지 심할 줄은 몰랐네. 이제는 부왕의 유언이나 나라를 위해서가 아니라 자기가 좋아서 행정부 수장이 되었나 의심스러울 정도라니까?"

"하하하! 그럴 리가 있겠습니까? 다만 왕자 마마와 함께 환국으로 떠나고 난 이후가 염려되는 것이겠지요. 오죽하면 좌상께서 직접 공주님을 모시러 달려왔겠습니까?"

"그렇기는 한데…… 대체 내가 언제까지 객궁에서 독수공방해야 된단 말인가? 진국에서 먼저 혼례를 올리자니까 그것도 싫어하고. 정말 내게 너무하는 것 아니냔 말일세!"

"그것은 좀 그렇습니다."

강현이 다시 술을 따라주며 대답했다. 무진은 또 한 번에 술을 마셔 버리고는 상 위에 털퍼덕 엎드렸다.

"나는 이곳에 빨리 당도하기 위해 부왕께 적토마까지 빌려 타고서 달려왔는데…… 혹시 사울이 궁에서 곤경에 처할까 봐 밤잠까지 설쳐 가며 달려왔는데…… 이리 찬밥 신세라니. 정말 너무하오, 사율. 흑!"

더 이상은 못 들어주겠다. 언제까지 이 장성한 왕자님의 어울리지도 않는 어리광을 받아주어야 한단 말인가? 왜 도성 안에서 떡하니 마주쳐 가지고선!

강현은 결심한 듯 술잔을 탁 내려놓으며 냉정한 목소리로 그에게 간언했다.

"그냥 덮치시지요."

"뭐, 뭐라고?"

무진이 잘못 들었나 싶어 상체를 벌떡 일으켰다. 강현은 태연한 음성으로 다시 한 번 또박또박 그에게 말했다.

"그냥 덮치시라고요. 어차피 정혼한 사이가 아니십니까? 그러고 나면 공주님께서도 체면이 있으니 빨리 혼례를 치르자 하시겠지요."

"자, 자네, 지금 측근이란 사람이 그게 할 소리인가? 사율이 들으면 경을 치겠군!"

"저는 왕자 마마가 오히려 이해가 안 됩니다. 그리 행동력 있으신 분이 왜 이러고 계십니까? 윤에게 들으니 이미 한 방도 쓰셨다면서요? 뭐, 두 분이 어디까지 진도를 나가셨는지는 소인이 알 수 없으나, 그렇게 하소연만 하면서 세월을 보내시다가는 진짜 올해 안에 못 돌아가십니다."

강현은 태연자약하게 조언하며 자신의 잔에 술을 쪼르륵 따랐다. 무진은 눈앞의 이 남자가 정녕 설강현이 맞는가 싶어 미간을 찌푸리며 그를 보았다.

"자네, 그리 사율을 위하는 척해놓고 이래도 되는가? 나중에 사율이 알기라도 하면 어쩌려고?"

"왕자 마마께서 말씀하시지 않는 한 모르시겠지요. 그리고 제가 오죽하면 이런 말씀까지 드리겠습니까? 같은 사내로서 정말 안쓰러우십니다! 츠츠."

이제는 혀까지 찬다. 무진은 대번에 눈초리를 올리며 호통쳤다.

"자네 이리 주제넘게 나올 텐가? 내가 사율의 처지를 고려하여 참고 있는 것이지, 마음만 먹으면 오늘 밤에 보쌈을 해서라도 사율을 데리고 떠날 수 있는 사람일세!"

"네네, 그러니까 제발 그러시라고요. 소인도 이렇게 마마답지 않은 모습을 보고 있자니 아주 갑갑합니다! 빨리 돌아가셔야 소인에게 진 빚도 청산하시지요."

강현이 술을 홀짝거리면서 깐죽거리듯 대꾸했다.

이놈이 진짜! 무진은 자리를 박차고 일어났다. 그리고 손가락질을 하며 강현에게 소리쳤다.

"내가 이래서 상인은 믿을 게 못 된다고 사율에게 말한 게야! 자네, 두고 보겠네! 내가 환국으로 돌아가고 나서도 늘 주시할 것이야!"

"네네, 여부가 있겠습니까? 필요하시면 언제든 찾아주십시오."

"에이잉!"

무진은 그대로 몸을 돌려 문을 발로 차더니 손님방 밖으로 나가버렸다. 강현은 히죽 웃으면서 빈 술잔에 다시 쪼르륵 술을 따랐다.

손님방 밖에 서 있던 윤이 씩씩거리며 떠나는 무진의 뒷모습을 보더니 안으로 들어와 걱정스러운 말투로 강현에게 물었다.

"저리 가시게 해도 괜찮겠습니까?"

"괜찮아, 괜찮아. 취한 척을 하실 뿐이지, 사실은 조금도 취하지 않으셨다."

그냥 술기운을 빌려 사정을 아는 사람에게 속내를 털어놓고 싶었을 뿐이다. 그 정도로 답답하다는 뜻이겠지. 강현은 피식 웃었다.

"그래도 환국의 왕자 마마이신데 너무 직언을 드린 것이 아닌지……."

윤은 무진이 아니라, 무진을 그리 대한 자신의 주인이 영 걱정되는 모양이었다. 그러나 강현은 여전히 미소를 띤 채 술잔을 빙글빙글 돌렸다.

"이 정도는 속을 긁어놓아야 뭐라도 취하실 게 아니냐. 결과가 좋으면 다 좋게 되어 있으니 아무 염려 말거라."

그러고는 다시 홀짝홀짝 술을 들이켰다.

"내가 좀 심했나?"

사율은 탁상 앞에 앉아 손가락으로 표면을 톡톡 두드리며 무진의 얼굴을 떠올렸다. 영 서운해 보였던 그의 표정이 마음에 걸렸던 탓이다.

"나 같아도 서운하긴 했겠지……."

시기적절하게 대전에 나타나 진짜 옥에 갇힐 뻔한 그녀를 구해낸 무진이다. 그 후 영 떨떠름해하는 오라버니의 태도를 슬금슬금 바꿔놓은 것도 그였다. 그러면 좀 살갑게라도 대해주었어야 했는데, 좌상과 우상을 필두로 한 대신들이 당장에 그동안 쌓인 상서들을 봐주십사 간청한지라 그럴 정신이 없었다. 그러고 나서는 어떻게든 사율과 함께 있고 싶어 하는 무진과 행정 업무에 집중하려는 사율의 공방전이 시작되었다. 바로 오늘처럼 말이다.

"그래도 내 정혼자인데……."

위기에서 벗어나고자 얼떨결에 일이 그렇게 흘러가기는 했지만, 사율 또한 싫지는 않았던 터. 이제 애정 표현도 좀 하고 다정히 대하기도 해야 하거늘 그것이 쉽지가 않았다. 사실 이렇게 보는 눈이 많은 궁궐에서 그러기도 영 민망하고.

하지만 오늘은 역시 심하기는 했다.

"아무래도 안 되겠어."

사율은 자리에서 벌떡 일어났다. 그리고 방 밖을 향해 큰 소리로 외쳤다.

"홍 상궁은 밖에 있는가?"

"예, 마마."

문이 열리며 홍 상궁이 얼른 사율의 곁으로 다가왔다. 그러자 사율이 단호한 목소리로 지시했다.

"지금 객궁으로 갈 것이니, 간단한 주안상을 준비해 따르게."

"하오나 마마, 벌써 술시가 지났사옵니다."

아무리 정혼자라 하나 늦은 시간에 방으로 찾아가는 것은 신녀이자 공주의 행동거지로써 좋지 않다는 뜻이었다.

그러나 사율은 인상을 쓰며 명했다.

"내가 왕자께 긴히 드릴 말씀이 있어서 그러네. 더 이상 토 달지 말고 준비하게."

"아, 알겠사옵니다."

웃전이 시키는데 별수 있나? 하라는 대로 해야지.

홍 상궁은 그대로 물러나 무수리들에게 술상을 준비하라 일렀다. 일식경이 지난 후 홍 상궁이 준비가 끝났다고 아뢰자, 사율은 몸을 일으켜 객궁으로 나섰다. 다행히 도착해 보니 무진이 거하는 방의 등잔불이 환하게 켜져 있었다.

사율은 객궁 안으로 들어가 방문 앞에 있던 내관에게 일렀다.

"아뢰게."

"왕자 마마, 공주 마마께서 오셨습니다!"

내관이 방 안을 향해 큰 소리로 고했다. 안에서 가라앉은 목소리로 답하는 무진의 음성이 들려왔다.

"드시라 해라."

그러자 내관들이 방문을 열었다. 무진은 무슨 생각을 하는지,

탁상 앞에 턱을 괸 채 가만히 앉아 있었다.

사율은 방 안으로 들어서며 홍 상궁에게 눈짓했다. 주안상을 준비해 온 무수리들이 탁상 위에 맛깔스러운 음식과 술병, 잔들을 펼쳐 놓고는 홍 상궁과 함께 조용히 밖으로 빠져나갔다. 무진이 갑자기 펼쳐진 술상에 눈을 휘둥그렇게 떴다.

"웬일이오? 이 시간에 이리 상까지 차리다니."

"정혼한 사이에 너무 격조한 듯해서요. 진즉 이랬어야 했는데 이제야 와서 미안해요."

사율이 고분고분 대답하며 무진의 앞에 마주앉았다. 그리고 술병을 들어 그를 재촉했다.

"어서 한 잔 받으세요."

"아, 알겠소."

확 변한 듯한 사율의 태도에, 무진은 얼떨떨한 얼굴로 술잔을 들어 앞으로 내밀었다. 사율은 무진의 잔에 술을 채우고는 자신의 잔에도 술을 따르며 부드러운 음성으로 그에게 말했다.

"당신이 여러모로 나를 보살펴 준 것 알아요. 나를 많이 생각해 준다는 것도 알고요. 정말 고마워요."

그러고는 생긋 웃으며 술병을 내려놓더니 술잔을 들어 올렸다. 무진도 얼떨결에 잔을 들어 술을 들이켰다. 그러자 사율이 무진의 잔에 다시 술을 따라주었다.

"그리고 내가 서운하게 했다면 미안해요. 말했다시피, 어서 모든 일을 정리하고 당신과 함께 환국으로 가려고 해요. 그러니 너무 섭섭한 마음을 품지는 말아줘요."

목소리마저 나긋나긋한 이 여인이 정녕 사율이 맞는 것인가?

무진은 순간적으로 자신의 눈을 의심했다. 생긴 것을 보아하니 사율이 분명한데 낮과는 태도가 백팔십도로 다르다. 사율은 이리 상냥하게 군 적이 거의 없었거늘…….

무진은 또 술잔을 한 번에 비웠다. 안 그런 척 앉아 있었지만, 사실 강현과 헤어지고 나서도 홧김에 혼자서 술을 마신지라 슬슬 취기가 올라오고 있었다.

사율이 또 잔에 술을 따라주자, 무진이 낮게 가라앉은 음성으로 대뜸 물었다.

"정말 내게 고맙소? 미안하고?"

"그렇다고 했잖아요. 그래서 이렇게 찾아온 것이고요."

사율이 눈초리를 아래로 휘며 대답했다. 그동안 미안하고 고마웠던 마음을 담아 무진이 어찌 나오든 이 밤에는 부드럽게 대하자 작심하고 온 차였다.

그러나 이어진 무진의 말에, 사율은 또 소리를 지를 수밖에 없었다.

"그럼 내게 입맞춰 주시오."

"뭐, 뭐라고요?"

사율의 얼굴이 순식간에 벌겋게 달아올랐다. 무진은 사율의 놀란 눈동자를 직시하며 저음으로 말을 이었다.

"그 말이 진심이라면 내게 먼저 입맞춰 달란 말이오. 그대는 한 번도 그런 적이 없잖소."

무진의 표정은 더없이 진지했다. 굳이 강현의 말이 아니더라도 한 번쯤은 사율의 마음을 짚어보고 싶었던 차였다. 헌데 이렇게 제 발로 찾아왔으니 도박을 해볼 수밖에.

사율은 아무 말도 할 수가 없었다. 그저 달아오른 얼굴로 피할 수 없는 무진의 검은 눈동자를 바라볼 뿐이었다.

이글거리는 듯한 눈빛으로 잠시간 사율의 두 눈을 응시하던 무진이 고개를 옆으로 돌리며 중얼거리듯 말을 내뱉었다.

"역시 싫은 게로군."

그는 그대로 자리에서 일어났다. 사율이 급하게 그를 부르며 몸을 엉거주춤 일으켰다.

"무진……!"

"오늘은 이만 돌아가시오."

무진이 탁상 밖으로 물러나며 차갑게 말했다. 사율도 다리를 밖으로 빼내어 그의 곁으로 다가가기 위해 발을 옮겼다. 상처를 입은 듯한 얼굴로 자신을 외면하는 그에게 부정하듯 입을 열었다.

"무진, 그런 게 아니라……!"

"돌아가시오!"

무진이 다시금 냉정하게 잘라 말했다. 사율은 얼어붙듯 그 자리에 멈춰 섰다. 무진의 옆모습이 아프게 눈에 박혔다.

사율은 눈을 질끈 감았다. 그리고 무언가 결심을 한 듯 단호하게 눈을 떴다. 무진이 그런 사율을 보며 화를 내듯 거칠게 말했다.

"돌아가라니까 왜……!"

사율이 한달음에 달려와 입술을 포갠 것은 그때였다. 무진은 눈을 크게 뜨고 코앞까지 들이닥친 그녀를 바라보았다. 사율은 눈을 꼭 감은 채 입술에 입술을 맞대고만 있었다. 그 이상은 무엇도 할 줄 몰랐다. 사율은 그렇게 입술을 가져다 댄 채로 가만히 있다가 금세 얼굴을 떼어내며 쏟아내듯 말했다.

"싫은 거 아니에요. 그냥…… 부끄러운 거예요. 어떻게 하는지도 잘 모르고요. 그때 당신과 했던 게 처음이었다고요."

그러고는 새빨개진 얼굴로 고개를 휙 돌렸다.

무진은 잠시간 멍하니 사율을 바라보았다. 워낙 부지불식간에 입술을 내준 터라 어찌 반응하지도 못했다. 그러다가 사율을 보면서 키득키득 웃기 시작했다. 사율이 발끈하며 다시 고개를 돌렸다.

"왜, 왜 웃어요!"

"그대가 너무 귀여워서 그렇소. 큭큭큭!"

"뭐, 뭐가요!"

사율은 두 주먹을 불끈 쥐며 무진에게 빽 소리 질렀다. 남은 부끄러움을 무릅쓰고 어떻게든 마음을 표현하려고 애썼는데 놀리기만 하다니!

사율이 올라간 눈초리로 발까지 동동 구르며 항의할 태세를 갖추자, 무진은 간신히 웃음을 멈추고는 그녀에게 대꾸했다.

"진즉에 솔직히 말하지. 내가 가르쳐 주겠소."

"뭐, 뭘…… 읍!"

사율이 뭐라고 난리칠 틈도 없이 무진이 그녀의 허리를 잡아채더니 입술을 순식간에 덮쳐 버렸다. 이번에는 사율이 눈을 동그랗게 뜨고 그를 바라보았다. 무진은 사율의 허리와 머리를 단단히 받친 채 그녀의 입술을 부드럽게 빨아들였다.

역시 무진의 입맞춤이란 무언가 달랐다. 반항할 새도 없이 혀를 사율의 입안 가득히 들이밀더니, 그녀의 혀를 살짝살짝 건드리며 휘돌렸다. 저번에 했던 입맞춤과는 완전히 달랐다. 사율은 숨을 제대로 쉴 수가 없었다. 온몸에서 힘이 다 빠져나가는 듯했다.

"하아……."

무진은 한참이 지나서야 사율에게서 입술을 떼었다. 그리고 다리가 풀린 듯한 사율의 귓가에 대고 낮은 목소리로 속삭였다.

"이것이 진짜 입맞춤이오. 나중에 그대도 내게 해주었으면 좋겠소. 그대가 배울 때까지는 내가 하겠지만."

"으응……."

"빨리 혼인합시다. 나는 이것 말고도 그대와 하고 싶은 게 아주 많소."

또 무얼 해? 이것도 이리 정신이 아찔하고 숨이 막힐 지경인데?

외교와 정치에는 능할지 모르나 남녀 간의 일에 대해서는 백지와 다름없는 사율이었다. 그래서 무진이 말하는 게 무엇인지는 정확히 모르나, 다만 이보다 더 오금이 저릴 것은 분명한 듯싶었다. 하지만 왠지 싫지 않을 것 같기도 하고…….

무진이 음산한 목소리로 다시금 속삭였다.

"빨리 알았다고 대답하시오. 안 그러면 이 밤에 보내주지 않겠소."

"아, 알았어요."

사율이 멍한 정신으로 대답했다. 무진의 입매가 희미하게 위로 올라가는 것이 보였다.

"그래, 그래야지. 이것은 상으로 주는 것이오."

무진은 말을 마침과 동시에 다시 사율의 입술을 빨아들였다. 이번에는 혀끝으로 농밀하게 그녀의 혀를 건드리며 다리 한쪽을 앞으로 내밀어 사율의 두 다리 사이로 밀어 넣었다. 몸과 몸이 더욱 밀착되자, 사율은 바르르 떨며 두 팔로 무진의 목을 꽉 감싸 안았다.

무진의 눈가에 흡족한 미소가 스며들었다. 그렇게 밤이 깊을 때까지, 두 사람은 깊은 입맞춤을 나누며 서로에게서 떨어질 줄 몰랐다.

시간은 흘러 또 한 달이 지났다.

사율은 서둘러 행정 체계를 개편하고 대소 신료들에게 업무를 분담했다. 재상직을 부활시키기보다는 내각의 대학사를 두는 것으로 인사 처리를 마무리했고, 오라버니가 게으름을 피우더라도 행정 업무가 마비되는 일이 없도록 행정부서를 더 세밀하게 나누었다. 그럼에도 신료들은 사율이 궁을 떠나는 것을 불안해했으나, 어쨌든 한시름 덜었다는 표정들이었다.

세 번째 비밀 통로의 지도도 다시 그려서 오라버니께 드렸다. 그는 직계 왕족에게만 전수되는 것인지라, 오라버니를 직접 그 통로의 입구까지 안내해 주기까지 했다. 하지만 부왕께서 비밀리에 사율에게 물려주신 비자금에 대해서는 신력과 더불어 함구하기로 했다. 오라버니 내외의 사치 풍조가 아직은 걱정스러운 데다, 만약에라도 진국에 흉년이 들어 백성들의 삶이 곤궁해진다면 그때 환국의 왕실에서 보내는 것처럼 가장하여 슬며시 도울 작정이었다. 그래서 금전을 관리하고 있는 강현에게도 오라버니가 철화단과 부왕께서 체결한 비밀 협약에 대해 알아내기라도 한다면 모를까, 그때까지는 비밀들을 엄수하라 명했다.

그렇게 무진이 진국의 궁궐에 도착한 지 근 석 달이 되어가던 어느 날, 사율은 무진이 이끄는 사신단과 함께 가마에 올랐다. 마음 같아서야 또 이곳저곳을 외유하며 천천히 환국으로 가고 싶었지만, 그사이에 무진이 거의 매일 밤마다 방으로 찾아와 빨리 혼인을 하자고 졸라댄지라 더 이상 늑장을 피울 수가 없었다. 요 근래에는 혼인 전에 초야를 치르고 싶냐며 으름장을 놓기까지 했다. 사율 또한 그와 입맞춤을 하며 밤마다 야릇하고 오묘한 남녀상열지사의 세계로 빠져드는 것이 좋기는 했다만, 그러다 덜컥 선을 넘어 잉태를 먼저 할까 봐 내심 걱정되었다. 그래서 그냥 못 이기는 척 그의 요구를 따라주기로 했다.

환국의 궁으로 들어서자, 무진의 부왕과 모후, 맏형 환유진은 웃으면서 사율을 환대해 주었다. 동맹국의 아리따운 공주이자 신녀인 데다 셋째 아들과 진진한 연분까지 맺었으니 이보다 더 좋은 며느리가 어디 있으랴? 안 그래도 무진이 자리를 비운 사이에 왕후가 신방까지 곱게 꾸며놓은 차였다. 이제 대제사장에게 일러 국혼을 치르기에 가장 좋은 길일만 받으면 될 터였다. 그사이에 사율은 시어머니가 되실 환국의 왕후에게 환국 왕실의 예법을 익히며 정결한 몸가짐으로 혼례 준비를 하기로 했다.

혼례 날짜가 정해지자, 무진은 약속했던 대로 신국의 신녀에게 서찰과 선물을 보냈다. 그 서찰에는 사율의 대모인 신국의 대제사장과 함께 그들의 혼례식에 꼭 참석해 주었으면 한다는 내용을 담았다. 그것을 받은 신녀는 무진과 사율이 직계 왕족들이었다는 것을 알고는 깜짝 놀란 표정으로 호들갑을 떨며 대제사장에게 그 소식을 전했다. 대제사장은 서찰을 읽고 나더니 그저 온화한 미소를 지었다. 그러고는 그날로 신녀와 함께 신국 전하의 허락을 받으러 입궐하더니, 서둘러 환국으로 떠날 차비를 했다.

두 사람의 외유에 혁혁한 공을 세운 설강현과 윤 역시 빼놓을 수 없었다. 무진은 환국에서 생산한 최고급 비단 한 궤짝을 진국 철화단의 본가로 보냈다. 그리고 남은 잔금은 윤과 함께 혼례식에 와서 받으라는 전언도 잊지 않았다. 환국에 위치한 철화단의 지사를 통해 무진이 보낸 비단과 전언을 받은 강현은 빙긋 웃더니 귀한 수집품들을 모아놓은 철화단의 비밀 창고로 향했다. 사율과 무진의 혼례를 축하하기 위해 특별한 선물을 하나 골라볼 참이었다.

그렇게 모든 준비가 끝난 천제력 1523년 3월 초하룻날, 흐드러지게 핀 봄꽃들과 함께 환국의 왕자 환무진과 진국의 신녀이자 공주 진사율은 하객들의 축복을 받으며 성대하게 국혼을 치렀다. 그들의 국혼에는 이례적으로 삼국의 모든 대제사장들이 참석했으며, 진국의 금상 내외는 물론 그들을 지척에서 경호하는 왕실 호위대까지 전부 초대받았다. 특히 사율이 외유를 했을 때 오라버니의 명을 받고 그녀를 찾으러 신국까지 넘어왔으나 허탕만 친 최신영과 고영빈, 사공진을 포함한 다섯 명이 융숭한 대접을 받았는데, 이는 사율이 미안한 마음에 그들을 살핀 것이었다.

그들의 혼례식에는 환한 웃음꽃이 만발했고 대제사장들과 신녀의 축복이 가득했다. 하늘에 계신 천제와 승하하신 사율의 부왕과 모후께서도 축복과 은총을 내리시는지, 온종일 날씨가 구름 한 점 없이 쾌청하고 유달리 포근했다. 내내 애를 태우며 기다려 온 혼례였던지라 무진의 얼굴에서는 함박웃음이 떠날 줄을 몰랐고, 사율도 국혼을 치르는 내내 엷은 미소를 입가에 머금고 있었다. 그렇게 모든 국혼 의식을 마친 후 행복한 웃음 속에서 날이 저물었고, 사율과 무진은 드디어 신방에 들게 되었다.

막상 무진과 단둘이 남게 되자, 사율은 새삼 가슴이 두근거렸다. 이미 셀 수도 없을 만큼 무진과 여러 번 몸을 맞대며 입맞추었으나, 이 밤에는 무진이 말했던 대로 서로를 오롯이 내보이며 그와 하나가 될 터였다. 처녀로서 사내와 처음 보내는 밤이 떨리지 않는다면 거짓말일 터. 이에 사율의 얼굴에는 긴장감이 맴돌았다.

"마음을 편히 하시오. 그대답지 않게 무얼 그리 긴장하시오?"

무진이 사율이 쓰고 있던 관을 머리에서 내려주며 말했다. 그가 가까이 다가온 것만으로도 사율은 심장이 빠르게 뛰었다. 무진은 후후 웃더니 자신도 관을 벗어 내려놓고는 미리 차려져 있던 주안상에서 술잔을 집어 사율에게 내밀었다.

"자, 한잔 죽 들이켜시오."

사율이 조심스레 손을 뻗어 술잔을 받아 마셨다. 그러자 무진도 자신의 잔을 사율에게 들어 보이고는 단번에 술을 들이켰다. 그러고는 부드러운 음성으로 입을 열었다.

“이제 우리는 정식으로 부부의 연을 맺게 되었소, 사율. 이날 이때까지 살아오면서 나는 오늘이 제일 기쁘구려.”

무진의 능청스러운 너스레에 사율이 엷게 웃으면서 눈을 흘겼다. 그러고는 괜스레 톡 하니 받아쳤다.

“진심이에요? 이제 다른 여인은 쳐다보지도 못할 터인데요? 나는 측실을 두는 것은 용납할 수 없어요.”

“하하하! 걱정 마시구려. 그대 하나로 감당하기가 벅차 그럴 틈이 없을 거요.”

무진이 고개를 설레설레 저으며 웃었다. 암암! 그대가 어디 보통 여인이어야 말이지!

칭찬인지 욕인지 모를 무진의 언사에 사율이 눈초리가 올라간 것은 두말할 필요도 없다. 사율은 잔을 상 위에 탁 내려놓고는 무진에게 따지듯 말했다.

“그 말, 무슨 뜻이에요? 첫날밤에 독수공방하기 싫으면 제대로 설명해야 할 거예요!”

“어허! 무슨 그런 섭섭한 소리를! 내게는 그대 하나로 차고 넘친다는 뜻이었소!”

무진은 말하면서 두 팔로 사율을 덥석 감싸 안았다. 사율은 또 졸지에 무진의 품 안에 갇혀 버렸다. 그럼에도 여전히 뾰족한 눈매로 앙칼지게 소리쳤다.

“이거 안 놓아요? 지금도 놀리고 있잖아요!”

"놀리기는 무슨! 내, 진심이라는 것을 밤새도록 증명해 보이겠소. 오늘 밤에 잘 생각은 하지도 마시오?"

"그렇게 얼렁뚱땅…… 읍읍!"

무진은 더 이상 종알종알 말이 나오기 전에 입술로 사율의 입을 아예 틀어막아 버렸다. 기습적으로 입술을 빼앗긴 사율이 몸을 뒤틀며 입을 꾹 다물고 앙탈을 해댔다. 하지만 지금까지 사율이 무진에게 힘으로 이긴 적은 한 번도 없었듯이 이번에도 마찬가지였다. 결국 무진에게 안겨 꿈틀거리던 사율은 힘이 빠져 스르륵 움직임을 멈추었다. 무진은 씨익 웃으며 그제야 사율에게서 입술을 떼었다.

"내게는 그대밖에 없소. 앞으로도 마찬가지일 거요. 이런 특별한 여인을 두고 어찌 한눈을 팔 수 있겠소?"

무진이 한껏 달콤한 목소리로 속삭이며 사율의 뺨에 가볍게 쪽 입을 맞추었다. 사율은 못 믿겠다는 듯 입술을 삐죽 내밀며 눈을 흘겼다. 이 왕자가 여인네들에게 눈을 돌리는 걸 어디 한두 번 보았어야지!

하여 사율은 엄포를 놓듯 쐐기를 박았다.

"그 말, 꼭 지켜야 해요? 안 지키면 바람을 일으켜 날려 버릴 거예욧!"

"아…… 하하하! 그대에게는 그런 신력이 있었지? 그런데 남자를 받아들이고 나서도 그 신력이 유지될까?"

"그야 모르는 일이지요, 뭐."

"자, 그럼 지금부터 알아보도록 합시다."

"아하하하! 간지러워요, 무진!"

무진이 사율의 하얀 목선에 입을 맞추자 사율이 자지러졌다. 무진은 까르르 웃으며 상체를 뒤로 빼는 사율을 단단히 붙잡았다. 그리고 슬슬 뒤로 밀어 침상 쪽으로 가면서 가벼운 입맞춤을 여기저기에 퍼부어댔다. 사율은 못 참겠다는 듯 웃으면서도 무진의 힘에 의해 점점 침상 가까이로 뒷걸음치더니, 무진과 함께 그 위로 털썩 쓰러졌다. 그러자 무진이 음흉한 미소를 지으면서 사율을 바라보았다.

"그대의 요구를 얼마든지 들어줄 테니, 대신 오늘 밤에 왕손이나 하나 만듭시다!"

"아하하하!"

무진이 또 목을 습격하자 사율의 웃음소리가 방 안 가득 울려 퍼졌다. 두 사람은 그렇게 한동안 몸으로 하는 실랑이를 계속했다.

천제께서 허락하시는 한 끝도 없이 이어질 둘만의 뜨거운 밤은 이제 막 시작이었다.

사율이 환국에 온 지도 어느덧 두 해가 흘렀다. 그사이 무진과 사율 사이에선 첫 아들이 태어났다. 초야를 치렀던 날부터 밤이면 밤마다 진진한 애정을 나누더니 금세 잉태를 하게 된 것이었다. 왕손이 건강히 울음을 터트리던 날, 환국의 왕과 왕후는 천제께 감사를 드리며 기쁨을 감추지 못했고 무진은 하루 종일 웃느라 입을 다물 줄을 몰랐다.

아이의 이름은 '하늘의 아들'이라는 뜻에서 천윤(天允)이라 지어졌다. 천윤은 무진과 사율의 사랑을 듬뿍 받으며 건강히 백일을 맞이했고, 환국의 왕과 왕후는 손자를 위해 성대한 잔치를 열었다. 환국의 궁궐은 부모의 미모와 기골을 쏙 빼닮아 태어난 천윤으로 인해 웃음이 넘쳐흘렀고, 이 행복은 한동안 계속될 것만 같았다.

북방 대륙이 신국을 친 것은 그로부터 딱 한 달이 되는 날이었다.

사실 그는 의아한 일이었다. 북방이 어느 한 나라를 공격한다면 그는 십중팔구 환국일 거라 예상했기 때문이다. 진국은 가장 험난한 산맥으로 가로막혀 있고, 신국은 치유력이 강력한 신녀를 중심으로 똘똘 뭉쳐 있는 데다 삼국의 가운데에 있어 병력을 지원받기가 용이하다. 게다가 환국에는 둘째 왕자인 서진과 도모한 일이 틀어져 갚을 빚마저 있지 않은가?

"아무래도 의심스럽다."

환국의 왕이 조정 중신들과 두 왕자가 모인 자리에서 근심 어린 표정으로 말했다. 북방의 공격이 의중을 감춘 속임수로 보인 까닭이다.

왕의 왼쪽 아래에 시립해 있던 좌상이 신중한 음성으로 물었다.

"북방이 신국을 공격하는 척, 우리 환국을 노릴 것이라 여기시옵니까, 전하?"

"그럴 가능성이 농후하지 않은가? 왕자들은 어떻게 생각하느냐?"

"저도 아바마마와 같은 의심을 합니다."

장자인 환유진이 조심스러운 어조로 부왕께 답했다. 그의 옆에서 있던 무진도 가라앉은 목소리로 그에 동의했다.

"저도 그렇습니다. 하오나 신국에 군대를 보내지 않을 수는 없습니다."

"그러니 문제인 게다. 현재 신국을 공격한 북방의 군대가 이만이라 했느냐?"

왕이 신국에서 급히 띄운 파발을 받고 달려온 장수에게 하문했다. 그는 무릎을 굽히며 왕에게 즉시 아뢰었다.

"그렇사옵니다, 전하. 궁병과 창병을 주력으로 하여 신국의 국경을 불시에 기습했사옵니다."

"그도 이상합니다, 전하. 유목 민족이 뿌리인 북방의 주력 부대는 기마병들이 아니옵니까?"

"흐음……."

우상의 말에 왕의 근심은 더욱 깊어졌다. 군대를 보내 연합군에 편성되어야 함과 동시에 환국의 국경을 철저히 지켜야 한다. 그러나 군대가 반으로 갈라지면 위험 부담이 두 배로 커진다. 게다가 수장으로 누구를 세워야 한단 말인가?

"제가 군대를 이끌고 신국으로 가겠습니다."

무진이 침묵을 깨고 부왕께 아뢰었다. 어차피 둘째 형님이 일으킨 사건 이후로 내내 준비하고 있었던 일인 바, 망설일 이유가 없었다. 다만 걸리는 것은…….

"그렇다면 제가 국경으로 가겠습니다, 아바마마."

이때 유진이 단호한 얼굴로 나섰다. 왕과 무진을 비롯한 대전에 있던 모든 이들의 시선이 그에게로 향했다.

"형님!"

"왕자 마마, 아니 되십니다!"

왕이 뭐라 명을 내리기도 전에 무진과 대신들의 반대가 이어졌다. 유진의 몸은 서진이나 무진과는 달랐다. 화초와 서책을 가까이하는 그가 전장에 나가 생사를 가르는 싸움을 치를 만큼 강하지 못하다는 사실은 여기 모인 모두가 익히 알고 있었다. 그가 전쟁터에 나간다는 것은 곧 죽음을 맞이하겠다는 말과 다름없었다.

그러나 유진은 드물게 확고한 어조로 자신의 의사를 피력했다.

"막내와 병사들을 전쟁터로 보내놓고 제가 어찌 서책이나 들추며 앉아만 있겠습니까? 제가 전투를 치르기에 몹시 미흡하다는 것은 압니다, 아바마마. 하지만 저 역시 왕좌에 오를 자, 환국의 안위와 제 백성들을 지킬 수 있도록 허락해 주십시오, 아바마마!"

유진의 말 또한 틀린 바가 아니었다. 잠시간 침묵을 지키던 왕은 어두운 용안으로 어명을 내렸다.

"셋째 환무진 왕자는 군대를 이끌고 출전할 준비를 하라. 국경으로 갈 수장과 병사의 수는 차후에 다시 명하겠다."

"명을 받들겠사옵니다, 전하!"

두 왕자와 신하들은 모두 굳은 표정으로 허리를 숙였다. 근 삼십 년 동안의 평화를 깨고 본격적인 전쟁이 시작되려는 찰나였다.

"둘째 형님이 생각을 바꿔주면 좋으련만……."

무진이 한숨을 쉬며 중얼거렸다. 궁녀들과 함께 그에게 갑옷을 입혀주던 사율이 모두에게 나가라는 눈짓을 했다. 그들이 문을 닫고 스르륵 물러나자, 사율이 낮은 음성으로 무진에게 물었다.

"둘째 아주버님께선 여전하시던가요?"

"내가 그대와 혼인한 것을 알고 나서는 더 안 좋아지셨소."

무진이 고개를 설레설레 저으며 말했다.

역모죄를 저질렀지만, 환국의 왕은 차마 둘째 아들을 참수할 수가 없었다. 그래서 누구와도 연락이 닿지 않는 무인도에 유폐시켜 병사들로 하여금 서진을 지키게 했다. 서진의 식솔들에게는 온정을 베풀어 같은 곳으로 보내지는 않았으나, 도성에서 내친 후 신분을 평민으로 강등시켰다. 서진의 일가족 모두가 왕권과는 무관해진 셈이었다.

하지만 무진은 둘째 형님이 내내 마음에 걸렸다. 비록 악한 욕망을 품었으나 한 사람의 장수로서 그의 재능은 뛰어났다. 그리고 곧 일어날 전쟁은 누구보다도 그의 책임이 큰 터였다. 해서 신국에서 파발이 오기 얼마 전, 지방을 둘러본다는 핑계로 비밀리에 서진을 찾아갔다. 그러나 서진은 더 독한 악의로 가득 차 무진을 축객했다.

"아바마마께서는 연로하셨고 큰 형님은 몸이 약하지. 둘째 형님이 생각만 바꿔주어도……."

그러나 지금은 서진이 쳐들어오는 북방에 성벽의 문을 열어준다 해도 하등 놀랍지 않은 상황이다. 역시 국경은 뛰어난 장군들을 몇 더 보내는 것으로 지켜내야 하는 것일까.

"사실 내가 생각해 본 바가 있어요. 아바마마께 같이 가서 말씀드렸으면 해요."

무진을 가만히 쳐다보던 사율이 결심한 듯 입을 열었다. 무진이 미간에 주름을 드리우며 재촉하듯 물었다.

"무언가 묘안이라도 떠올린 게요?"

"적어도 지금 상황에서는 이것이 그나마 최선이라고 생각해요. 자, 어서 가요."

사율은 무진의 손을 잡고 밖으로 이끌었다. 무진은 의아하다는 표정을 지으면서도 사율에게 이끌려 아무 말 없이 대전으로 향했다.

그러나 대전 안에서 사율이 왕에게 고한 대책이라는 것은 실로 입이 벌어질 만한 방법이었다.

"군사의 사분의 삼을 환국의 국경으로, 사분의 일을 옆에 계신 왕자 마마와 함께 신국으로 보내시어요, 아바마마. 대신 이 신녀가 지아비와 함께 신국으로 가서 힘을 발휘하겠습니다."

"아니, 사율!"

"뭐, 뭐라? 새아기 네가?"

왕도 무진도 커다래진 눈매로 사율의 얼굴을 바라보았다. 사율은 각오가 되었다는 표정으로 고개를 굳게 끄덕였다.

"네, 아바마마. 제게는 신력이 있습니다. 아마도 천제께서 오늘을 준비하셨음이라 사료됩니다."

"허나 전쟁터는 상상 이상으로 위험한 곳이다. 아직 어린 왕손을 두고 네가 어찌 그곳으로 간단 말이냐?"

"그렇소, 사…… 아니, 부인! 내가 그대를 전장에 데려다 놓고 어찌 전투에 집중할 수가 있겠소?"

"그래, 그렇다. 네 뜻은 가상하나 불가하다!"

시아비 왕과 지아비 무진이 누가 먼저랄 것도 없이 만류를 거듭했다. 사율은 그럴 줄 알았다는 듯 한숨을 크게 한번 내쉬더니, 옆에 있던 무진에게 말했다.

"그렇다면 보여 드려야겠군요. 멀찌감치 물러서 보세요."

"물러서라니, 갑자기 왜……?"

무진이 이마를 찌푸리며 반문했다. 사율이 그에게서 두어 걸음 떨어지며 재촉했다.

"어서 물러서라니까요? 아바마마께서 계신 곳 아래까지 가요. 위험하니까요."

그녀가 이렇게까지 말한다면 무언가 있긴 있을 터. 그 평원에서 벌어졌던 전투 이후로 한 번도 사율의 신력이 발현되는 것을 본 적이 없었던 무진은 속으로 반신반의했으나, 어쨌든 사율의 말대로 그녀에게서 떨어졌다.

거리가 적당히 벌어지자, 사율은 두 팔을 벌리며 숨을 크게 한 번 내쉬었다. 그리고 준비가 된 듯 단호한 목소리로 하늘을 향해 외쳤다.

"천제여, 당신의 딸을 통해 그 능력을 보이소서!"

순간, 사율의 주변에서부터 공기가 일렁이기 시작했다. 약한 미풍으로 시작된 그것은 어느새 차가운 칼날처럼 변하더니 대전 안을 온통 공기의 흐름으로 가득 채워 버렸다. 문이 전부 닫힌 대전 안에서 갑자기 바람이 일어나 옷자락과 머리카락이 휘날리고 몸이 휘청거릴 지경이 되자, 왕은 휘둥그레진 눈으로 사율에게 소리쳤다.

"이, 이것이 새아기의 네 신력이란 말이냐?"

"네, 아바마마. 아주 일부만 발현한 것입니다. 전장에 나간다면

이 신력으로 적들을 일거에 날려 버릴 수 있을 것입니다."

"하…… 하하하! 알겠느니. 그만 멈추거라."

왕이 명을 내림과 동시에 공기의 움직임이 사율의 몸으로 빨려 들 듯이 사라졌다. 왕은 어좌를 내리치며 찬탄했다.

"대단하다, 대단하도다! 셋째는 새아기의 이 대단한 신력을 알고 있었느냐?"

"일전에 비가 이 신력으로 소자의 목숨을 구했으나, 그 후로 한 번도 신력을 발휘하지 않아 아직도 가진 줄은 모르고 있었습니다. 저도 깜짝 놀랐습니다."

무진도 아연실색하여 부왕의 하문에 대답했다. 그런 시아비와 남편을 보며 사율이 다시 한 번 단호한 어조로 말했다.

"제가 받은 신력은 사람을 해칠 수도 있는 것인지라 일부러 드러내지 않고 있었습니다. 다만, 쓰일 날이 올 것이라 여겨 사람들의 눈을 피해 연마하고 있었지요. 아바마마께 말씀드렸듯이, 그때가 지금인 듯합니다. 부디 승하하신 부왕과 모후의 뒤를 이어 북방 대륙으로부터 삼국을 지켜내는 데 협력하게 해주십시오."

사율은 눈은 어느 때보다 투명하게 빛나고 있었다. 그런 사율의 눈빛을 보며 왕은 결국 고개를 끄덕였다.

"좋다. 진국의 공주이자 환국 셋째 왕자의 비인 진사율의 출전을 허하노라! 천제께서 너를 지키시리라!"

"떨리시오, 사율?"

무진이 말을 탄 채 적진을 바라보고 있는 사율에게 물었다. 사율은 피식 웃으며 고개를 저었다.

"떨리기는요. 당신에, 신국의 신녀에, 오라버니까지 계시잖아요."

삼국의 연합군이 집결한 전투 지역으로 오니 반가운 얼굴들이 전부 모여 있었다. 신국의 신녀는 의녀들을 진두지휘하며 부상병들을 치료하는 데 단단히 한몫하고 있었고, 오라버니는 부왕께서 삼국 연합군을 총지휘하셨는데 자신이 궁궐 안에 가만히 앉아 있을 수는 없다며 대소 신료들의 만류를 뿌리치고 직접 수장으로 나섰다. 그 사내다운 모습에 새언니인 왕후가 오라버니에게 다시금 홀딱 반했다나 뭐라나.

게다가 강현마저 두고 볼 수만은 없다며 철화단의 호위대 반을 비밀 정찰대로 내주었다. 그 선두에는 은폐에 특화된 고수 윤이 섰다.

"그나저나 사율, 너 말이다. 대체 언제 신력이 생긴 게냐?"

무진의 옆에 말을 탄 채로 서 있던 오라비 황율이 갑자기 대화에 불쑥 껴들며 물었다. 그러고 보니 오라버니께는 일부러 말을 안 했지……. 사율은 괜스레 딴청을 피우며 고개를 옆으로 돌렸다. 뜬금없이 전쟁터에 나타난 누이동생이 대기를 응축했다 폭발시키며 달려드는 북방 대륙의 병사들을 날려 버리는 것으로 전투 신고식을 치렀으니 얼마나 놀랐을 것이냐?

"흠흠! 아무래도 이 전쟁이 일어나기 직전에 갑자기 발현된 듯합니다. 저도 얼마 전까지 이리 큰 신력을 부여받았는지 모르고 있었다니까요? 그것을 아바마마와 제 앞에서 출전하겠다며 펼쳐 보이는데 어찌나 놀랐는지!"

가운데에 껴 있던 무진이 사율을 대신해 너스레를 떨었다. 하지만 황율은 의심의 눈초리를 지우지 않으며 중얼거렸다.

"거참, 신기한 일이로군. 신력이란 처녀 때 발현되는 것 아니던가?"

"하하하! 그러니 천제의 가호이신 게지요. 이것이야말로 삼국의 승리를 확신할 수 있는 근거가 아니고 무엇이겠습니까?"

무진이 더 큰 소리로 웃으며 반문했다.

좋게 보면 그렇기는 한데, 영 미심쩍단 말이지. 황율은 고개를 앞으로 내밀어 새침한 얼굴로 시침을 뚝 떼고 있는 사율을 뚫어져라 응시했다. 조것이 내가 알면 혼인하지 말랄까 봐 일부러 감춘 것 아니야?

그때 북소리가 둥둥둥 우렁차게 울렸다. 모든 병사들이 공격할 준비를 마쳤음을 알리는 신호였다. 사율은 적진을 향해 달려나갈 태세를 취하며 황율에게 말했다.

"언제 생겼든 간에, 이 신력으로 삼국을 지킬 수 있게 되었으니 다행 아닙니까? 이는 천제께서 부왕과 모후에 이어 우리 남매를 축복하심입니다, 오라버니. 함께 싸워 이깁시다!"

"하하하! 그는 네 말이 맞다. 감히 삼국을 공격한 북방에 부왕의 핏줄이 살아 있음을 보여주어야 할 것이야!"

황율이 난생처음으로 사율에게 동의하며 호탕하게 웃었다. 그러자 무진도 옆에서 웃으며 능청스럽게 말했다.

"대단한 두 분을 비와 매형으로 얻었으니, 이 환무진도 천제의 축복을 제대로 받았습니다! 나도 실력 발휘를 제대로 할 것인즉, 더불어 꼭 승리합시다!"

"좋소, 처남! 자, 공격하라!"

"공격하라!"

황율의 우렁찬 명령과 함께 연합군 병사들이 일제히 함성을 내지르며 무기를 치켜들고 달려나갔다. 사율은 눈앞의 적들을 노려보며 푸른 하늘을 향해 소리 높여 외쳤다.

"천제여! 당신의 딸을 통해 그 위대함을 보이소서!"

사율을 둘러싼 주변의 대기가 크게 일렁이며 거대한 용처럼 꿈틀거리기 시작했다. 그것은 곧 넓은 장막처럼 펼쳐져 매섭게 북방의 군대를 집어삼켰다.

- 終 -

《작가 후기》

“일에 치인 공주가 ‘싫어, 싫어, 다 싫어!’를 외치며 궁에서 탈출하는 이야기가 읽고 싶어요!”라는 출판계 지인의 말로 인해 『신녀유희』는 시작되었습니다. 처음에는 그저 “아, 그거 재미있겠네요!”라고 대답하고 말았는데, 시간이 갈수록 이런저런 사건들이 둥실둥실 머릿속을 배회해서 결국 제가 한번 써보기로 한 것이지요.

마음은 쉽게 먹었습니다만, 이 이야기를 완성하기까지는 꽤 오랜 시간이 걸렸습니다. 당시에는 회사원으로 살아가고 있었던지라 소설을 쓸 개인적인 시간이 거의 없었고, 그저 가끔씩 이런저런 상상을 하는 정도로 이야기를 이어가고는 했습니다. 그러다가 회사를 나오고 나서 다시 컴퓨터 앞에 앉으니 가볍게 여겼던 처음과는 달리 설정상 생각해야 될 것들이 너무나도 많았습니다. 유쾌하고 발랄한 퓨전 사극을 쓰고 싶었기에 무거운 장면이나 치밀한 묘사는 최대한 빼려고 노력했지만, 처음 도전해 보는 장르라서 그런지 꽤 애를 먹은 것이 사실입니다. 하지만 쓰는 내내 무진과 사율 덕분에 즐겁고 재미있는 나날을 보낸 것도 사실입니다. 부디 이 이야기를 읽으시는 독자님들도 두 사람으로 인해 즐거우셨기를 바라봅니다.

늘 그렇듯이 『신녀유희』를 완성하기까지도 여러 지인분들의 도움을 받았습니다. 우선 이 이야기를 흔쾌히 받아주시고, 아직은 미진하던 사건과 인물들을 구성하는 데 많은 조언을 해주신 예원북스의 유경화 팀장님께 감사 인사를 드립니다. 그리고 소설 초반에 리뷰를 꼼꼼히 봐주신 유지니 작가님과 황율의 성격을 구상하는 데 도움을 주신 이지환 작가님께도 감사드립니다. 아울러 일에 치인 공주 이야기라는 소재를 제공해 주시고 그것을 글로 쓰는 것을 흔쾌히 동의하신 김규진 실장님께도 감사를 전합니다. 마지막으로 제가 좋아하는 만화 『흑집사』에 감사합니다. 이미 아시는 분들도 있겠지만, 『신녀유희』의 장 제목 형식은 『흑집사』를 패러디한 것입니다.

그럼 길지 않은 시간이 흐른 후에 다음 이야기를 통해 또 뵙기를 바라며, 그때까지 모든 독자님들이 건강하고 평화롭게 지내시기를 기도해 봅니다. 행복한 한 해 되세요! ^^

— 적영 올림